JN140038

かまくら春秋社

木庭久美子戯曲集

装丁／中村　聡

目次

喜劇　ファッションショー

登場人物

大空てる（七十五歳）マンションの主
明日待子（七十五歳　自称六十五歳）てるの間借り人
吉本伸枝（七十五歳）未亡人。てるの幼馴染
上野　健（五十五歳）元警官
田口ゆたか（三十代）古着屋
田口京子（四十代）田口の年上の妻
京子の母、その（七十歳）京子と同居
戸部みどり（二十四歳）田口のアルバイト。田口の愛人
警官　若い男性
新聞集金人

①

舞台は２ＬＤＫのマンション。

舞台中央が、リビングルーム。上手に大空てるの部屋。下手に明日待子の部屋がある感じ。正面か下手よりに玄関。

客席の方に窓がある模様。

幕が上がると、暗闇の中で、札束を数えているてるに、ライトがあたる。脇に小型の金庫がある。

大空てる、亡父のお古のような服を着、一束ずつ、声を出して数えながら金庫につめている。


てる　千七百万、千八百万、二千万。（きちんと札束をそろえて）はい、きっかり二千万、（にんまりと笑う）。女一人、つめに火をともして貯めた二千万円ですよ。……四十年間、働き続けて、もらった退職金と、給料からローンのお金差っ引いて、毎月貯めた金を元手に、バブルんときの高金利で二千万円になったのよ。あの頃はよかった。銀行や郵便局に預けとくだけでお金がどんどん増えたのよ。ところがどうだろう、このごろの金利ときたら、すずめの涙どころか、油虫のおしっこにもなりゃしない。おまけにうちの銀行があぶない、っていうじゃない、やっぱ銀行は一流じゃないと駄目なのかねえ。あの週刊誌の記事読んで、銀行にすっとんでって、全部おろしてきちまった。……とは言うものの、家に置くのも心配だわ。泥棒がはいりゃしないかと思っただけでも……一寸そこまで買物に出ても気が気じゃない。

ブザーの音。

てる、慌てて金庫の蓋をし、傍にある布切れをかぶせて……。

てる　（時計をみて）仲枝ちゃんかしら（と呟きながら、インターホンに）どなた？

外の声　新聞の集金です。

てる　新聞の集金！　こないだ払ったばっかりじゃないの、（呟きながら）一寸待ってね。

部屋のカーテンを開ける。

サンサンと春の日ざしがさしこんでくる。

てる　あら、まあ、なんていいお天気なの（といいながら）三千二百五十円か。（とポケットの財布から金を出す）出るばっかしだ。（とつぶやきながら）

玄関の扉を開けて金を渡す。

てる　はい。お釣りはなし、三千二百五十円きっかり。
集金人　はい。これ、ごみ袋、サービスです。
てる　あら、洗剤じゃないの？　うち、ごみ袋より洗剤の方がいいのよ。
集金人　今月は洗剤じゃなくて、ごみ袋なんです。
てる　どうしてなの。
集金人　どうしてって、どうしてもです。
てる　じゃ、来月はどうしても洗剤もってきてよ。ちっとしか残ってないのよ。洗剤はお宅のをあてにして、買わないでいるんだから。
集金人　帰ってそういっときます。
てる　それからね、来月から夕刊いらないわ。
集金人　え？　夕刊とらないんですか。
てる　朝も晩も新聞読んでる暇ないのよ。新聞代いくら安くなるの？
集金人　たった三百円ですよ。
てる　三百円だって、チリもつもれば山だわよ。夕刊は止めよ。入れないでよ。
集金人　それだと、洗剤つきませんよ。うちの新聞、よそより安いんですから。
てる　安いからとってやってんのよ。新聞で読むとこったら、テレビ番組だけだもの。来月から朝だけよ。洗剤はちゃんともってきなさいよ。
集金人　店長に聞いときます。

集金人去る。入れ代りに伸枝が登場。

伸枝　（入ってくるなり、リビングの椅子に、へたりこむ）一寸座らせてね。急いできたから、息があがっちゃって……このごろ血圧が高いのよ。

てる　（コップに水を注いで出す）がぶっと飲んで、年寄りは枯木だから、水が一杯必要なのよ。

伸枝　（水を飲む）ああ、コロッと死ねたらどんなにいいか……。

てる　駄目駄目。そんなこといっちゃ。あら、そのジャケット、素敵ね。

伸枝　うちの近所の古着屋でね。

てる　古着なの？

伸枝　殆ど新品だって、店の女の子が言ってたけど、気風のいい子でね、千二百円だけど八百五十円にまけるって言ったから、つい買っちゃった。

てる　八百五十円か。八百五十円なら買ってもいいけど……。（と言いながら、茶を入れる）

伸枝　てるちゃんにも似合うわよ。

てる　伸枝ちゃんは、昔は、ブランド品ばっかり買ってたのに……。

伸枝　（苦笑）

てる　八百五十円の古着か……。（と茶を伸枝に）

伸枝　あら、このお茶托。

てる　覚えてるの？

伸枝　懐かしいわ。

てる　あなたの結婚式の引出物。

伸枝　六十年も前よ。まるで新品みたい……。

てる　輪島塗りですもの。勿体ないから蔵っといたんだけど、この頃、つかうことにしたの。

伸枝　うちは、とうの昔、なくなっちゃった。（と茶托をながめる）

てる　今でも思い出すのよ。あなたの結婚式。帝国ホテルの鳳凰の間で。真白のウェディングドレス着た伸枝ちゃん、衝撃的だった。

伸枝　まあ……。

てる　半世紀も昔なのに、ね……あの時、困ったのよ、あたし。パーティドレスなんてもってないし、買うお金もなかったし。会社の友達が貸してくれてね。なんとか……。

伸枝　そうだったの。なんにも覚えてないのよ。

てる　あの時、あたし、絶対結婚しようって決心したのよ。

伸枝　そういえば、好きな人がいるって言ってたじゃない。あの頃。

てる　あぁ、彼奴ね。……フフ、失恋ならなん度もしたわ。伸枝ちゃんみたいに、社長の息子狙ってたわけじゃないのにね。……。

伸枝　あら、狙ってたなんて……。

てる　一度も結婚しないで、この年まできちゃった。昔の会社は保守的だったから、いかず後家だの、オールドミスだのって、さんざん陰口きかれて。でも、そのお陰でこのマンション手に入れたのよ。安い給料からローン組んで、三十年よ。定年になって、残りは退職金で払ったの。

伸枝　（先刻から立上って、ベランダから外を眺めている）向うにみえるの、東京タワー？

てる　うん、眺めは、いいでしょう。

伸枝　五階なのね。

てる　給料もらえるようになったら、お華やお茶やお習字習いたかったのよ、伸枝ちゃんみたいに。

伸枝　役に立たないわよ、あんなもの。

てる　月謝払うゆとりなかったの。

伸枝　家賃払わなくていいなんて、羨ましいわ。

てる　今のとこ、借りてるの？

伸枝　（頷いて）２ＤＫのアパートよ。お客したくても、呼べるようなとこじゃないの。

てる　家作、二軒あるって言ってたじゃない。

伸枝　とっくの昔、処分しちゃった……主人が死んでから、崖くずれが起きたみたいに、滅茶滅茶。

てる　息子さん、利雄さんは？

伸枝　あの子、離婚したって、話したわね。

てる　うん、二年前だっけ。

伸枝　今、あたしと一緒なの。

てる　いいわねえ、息子と一緒なら、心強いわ。

伸枝　子供なんてない方がいい……。てるちゃんが羨ましいわ。

てる　なに言ってるの。心にもないこと。

伸枝　なにもかもなくなっちゃったのに、まだ、あたしを頼ってるの、あの子。

てる　嬉しいんでしょう。伸枝ちゃん本当のとこ。

伸枝　とんでもない、心配なのよ。

てる　利雄さん、五十になった？

伸枝　来年、五十よ。

てる　働いてないの？

伸枝　さあ……わからない。でもなにかしてるみたいよ。

てる　アパレルのなんとかって会社の課長とか言ってたじゃない。

伸枝　あそこ辞めて、自分で会社立ち上げたんだけど……。だまされたらしいの。

てる　坊ちゃんだからね、利雄ちゃん。

伸枝　心配なのよ。五十にもなって、あたしがいなかったらどうなるかと思うとね。なんとかしてやらないと、本当になんとかして食べていけるようにしてやらないと……。

てる　いいわねえ、そんなに心配する子供がいて。

伸枝　冗談いわないでよ。

てる　あたしも、子供の一人くらい産んどけばよかった。父親なんていなくてもいいから。

伸枝　子供なんて！

てる　この年になって、一人ぼっちって、わかる？　冷蔵庫に入ってるみたいに、体も心も冷えて、人の体温が無性に恋しくなる時があるの。年のせいよね。

伸枝　……。

てる　身寄りのない一人ぼっちって、泣きたくても涙がでない……考えたことないでしょう、伸枝ちゃん。自分のお葬式、誰が喪主になるんだろうなんて。あたしのお骨、誰が骨壺に入れてくれるんだろうなんて。……お墓だけは、去年買ったのよ。お寺のロッカールームみたいなとこ。永代供養料も払ったわ。

伸枝　……あてにならないのよ、子供だって。今に、うちの先祖代々のお墓、無縁仏になるかもしれない。だって、毎年のお寺さんに払うお金、馬鹿にならないんですもの。利雄、お墓のことなんて全然関心ないのよ。主人の命日だって、さそってもこないのよ。

てる　まあ……。

伸枝　（時計をみて）あらもう、こんな時間……。

てる　急用って、なんなの。（と急須から茶を足す）

伸枝　（言いにくそうに）うん……実はね、利雄が、友達と二人で会社立ち上げるんだって。それでね、銀行にみせ金として二百万必要なの。その辺、あたしにはよくわからないんだけど、そのお金、なんとかしてくれって言うの。その友達も、長いつきあいで、しっかりした人だし、今度は絶対、うまくいくって、保証するって。あたしの生命保険は解約してつかってしまったし、てるちゃんしか、頼む人いないの……。

てる　……。（表情が変る）

伸枝　ねえ、一ヶ月もしないで返せるっていってるから、貸してくれない？　必ず返すから……。

てる　（声がこわばる）二百万なんて、そんな大金！　無理よ。

伸枝　大金よねぇ。二百万なんて。てるちゃんだって、あたしと同じ、年金ぐらしだし、でも、てるちゃんなら、堅実だから預金もあるでしょう。
てる　（かたい声で）ないわよ。そりゃあ0ではないわ。でも、二百万も貸せるほどもってないわ。
伸枝　そうよね……。
てる　それにね。隣の部屋、貸してるでしょ。管理費くらいうかそうと思ったのが、とんでもない。部屋代、三月もためてるの。請求しても、そのうち、そのうちって。
伸枝　お金もってたら、間借りなんてしないわねぇ。
てる　あたしも強いこと言えないの、あっちも身寄りのない一人ぼっちだから。
伸枝　（間）ねえ、一ヶ月、一ヶ月でいいの、貸してもらえないかしら。

（間）

てる　……。（冷たく）……、あたし、伸枝ちゃんの息子信用できないの。母親のお金くいちらして、まだたかるなんて……母親の友達にまでたかるなんて……。
伸枝　……そうだわねえ、
てる　冗談じゃない。そんな男に、あたしの大事なお金貸せないわよ。
伸枝　伸枝ちゃん、あなたそんな息子を信用してるの？
てる　……信用するもしないも、仕方ないのよ。息子ですもの。
伸枝　そうか、それが、血のつながりってものなのね。それがたち切れない絆ってものなんだ……他人なら放っぽり出せるけど……。まあ、お愛想くらい言うかな。それも滅多にないわね。今時は。去年、足の骨折った時、つくづく思い知らされたのよ。あたしがびっこ引いて、塀につかまりながらやっとこさっとこ歩いてても、誰も気にかけてくれる人、いなかったわ。無関心よ。人がいるってことに、気づこうとしないのよ。虫がはってる位にしか思わないのよ。子供でもいれば、せめて、タクシーくらい拾ってくれるでしょう。

伸枝　でも、お金は払ってくれないわ。

てる　ええ、そう、結局はお金よ。お金がもの言うの。あたしみたいな一人ぼっちは、お金だけが頼りなの。……御免ね。

伸枝　（首をふり）いやなこと話して、悪かったわ。仕方ないわ。利雄には、他あたってみるように言うわ。（立上る）

てる　ゆっくりしていけば……。

伸枝　利雄が待ってるから、又ね。

伸枝退場。てる、しばし、その後ろ姿を見送る感じ。

てる　伸枝ちゃんが、あたしにお金借りにくるなんて……。あんなに腰が曲がって……すっかり老けこんでしまった。

明日待子が、飛びこんでくる。

カツラをつけ、センスの良い服だ。アクセサリーを一杯つけ、サングラスをかけている。一見して、セレブの老婦人に見えなくもない。

部屋に入ってくるなりツカツカと窓辺により、カーテンで身体を隠しそっと、窓の外をのぞく。てる、あっけにとられて見ている。

てる　なにしてるの。

てる、待子の傍により窓の外をのぞく。

てる　なに見てんの。

待子　もういないわ、どこかにいっちまったわ。

てる　なにが。（と又のぞく）

待子　（胸に手をあてて）ほら、まだ胸がドキドキしてる。怖かったわ。

てる　どうしたのよ。

待子　（嬉しそうに）男よ。男がつけてきたの。銀座のバス停から、ずっと。

てる　浮浪者？
待子　立派な紳士よ。男につけられるなんて昔は、慣れっこだったけど、ここんとこなかったから、びっくりしちまったの。
てる　へえ、昔は慣れっこねえ、（傍白）私なんか一度もないわ。
待子　四丁目のバス停でも、バスの中でも、じっと私を見つめて、今にも抱きつきそうな顔してるの。
てる　そいで、このマンションまでつけてきたっていうのね。
待子　ええ、そうなのよ。
てる　（外をのぞいて）どんな男？
待子　それがいい男なの。今風にいえばイケメンね。雷蔵と裕次郎を足して二で割ったようないい男だったわ。
てる　古いわね、どうせならキムタクとか、イチローとか言いなさいよ。いくら年寄りだって、テレビで毎晩見てんだから。
待子　（指を口にあてて）よして！　あたしは女優よ。年寄り、老人、婆あ、こういう言葉は、今後一切この家では、禁句にしましょうって、約束したばかりじゃない。
てる　そんな約束！　ふん、あんたが勝手に決めたんじゃない。私は平気よ。年寄り、老人、婆あ、大いに結構。どうせ年寄りなんだもの、今更年隠したって、得のいくことなんか全然ありゃしないわよ。医療費だってタダ同然。都バスもタダ、銭湯もタダ、映画だって千円で見られるのに、あんたときたら、老人手帳もってかない。電車に乗ってもシルバーシートに坐らない。馬鹿よ、見栄張って。あたしと同い年でしょう。れっきとした後期高齢者じゃないの。
待子　よしてよ、よしてよ、七十五だなんて、あたし絶対認めないわ。
てる　そう、あんたはいつまでたっても六十五。あたしが不動産屋に頼んどいたら、あんたがやってきた。歳訊いたら、あんた、六十五って言った。あたしより十も若い。信じたわよ。派手な身なりで、真珠のアクセサリーつけてて、後できけばあの真珠、偽物だったのね。職業は女優だっていうじゃない。あんまりテレビで

待子　みたことない顔だと思ったけど、あたし芸能界のこと、明るくないからね。でも、歳を十コもごまかしてるなんて、信じられなかったわよ。
てる　ごめんなさい。（しょんぼりとして）
待子　で、仕事もらえたの？
てる　（首を振る）大森さん、関西のテレビ局に転勤になっちまったんですって。
待子　だから、電話してからいきなさいっていったでしょ。
てる　（しょげて）あたしを贔屓にしてくれたプロデューサーも演出家も、みんないなくなっちまった、みんな死んじまったわ、唯一人頼みに思っていた大森さんは、転勤。何て運が悪いのかしら。
待子　あんたに杉村春子や山田五十鈴ほどの演技力があれば、黙って坐ってたって、仕事がくるんだけどねえ。
てる　仕方がないわ。あたし演技派じゃないんですもの。あたしがデビューした時は、絶世の美女だって、新聞や雑誌の一面にグラビアがでたのよ。カメラのフラッシュがまるで花火のようにピカピカ光ってたわ。ああ、いつも抱えきれない花束もらって……。何てことでしょうね。
待子　（待子の足下の紙袋に目がとまる）なにが入ってるの、そのデパートの紙袋？
てる　（シマッタという表情）え、これ？　別に、一寸ね。
待子　また、買ったのね。
てる　バーゲンセールしてたの。あんまり安いから、もったいないから買っちゃった。
待子　見せなさい。

　待子、シブシブと袋から、ピンクのブラウスを出す。

てる　（値札を見る）六千三百円！（肝をつぶす）勿体無い、六千三百円のブラウスなんて！　あんた、お金、（と言って、突然、自分の部屋に駆け込む）
待子　あーあー、みつかっちまった。隠しとこうと思ったのに。
　てる、戻ってくる。

てる　あんた、またあたしのクレッジットカード持ち出したわね。

待子　（ハンドバッグから取り出して）一寸拝借しましたの。

てる　よくもひとのカードを！　一度だけって拝むから貸したら、無断で持ち出して、もう。銀行で無理やり作ってくれって言うからもってるけど、あたし一度も使ってないのよ。

待子　御免なさい、言うの忘れちまったの。（ブラウスを胸にあてて）ねえ、似合うでしょう。イタリー製なの、絹よ、それがたったの六千三百円！　テレビで言ってたけどやっぱりデフレなんだわ。

てる　デフレだって、インフレだって、六千三百円のブラウス、買える身分ですか⁉　どうやって払うのよ、そのお金。

待子　請求書は一ヶ月後でしょう。こうなったら、もうえり好みしないわ。入れ歯のコマーシャル、引き受けるわ。

てる　入れ歯のコマーシャル？

待子　入れ歯はずした顔、写真に撮るっていうから、断ったのよ。でも引き受けるわ。

てる　そうよ、えり好みしている場合じゃないわよ。部屋代、三ヶ月分と食事代二ヶ月分、溜めてんだから。あっ、それとブラウスの代金六千三百円も、ああ、こんな人置いちまって。（と口の中で）

てる、ゴシゴシと腹立ちまぎれに、テーブルを拭く。

待子　あたし、遺言状書くわ。あたしの物全部てるさんに遺すって。

てる　あんたの物って、どこにあるのよ。

待子　お金はないけど、洋服もアクセサリーも、いっぱいあるわ。

てる　一銭にもならないガラクタばかり。

待子　ねえ、何でも使ってよ。アクセサリーなら、家にいる時したって、楽しいわ。

てる　あたしそんなものしませんよ。いい歳した婆さんが、じゃらじゃら首からぶら下げて、みっともないわよ。

待子　ラララ、ランラン、ラララン、ララ、（鼻歌を歌い）ねえ、こないだ買ったベッチンのスカートに、このブラウスぴったりだと思わない？　あのスカートに合うブラウスが見つからなかったの。おしゃれはなんてたっ

てる　て、トータルよ。色がチグハグじゃあね。嬉しいわ。（と、ブラウスを胸に当てる）ラララン、ラララン、ララ。あんたって！　財布は空っけつのくせに、そんなもんでよく幸福になれるわねえ。あたしが人が好いからって、甘ったれんじゃないよ。今月中に部屋代払えなきゃ、出てってもらうからね。

待子　（びっくりして）そんな！　困るわ、突然そんなこといわれて……。困るわ、あたしどこもいくところないのに……。

てる　困るのはこっちよ。あたしはね、慈善事業やってんじゃないのよ。年金生活で、暮らし向きが楽じゃないから部屋貸して、マンションの管理費うかせようと思ってあんたを置いたんじゃないの。だのに、部屋代は溜める、食事代は払わない、あげくの果てに、あたしのクレジットカードは使う。全く、踏んだりけったりだ。仏の顔もこれまでだからね。

待子　（涙ぐみ）……あたし、一人ぼっちなのよ。親も兄弟も、子供もいない。一人ぼっち、この世の中で、てるさんだけが頼りなのよ。

てる　（動揺して、しかし気強く）一人ぼっちはお互いさまよ。何だね、女優ってのは、やだねえ。すぐ空涙なんかこぼして、駄目よ、いくら泣いて見せたって。

待子　ここ追い出されたら、あたしいくとこないのよ。お金もないし……。

てる　当り前よ。お金が入れば、ありったけつかっちまうんだから。

待子　（シクシクと泣く）そうなのよ。あたしって、そうなのよ。馬鹿よね……。

てる　……あたしだって、天涯孤独の一人ぼっち。一人ぼっちで淋しいから、同居人置こうと思ったのよ。……若いのも、中年もいたのに、一番カスつかんじまったんだ。あんたを選んだのはね、あんたも、あたしと同じ、身寄りがいない一人ぼっちって聞いたからよ。管理費浮かすだけじゃなかったのよ。金が目当てだったら、保証人連れてこさせたわよ。でもまさか、ここまで金がないとは夢にも思わなかった……。あんたのその身なりに騙されたんだ。言葉は上品で、丁寧、挨拶もきちんとしてる。それに女優で、いまだに現役で稼いでるっていうし、よもや、部屋代貯めるなんて誰が思う？

待子　……。
てる　おまけに自分の顔ばっか磨いて部屋の掃除もしない。あんたが部屋に掃除機かけてんの、この半年に三回しか見たことないわ。ここはあたしの家なのよ、三十年間のローンでやっと手に入れたマンションなのよ。人のものは大事にしてよ。
待子　でもそんなに汚れてないから、大きなごみ拾ってるし……。
てる　眼鏡かけてよーく見てごらん。ホコリが雪みたいに一センチは積もっているから。今日という今日は、洗いざらい言っちまうからね。
待子　はい。（と坐る）
てる　あんたね、せめて皿洗いくらいしたらどうなの、お金借りてんだから。どうせ利息はくれないんだから。
待子　すみません。洗い物は、手が荒れて汚くなるから、しませんの。
てる　洗い物は手が汚くなる！　ああ、そいであんたコンビニのお弁当だのおにぎりばっか食べてたのね。そのせいよ、便秘だ、胃弱だって、始終薬飲んで……。そいであたしが見るに見かねて、月五千円で食事提供するよなんて言っちまったんだ。一人分作るのも二人分作るのも同じだと思ってさ。うちの食事食べるようになって、あんた便秘しなくなったじゃない。
待子　ほんと、そうだわ。
てる　そいでて、食費も二ヶ月も滞納なんだ。差し押さえするにも押さえるものがない。だからってあんたの目の前で、あたし一人食べるわけにいかないじゃないの。
待子　すいません。
てる　そういえば、先月、テレビの仕事、やってたじゃないの。そのお金、どうしたの？
待子　まだ貰えないの、半年先ですって。
てる　半年先!?　生きてるかどうかわかんないじゃない。年寄りだと思って甘くみてんだね。全く、腹が立つわねえ。
待子　（ケロリとして）そうかしら。でもね、あたし電車に乗っても、席ゆずられたことないのよ。10は若くみられ

てる　るみたい。

待子　薄情だからよ、この頃の若い奴等。

てる　てるさんって、ひがみっぽいのね。さあ着替えてこよう。（退場）
なんて人、同情してやったら、よくもまあ、あの涼しい顔。部屋代もよこさないで、大きな顔して……あんな高価なブラウス買って、あたしなんか、この十年間、一枚のブラウスも、一足の靴も買ってやしないのに。大好物のマグロのお刺身だって、ぐっと我慢して、三月に一度にしてるのに、……だのに、あいつを追い出そうと思うと、心臓が締めつけられるような気がして……。

待子の部屋から、「花も嵐も」のハミングが漏れてくる。

てる　（思わずハミング）あの女でも、いれば話し相手になるしねえ。同い年だから、戦争中、焼け出された時のことだって、お互い直ぐわかるし、こないだだって、御飯食べながら、東京が空襲されて空が夕焼けみたいに真赤だったことや、防空壕のなかで、乾パン食べたことだって、ツウカーなんだ。年をとると、昔話できる相手、いなくなっちまって、古い友達っていえば、もう伸枝ちゃんだけ。みんな死んじまった。みつ枝ちゃんは、伊豆の老人ホームに入ってしまったし、年寄り同士って、同じ空気を吸ってきたってだけで、貴重なんだけど……。

待子、ロングスカートに例のブラウスを着てアクセサリーを目一杯つけて、「花も嵐も」を歌いながら登場。

待子　（てるにニッコリほほえむ）どうかしら。

てる　（怒り心頭に発して）あんたって人は！　あんたって人は！……出て行け！

待子　（思いがけぬてるの怒りの爆発に飛び上がり）どうしたの、てるさん。

てる　出て行け。出て行け。今すぐ出て行け。

待子　（おろおろして）お金なら働いて、必ず払うわよ。明日、ハローワークにいってくるわ。

てる　もう厭だ、もう我慢ならないわ。

待子　どうして、何か気に障ったことしたかしら。

ブザーの音。

二人、沈黙。再びブザーの音。

てる、気を鎮めて玄関へ。

てる どなた?

男の声 三高デパートの外商のものでございますが。

てる デパート? デパートなんて用ないわよ。

と言いながら扉を開ける。

男が中に入ってくる。背広、ネクタイをしたいかにもサラリーマン風である。

田口 (用意してあった名刺を出す)三高デパートの外商部課長の田口と申します。

てる 何のご用? うちはデパートなんかで買物しませんよ。

待子 (男の顔を見て、びっくり)まあ、あなたは!? この方よ、この方がさっき私の後をつけてきた方よ。

田口 (照れて)いやあ、後をつけたなんて、人聞き悪いですねえ、まるで痴漢じゃないですか。

待子 だって、そうじゃないの。デパートの下着売場からブラウス売場、そして食堂から。

田口 申し訳ありません。いやあ、なかなかいいお住まいですねえ。(と待子に)

てる ご用はなんなの。

田口 (待子に)実は、お願いがありまして。

てる お願い?

田口 (待子に向って)実は、当社で今回企画致しましたシルバー向けファッションショーのモデルになっていただきたいと存じまして。

待子 まあ、ファッションショーのモデルに、あたくしが!?

田口 熟年女性のモデルを探すのは、誠に骨の折れることでございまして。今日、たまたまあなた様を、うちのデパートでお見かけ致しまして。スタイルといい、お顔の美しさといい、思わず見惚れてしまいました。そん

待子　な訳で失礼を省みずこちらまでお後を慕ってまいりましたので。
　　　まあ、あたくしが、ファッションショーのモデルに⁉　あたくしがファッションショーのモデル……。さあ、どうぞこちらに、どうぞお掛け下さいましな。（気取って、てるに）お茶差上げてくださらない。冷蔵庫にお羊羹があったでしょう。
てる　（仏頂面で）羊羹なんて、とっくの昔食べちまったわよ。
　　　てる、奥に退場。
　　　田口、リビング中央の椅子に坐る。
田口　そのブラウス、先程当店でお買い上げになったものですね。お似合いだ。実に美しい。
待子　まあ！
田口　（見回して）こちらは、あなた様お一人住まいで？
待子　あの人と二人暮らしですの。
田口　あちらの方はお手伝いさんで？
待子　ホホホ。まあ、お手伝いさんだなんて。古いお友達よ。二人でお金出し合って、共同生活してますのよ。
田口　へえ、友達ですか、共同出資で。そりゃいいですね。
待子　あたくし女優でございますから、家事が苦手でございましょ。彼女、お料理やお掃除がそりゃうまいの。助かるのよ。
田口　そうですか、女優さんですか。どうりでお綺麗な筈だ。失礼ですが、お名前は？
待子　明日待子。
田口　明日待子⁉　芸名ですか？
待子　あたくしの全盛期は、昭和の中頃でございますから、あなたみたいにお若い方は知らないわ。あたくし、お姫様女優って言われてましたの。
田口　お姫様女優、なるほど。じゃあ、チャンバラ映画で。

待子　ええ、市川雷蔵さんや、千代之介さん、錦之助さん、皆さんもうあの世に行っておしまいになったけど、あたくし、いつも相手役でしたのよ。
田口　で、今もテレビとかにお出になってるんですか？
待子　ええ、勿論、現役ですわ。でもお婆さん役なんてやりたくありませんもの、たいていはお断りしてますの。嬉しいわ、ファッションモデルだなんて。

てる、茶を持って登場。

てる　誤解されると困るから、はっきり言っときますけど、このマンションの持主は、私、大空てる一人のものですよ。私が女学校でてから、ヒノデビールに勤め、三十年間のローンで、やっと手に入れたマンションです。何なら、権利書だって見せるわよ。
待子　やだわ、てるさんたら、あたし冗談言ったのに。
てる　この人はね、私の間借り人ですよ。
田口　え？　あなた、間借り人。あなたが家主。
てる　そう、私が家主。
田口　（仰天して）なーるほど、そういうことか、そういうことですか。いやはや、これは失礼。
てる　人は見かけで判断しちゃいけないのよ。見た目で選んでどこが悪いなんてほざいてるのがいるけど、それは若くて経験不足のお馬鹿さんが言うこと。何だって、外側だけじゃわかんないのよ。地味な暮らししてたって、持つべきものはちゃんと持ってる。この人みたいにチャラチャラ飾り立てたって、貯金通帳は空っけつなんだから。
待子　ひどいわ、そんなことまでバラすなんて。
田口　いやあ、勉強になりました。私なんざまだまだ、経験不足のひよっこで。人間を見る目ができてない。そうですよ、確かに金を溜めるには、おしゃれもしないで地味にコツコツ溜めるしかありませんなあ。
てる　そうよ。欲しいものも買わない、食べたいものも我慢。そうしなきゃ我々真面目な庶民にお金が溜るわけないわよ。

待子　でも……お札ぶら下げても綺麗になれないわ。

てる　あんたは、金を溜める喜びを知らないから、そんなことというのよ。お金さえあれば、心は安らかなのよ。

田口　そうですよ、そうです。お金さえあれば、なんでも手に入る、心は安らか。しかし、近頃は銀行に預けても、金利が安くて、つまらないでしょう。銀行だっていつ倒産するか分りませんからねえ。

てる　誰が銀行なんかに預けるものですか。（うっかり口を滑らす）二千万円預けたって、利息はたったの三千二百円。

田口　たったの三千二百円ですか⁉　そりゃあひどい。

てる　その上、倒産するかもなんて噂きいたら。

田口　まったく、恐ろしい世の中です。銀行が信用できんときくやいなや、私の従兄なんか、たった一億ばかしですが、銀行から全部引き出して、タンス預金してますよ。

てる・待子　一億！

てる　考えることは、皆同じなのねえ。

田口　そうですよ、近頃はタンス預金が増えてるそうですがね。

てる　でもね、家に置いとくのも心配なのよねえ（といってまたシマッタと思い）まあ、あたしのお金なんか雀の涙だから、たいしたことないけど。

田口　いやあ、二千万円あれば、雀の涙どころか、ライオンの涙で。

てる　二千万円なんてないわよ。

待子　あら、てるさん、今二千万円って言ったわ。

てる　まさか、二千万円なんてあるもんですか、二百万円よ。二百万円だから、先の心配してるのよ。

田口　ハハ、そりゃそうです。二百万円じゃ老後の生活、バラ色とはいきませんからねえ。

てる　といって、この年じゃ働くとこもないし。……年金だけが頼りなのよ。

田口　どうですか。奥様も当社のファッションショーに、モデルとしてご出演くださいませんか。

てる　あたしが⁉　あたしがファッションショーのモデル⁉　このあたしが……。

田口　実は、先程から拝見していて、奥様のような個性的な方が、案外いけるんじゃないかと思いましてね。

てる　ふん、個性的ってことは、ブスってことじゃない。からかわないでよ。

田口　ハハ、分ってませんねえ、奥様も、世間一般の女性同様、固定観念に縛られてる。いいですか、美は乱調にあり、現代は美人も多様化してますから、顔立ちの整ってる美人なんざ面白くもおかしくもない。むしろ、奥様のような愛嬌のある方のほうが。

待子　それじゃ、あたしみたいな美人は、歓迎されないってことですか。

田口　そ、そういう意味じゃ。とにかく、お二人とも、当社の企画にぴったりのモデルです。

てる　でも、モデルって、針金みたいにやせてないでいいの。足がごぼうみたいで、お尻がキュッと上がってて、頭は脳みそが入ってないみたいに小っちゃくて。

田口　そういうのは、若い女性向きのファッションモデルですよ。若い女性てのは、簡単に幻想を抱きますんでね。モデルの体型と自分の体型の間にある厖大な落差に気付こうとしない。しかし、熟年の女性は、そうは行きません。皆さん、経験豊富でいらっしゃるから、己を知っている。騙されません。人生は所詮、思うようにはいかないもの、と知っている。

てる　そう、本当にそう。人生は思うようにいかないものよ。

田口　だから、自分と同じような体型の女性が、素敵な服を素敵に着こなしてれば納得して買うのです。熟年女性はリアリストです。

てる・待子　熟年女性はリアリスト。

田口　現実主義。夢を見ない。すぐ諦めて、居直っちまう。

てる　そうよ。居直らなきゃ、生きていけないもの。

田口　いや、それじゃお終いですよ。生きてる甲斐ないじゃないですか。女に生れた甲斐ないじゃないですか。おしゃれは女性の特権です。

待子　あら、この頃、男性もおしゃれだわ。

田口　おっしゃる通り。だが、男のおしゃれなんか、たかが知れてます。男が化粧したり、ハイヒールを履いてご覧なさい、オカマと間違えられる。そのてん女性は、堂々と塗りたくれる。正直言って、どんな婆さんになっても、美しく着飾って欲しいという願いが、男にはあるのです。

待子　（うなずいて）そうよ、本当にそうよ。

てる　でもねえ、おしゃれのし甲斐がない者もいるのよ。

田口　ホラホラ、さっきから言ってるでしょう。美は乱調にあり。野の花をご覧なさい。バラばかりが美しいのではない。野菊も、レンゲも美しい。ペンペン草だって、ドクダミの花だって美しい。（待子を指さして）あなたも美しい。（てるに）あなたも美しい。

てる　でも、おしゃれって、金がかかるのよ。

田口　だから、金をかけないでおしゃれをさせて差上げようってんです。金をかけないどころか、金儲けしながら、おしゃれができるのが、モデルって商売なんですよ。

てる　お金呉れるの⁉

待子　（顔を輝かせて）あの、失礼ですけど、ギャラはおいくらぐらい、いただけますの？

田口　いかがでしょうか、これで。（と指を二本出す）

てる　二千円？

田口　（笑って）欲が無いですね。

待子　二万円よねえ、いくらなんでも。

田口　（首を振る）そんなお安くて宜しいんですか。

てる・待子　まさか……二十万円⁉

田口　そうです。二十万円です。それもワンステージ。

てる・待子　ワンステージ二十万円。
田口　ワンステージ二十万円。全部で、五十ステージか、百ステージになります。
てる・待子　二十万円が五十から百。（二人顔を見合わせる）
田口　ただし、全面的に協力して頂かなければなりませんよ。
待子　勿論ですわ。
てる　いいわよ、ストリップだって、なんだって、こうなったら。
待子　ええ、なんだってやるわ。ストリップだって、逆立ちだって。
田口　ストリップなんて必要ないですよ。私が言う意味は、こちらの都合にすべて時間を合わせて頂ければ宜しいので、日本中を回ることになりますからね。
てる　旅行するの？
田口　勿論です。
てる　あら、この家を留守にしなきゃならないの？
田口　なんか、不都合なことがおありで？
てる　いえね、一寸、用心が悪いから。
田口　泥棒でも入るんじゃないかと？
てる　いいえ、なに、いいの、なんとかするわ。
田口　それでは、後ほどドレスを持って出直してまいります。

田口、退場。

てる・待子、興奮状態。

待子　（歌いながら、踊り出す）ワンステージ二十万円、十ステージで二百万円、二十ステージで四百万円、これで部屋代も払えるわ……。
てる　そうだわ、伸枝ちゃんに。（受話器をとる）

暗転。

てる　（暗い中、声のみ）伸枝ちゃん、お金貸してあげるわ。うん、うん、その代り期限までに必ず返してね。利息？　利息はいいから必ず返してね。

照明次第に光度を増し、てるが伸枝に貸す金を数えている姿が浮き上る。

てる　百万、二百万、……（残りの一八〇〇万と共に金庫にしまう）本当に返してくれるかしら、心配だな……。

リビングから待子が呼ぶ。

待子　（リビングに来て）お化粧なんて……。

てる　てるさん、お化粧の練習しましょうよ。あの人がくるまでに、少しはモデルらしく装って……。

待子　さあ、あたしがやってあげるから。

待子、自分の化粧品をつかって、てるに化粧する。ファンデーション、眉墨、口紅と……。

てる　只で綺麗な服着られて、おまけに金もらえるなんて。ねえ、ワンステージ二十万円が五十回だと、千、千、一千万円⁉　本当？　まさか……。

待子　百回やったら、二千万円⁉　本当？　二千万円⁉　どうする、二千万円も。

てる　貯金よ、きまってるじゃない。

待子　貯金⁉　ああ、あたし、シャネルのスカーフとハンドバッグだけは買わせてね、いいでしょう。

てる　いくら、それ。

待子　両方買っても三十万円くらいよ。

てる　三十万円⁉　駄目。

待子　だって、あたしのお金よ。

てる　これからは、あたしが管理するわ。

待子　いいわ。その代り、一生ここにおいてくれる？

てる　一生あんたの面倒をあたしが見るの？　得だか損だか、わかりゃしない……。

待子 一寸黙って、口紅つけるから。

てる 何年ぶりかしら、口紅ぬるの……。

待子 ほら、見違えるように綺麗になってよ。

てる (手鏡を見て) お化粧って魔法ね。

待子 ええ、お化粧するってことは、自分に魔法をかけるのよ。

てる (鏡をみて) 二十は若くなったみたいだわ。(眼鏡をとり出して、かけようとする)

待子 駄目よ、およしになって。

てる でも、口紅こすぎない?

待子 きれいよ、とっても綺麗だわ。眼鏡かけて見えるものが果たして本当だかどうだかあたし疑問だと思うの。眼鏡かけてがっかりするより、かけないで幸福でいましょうよ。さあ、歩く練習をしましょう。歩くのが、一番むずかしいのよ。

待子、雑誌を頭に載せて歩く。

てる、まねして、新聞紙を頭に、しかし何度やってもうまく行かない。(このあたり喜劇性を強調)

いつの間にかハワイアンの曲が入ってくる。

待子に合わせて、てるも踊る。

田口とみどり、大きな旅行鞄を引きずって入ってくる。

二人とも、気付かずに踊り続ける。

田口 (大きな声で) 失礼します。

二人びっくりしてストップ。

音楽も止まる。

てる なんですか、無断で入ってくるなんて。

田口 ブザー押しましたよ。全然反応がないんで、扉押したら開いたから。

てる　まあ、鍵掛ってなかったのね。
田口　無用心ですね、女性二人。鍵はしっかりかけて下さいよ。
待子　てるさんが鍵忘れるなんて、おかしいわね。
てる　どうかしてるわ、あたし。
田口　さあ、これから試着して頂きますからね。（みどりに）用意してよ。
みどり　はい。
田口　そうそう、これ、うちのデザイナー兼スタイリストです。
てる・待子　よろしく。
みどり　（二人を上から下まで眺めて）そうだなあ、どんなのがいいかなあ。
田口　早く出してお目にかけなさい。
　　みどり、トランクを開けて、服を次々に取り出す。
　　待子、傍に行き、物色する。
待子　どうかしら、これ。
田口　さすがお目が高い。いいですよ。
てる　これ、あたしにどう?
みどり　それはおばあちゃんには似合わないよ。
てる　あら、そうかねえ……。（と探す）
田口　（みどりを、てるにわからないように蹴っ飛ばす）
みどり　イタッ。
　　田口、みどりを脇に引張る。その間てると待子は、夢中でトランクの中をかき回している。
田口　（小声で）おばあちゃんて言うなっていったろ。
みどり　わかったよ。

田口　言葉に気をつけろ。

みどり、二人の傍に戻り。

みどり　（てるに、気取って）奥様でしたら、これなど、如何かしら。サイズも多分よろしいかと。

てる　これ!?　これ、あたしが着るの？

田口　いいじゃないですか。冒険は希望の母。この際、新しい、未知の自分を発掘してください。

てる　冒険は希望の母。うまいこと言うわね。

みどり　（待子に）そちら様は、これなどよろしいんじゃございません。

待子　あたくしこれまで、ありとあらゆる役をやってきましたから、もう新しい発見なんてありませんわね。

田口　いやあ、女性は汲めどもつきぬ神秘です。夢を持って下さい。

みどり　これなんかどうでしょう、奥様。

待子　まあ、すてき。初めてよ、こんなの。嬉しいわ。

田口　喜びこそ、美の源。さあ、どうぞ試着してください。

二人、服を抱えていそいそと自分たちの部屋に消える。

田口、してやったりという表情で、にやりと笑う。

みどり　おかしなことを考えついたものだね。婆さんのファッションショーだなんて。

田口　せっかく、お前の手引きで盗んだ服だ。有効に使わなきゃ勿体無いだろ。婆さんたち、大喜びだ。

みどり　まわりくどいんだよ、あんたのやることはいつも。で、金はどこ？

田口　待て待て。せいてはことを仕損じる。急がば回れだ。俺のやり方はな、人に功徳を施して、そのお礼に虎の子を頂く。それが俺の流儀だ。ただの詐欺でも泥棒でもない、芸術的やり方だ。

みどり　泥棒に芸術なんて関係ないよ。

田口　ある。ただの泥棒より頭を使う。時間もかける。とにかくおだててな。

みどり　分ってるよ。本当のことさえ言わなきゃいいんだろう。

田口　そう、人間は優しさだ。大事なのは優しさ。真実ってのは、残酷なものだからな。優しくすりゃあ、年寄りはいちころさ。
みどり　わかってるよ。いつものほめ殺しの手でいきゃあいいんだろ。
田口　そうよ、ほめ殺し、ほめ殺し。
みどり　優しく、優しくね。けど、本当に金あるの。
田口　二千万円は固い。
みどり　二千万円⁉
田口　シイッ、でっけえ声出すな。
みどり　(周りを見回して) どこにあるの？
田口　(顎で、てるの部屋を示す) タンス預金だ。
みどり　ふーん。
田口　あとで、あの部屋偵察してこい。二人をおびき出して、その間に仕事だ。
みどり　警報器とか、ついてないかな。
田口　そのくらい見りゃ分るだろう。
みどり　二千万か。悪くないね。二千万の半分で一千万か。こいつは春から縁起がいいや。
田口　ばか、一千万も誰がやっか。せいぜい三百万だ。
みどり　約束が違うよ、それじゃ。
田口　三百万っていったら、三百万だ。それ以上は、びた一文だって出さねえぞ。
みどり　あたしがいなきゃ、なんにもできんくせして。誰のお陰だよ、この服あつめたの、え。
てるの声　ちょっと、背中のファスナーがあがんないのよ。
みどり・田口　はい、はい。
田口　しっかり観察してこいよ。押入れだ、押入れ。

みどり、バッグを抱えて、てるの部屋へ。
部屋に一人になった田口、部屋の中を物色する。
待子が着替えて登場。

田口　（拍手）いやあ、さすが女優でいらっしゃる。すばらしい着こなし、さすが、さすが。（芝居がかって）これからいづれにお出ましで？

待子　（にっこり笑い）今から鹿鳴館のダンスパーティーに参りますの。伊藤博文閣下のお相手をおおせ仕りまして。
かすかなバックミュージックのワルツの曲が大きくなる。

田口　奥様、お手をどうぞ。（と手を差出す）
二人、ステップを踏む。
と、音楽突然ストップ。
てるが、別人の姿で登場。
田口と待子、びっくりして言葉も出ない。

田口　偉大なる変身。毛虫が蝶になったようだ。

待子　すてきだわ、てるさん。

田口　（二人を交互に見て）いづれがあやめかかきつばた。いかがでございます。オートクチュールの着心地は？

てる　（興奮してみどりの不在を忘れている）自分じゃないみたい。なんだか、なんだか、ボーっとして、お酒飲んだ時みたいに、変な気分よ。

田口　正に天国にいる気分ではないですか。芸術品は人を酔わせるものです。いやあ、それにしても見事にオートクチュールを征服致しましたね。服は人を選びます。これだけの服は、奥様方でなければ着こなせません。まさしく年輪というものですなあ。花も嵐も踏み越えてきた女性のたくましさ、強さがかもし出すアトモスフェアが、服に生命を与えるのです。

てる　（傍白）生れて初めてだわ、こんな気分。

待子　（傍白）オートクチュールなんて、初めてだわ。
てる　ねえ、ファッションショーが終ったら返すんでしょう、この服。
田口　もし、ご希望でしたら、お安くお分けいたしますが。
てる　いくらなの？
田口　そうですなあ。（と計算するふり）なにしろ、百万単位の品物ですから。しかし、この際大サービスで、如何でしょう十八万三千八百円では。
てる　十八万三千八百円⁉……駄目、駄目。十八万だなんて、冗談じゃないわよ。
待子　（自分の服を指さして）これは、おいくら？
田口　同じです。十八万三千八百円。正価は七十八万五千円ですからね。
待子　（溜息）世の中には、こういう服買える人がいるのねえ。
てる　（怒り出す）誰が買うもんか。あたしはね、二千円以上の服なんか、着たことないんだから。
田口　（冷たく）別に奥さんに買って頂こうなんて思っておりませんので。
てる　あんたね、年寄りがこんな高い服買うなんて本気で思ってるの？　冗談じゃない。年金暮らしの年寄りが買えるのは、たかだかユニクロかスーパーのバーゲンセールよ。
田口　それぞれ、そこにあるんですよ、世の中、景気がよくならない原因は。知っていますか、日本で一番金持っているのは、高齢者なんですよ。貯金高では一番で。
待子　あたしなんか一銭もないわよ。
てる　あんたは、例外よ。
田口　そう、すべてには例外があります。しかし、内閣府の昨年度の統計によりますと、熟年層の預金高が最高であるのは、明白な事実であります。いいですか、若い者はろくに仕事もないので金がない。中年は子供の教育、家のローンで金がない。年寄りは握って、握って離さない。となると、この社会どうなります。
てる・待子　（沈黙）

田口　神様はこういう美しいものを何のために作られたのか、考えてみてください。年をとり、衰えてゆく女性の肉体をカバーし、未来のない老年期に夢を与えてくれるのです。

てる　でも、値段が高すぎるわ。

田口　ハハハ、死んでからじゃ金は使えませんよ。まあ、地獄の鬼どもにチップにでもくれてやりますかな。

てる　あんたね、デパートの回し者だから、そんなこと言うけど、あたしが後何年生きているか、教えてよ。あと十年？　十五年？　二十年？

田口　そ、そんなこと、私に分るわけありませんよ。

てる　ほら、ごらん。だから金は使えないの。あと三十年も生きてごらん、二千万の金じゃ、（シマッタと手を口に）

田口　（傍白）二千万か！

待子　まあ、二千万円も！

てる　仮によ、仮に二千万あったとしてよ、あるわけないけど、足りないんじゃないの。年寄りってのはね、中古車と同じ、お金がかかるのよ。金属疲労、あっちこっち傷んでるからね。無理すると、すぐ壊れちまうガラスの人形みたいなものよ。目だって、白内障があるから、来年あたりは手術だわ。お金がいるのよ。

待子　あたしは入れ歯を直さなきゃならないわ。

てる　年寄りがお金使ってすっからかんになったら、誰が面倒見てくれんのよ。

この辺りで、みどりがバッグを抱えて、抜き足差し足でてるの部屋から出てくる。

てるも待子も、気付かない。

みどり、田口にウインク、指で丸を作り、オーケーのサイン。

田口、にやりと笑う。

田口　じゃあ、仕方ありませんなあ。ボロを纏い、まずいものを食って、死ぬのを待つんですなあ。（引上げる態勢で）

てる　（傍白の感じで）ボロをまとい、まずいものを食って、死ぬのを待つ……。ボロをまとい、まずいものを食って、死ぬのを。

田口　私どもは、お年寄りの女性たちに、美しく装う喜びを教えてさしあげたいのです。決して、金儲けばかりを考えてるのではありません。この企画は、長生きしてよかったと心から喜んでいただくため。服を売るのだけが目的ではない。言ってみれば一種の福祉事業でもあるのです。それに高級品ばかりでなく、お手頃な服も準備してるんですよ。熟年女性におしゃれのノウハウを、教えるのが我々の使命なのです。まあ、お二人ともモデルとして頑張って下さい。

てる　本当にモデル料、くれるのね。

田口　勿論です。決して値切ったりは致しません。なんなら契約書を置いてまいりましょう。明日、帝国ホテルの鳳凰の間でリハーサルを致します。十時にこちらにお迎えに参上致しますから、それまでにこの契約書をお読み下さって、ご署名、押印くださいますよう。

田口、アタッシュケースから書類を出し、てると待子に渡す。

そして田口、みどりの傍により。

田口　おい、二千万だろ。

みどり　（うなずいてバッグを叩く）

てると待子、その書類に目を通す。

田口　よろしいですね。

てる・待子　はい。

田口　それではこれで失礼致します。この服は明日持っていきますから、それまで試着下さって結構ですから。

てる・待子　はい。

田口　失礼致します。

みどり　失礼致します。

てる、待子、お辞儀をして二人を送り出す。

入れ違いに伸枝が飛びこんでくる。戸口の外でみどりとぶつかりそうになった模様。

興奮さめやらぬてるは、上機嫌で伸枝を迎える。

てる 早かったわね。

伸枝 (息を切らして)悪いけどお水くれない。

てる お茶いれるわ。今川焼きもあるの。

伸枝 お水がいいの。それに帰って直ぐ銀行にお金入れないと。

てる 血圧高いんだから、無理しちゃ駄目よ。一寸待ってね。伸枝ちゃんに渡そうと思って、さっき別にしといたの。(といいながら、隣室へ)

待子、鼻歌を歌いながら、田口が持ってきたドレスを着たまま出て来る。

待子 あら、お客様。

伸枝 まあ、素敵な衣裳。

待子 あたし達、明日からファッションショーのモデルやるのよ。

伸枝 ファッションショーのモデル?

待子 てるさんとあたし。

伸枝 え!? てるちゃんもモデルに!?

待子 デパートから頼まれたのよ。

伸枝 デパートから頼まれた、てるちゃんも!?

待子 お金稼ぐのよ、ジャンジャン。

伸枝 (半信半疑で)お金稼ぐ……。

待子 シルバーファッションモデル。(ポーズをつくる)いかが。(気取って歩く)

伸枝 まあ。

待子 あたしの夢だったの、ファッションモデル。あなた、もっと姿勢をよくしなさいな。背筋を伸ばして。(伸枝の姿勢をなおす)

伸　枝　（腰を伸ばす）痛い、痛たた。駄目よ、腰が痛くて。（と腰をさする）

　この時、隣室からてるの悲鳴が。

てるの声　お金がない！　あたしのお金がない！

　待子、伸枝、驚いて隣室へ。てるが腰が抜けたのか、動けないで口をパクパクさせて、金庫を指さし金を盗まれたと言っている。

　待子と伸枝、事情がよくのみこめなくて立ちすくむ。

　暗転。

②―1

　照明が入ると、若い警官が押入れを開けたり閉めたりして現場検証をしつつ、老女たちから状況をききメモをとっている。

　てるは、床にペタリと坐りこみ、突然老けこんだ様子。シャックリが止まらない。

警　官　そのデパートの店員とかって二人が帰るまでは、金は確かにあったんですね。

伸　枝　（てるに）そうよね、あたしがお金借りにくるから、あいつ等が来る前に二百万円、別の袋に入れといたんですって。そうよね、てるちゃん。

て　る　（うなずく）

警　官　二千万円って言いましたね。

て　る　（うなずく）

警　官　二千万円も押入れに入れといたんですか？　疑うわけじゃないけど、本当に二千万円も……。

て　る　（うなずく）

伸枝　二千万円も……本当に二千万円も持ってたのね……てるちゃん。
待子　すごいわねえ、二千万円も。
警官　すごいですね、見たことないですよ、そんな大金……。
待子　あたしも。
伸枝　あたしも。
待子　二千万円って、どのくらいになるの。
警官　？
てる　このくらいよ。（と手で示す）
警官　（手でカサをつくり）このくらいねえ、ふーん。（待子に）あなたは犯人が盗んでいく時、その場にいたんですね。
待子　ええ。
警官　全然、気がつかなかった？
待子　全然。だってあたしもてるさんも、ドレスに夢中になってたんだもの。
警官　ってことは？
てる　騙されたのよ。ファッションショーのモデルに雇うなんて、うまいこと言われて。
警官　モデルって、あなたがですか⁉
てる　（うなずく）……。
待子　ええ、そうよ。（胸をはる）
警官　変な話ですねえ、きいたこともないな、あなたがファッションショーのモデルねえ……。
待子　シルバーファッションショーなのよ。お年寄向けの。
警官　はあ、シルバーファッションショー……そうか……これは新手（アラテ）の詐欺かな……。しかし、どうやって盗んだのかなあ。

伸枝　それを調べるのが、あんたの役でしょ。
警官　しかし、指紋もないし、証拠がない。女はうちの近所の古着屋の店員に似てたって。
伸枝　だから、さっき言ったでしょう。あの女店員から。
警官　似てるといってもねえ。
伸枝　このあたしが着てる上着、そこで買ったのよ。あの女店員から。
警官　他人の空似ってこともあるしね。一瞬すれちがっただけでしょう。
伸枝　一瞬だってわかるわよ、いくら老眼だって。馬鹿にしないでよ。
てる　（シクシク泣き出す）早くあたしのお金取り戻してください。お願いします。
伸枝　折角てるさんがお金貸してくれるって言ったのに……。
警官　疑うわけじゃないですが、どこか他に（金）蔵ったとか、銀行に預けて勘ちがいしてたとか、ってことないですかねえ。
てる　あたし呆けてなんかいないわよ。ちゃんと押入れの金庫に入れて、毎日勘定してたのよ。
警官　毎日勘定してた？
伸枝　まあ、毎日数えてたの、二千万円も……。
警官　（田口の名刺を見直して、待子に）で、三高デパートに、この男はいたんですね。
待子　ええ、田口部長は、今出張中だって、交換台の女の方が言ってましたわ。
警官　ふーん。そーか……。出張中ねえ。つまり実在の人物ってことですね。
伸枝　ねえ、あたし達と一緒に古着屋に行ってくださいよ。てるちゃん、そうしようよ。顔見れば納得いくから。
てる　うん。（床に手をついて）お願いします、あたしのお金、取りもどしてください。お願いします。
警官　とにかく署に戻って報告して、出直してきます。

警官、退場。
三者三様の思いで、

てる　悔しいわ……あのお巡り、あたしを呆けてると思ってんのよ。
伸枝　二千万円も、……てるちゃんがそんなに持ってたなんて。
待子　信じられないわ。あの紳士が泥棒だなんて……。

②—2

古着屋（例えば高円寺周辺の店）。
田口とみどりが上機嫌で、ビールで祝杯をあげ、おにぎりを食べている。

みどり　（無邪気と図々しさが混在する性格）あんたって、頭いいんだね、み直しちゃった。
田口　（ビールを飲み）惚れ直したろ。
みどり　フフ。（田口のコップにビールを注ぐ）
田口　今日という今日は、我ながらたいしたもんだと思ったよ。こんな古着屋やらしとくのは勿体ない、なあ。
みどり　あの婆さん、今頃泣いてるよ。
田口　女ってのは、いくつになっても自惚れが強いよなあ。ファッションモデルになれるって、本気にしてるんだぜ。
みどり　あの派手派手のピンクのドレス着た時、鏡みて呆然自失って感じだった。いくつになっても、綺麗になりたいんだよ、女って。あたし、結構感動しちゃった。
田口　そうか、幸福感に酔いしれさしてやったんだな。俺、つまり功徳をほどこしたんだ。そのお礼に二千万円か。安いもんだ。
みどり　ねえ、どうしてわかったの、押入れに金あるって。
田口　勘だな。臭うんだよ。あのての婆あは用心深そうで、結構ぬけてるんだ。自信過剰で、あたしは決して騙されませんよって顔してるが、欲だけはたっぷりあるからな、欲がある奴は、必ず騙されるって。

みどり　ふうん。

田　口　しかし、あっちの婆あには騙されたな。三高デパートの宝石売場でな、「あたくし、エメもヒスイも興味ないのよ。ダイヤは六・五カラットのもってるし。物騒な世の中でしょ。こんなもので殺されたりしたら厭ですもの。本物はね。家に置いて、ホホ、これは勿論偽物よ。でもね、タンスのこやしにするのも味気ないものだわねえ。あら、素敵！　一寸、これみせてくださる。まあ、似合うわねえ。二百七十五万円、お安いのねえ。この程度なら、おそわれないかしら、考えてみるわ」なんていってな。それが堂にいってて、うまいんだよなあ。まさか、あの婆あがスカンピンだなんて。

みどり　あんたを騙すなんて、すごいねえ。

田　口　騙されるわけさ、女優なんだそうだ。

みどり　へえ！　テレビでみたことないな、けどさ優しくすりゃあ、年寄りなんて、いちころだって、本当だね。

田　口　年寄りだけじゃないよ。俺だって、なあ、みどりちゃん。優しくしてよ。ねえ（と、みどりを抱いて接吻）ハワイにいこう。金はたっぷりあるからさ。（みどりを抱きしめて）いいだろ、ねえ。（としつこく）

みどり　駄目。駄目だってば。奥さんと離婚する気もないくせして。（田口の腕をはねのけようと）やばいよ。真昼間から。さ、早くお金、分けちゃおう。（とボストンバッグから、金を出す）ウッすごい札束。初めて見た。すっごいや。百万、二百万、三百万。（と半分に分ける）

田　口　おい、おい。お前のとり分は三百万だぞ。

みどり　三百万⁉　話がちがうよ。この金はあたしのお陰だよ。あたしがあのドレスとってきてやったんだから。貸衣裳屋でも、とびきり上等のなんだからね。半分は権利があるんだ。

田　口　そんな約束してないぞ。

みどり　ああ、初めてだ、（と札束を抱きしめて思わず鼻歌がでる）倖せだなあ。千万円、二千万円……。

田　口　三百万だぞ、それ以上は駄目だ。

みどり　ふん、半分て約束だよ。約束は約束だよ。田舎の母ちゃんに、百万くらい送ってやるつもりよ。もう六年も帰ってないからね。

田　口　へえ、親孝行か！　みかけによらず純情なんだな。

みどり　たまには、親孝行くらいしたくなるのよ。

田　口　俺には親孝行なんて趣味ないからな。第一、俺には親はいない。

みどり　（金を自分の袋につめようとする）

田　口　おい、おい。勝手なまねするな。（とみどりの手を引張り、抱こうとする）飛行機のチケット買ってあるんだぞ、嘘じゃないって。

みどり　ハワイなんかでごまかさないでよ。（田口ともみ合う感じ）

田口の妻、京子が突然、姿を現す。

京　子　（二人がいちゃついてる様を、眺める感じ）へえ、こういうことだったのね。

二人、慌てて離れる。みどり、服の乱れをなおす。

田　口　（とぼけて）なんか用なの？

京　子　用がなきゃきちゃいけないの。ここの家賃、払ってるのはダアレ？

田　口　つまんねえこと言うなよ。

京　子　（みどりに）あんた、仕事が休みの時、手伝わせてくれって、ひとの亭主ひっかけにきたんだね。

みどり　ちがうよ。そんなんじゃないよ。

京　子　じゃ、なんなのよ。え、説明してよ。外はお陽様、カンカン照りだよ。真昼間っから、みっともないことしないでよ。

みどり　（田口に）あんたが悪いんだよ。

京　子　（田口に）こんなメス犬に手出すんじゃないよ。（改めて気付いたように）あらあ、いいとこにきちゃったんだ。じゃ、これ、いただいていくわ。今日のとこは大目に見てやるからね。（傍にあった紙袋に、さっと札束をつめて）

みどり　なにすんだよ。あたしのお金。（と京子の袋を奪う）婆あ、かえせ。
京子　（みどりを突きとばして）ふんそんなに欲しかったら、その男くれてやるよ。（と立ち去る）

みどり、泥棒！　と京子を追う。田口、みどりの足を払う。

みどり、倒れる。

田口　（みどりをつかまえてなだめ）待て待て。騒ぐなよ金は必ずとりもどして、お前にやるから、な。
みどり　半分だよ。絶対半分だからね。約束破ったら、ただじゃおかないよ。あいつひとをなめやがって……。
田口　興奮するなって、（となだめる）

てる、待子、伸枝、警官が入ってくる。

伸枝　（みどりをみて）この女でしょう。
みどり　（てる、待子をみてびっくりして）あっ（と、奥へ隠れようとする）やばいよ……。
てる　（田口をみて）こいつよ。こいつだわ。（と警官に）
待子　そうだわ。この人よ。
田口　（驚くが、素早く態勢を立て直し）いやあ、先程はどうも。
てる　こいつよ、こいつがあたしのお金盗ったのよ。
警官　一寸、待ってください。（興奮するてるをとどめ）田口さんですね。
田口　なんですか、一体。
てる　いけしゃあしゃあと、白ばっくれて、
警官　あなた、この人のマンションにいきましたか？

この間に、みどり逃げ出す。

田口　いきましたよ。商売ですからね。
警官　この名刺では、三高デパートの営業課長となってますが、

田口　実は、嘱託でしてね。私の企画を、企画戦略課の部長が是非採用したいと言って、この名刺をつくってくれたんですよ。嘱託という肩書きじゃまずいだろうってね。で、目下出張ということにしてモデルをスカウトしてたんです。

待子　（横から）ファッションショーの話、本当なのね。

田口　勿論、本当ですよ。

警官　それで、この二人をモデルに？

田口　そういうことです。お二人ともなかなか才能があるんでね。

てる　嘘ばっかり。もう騙されないからね。（警官に）早く、つかまえてくださいよ。

警官　しかし、この店はあなたの？

田口　店は女房がやってるんで、時々私が仕入れなんか手伝ってるんで……。

てる　返してよ。あたしのお金。あんたが盗んだに決まってるんだから。

田口　きき捨てならないことというね。婆さん。私がなにをとったっていうの、え。

てる　あたし達がドレス着てる間に、あの女に盗ませたのよ。あの女、（店をみまわすがいない）どこへいったのよ、お巡りさん、駄目じゃない、見張ってなきゃ。

田口　みどりなら、帰りましたよ、次のバイト先があるから。

てる　逃したのよ、こいつが。

田口　一寸、一寸、いいんですか、私を犯人呼ばわりさせといて。私が一体なにをしたっていうんです、なんの証拠があってそんないいがかりを。

警官　この方の二千万円を、盗んだっていってるんです。

田口　え!?　二千万円！　二千万円ももってたの!?　一体どこに蔵っといたのよ。

警官　押入れだそうで。

てる　しらばっくれて、悪党！

田口　しかし、近頃の年寄りはすごいねえ、二千万円も現金で！　驚いたなあ。
てる　（泣き声で）こいつが犯人に決まってるのに。
田口　そんなに疑うなら探してみなさいよ。狭い部屋だ。二千万円なんて大金、どのくらいのカサになるんですかね。
警官　（手を拡げて）このくらいだそうで。
田口　このくらい、（手を拡げて）結構なカサだな。（てるに）どうぞどうぞ、家ん中じゅう調べてください。あんた眼鏡かけないで大丈夫なの。（と待子に）
待子　まあ、大きなお世話よ。
田口　なんなら、身体検査してもいいよ。

てると待子、部屋を隅々まで探す。

田口　その箱いいよ、どけて。吊るしてある服もね。なんでもかんでもどけてよ。遠慮しないで。（警官に）そういえば、アルツハイマーの初期の段階で、金を盗まれたって妄想にかられるって症例があるって、知ってますか？
警官　いやあ、知りません。……年をとるともの忘れするのは事実ですね。私の祖母なんか、一日中探しものをしています。
田口　そうなんだよなあ、ことによると、銀行に預けといて、勘ちがいしてるんじゃないのかなあ。……あり得るよなあ。
警官　（うなずいて）そうですねえ。
田口　あんたも大変だなあ、こういう年寄り、今、多いからね。高齢化社会の現象だね。被害妄想って奴。
警官　そうですかねえ……。

てる達、店の方まで探す。

田口　私の今回の企画はね。こういう呆け老人を減らすためにたてたんですよ。この超高齢化社会、少子化は、一向に改善されそうもないじゃないですか。昼間街にでてごらんなさい。時間をもてあまし、金をもてあまし

警官　た年寄りばかりだ。街は灰色一色、暗い、実に暗いじゃないですか。そういうお年寄りに夢と希望を与えようってのが、私の企画なんです。美しく、カワイク。若者ばかりじゃない。年寄りも可愛く、となれば、楽しいじゃないですか。ファッションはね、宗教と同じなんです。内面から変れる。年寄りが、明日への希望、生きる希望をもつことこそ、

てる　帰っちゃうの？

警官　（警官のケイタイが鳴る）はい、あ、そうですか、いや、大丈夫です。直ぐいきます。僕、署に戻らなくてはなりませんので（と田口に、てる等に）又、この件では相談にのりますから。

田口　やあ、御苦労様。

警官　又、あとで、上司と相談して。

田口、残っていた缶ビールを飲んだり、新聞をみる。
てる等必死に部屋の中を探す。

田口　どう、みつかった？　百万でも十万でもいいんだがなあ、どっかにないかなあ。（と、からかう）

てる　（絶望的になる）お願い、返してよ。決まってるじゃない、あんたがとったのに。あんたがくるまでちゃんとあったんだから。

田口　ほんとですかね、そう思っただけじゃないの。人間って、思いちがいするからね、それにお婆ちゃんくらいになると、おれのお袋もよくやってたよ。メガネかけて、メガネ探してんだ。

てる　馬鹿にしないでよ、年寄りだと思って。

田口　だって、あんたの金、押入れの金庫の金、あんた以外、誰か知ってるの、だあれも知らないんだろ。二千万円もあるって。

待子・伸枝　……。（沈黙）

てる　お願い、お願いだから返してよ。あたしの全財産なんだから。

田口　（せせら笑い）押入れなんかに入れられて、ここ窮屈だから、表に出たいよって、出てったんだよ。

てる　（突然田口にしがみつく）この悪党、泥棒、返せ、返しなさい。
田口　なにするんだよ。この婆あ（と、てるを突き放す）ひとを犯人扱いしやがって、呆け婆あ、とっとと失せろ。
待子　乱暴しないでよ。
伸枝　大丈夫、てるちゃん？
てる　（突き飛ばされるが、なお、田口に向っていく）泥棒、返せ、あたしのお金、返せ。（と、又も田口にしがみつく）
田口　しつこい婆あだな。（と又も、てるを、突きとばす）
てる　（尻もちをつくが、なおも立ち上り、田口に向っていく）
田口　うるせえ！　（手ごころを加えずに突き飛ばす）出て失せろ！
てる　（店の外に放り出される感じ）お願い。お願いだから返してよ。（と地べたに頭をつけて）お願いします。返してください。（と、泣く）
伸枝　よしなよ。てるちゃん。立って、さあ、立って。（手を引っぱるが立てない）
田口　野中の一軒家じゃないんだよ。みっともないだろう。店先で、そんな大声出して。（田口、てるを抱きかかえて無理やり立たせようとする）さあ、立って、立てよ。
てる　（よろよろと立上り）悪党、泥棒、詐欺師、返せ、返せ、あたしの二千万返せ。（と大声で怒鳴る）
田口　（通行人を気にして舌うち）畜生、ひとが大人しくしてりゃあつけ上りやがって。気狂い婆あが、警察呼ぶぞ、（通行人に）狂ってんのよ。（と頭を指す）

刑事、上野が入ってくる。

上野　（警察手帳をみせる）××署のものだが……。
田口　（ギョッとなる）や、これは、どうも……。
上野　タイミングがよすぎましたかね。今、警察を呼ぶとか。
田口　いやあ、この婆さん、なにを勘ちがいしたのか、婆さんの虎の子の二千万円を私が盗んだって言いはりましてね。

上野　ほう。（とてる等をみる）

てる　刑事さん、本当に刑事さんなのね。

上野　正真正銘の刑事ですよ。

てる　まあ、よかった。この男が、この悪党が、あたしのお金盗んだんです。三高デパートの社員だって、嘘吐いて。

待子　もう一人いるんです。女が、二人でグルになって盗んだのよ。

上野　いくらですか。

てる・待子・伸枝　二千万円。

上野　二千万円も!?

田口　一寸一寸待ってください。こっちの話もきいてください。私が盗んだ盗んだっていうが、金なんてありませんよ。いくら探したって、さっきから、婆さん達探してるが、あるわけないでしょう。盗んでないんだから、現金で二千万ですよ。この狭いとこ隠しようないでしょう。

てる　隠してるのよ、どこかに。つかまえてって、吐かせてくださいよ。

上野　そう簡単に犯人扱いはできませんよ。（煙草を出してくわえる）

田口　（ライターを出してさし出す）

上野　いや、吸わないんです。こうしてくわえてるだけで、なんとなく落着くんで。

てる等、再び、探しものをほじくり出す犬のように動きまわる。

田口　ないものはないのよ。しつこい婆さんで……。（と上野にこびるように笑う）

てる　警察も味方になってくれないのね。ひとを呆け老人あつかいして。

上野　あなたを呆け老人だなんていってませんよ。しかし、たとえ、この人が犯人であるとしても、証拠がない以上犯人あつかいはできませんよ。

田口　そりゃあそうですよ。人権侵害で訴えますからね。

上野　さあ、ここは、お引取りください。家に帰って、頭を冷やして、もう一度、家の中を探すか……、とにかく、

てる　お帰りなさい。
田口　お婆ちゃん、今朝、なに食べた？
てる　……。
待子　(思い出せない) ……。
てる　パンだったよね。……えーと、パンとナットウだっけ。トマトもあったかしら？
田口　……。(くやしいが、思い出せない)
てる　ほら、朝食べたものも忘れてる。ね、家に帰ってもう一度、家ん中探してみなさいよ。もし、家の中のどこかからでてきたらどうすんのよ。殊によると、金をしまった夢をみてたんじゃないの。
てる　(次第に不安になる。このごろよくもの忘れや勘ちがいするからだ) そんなことないわよ。あたしはちゃんと……。
待子・伸枝　(自信をなくし) 帰ってもう一度探してみましょうよ。ね。
てる　(自信を失いながらも) あたし呆けてなんかいないわよ。呆けてなんか……。
田口　(上野に) 弱りますよ、こういう濡れ衣着せられるなんて。
上野　とにかく、ここは引上げなさい。
田口　(老女等の背に) そのうち、あのドレス引取りに行くからね。
　　上野に説得されて、負け犬のように、てる、伸枝、待子、退場。
上野　年寄りをいじめるなよ。
田口　え、いつ私がいじめました？　冗談じゃない、いじめられてるのはこの私ですよ。妙な濡れ衣着せやがって。
上野　(からかう様に) 濡れ衣ですか？
田口　そうじゃないですか、証拠もないのに。
上野　近頃の詐欺師は手がこんでるからね。舌をまくほど巧妙だ。知能犯だね。テレビドラマのせいかな。犯罪の手口教えてるようなものだからな。
田口　そういえば、当局がずいぶん警告してんのに、ふりこめ詐欺が止まらない、逆に増えてるそうじゃないですか。

上野　ところで、あんた三高デパートの社員だって？
田口　いや、正社員ではないんですがね。近頃のデパートは人材不足ということで、知恵を借りたいって、たまたま知合の営業部長に頼まれましてね。一寸手伝っているような訳で。
上野　ほう、あんたの才能をみこんでだね。
田口　いやあ、才能だなんて、そんな大袈裟なもんじゃありませんがね。
上野　いやあ、度胸もあるし、非情になれるところがすごいよ。
田口　非情って？
上野　年寄りだからって、情容赦しない。まあ二千万ならやり甲斐があるだろうが……。
田口　まるで（私を）泥棒扱いですね。あの婆さん、二千万円も溜めこんでるって、妄想をいだいてるのかもしれないじゃないですか。
上野　あんたは、その二千万円を、なん十倍にもしようって、妄想にかられてるんじゃないのか。
田口　またまた御冗談を。
上野　渋谷の道玄坂の裏のカジノで、あんたに似た男みかけたよ。バカラの資金には、二千万円は多すぎるだろう。
田口　（驚愕の表情）まさか、カジノだなんて……とんでもない、私の賭事なんて、パチンコどまりですよ。
上野　そうかい。まあ、難破しないように気をつけるんだな。又、出直してくるよ。
田口　どうも、どうも……。（複雑な表情で）（上野の姿が消えて）なんだ、あいつ、気味の悪い奴だな……。

京子、部屋のなかにみどりがいないか確かめて入ってくる。

京子　今、出てった男、誰？
田口　刑事だ。
京子　え!?　刑事？　じゃあ。
田口　なんの証拠もないんだから、しょっぴこうにもしょっぴけねえさ。よかったよ。お前が、タイミングよくきてくれたから。

京子　あんたがケイタイで、一時間くらい経ってって言ったけど、一寸早めに来たのよ。
田口　どこにある、あの金？
京子　うちの金庫に入れといたわ。大丈夫よ、今、お婆ちゃんが留守番してるから。
田口　三百万は、みどりにやるからな。
京子　三百万⁉　三十万でいいわよ。一寸手伝っただけだもの。
田口　あいつ半分よこせって言ってるんだ。
京子　半分⁉　冗談じゃない。まさか、そんな約束したの？
田口　半分とはいわないが。
京子　どこがいいの、あんなアバズレ。
田口　あいつが盗んできたドレスがあったからできた仕事だ。
京子　だからって、三百万は多すぎるわよ。
田口　しかし、約束は約束だ。
京子　あの女、あんたのなんなの。
田口　別に、なんでもないさ。
京子　このごに及んで隠さなくてもいいわよ、あんな女にだれがやきもちなんか、まあ、いいわよ。好きにすれば。
二千万は、あたしの方でつかわせてもらうからね。
田口　なに言ってんだ。あの金は、俺がつかい道きめてるんだ。
京子　あら、あたしもよ。アカネ商事にジャスト二千万、融資してくれないかって頼まれてんのよ。
田口　よせよ、あそこは。
京子　約束しちゃったのよ。利息が破格なの。
田口　へえ、利息のせいかね。
京子　あそこの口利きでずいぶんもうけさせてもらったから、さ、無碍に断れないのよ。

田口　あの二千万は、俺が稼いだ金だからな。ビタ一文つかわせねえ。

京子　いいじゃないの、倍にしてみせるから。

田口　駄目だ、絶対駄目だ。とにかく、三百万、直ぐにもってきてくれ。

京子　やだよ。あんたに金持たせたらギャンブルか女に全部つぎこんじまうんだから。なくなると、あたしにせびりにきて。これまであんたに貸したお金、計算してみるわ。二千万から差引いたら、いくらも残んないわよ。

田口　なんだと、闇金の小母はん。お前、この辺りじゃ有名人らしいな、闇金の鬼婆って。

京子　お似合の夫婦ってことよね。あたし達。（夫婦の声が罵声となり、次第に大きくなる）

田口　なにお！　直ぐもってこい、二千万全部だ。今直ぐだ。お前がもってこないなら、俺がとりにいく。（立ち上る）

京子　指図しないでよ。鍵はあたしがもってんだから。

田口　鍵よこせ。

京子　渡すもんか！

田口　おい、店に誰か、（とアゴで）誰かいるんじゃないか。

京子、店をのぞく。

仲枝が出ていく。後ろ姿がみえる。客席からは仲枝とはっきりわかる。

田口　用心悪いな。

京子　（客に）すいません、お待たせして。

仲枝の声　またくるわ。

田口　なんだ。

京子　ひやかしよ。婆さんだから。

田口　なんか盗まれてないか？

京子　ここの品なら万引きされたって、たいしたことないわよ。

夫婦、ちょっと気が抜けたような感じとなる。

田口　とりあえず三百万、持ってきてくれよ。みどりがとりにくるから。

京子　じゃ、百万で手をうつわ。その代り、残りは、あたしが借りとくからね。(と退場)

田口　(独白のように) がめつい女だな……。金金金って。なにが似た者夫婦だ……強突くババア奴。

暗転。

②―3

てるのマンション。

リビングには、まだ、詐欺師の置いていったトランクとドレスが、散乱している。

上野刑事が、鋭い目つきで、てるの部屋の押入れからリビングと、盗まれた痕跡を、念入りにメモをとりながら調べている。花瓶や安物の絵などを、値踏みするように見る。

上野の後から、てるがついてまわる。

憔悴したてる、上野の質問に力なく答える。

上野　ここに (押入れ) この金庫を入れといたんだね。

てる　(頷く) ……。

上野　盗られたって気付いたのは、彼奴が、帰ったあと、何分くらいたって?

てる　……直ぐです。

上野　直ぐって?

てる　5分か……10分もしなかったわ。

上野　追っかけなかったの?

てる　……動転してて……。
上野　（メモる）動転しててか……。
　　　待子、茶と菓子をもって登場。
待子　粗茶ですけど、どうぞ。……やっぱりあの古着屋さんが、犯人なんですの？
てる　お願いです。お願いですから、お金とりかえして……。
上野　証拠がないんだ。証拠が。（リビングのドレスを指して）このドレス？　これが例のファッションショーのドレス？
待子　素敵でしょう。これなんか、てるさんにピッタシだったの。ねえ。（とてるに）
てる　（顔を手で覆う）やめてよ。みたくない。
待子　だって、本当よ。てるさん見間違えるようにきれいにみえて。
上野　（皮肉っぽく）ほう、見間違えるようにね。
待子　（ドレスをハンガーに吊るす）ワンステージ二十万円くださるっていったのよ。すごいでしょう。
上野　信じたんですか、それを。
待子　信じるわよ。とってもいい企画なんですもの。
上野　ふーん、いい企画ねえ……。
待子　この超高齢化社会を明るくするのは、なにより年寄りを美しく装おわせることだって。お年寄りにファッションを伝授するのよ。あたし、すっかり共感しちゃって、ねえ。（とてるに）
てる　あの女が、盗んだのよ、あの男が連れてきた。あの女が……。
上野　その女がいなくなったのに、気が付かなかったのか。
待子　だって、鏡みてたんですもの。ほら、その鏡よ。両面になってるでしょう。あたしは、こっちから、てるさんは、向うから。鏡には、そりゃあ素敵なあたしが写っていて。
上野　あなたは？　（と、てるに）

てる　待子　……どうかしてたのよ、あたし。
そうだわ、思い出したわ。あの時、彼が、あの男が、香水をシューって、空中にふりまいたの。そしたら、甘いなんともいえないいい香りが、部屋中にただよって、「なんの香りかしら」ってきいたら、即座に「月下美人」ですよって。素敵でしょう。月下美人だなんて。あの香りのせいよ、きっと。私達、まるで別世界にいるみたいな気がして……。

上野　（水をさすように）あなたは、あなたもなにか盗られたの？

待子　あたし？　あたしはなんにも。

上野　あなたは、ここで間借りしてるんだよね。

待子　ええ、

上野　あなたは、この人（てる）が、二千万円隠しもってること知ってたの？

待子　いいえ、知りませんわ。てるさんが二千万円ももってたなんて、信じられなかったわ。いつだって、新聞のチラシみて一番安いとこチェックして。大根はここ。アジの干物はこっちって。勿体ないって、お化粧もしないし。

上野　もし、あの押入れのなかに、二千万円あると知ったら……。

待子　……。

上野　欲しいと思うだろうね。

待子　まあ、刑事さんたら、あたしを疑ってるの、いやだわ。あたしは、人様のものに手をつけるような女じゃないわ。

てる　あたしのカード、勝手に持出してつかったじゃない。

待子　だって、カード、つくりたくてもつくれないんですもの。

上野　年金は？

待子　ないのよ、なんにもないの。てるさんは、二千万円盗られても、ちゃんと年金あるし、マンションもある。

てる　でも、あたしは、なんにもない。なんにもないのよ。
待子　……後悔してんのよ、こんな人に部屋貸して。
てる　（てるに）まさか、あたしを疑ってないでしょうね。
待子　あんたが、あの男、引きずりこんだんだからね。あんたのせいよ、あんたのせいで。さっさと向うへいってよ。
上野　（泣き声で）ねえ、あたしを疑ってないわよねえ。（退場）
てる　（その背に）誰もあなたを疑ってなんかいないよ。
　　　そうなのよ。あの人なのよ、あの悪党をつれてきたの。（血が上る）お願いです、あたしのお金、とりかえしてください。
上野　（メモのペンを廻しながら）証拠がなあ、……金がみつからなきゃどうもならないんだ。奴の銀行口座には、二千万どころか、三十万もない。
てる　盗んだお金、誰が銀行に入れますか。どこかに隠してるのよ。
上野　そりゃあそうだが。
てる　さっさとしょっぴいて、吐かせればいいのよ。
上野　そうはいかない。
てる　なんでよ。
上野　言ったろ、証拠がない者をしょっぴいたら、人権問題だ。
てる　あたしの人権はどうなるの？　泣き寝入りしろっていうの？
上野　これから、これからだよ……。
てる　これから、これからって悠長なこといってたら、あいつ、二千万円使っちまうかもしれないじゃない。そしたら、弁償してくれるの？
上野　……。
てる　なによ、警察なんて、弱いもんの味方だなんて、口先ばっかじゃない。あたしは被害者よ。二千万円盗られ

上野　た被害者が目の前にいるのに、証拠がないですって。証拠を探すのが警察の仕事でしょ。
てる　それが見つからないんだよ。
上野　あたしが年寄りだから、信用できないっての？
てる　そうじゃないって。
上野　あのお金はね、十八の時からよ。身を粉にして働いて貯めたお金なのよ。
てる　わかってるよ。
上野　裏金とかなんとかって、政治家が私達の税金からくすねたお金じゃないのよ。
てる　わかってるって。
上野　一銭だって、疚しいお金じゃないんだから。
てる　よく貯めたよな、二千万も。安い給料で。（いささか同情をこめて）
上野　（感情を押えられず、泣き出す）……二千万に達した時、嬉しかったわ。嬉しくって、嬉しくって。
てる　そりゃあそうだろう。（軽く）
　　　わかんないわよ、あんたには。正義の番人みたいに、偉そうな顔してるけど、年寄りの気持なんか、わかるもんですか。あんたら若い人には、年とってお金がなきゃあ、どんなに惨めか、……若い人にわかるもんですか。政府なんて、口ばっかで、いざって時、なにしてくれるの？
上野　ハハ「その件については、只今検討中です」ってな。
てる　今じゃどうやって年金減らそうってことしか考えてないのよ。
上野　年寄りにかかる「コスト」削減の有効な方法だからな。
てる　あたし、気が付いたの。なんの為に「敬老の日」があるか、一年に一回だけ、年寄りのこと思い出せばいいってことなのよ。三百六十五日の一日だけ。あとの日は、無視よ。お邪魔虫なのよ。敬老の日なんかいらないからさ、年寄りって、希望がなくって、淋しいものなんだって、ほんの一寸でいいからわかって欲しいのよ。

上野　そんなの無理だよ。「気持」だとか、「心」だとか、「優しさ」だとかって、目に見えねえだろ。目に見えないものは、一銭の価値もない。彼奴が登場してからだ、コイズミだよ。コイズミがでてきてからだ。世の中、万事、効率主義、成果主義一色になっちまった。結果がだせなきゃ、つぶされる。人情なんて、かまっちゃいられなくなっちまった。

てる　あたし、今年、突然、後期高齢者って宣告されたのよ。

上野　あたりまえだよ。七十五歳以上は、後期高齢者に分類さ。

てる　なんで？　たった一つ歳をとっただけよ。どこも変っちゃいないのに。

上野　あちらのご都合さ。きまってるだろ。

てる　傷つくのよ。

上野　へえ……そう。

てる　だから、あなたみたいな若い人には、年寄りの気持わかんないっていうの。お前は役立たずの社会のお荷物だって、背中にペタッと、焼きゴテあてられたみたいよ。

上野　あんたの背中なんかめくってみる人いないよ。「あたしは後期高齢者よ」って、言わなきゃわかんないよ。

てる　あんたもわからんちんの政治家と同じだわ。傷つくのよ、心が。そりゃあ、誰も「あんた後期高齢者なの」なんてきく人いないわ。無関心だもの。あたしが生きようと死のうと、みんな知ったこっちゃないわ。お金がからめば別だけど。

上野　まあな、あんたの年まで生きりゃ、人間ってものが、どうしようもないシロモノだって、いやってほどわかったろう。

てる　ええ、お金が大事だってことがね。よーく分かったわ。

上野　ああ、そうだよ。金だよ。金のためなら、親も兄弟もない、友情なんて犬のフンみたいなものだ。みんな、金の前では土下座さ。現に、あんただって、古着屋の店先で、あのチンピラに、まるでもの乞いするように、土下座してたじゃないか。

てる　（はっとなる。屈辱感）あの時は、あの時は……ああ、やだ……。やだ。

上野　血迷ったんだろ。金のためだ。二千万っていやあ、大金だからな。誰だって、土下座くらいするよ。

てる　あんなことするんじゃなかった。あんな奴に。……最低だわ。

上野　最低だよ。欲なんだよ。欲張りなんだよ、あんた。年金、あるっていってたよな。このマンションも、あんたのものだ。

てる　（頷く）

上野　そいで、二千万も貯めこんで、まだ欲しい。まだ足りないって、強突くばりやがって、だから騙されたんだよ。自業自得ってもんだ。きいて呆れるよ。ファッションショーのモデルだなんて。あんたなあ、頭冷やして、鏡の前で、じっくり見てみろよ。この服、着たんだって⁉（先刻、待子が吊るした服をとり）七十五にもなって、そうさ、後期高齢者なんだろ。笑っちゃうよ。この服着てうっとりか。……馬鹿が、世の中にはな、働くとこなくってさ、食えねえ若い奴が、わんさかいるんだぞ。ハローワークに、何時間も行列して、仕事にありつけない。コンビニのおにぎりも買えない奴等が。それがなんだ、マンションもって、年金あって、その上、二千万も。欲かきやがって。土下座したのが恥かしい？　土下座が、恥かしい？　奴等、食うためには、命はってんだ。食えなくって、自殺する奴もいるんだ。高齢者だからって、甘えるんじゃねえよ。

てる　（低い声で）わかんないのよ。あんたには。年寄りの気持なんて。若いんだもの、あんたは。若い人にはわかんないの、だって、あんた達には、まだ未来があるんだもの。まだ、人生に希望もってるじゃない。あたしは、朽ちていくだけなのよ。朽ちたって、直ぐには死ねない。今は、簡単に死ねない時代なのよ。ねえ、教えてよ、あたしがいくつまで生きてるのか、いくつになったら死ねるのか教えてよ。

上野　……。

てる　九十？　百？　ああ、そんなに生きてたら、どうしたらいいの。生きたくなくったって、生かされちゃうのよ。寝たきりになってもね。……そうなったら、二千万あったって足りないわね。あたしは、一人ぼっちよ。お金のない年寄りを、赤の他人が、面倒みてくれる？

上野　……。（心を動かされる）

てる　お金だけが頼りだったのに……欲張りだなんていうけど、あなたには、わかんないのよ。全然よ。全然わかんないのよ。惨めなものよ。お金のない年寄りって。

上野　（心を動かされる）……なあ、金がなくても幸せになれるっていうだろ。ありゃあ、嘘なのかなあ。

てる　嘘よ。嘘にきまってるわ。お金、持ってる人がいうセリフよ。

上野　そりゃあそうだ。金さえあれば、なんだって手に入る。人間の臓器だって。

てる　高いお薬だって買える。手厚い介護も受けられる。地獄の沙汰も金次第っていうけど、本当よ。

上野　ああ、本当だ。家族だって（家族の）愛情だってな。

てる　子供、いないの、刑事さん。

上野　ああ。

てる　奥さんは？

上野　（話をそらすように、茶を飲み、あられのようなものを口に放りこむ）ふん、魔物だよ、金ってのは、……彼奴がな、彼奴が公金をちょろまかしたのは、ギャンブルの金欲しさだったがな、……ギャンブルでもやらなきゃ、まともになんかやってられねえって。警察に入った時は、使命感に燃えてたんだ。彼奴、本気で「社会の正義を守るんだ」って言ってやがった。今思えば、まあ、単純だったんだ。単純すぎたんだ……。

てる　その人、刑事さんの友達？

上野　（一瞬ためらいをみせて奇妙な笑いをみせる）ああ、……警察、首になって、行きつく先は、裏社会さ。そこしかないだろう。ズブズブと足をとられていったよ。

てる　まあ……。

上野　「正義」だってよ。あんた「正義」なんて、あると思う？

てる　……さあねえ……。

上野　「正義」はな。「金」の代名詞よ。「金」の力が、正義になる。悪の源は、金だよ。それは警察で教わった。

てる　いやってほどな。
上野　……その人、どうなったの、その後。
てる　知らねえ。
上野　会ってないの？
てる　行方不明だ。
上野　まあ。
てる　先は、ミイラだな。
上野　（間）あたしも、ミイラかもしれない。お墓は買ってあるけど。あたしのお骨、誰がひろってくれるんだか
てる　……。
上野　俺の婆ちゃんが言ってたよ。地獄も極楽もこの世にあるんだってよ。
てる　そうなのよ。死んだら、なにもなくなるのよ。警察はお金、とりかえしてくれるかしら。
上野　あんた、警察なんか、むやみに信用しない方がいいよ。
てる　刑事さん、警察の人じゃない。
上野　（にやっと笑う）俺は別さ。俺は、（茶を飲む。皿に残ったあられを口に放りこむ）別さ、権力が嫌いなんだ。
てる　刑事さん、あなたっていい人ね。（上野をみつめる）
上野　（ギョッとなる）え!?　ハハ、初めてだ。そんなこと言われたの。
てる　わかるのよ、あたし、この年まで生きてくると、いい人か、悪い人か。
上野　（複雑な笑いを浮かべ）……ああ、いい人だよな、俺は。さてと、これからあんたの金、とりかえしにいくとするか。（と、タバコを、ポケットからとり出す）
てる　本当？　本当にとりかえしてくれるの。
上野　金がない年寄りは、惨めだからな、うちの婆ちゃんもよく言ってたよ。（とタバコをくわえる）「金がないと惨めだ」って。

てる　マッチね。（と立上りながら）あなたはいい人だわ。（と、確信するように）あら、ないわ、マッチ。
上野　いいんだ、要らねえよ。あんたな、むやみに人を信じちゃいけないよ。
てる　わかってるわ。もうこりたもの。でも刑事さんのことは、信用するわ。
上野　あんた、体に気をつけてな。

上野、立上がる。

てる　（嬉しそうに）刑事さんもね。

待子、出てくる。

待子　あら、もうお帰りですの。お茶もう一服如何？
上野　（手でいらないという仕草）
てる　刑事さん、お願いしますね。
上野　（頷いて、扉を開ける）
てる　お願いしますね。（深々と頭を下げる）

伸枝が入ってくる。

伸枝　（上野に気付き）まあ、よかった、刑事さん。あたしね、今、あの古着屋からきたんですよ。この上着、てるちゃん、気に入ってたから、同じのあるかどうかみてこようと思って。店に誰もいなくてね、奥から怒鳴り声がきこえたの。夫婦がね、喧嘩してんのよ。突然「二千万」って、きこえたから、思わず耳をそばだてたの。二人共、あたしがいるの全然気がつかないで、二千万円どっちがとるかって、喧嘩よ。
上野　（目が光る）そこに、現物あったんですか？
伸枝　わかんないけど、あいつらのマンションの金庫にしまってあるみたい。あの奥さん、闇金やってるから。
（待子に）お水くれる。（とたのむ）
てる　隠してんだわ。（上野に）お願いします。
待子　やっぱり、あの人が犯人なのね。

てる　（すがりつくように）お願いします。あたしのお金、とりかえしてください。
　　上野、だまって出ていく。
てる　……お金がもどってくるといいんだけど……。
伸枝　お金がもどったら、息子に貸してやってね。今回は、金利のすっごく高いところから借りたんだって。心配なの。そんなとこから借りて……。
待子　あの刑事さん、ハンサムね。とっても頼りがいがあるみたい。
てる　あたし、あいつのマンションにいってみるわ。こうして待ってるの気が気じゃないもの。じっとしていられないわ。
伸枝　一人でいっちゃ駄目よ。あたし達も行くわ。
待子　あのお巡りさんにも、きてもらいましょうよ。
　　暗転。

②—4

　　古着屋。
　　田口と上野。
　　店で客が商品を吟味している感じ。
田口　（客をみて立つ）いらっしゃい。そのパンツは、お買得ですよ。一品物ですからね。古着といっても、傷んでない。ね、よかったら値引しときますよ。
客　（無言で去る）
上野　ひやかしか。

田口　近頃はこの業界も不景気でね。新品の安売りが増えてるから、どうにもなりませんや。なんかいい商売ないですかね。

上野　いい商売か、元手いらずで儲かるのは詐欺師くらいだろう。

田口　ハハ詐欺師ですか、そりゃあいけませんよ。わりがあわないでしょう、つかまったら。やっぱ法を犯すようなことはいけませんよ。

上野　しかし、うまく逃げおおせる奴もいるからな。

田口　犯罪が多すぎるんで、警察も手がまわらないんじゃないですか。近頃は、大金ちょろまかしても証拠不充分で、無罪放免ですからね。要するにみつからなきゃ悪いことじゃない。証拠さえうまく隠しおおせたら、検察も起訴できないじゃないですか、わたし等庶民は、狐につままれたような気がしますよ。全く腹が立つねえ。

上野　君もいっぱしの評論家だね。

田口　そう思いませんか、クリーンな人間なんているんですかね。

上野　クリーンそうな顔してる奴は一杯いるよ。現にここにも。（と顎をしゃくる）

田口　いやだなあ、なに言いたいんですか。

上野　あんたな、まだ無罪放免になってはいないんだよ。

田口　まだ、あたしを疑ってるんですか？　へえー、だったら証拠をみせてくださいよ。そりゃあ、確かにあの婆さんとこへいきましたよ。あの企画は半分ボランティアみたいなもんでね。自分ながらいいアイデアだと自画自讃してるんです。この不況に、しこたま貯めこんでいる高齢者に金を使わせるにはどうしたらいいか。あたしはね、未来のない年寄りを喜ばせたいと思ったんだ。旦那にみせたかったな。あのドレスを着た時の婆さんの満たされた表情、あの皺くちゃ婆あが、弁天様みたいになって、至福の時を味わってた、……あたしはつくづくいいことをしたなあって思ったんですよ。

上野　その代償に二千万円頂戴したってわけだな。ずいぶん高い代償だ。

田口　なんですか、二千万円って？
上野　（すごんで）シラァきるな、このごに及んで。
田口　（ややひるむが）やだなあ、知りませんよ、二千万円なんて、大金。
上野　人の道に反したことしてるんだぞ。婆さんの虎の子盗んで、至福の時を味わわせてやったもないもんだ。
田口　証拠をみせてくださいよ。そんなに言うなら証拠を出してくださいよ。
上野　そう居直るなら教えてやるよ。なあ、あんたをしょっ引くのは、簡単なんだ。証拠は、あんたのマンションの金庫の中にある。
田口　うちの金庫？
上野　ああ、お前のとこの金庫の中に蔵ってある。
田口　あの金庫は、女房ので、女房が、商売につかってるんで。
上野　あんたの女房があくどい闇金融やってることは、警察もキャッチしてるからな。あの二千万も闇金で高利をむさぼろうってんだろ。
田口　そんな勝手な、気をまわさないでくださいよ。そりゃあ、金庫には、常時、二千や三千万くらいの金は入れてますよ。しかし、札に名札はついてませんからね。
上野　（にやりとして）あるんだよ、実は。名札じゃないが、あの婆さん、毎日数えて印をつけてたんだそうだ。（煙草をくわえる。火はつけない）
田口　札に印を⁉
上野　年寄りらしい発想さ。だから、札をみればわかるんだってよ。
田口　……。
上野　なんだ疑うのか？　疑うのか、よし、これから金庫あけにいこう。
田口　……。（ためらって、動かない）
上野　なあ、二千万円、耳をそろえて渡せば、今回は、表沙汰にしないで、みのがしてやってもいいがね。（口の

中で煙草を噛む）

田口　……。（上野をみる）

上野　（神経質そうに、煙草を噛む）……。

田口　……あの婆さんに返すんですか？

上野　そうさ。

田口　（思わせぶりに）返すんですか、あの強突く婆さんに……。

上野　（イライラし始める）くどい、警察を甘くみるな。カジノに出入りしてることも調べがついてるんだ。五、六年、くさい飯くってくるか、え、どうだ。どうなんだよ。

（間）

田口　……わかりました。ところで、一つ相談ですがね、お互いもちつもたれつってとこで、半々で手をうってくれませんか。

上野　（口の中のタバコをペッと吐き出す）……。

田口　旦那とあたしで、一千万ずつ。旦那だって金がいるんでしょう。金はいくらあっても邪魔にはなりませんからね。印のついた金だって、つかっちまえば、石鹸（シャボン）の泡みたいに消えちまう。つかい道は自由です。旦那も（顔色をうかがうように）ねえ、きらいじゃないでしょう、ギャンブル。

上野　……。

田口　悪い話じゃ、ないでしょう。（顔色をうかがう）

上野　――。

田口　実はね、旦那、あの例のカジノでね、旦那に似た人をみかけたことがあるんですよ。

上野　（目が警戒の色）……。

田口　いつだったかな。他人の空似かと思ってたんだが、さっきね、ほら、こうやって煙草をくわえて、口の中でグシャグシャ噛んで、ペッと吐き出す。今、あッと思ったんだ。あの時さ、カジノで賭金すっからかんに

上野　すっちまって、まるで、あそこのカーテンより真青になって、手がふるえてた。あの金、おそらく闇金かなんかで調達してきたんだろうな。
田口　ふざけるんじゃない。人違いだ。俺じゃない。人違いだ。
　　あの時ね、出ていく後ろ姿みて、こいつ、やばいなって思ったんだ。翌日朝刊みましたよ。飛込み自殺はないか……。
上野　なんだ、黙ってきいてりゃいい気になりやがって、なめるんじゃねえ、チンピラが、（立上り、手をふりあげる）
田口　一寸、一寸、待ってくださいよ。暴力はいけませんよ。いいですよ。二千万、山分けしましょうよ。
上野　（うつむく、突然、胸のあたりを押える）あっ痛え。この辺りが、時々痛むんだ。
田口　どうしました、旦那、妙な芝居はなしですよ。
　　京子の母親（その）が駈けこんでくる。
その　早くきて、京子が殺されるよ。
田口　なにィ……なんだって？
その　この店にいた若い女が、金よこせって、刃物つきつけて。
田口　みどりだな、あんちきしょう。（立上り）婆ちゃん、店番しててくれ。
　　田口、慌てて出る。その後から、上野が追う。
その　店番なんかしてられないよ。
　　暗転。

②—5

　　田口夫婦のマンションの一室。
　　大きな金庫が目立つ。

京子がみどりに脅迫され、金庫から金を出している。みどりが蒼白な面持で、出刃包丁を京子に向けている。

みどり さっさとしろよ。

京子 （故意にノロノロとして）チク生！

みどり 二千万全部だよ。

京子 ほら、これで全部だよ。

みどり 動くな。

みどり、包丁を突きつけながら、札束をボストンバッグに詰める。

詰め終った頃、田口がドアを乱暴に開け入る。

田口 （みどりに飛びかかる）このアマ、勝手なことしやがって。

みどり （バッグをとられまいとして、包丁をふりまわす）なんだよ、人をだましやがって。

田口 三百万やるっていったろ。（みどりの腕を押さえつけて、包丁をとりあげて、京子に）おい。（とバッグを示す）

京子 （みどりのボストンバッグをとりあげる）ざまあみろ……。

上野 （田口の後から入り、京子の持ったボストンバッグをうばう）

京子 なんだよ、こいつ。

田口 （みどりを押さえつけながら）馬鹿……早くとりかえすんだ。（と京子に）

上野、ボストンバッグを抱えて扉の方へ。

てる、伸枝、待子、警官が入ってくる。

上野と正面から出会う。

田口、アッ（と声にならぬ驚き）。

てる 刑事さん、とりかえしてくれたのね。

上野 （ニヤリと笑う）ああ、とりかえしたよ。（警官に）やあ、御苦労。

警　官　（上司と思い敬礼）はッ。
田　口　（警官の存在に、黙って立ちつくす）
て　る　ありがとう。本当にありがとう。（涙を拭う）
伸枝・待子　まあ、よかったわ。
警　官　（てるに）やっぱり、この人が犯人ですね。（と田口をとらえようとする）
て　る　そうよ。早くつかまえて。

皆の視線が、田口に向けられた隙に、上野、パッとボストンバッグを抱えて逃げる。

皆、呆然となる。

その時入ってきたそのが上野につきとばされる。その「あいたたた……」

田　口　（警官に）泥棒は、あいつだよ。あのボストンバッグの中に二千万円入ってるんだ。

警官、驚いてケイタイで署に連絡。追いかける。

て　る　あの人刑事じゃないの？
田　口　詐欺師だ。
待子・伸枝　あの人が詐欺師!?
て　る　あの人が詐欺師！　あの刑事さんが……。（呆然として）

暗転。

②—6

てるの部屋。

てると伸枝が、茶菓子など前にして、喋っている。

伸枝 （駄菓子、センベかなにかを食べる）食べてよ。なんにも食べてないんでしょ。美味しいのよこれ。
てる うん。
伸枝 警察から連絡ないの？
てる あったわ。あの人、やっぱり偽刑事だって。
伸枝 やっぱり……。
てる 手配中の詐欺師だったのよ。
伸枝 まあ、あの古着屋も詐欺師、あの刑事も詐欺師！　この世の中、詐欺師だらけだわ。
てる ……あの人は、本当にいい人だと思ったのに。「むやみに人を信じちゃいけないよ」って、お説教したのよ、あたしに。
伸枝 まあ、なんてワルなの。質（タチ）の悪いワルだわ。
てる そうかも……。（ちょっと悲しそう）
伸枝 警察、なんていってるの？
てる 海外に逃亡したらしいって。
伸枝 海外!?　じゃ、二千万円は、永久に戻ってこないのね。
てる ……今は、奇跡を待つだけよ。
伸枝 奇跡!?　どんな？
てる 彼が後悔して、お金を返しにくる……。かも……。
伸枝 ロマンティストね、このごに及んで、てるちゃんらしくない。
てる （薄く笑う）だって……。だって……一抹（イチマツ）の希望くらいもちたいわ……。
伸枝 悔しいわよねえ、でも、よく貯めたわねえ、二千万円も。
てる 一人ぼっちなんですもの。老後のためよ。
伸枝 あたしだって、とどのつまりは一人ぼっちよ。息子がいたって……、あたしに年金があるから、ミイラにさ

てる　れるかも。（笑う）

伸枝　いいじゃない。最愛の息子にミイラにされるなら。

てる　ああ、二千万円か（溜息）二千万円あったらどんなにいいか。

伸枝　あったら、息子につかわれるわよ。

てる　そう、そうだけど……。

伸枝　ああ、もう、決めた。二千万円なかったことにする。諦める。決めたわ。

てる　……これからなのよ、あたしたちの老後の本番は。

伸枝　だからって、どうしようもないわ。

てる　てるちゃんのお金なのに、あたし、諦めきれない。

（強いて明るく）諦めきれないけど、仕方ないわ。もうお金とられる心配もなくなった。毎朝、お金数えて、一枚でも減ってないかって、二千万円数えるの、結構手間かかったのよ。これからは安心して外に出られる。

伸枝　強がり言って……、辛いのよ、お金がないと。

てる　貧乏なら、伸枝ちゃんより慣れてるわ。子供の頃からずっと、お金なかったもの。（饅頭を頬ばる。突然、ワァッと声を上げて泣き出す）悔しい……悔しいわ。悔しいわ。あんな奴らに騙されて。情けない、自分が情けないのよ。（と泣きじゃくる）

伸枝　（つられて涙ぐむ）諦めなきゃ、ね。悔しいけど、諦めなきゃ……。

てる　（泣きながらうなずく）諦めたのよ、諦めてるのよ、もう。いくら泣いたって、お金戻ってこないもの。

伸枝　（うなずく）……そうよ、そうなのよ。

てる　（しゃくり上げながら）人間、死ぬまでなにが起こるかわからないものなのね。

伸枝　うん、明日、生きてるかどうかもね。

てる　そう、明日生きてるかどうかも。（自分を鼓舞するように）二千万円なんか、なくても生きていけるわ。（涙をふく）

伸枝　あたし、今夜、てるちゃんにチラシズシつくるわ。
てる　マア、チラシズシ。
伸枝　とっても美味しいの。材料費かかんなくて。
　　待子が、目一杯おしゃれして颯爽と入ってくる。
待子　ねえ、あたし達、お金もうけできるのよ。
てる・伸枝　……。
待子　デパートに売りこんできたの。あの古着屋のお兄さんのアイデア。
てる　まあ……。で？
待子　高齢者をターゲットにしてるデパートだから、のってくると思ったの。案の定よ。営業部長に面会申込んでね。
てる　まあ、あんたって人は……。
伸枝　会ったの？
待子　勿論、「高齢者のためのファッションショーか。こりゃあ、面白い企画ですね」って。のり気になって。
伸枝　すごいわ。
待子　「アラセブンティでいきましょうか」って。
てる　アラセブンティってなあに？
待子　七十代よ。華の七十代よ。
てる　冗談じゃないの？
待子　ホラ、チャント名刺もらってきたわ。
てる　（名刺を読む）××デパート、営業部長、田辺ゆたか、あら、あの古着屋と一字ちがいよ。
伸枝　又、詐欺師じゃないの？
てる　大丈夫よ。詐欺師だって、もう盗られるものないもの。
待子　でも、問題があるの。私達も資金あつめなきゃならないの。デパート側は、会場を無料で提供するし、宣伝もしてくれる、ドレスも貸してくれる。が、もろもろかかる費用は、あたし達の方で負担してくれっていうの。

伸枝　もろもろの費用って、一体いくらかかるの？

待子　これから、あたし計算してみるわ。でもどこか、貸してくれるとこないかしら。

伸枝　ああ、お金、何をするのもお金だわ。

待子　闇金から借りる？

伸枝　あの古着屋、闇金もやってるのよ。

三人、思案顔で。

てる　（ひらめく）いい考えがあるわ……。

待子・伸枝　……。（てるの顔をみる）

てる　まかせて、あたしに。こうなったらなんだって、やってみる価値あるわ。

暗転。

②—7

古着屋。

トランクと、その中の派手な衣裳が、所狭しと拡げられている。

（田口とみどりが、てるの所へ持こんだものである）

前場とまるで、人格が変ったような表情の田口が、一着ずつ皺をのばし、ハンガーに吊るすといった作業を行っている。

みどり、登場。あっ気にとられて、田口の作業を見ている。

みどり　なにやってんの？

田口　ああ。（みどりにチラッと視線を向けるが手を休めない）

みどり　（トランク等指して）これ、あたしが婆さんとこに、持ってったドレスじゃん。

田口　ああ。（と元気がない）

みどり　どうすんの、これ？

田口　（相変わらず作業を続けて）ファッションショーやるんだ。

みどり　ファッションショー？　ファッションショーって？

田口　婆あ達のさ。

みどり　まっさか、あんた、あの婆あ達のファッションショー……。

田口　（しょげて）やんなきゃならないんだよ。仕方ねえんだよ。（と作業を続ける）

みどり　なんでよ。

田口　……仕方ねえんだ……。

みどり　なんでよ、しっかりしてよ、あんた。冗談じゃない。婆あのファッションショーだなんて。

田口　どなりこんできたんだよ、婆あ達が。このトランク持って、約束通り、ファッションショーやれって。

みどり　脅されたの？

田口　（話の間中、服にアイロンをかけている）仕方ねえんだ。もう、契約通りにやるよ。

みどり　（呆れて）なにいってんのよ。

田口　昨日、夜中になあ、突然、婆あが三人入ってきたんだ。三人で俺をとりかこんで。真夜中だよ。

みどり　婆あなんか、突きとばしてやりゃあいいじゃん。

田口　俺、足がすくんで動けなくなっちまったんだ。

みどり　いやだなあ、なさけない男だねえ。

田口　怖しい形相でさ、契約通りにファッションショーやれって。一人はナイフかなんか持ってるみたいだった。
俺、本当に殺されると思ったんだ。

みどり　まさか！
田口　あたしらの金とって破滅させたのはお前だ、言うこときかなきゃ、お前を破滅させてやるからなって。
みどり　すごいね、今どきの年寄りは。ゆすりだね、つまり。
田口　（アイロンをかける）ああ……。
みどり　金かかるんだろ、ショーは。
田口　会場と宣伝費は、デパートが出すってよ。
みどり　あんたは？
田口　もろもろの雑費だって。（下を向いたままドレスにアイロンをかけながら）こりゃあ、地味かな、年寄りのショーには。
みどり　金あるの？
田口　女房から借りる。
みどり　何だよ、馬鹿、あの女とは離婚するんだろ、そう言ったじゃん。
田口　ああ。
みどり　（田口が手にしたドレスをむしりとる）もう知らねえよ、あんたなんか。まったくドジな男だね。
田口　うるせえ、お前みたいなガキに、俺の気持わかるか。ごちゃごちゃいってねえで、手伝えよ。
みどり　やだよ。一銭にもならないのに。

警官、ふらりと入ってくる。田口をまだ怪しいとにらんでいるので、時折みまわっている感じ。
みどり、さっと逃げる。

警官　やあ、（店をみまわして）バーゲンセールですか？
田口　いつも御苦労様で。今ね、ファッションショーの準備してるところでね。
警官　え？　ってえと……。
田口　婆さん達との契約を履行しなきゃならないんで……。

警官　はあ!?　あの、あんたを詐欺師だって訴えた、あの婆さんの？

田口　誤解なんですよ。一寸したボタンのかけ違いでしてね。

警官　ってことは、つまり、婆さんが、あなたを誤解して……。

田口　年寄りってのは、早とちりってえか、ひがみっぽいんだなあ……。

警官　（思いあたるのか）たしかに、たしかに。

田口　いや、苦労しますよ。年寄りをいかに若く、美しくみせるか。

警官　へえ……年寄りを、若く、美しく、みせられるんですか。あなたは、一寸した手品師ですね。

田口　まさに手品師で、これから手品師の腕のみせどころってとこですな。

警官　頑張ってください。うちの婆さんにも宣伝しときますよ。（退場）

田口　（せっせとドレスにアイロンをかける）

暗転。

フィナーレ

舞台、今までとガラリと変って、色とりどりの照明のなか、美しいドレスをまとったてるが登場。

てる　（メモを手に）さあ、みなさま、いかがでございましたか。これまでは、気軽にお召しいただけるカジュアルなものから、おしゃれな外出着などを、おめにかけてまいりました。お気に召したもの、ございましたでしょうか。さあここからいよいよラストショーに入ります。無味乾燥な日常から離れて一寸飛躍してみたいと存じます。

伸枝が、軽やかにロングドレスにショールを肩にかけて登場。てる退場。

伸枝　結婚式のお招き、ダンスパーティなど、あるいは、銀婚式、金婚式の折などに、いかがでございましょう。

（体をぐるりと回転、つまずき、よろける。奥で、「アッ、危ない」の声）大丈夫よ、大丈夫だから（と奥へ）。私、今年後期高齢者になりましたの。だからって、今までとなんにも変わりませんのよ。一寸足が衰えたかな、ちょっと皺が増えたかな、と思いますけれど、別にどうってことございません。やめましょう。思っただけで気持が萎えてきますもの。それより、この超高齢化社会にあって、高齢者が、美しく装うことは、社会を明るくすることになるのではないかって、思うんです。私、社会のお邪魔虫だとか、金食い虫だなんて言われたくないんです。皆様だって、そう思いません？

待子、舞台の袖で、小声で「それ、あたしのセリフよ」と、派手なドレス、赤い帽子で登場。

伸枝　あらそうだった⁉（退場）

待子　（女優らしく科をつくり）ようこそ、皆様。私共のシルバーファッションショーにお越しいただきありがとうございます。（帽子を示し）この帽子いかがでしょう。「赤」って心が浮きたってきますでしょう。年をとると、どこかに、赤い色をつかうこと、私おすすめしたいんですの。マフラーとか、ベルト、ネックレスとか、どこかに赤い色があると、なんとなく心が華やいで、外出が楽しくなるではありませんか。私共、肉体の衰えを逆手にとって、若い方には決して表現できない美を追求していきたいと考えて居りますの。

てる、真白のウエディングドレスで、ウエディングマーチにのって、シズシズと登場。

客席に一礼。

てる　私、今初めて、生まれて初めて、ウエディングドレスを着用いたしました。夢だったんです。でも、一度も結婚することなく、気がついたら後期高齢者になっていたんです。お相手はいないけど、でもこの超高齢化社会では、まだまだなにが起こるかわかりません。そう思いません（と会場に）超ハンサムな男性が現れて、プロポーズしてくるかも……なんて夢、……もつのも楽しいかな、と思って、ショーのラストにウエディングドレスを選びました。若い方々とちがって、私達に残された時間は、決して長くはありません。ええ、だから、だからそうなの、だから出来るだけ人様のお世話にならぬよう心がけて残された日々を楽しく生きて行きたいと思うのです。本日は私共のショーにお越しいただき、誠に有難うございました。

三人でお辞儀。
音楽と、色彩豊かなライトの点滅。
音楽もり上がって。

幕

選択　一ヶ瀬典子の場合

配役

一ヶ瀬典子　四十五歳　女医
一ヶ瀬壮太郎　　五十四歳　典子の兄
その妻　芳江　　五十歳
一ヶ瀬くめ　八十一歳　典子と壮太郎の母
弁護士　保坂　　三十八歳
村石ハル　五十七歳　死亡した患者の妻
村石幸夫　三十五歳　その息子
村石ミチ子　十歳　幸夫の娘
村石利男　四十八歳　死亡した患者の弟

弓山ノブ　六十七歳　通いの手伝い
工藤松子　一ヶ瀬病院の看護師長
裁判官
検事
健友病院の看護師長
健友病院の医師　山田孝
老人　井口三吉
廷吏
新聞記者Ａ・Ｂ
若い看護師

時　二十一世紀初頭

所　東京及びその近郊

①一ヶ瀬典子の実家

典子の兄、一ヶ瀬壮太郎の経営する病院。東京近郊の規模は大きくないが、一応、総合病院である。最新の機械が導入されているということで、検査好きの患者には評判がよい。

診療室と母屋は、短い廊下でつながっている。

居間の隣には、壮太郎と典子の母親、くめの部屋がある。

くめ（八十一歳）は、痴呆がすすみ、部屋に殆ど監禁状態におかれている。

舞台は、居間兼応接間という感じ。

下手奥より盛装した院長夫人、芳江が入ってくる。芳江を見送る態で、手伝いのノブが続く。

ノブ　おかえりは、パーティですと遅くなりますね。

芳江　（ひどく不機嫌で）パーティになんか、恥かしくてでられませんよ。一ヶ瀬典子がうちの院長の妹だってことは、医師会のみなさん御存知ですからね。新聞だけならまだしも、テレビにまでデカデカと、「女医の密室内での殺人」だなんて、殺人ですって、まあ、怖ろしいこと……。

ノブ　そうですねえ。一体、どうして……。

芳江　誰にも会わないように、パーティが始まる前に行って、会長に勲章おもらいになったお祝い申上げて、直ぐ失礼してくるのよ。ほんとにいやだわ。

ノブ　ほんとに、まあ……。では、おかえりは、お早くて？

芳江　典子が、四時にはくることになってるから、それまでには、必ず帰りますから、院長にそう言っといて。

ノブ　はい。

芳江　（するどく部屋を見まわして）そのお花、もう捨てて頂戴。しおれかけたお花、いつまでもおかないで。

ノブ　はい。

芳江　じゃ、あとのことお願いしますよ。

ノブ　はい。いってらっしゃいませ。

工藤松子（看護師長）が外出姿で入ってくる。

工藤　（芳江に）奥様、いってらっしゃいませ。

芳江、無言で出ていく。

工藤　（ノブに）奥さん、どこへいったの？

ノブ　医師会の会長様のお祝いパーティで。

工藤　ああ、そうそ、会長が勲章おもらいになったって言ってた。でも、よく出かけたわね、典子さんの一件で、外へでられないって騒いでたのに。

ノブ　パーティにはおでにならずに、人目につかないように、会長に御挨拶だけですって。

工藤　あの派手な格好じゃ、いやでも人目につくわ。

ノブ　そうですよねえ。婦長さん、今日も裁判ですか？

工藤　今日は、健友病院よ。

ノブ　ああ、典子さまがつとめておいでの。

工藤　そう、院長に頼まれてね。慣れないことすると、疲れるわ。

ノブ　やっぱり御兄妹ですねえ。

工藤　そりゃあ、たった一人の妹だもの。でも、本当のとこ、病院の方がもっと大事なんじゃないの、典子さんが殺人犯になれば、うちの病院だって、当然、火の粉をかぶることになるわ。噂って、あっという間に拡がるから、うちの病院の信用だってがた落ちになるかもよ。

ノブ　そうですねえ、古い患者さんは、典子さんが健友病院の女医さんだって、知ってますからね。

工藤　そうなのよ。

ノブ　どうなるんでしょう、典子さま、これから。

工藤　さあねえ……。

ノブ　あんないい方が、殺人だなんて……。

エ藤　よしてよ。まだ決まってないのに……（不安そうに）全く、どうなるんだろう。（コートを脱ぎながら）さて、院長に報告してこなくては。（と退場）

ノブ　（その背に）大変ですねえ、婦長さんも。（サイドテーブルの花を始末しにかかる）

典子が入ってくる。背筋を伸ばし、殊更快活そうに、

ノブ　典子さま！　まあ……（思わず言葉につまる）

典子　元気そうね、ノブさん。

ノブ　典子さまこそ、……お元気で……。

典子　お母様のお具合、どう？　見てくるわ。（なにか一言いたそうなノブの口を封じるように、奥の部屋に入っていく）

ノブ、典子の入っていった方を気にしながら、花を持って退場。

壮太郎、院長室の方から入ってくる。

壮太郎　（名刺を片手に受話器をとる）モシモシ、谷川法律事務所ですか？　谷川先生をお願いします。こちらは一ヶ瀬と申します。あ、谷川先生、一ヶ瀬です。一ヶ瀬壮太郎です。いやあ、すっかりごぶさたいたしまして、皆さんお変りもなく、それはなによりで、実は、今日お電話しましたのは、妹のことでお願いがありまして。もう新聞テレビで御存知のことと存じますが。いや、全くお恥かしい次第で。それで是非共先生のお力をお借りしたいと存じまして、……それはごもっともで、実は妹からは直接まだ話をきいて居りませんので、後刻、妹から先生にお話させますが、一応、私からかいつまんで申上げますと、昨日裁判の第一回公判が行なわれました。私がどうしても抜けられぬ仕事がありましたため、うちの婦長を傍聴にいかせまして、その報告によりますと、妹が担当して居りました末期癌の患者が、もう余命いくばくもない状態で苦しんで居りまして、その妻が見るに見かねて、なんとか一日も早く夫を楽にしてやってくれと、泣いて頼むので、断わりきれずに妹が、塩化カリウム二十ccを患者に注射し、死にいたらしめたということなん

です。検事は、患者の妻が頼んだということを認めずに、もっぱら妹の単独犯行であると断定していると
か……は？　妹の弁護士は、妹が私に相談もなく勝手に頼んだ弁護士でして、婦長がいうには、一寸若す
ぎるんじゃないかと、心配して居りますので、と申しますのも、裁判の法廷に注射を依頼した患者の妻が
きてなかったというので……そうなんです、それで私も心配になりまして、これはなんとしても、ご高名
な先生に、先生は医療関係のエキスパートと伺っておりますので、ぜひお願いせずばなるまいと、お電話
した次第で……いやあ、それはありがたいです。今日の先生の御予定は？　夜は御自宅ですか。では夜分
にでも妹を伺わさせて頂きますので、どうか宜しくお願いいたします。いやあ、私もほっといたしました。
近々に芳江ともども御挨拶にうかがいますので、なにとぞ宜しくお願いいたします。

吐息をついて、ソファに座る壮太郎。
扉から顔を出したノブに、

壮太郎　芳江は？

ノ　ブ　会長様のお宅に。四時までにはおもどりになりますそうで。

壮太郎　あ、そう。婦長を呼んでくれないか。

ノ　ブ　はい。（居間から診療室に通じる呼出し電話をかける）モシモシ、婦長さんを、院長先生がお呼びです。

壮太郎　（出ていくノブに）お茶をたのむ。

ノ　ブ　はい。（と退場）

工藤（白衣を着て）入ってくる。

工　藤　すいません、今、熊野さんのおじいちゃんが眠れないから、睡眠薬変えてくれっておっしゃるんで……。

壮太郎　そこへかけたまえ。（ソファを示し）昨日、今日と連日御苦労だったね。

工　藤　いえ、いえ、典子さまのためですから。

壮太郎　で、健友病院の院長に会えたの？

工　藤　いえ、院長は留守で、事務長に、それも、強引に頼みこんで、やっと会えました。

壮太郎　ふん、事務長か。で、病院の様子はどうだったね。まだ、マスコミの連中はいたのか。

工　藤　ええ、病院の玄関あたりに、それらしいのが一人いました。事務長と喋っている間にも電話がかかってきましたし、事務長もかなりナーバスになってるみたいで。

壮太郎　ふん、で、なんて言ってるんだ、事務長は？

工　藤　昨日の裁判で検事が言ったことを楯にとって、今回の事件は、典子さまが、独断でやったことで、病院側にはなんの落度もない。全く無関係だの一点張りなんです。これほど世間を騒がすようなことをされて、うちの病院の信用ががた落ちだからね、全くひどい迷惑をこうむってるんだって。すべて典子さまに責任を押しつけて。

壮太郎　それで、早々と典子を首にしたんだな。

工　藤　そうなんです。ずるいんですよ。見え見えですよ、あの連中のやりくちは。でも、典子さまは、患者達の信頼も篤いし、腕のいい医師ですから、病院の方としても、手放したくなかったんだって言ってましたが、それは、万更嘘ではなさそうでした。けど、まあ、あれだけテレビや週刊誌で騒がれると、やっぱ……。

壮太郎　（吐き出すように）全くなんだって、こんなことをしでかしたのか。

工　藤　事務長も言ってました。なんだってこんなことをしたのか、理解に苦しむって。あたし言ってやったんです。典子さまは、お優しい方だから、家族に泣きつかれて。

壮太郎　医者は優しいだけではすまないんだ。

工　藤　事務長も同じことを言ってました。――善意が仇になる場合もあるんだ。近頃は、先ず自分の身を守ることを第一に考えねばならない時代なんだって。

壮太郎　むつかしい世の中だ。善意なんて簡単に証明できるものじゃない。

工　藤　そうなんです。昨日裁判の傍聴しててつくづくそう思いました。あの検事の奴、典子さまが、殺意なんて全くなかったって言ってるのに、始めから殺意があったって言い張るんです。あの検事、典子さまにハナから悪意をもってるんですよ。

壮太郎　死んだ村石とかいう患者の妻は、つまり、典子に早く死なせてやってくれと頼んだ張本人は、裁判にきていなかったたって、本当なんだね？

工　藤　そうなんです。そこなんです。だから、昨日も申上げましたでしょう。あの弁護士は駄目だって、肝心要の注射をさせた張本人をつれてこないんですからね。裁判が終ってから、私、弁護士にきいたんです。そしたら孫が熱を出してこられなくなったらしいって。そんなこと、理由になりますか。首に縄つけてだって引っ張ってくるべきでしょう。あれは、若すぎます。あんな青二才じゃ駄目ですよ。

壮太郎　その弁護士は、病院がよこしたのか？

工　藤　いいえ。あたしもう頭にきて典子さまにきいたんです。一体あの若僧の弁議士は、誰がつれてきたんですかって。そしたら、二郎叔父さんの紹介だって。

壮太郎　ふーん。

工　藤　だから、あたし典子さまに言ったんです。あの弁護士はお断わりなさいませ、うちの院長先生にお願いして、優秀な弁護士を紹介していただきなさいませよって。

壮太郎　弁護士は、今手配したよ。

工　藤　まあ、そうですか。それはよかった。けど、典子さま、承知しますかねえ。

壮太郎　承知するもしないもないさ。あいつの生きるか死ぬかって時なんだ。

工　藤　でも……、典子さまは、意外と頑固で、二郎叔父様のことは、誰より信頼しておいでですからねえ。

壮太郎　二郎叔父のことは、君も知ってると思うが、確かに、高潔な人だが、世事にうとい世間知らずだ。典子だって、それはわかってる筈なんだ。

若い看護師が入ってくる。

看護師　先生、田村さんが院長先生に御相談があるって言ってますが……。

壮太郎　なんだね。

看護師　なんか、セカンドオピニオンをどうとかって。

壮太郎　ああ。（立ち上る）

工　藤　あの患者さん、こないだも、そのことで。（立ち上り壮太郎に続く）ごちゃごちゃ言って……。

ノブが茶を持って入る。扉の傍で、壮太郎、茶を飲む。時計を見て「典子は遅いな」と呟き、退場。工藤も続いて退場。

典子、奥から入ってくる。

ノ　ブ　院長先生がお待ちかねですよ。（と典子を気づかわしそうに、好奇心を交えて、ジロジロと見る）

典　子　（強いて明るく）あたし、痩せたでしょう。

ノ　ブ　いえ、それほどでも。

典　子　（笑って）今まで太り気味だったから、丁度よくなった。お母様ったら、ぐっすり眠ってらして、体、一寸ゆすっても目あけないのよ。

ノ　ブ　お薬がきいてるんですよ。

典　子　クスリ？

ノ　ブ　あんまりお騒ぎになると、お薬のませて。

典　子　騒ぐの？

ノ　ブ　はあ、このところ。

典　子　そう。（辛そうに）

ノ　ブ　大奥様みたいな方がアルツハイマーだなんて、どうしてなんでしょうねえ。

典　子　そうねえ……。

ノ　ブ　……お食事は、そりゃあよく召しあがるんですよ。お病気前よりずっと。あんまり召しあがると、おしもの方が……だもんで、若奥様が、量をきめて、欲しがっても差し上げてはいけないっておっしゃるんで……でもお腹がお空きになるんですよね、だから、おしものお世話はわたくしがいたしますから、時折、食べたいだけ食べさせて。おかわいそうですもの。

典子　まあ……そう。

ノブ　こないだも大奥様がお好きだったキンツバを買ってきて差し上げたんです。勿論若奥様には内緒ですよ。そしたら四つもペロリと。もう私びっくりしちまって。昔の大奥様を知ってる者には、まるで別人みたいなんですよ。

典子　まあ。

ノブ　でもね、御機嫌の良い時は、ベッドに座って、あの歌をうたわれるんですよ。ほら、昔、よく典子さまと御一緒にうたってらした。（ノブ小声でややハズれた音程でハミング）

典子　（涙ぐむ）かわいそうなお母様……。

ノブ　ちゃんと歌詞覚えてらして……。お嬢様、お痩せになりましたねえ。（哀れむように）

　　壮太郎、入ってくる。

壮太郎　きてたのか。どうして裁判の前にこないんだ。なんども留守電に入れといたろ。

典子　時間がなかったのよ。

壮太郎　電話する時間くらいあったろうが。（ノブに）芳江がもどったら、典子がきてるって言ってくれ。（扉を手荒く閉める）きいたよ。工藤から、裁判のあらましは。

典子　すいません。御心配かけて。

壮太郎　弁護士頼んどいたからな。知ってるだろ、谷川弁護士。芳江の遠縁にあたる男だ。彼は医療事故のエキスパートだからね。今回の事件には、関心をもってたよ。

典子　いいのよ、お兄様。あたし、今の弁護士で。

壮太郎　何をバカなこといってるんだ。裁判はな、弁護士の腕次第だ。負けるものだって、勝てる。（立っている典子に）まあ、座れよ。痩せたんじゃないか。

典子　（ソファに座り、微笑して）とても、元気よ。

壮太郎　しかし、どうしてこんなことになったんだ。

典　子　看護師が、院長に言いつけたの。院長は、なんとか穏便に納めようとしたらしいけど、週刊誌にスクープされて、隠しおおせなかったの。
壮太郎　なんだって、週刊誌なんかに……。
典　子　病院も一つの組織だから、考え方も価値観もちがう人が集まってるのよ。
壮太郎　そんなことは当たり前だ。しかし、終末医療は、チームワークでとり組むものだろ。
典　子　チームワークなんて、あそこでは、ないに等しいわ。
壮太郎　だったら、病院側の責任を問うべきだろう。谷川弁護士も言ってたが、お前一人に責任を押しつけるのはおかしいじゃないか。
典　子　あたしが、家族に頼まれて患者に塩化カリウム二十ccを注射した。これだけは事実だから……。
壮太郎　どうして、そんなことしたんだ。いくら家族に頼まれたからって。検事は、お前の「独断専行」って言ったそうだな。
典　子　そう。
壮太郎　本当なんだな、家族に頼まれたのは。
典　子　ええ。
壮太郎　その家族が、頼んでないって言ってるそうじゃないか。
典　子　ええ。
壮太郎　まあ、頼んだことがバレれば、殺人教唆罪になるからな。しかし、こいつは手強いぞ。こっちも、よほど準備してかからないと。谷川先生は七時すぎには自宅においでになるそうだから電話して伺いなさい。自宅の電話番号はと……。（立ち上ろうとする）
典　子　本当にいいの。あたし変える気ないわ。
壮太郎　（とどめて）自分が今どういう立場にあるか、わかってないんだな。二郎叔父さんの紹介だからか？
典　子　……。

壮太郎　叔父さんには、俺から謝っとくよ。あの人は、塾の子供の面倒は見られても、弁護士の世話までできる男じゃない。

典子　保坂弁護士のこと、なんにも知らないのに、無能ときめつけないでよ。

壮太郎　工藤からきいてるよ。

典子　ああ、工藤さんね、あの人になんかわかるものですか。

扉開いて、壮太郎の妻、芳江登場。

外出着。一見して院長夫人らしい品のよい物腰だが喋ると、頭の中に詰まった自己中心主義が、見事なほど露呈される。

芳江　ただ今。（典子を無視して）ああ、疲れたわ。

壮太郎　会長に会ったの。

芳江　ええ、お会いして、お祝い申上げましたわよ。あちらも（パーティに出られない）事情は察して下さってたから、奥様がお茶でものんでらしてとおっしゃったけど、誰かに会うといやだからすぐに失礼してきたのよ。（典子の方を向いて）あんなに大きく新聞にでちゃって。「女医の病室という密室内での殺人」って。あなたの大きな顔写真入りよ。この人、腰ぬかさんばかりに驚いて、なんかの間違いじゃないかって。ノブに、新聞ありったけ買ってこさせたのよ。あなた、どうしてこんな大それたことなさったの？　あたしは、もう恥かしくて、恥かしくて……。

典子　（立ち上って）申訳ありません。御迷惑おかけしまして。

芳江　迷惑どころじゃありませんよ。お兄様もあたしもメンツが、丸つぶれですよ。肩身が狭くて、人前に出られやしない。お兄様は、つい先月、医師会の副会長に推挙されたばかりなのよ。

典子　そうですか。

芳江　あなたが、妹だってことは、みなさん知ってるし、一ヶ瀬なんて名字、そうそうないでしょう、田中とか、中村なんてどこにでもある名前ならいいけど、昨日も今日も、厭がらせの電話がかかってくるのよ。

典子　まあ、ここまで。
芳江　ええ、週刊誌の記者だって、やってきて、そりゃあ、しつこいのよ。(夫に)あなた、明日の医師会の会合、どうなさるの?
壮太郎　……休むわけにいかないしな……。
芳江　勿論よ。あなたは、なんの関係もありませんもの。
壮太郎　うん、まあ……とにかく、出るよ。(芳江に)谷川弁護士の自宅の電話番号知らないか?
芳江　ああ、典子さんの裁判ね。あの方ならきっとうまくやってくれるわ。(立ち上って、住所録を探そうとする)
典子　いいのよ、お義姉さん。あたしは、今の弁護士にまかせることにしてるから。
芳江　(高飛車に)なに言ってるの、今回はお兄様にまかせなさい。

扉をノック。工藤が顔を出す。

工藤　院長先生、副院長先生が、御用がおありだそうですが。
壮太郎　ああ。(立ち上る)
工藤　まあ、典子さま。
典子　昨日はありがとう。
工藤　(入ってこようとする)それで、典子さま……。
芳江　(入らせまいと)ノブさんに、お茶たのんで頂戴。
工藤　はい。

壮太郎、工藤、退場。

芳江　(座り直して)いいこと、典子さん。今回のあなたの事件は、あなた一人の問題ではすまないのよ。一ヶ瀬家の名誉の問題なんです。お兄さんの名誉が、どんなに傷つけられたかわかってるの。今の会長が、ご高齢だから、次期会長には、って、何人もの方が、言ってくださってるの。こういう時に、妹が、殺人犯なんてことになったら、どうなると思って?

典子　……。

芳江　ここの医師や看護師だって、新聞みて動揺してるし、うちの病院を信頼してきてくださる患者さん達のこと思うと、あたし、心配で心配でしょうがないの。最近買い替えたＭＲＩだって、コーンなのよ。今年は、病棟もリフォームしたし、それだって、銀行からの借入れで、ローンを組んでるし、今、患者が減ることは、ローンの返済が滞るって危険性があるってことなのよ。父は仕事全部兄にゆずって隠居状態だから、実家に援助してもらうこともできないし……わかるでしょう、なんとしても、あなたを無罪にしないと、あたし達が困るのよ。あなたは、病気のこと以外なんにもわからない世間知らずのお嬢さんだから。

典子　でも、そんな偉い弁護士さんに、お礼支払えませんわ。

芳江　それは、うちで立て替えとくから、月賦で払ってくれればいいわよ。

典子　……そんなこと……。

ノブ、茶を持ってくる。

芳江　そこへ置いといて、あたしがするから。

ノブ　はい。

ノブ、退場。

芳江、典子と自分に、湯飲みを置く。

芳江　（茶を飲みながら）患者の家族に頼まれたって、本当なの？

典子　（頷く）

芳江　どうして断わらなかったの？　いえ、絶対、断わるべきだったのよ。

典子　まさか、こんなことになると思わなかったから。

芳江　馬鹿よ。本当に馬鹿だわ。だから世間知らずだっていうの。で、いくらもらったの？

典子　え!?

芳江　お礼ですよ。包んできたんでしょう？

典子　（微笑して）いいえ。
芳江　全然お礼もいただかないで……。
典子　ええ。全然。
芳江　まあ、考えられないわ。なんて非常識な。あなたもあなただけど、その患者の家族も……。
　　　壮太郎、入ってくる。
芳江　あなた、典子さん、お礼もいただかないで、塩化カリウム二十ccをうって差し上げたんですって。
壮太郎　ああ、揚げ句の果てに、その家族はそんなこと頼まなかったと言ってるんだ。
芳江　なんてこと！　じゃ、なんのためになさったの？
典子　……。
壮太郎　馬鹿にもほどがある。
芳江　それで、なんか得になることがあったの？　医者としてハクがつくとか。
壮太郎　それどころか、殺人罪で訴えられてるんだ。
芳江　昔から、変ってると思ってたけど、あなた、本当におかしいわ。一文の得にもならないことやって。
典子　……気の毒で見ていられなかったのよ。
芳江　あなたの方が、よっぽど気の毒だわ。
壮太郎　医者は、そういうセンチメンタルな気分に動かされてはいけないんだ。情に流されず、冷静に判断する。
芳江　殺人犯だなんて！　お父様が生きていらっしゃらなくてよかったわねえ。お母様は、なんにもわからないから、いいけど。
典子　お父様が生きてらして、あたしと同じ立場に立ったら、きっと、あたしと同じことをしたと思うわ。
芳江　まあ……。
典子　そうよ、お父様は、いつだって、患者の立場に立って治療なさったもの。死がさし迫ってる患者に、検査を強要したりしなかったわ。苦しんでる患者には、モルヒネをつかって、安らかに死ねるように、苦しみを取り除いてあげたわ。

芳　江　まあ。

典　子　あたしは、医学生の頃、父の手伝いをしてたから、よく知ってるのよ。お父様は、末期癌の患者さんを安楽死させてた。

壮太郎　今とは時代がちがうんだ。親父は、医師としては、実に生真面目な男だった。人の命を軽々しく扱うような医者ではなかった。

典　子　死の迫った病人を安らかに死なせることが、生命を軽々しく扱うことになるんですか？

壮太郎　安楽死は、日本の現状では、認められてないんだ。親父の名誉に関わることを軽々しく口にするな。

典　子　お父様は、くだらない名誉なんか問題にする人じゃなかったわ。医師会の会長になりたいなんて、これっぽっちも頭になかったわ。

芳　江　（鼻白んで）ええ、そりゃあ、お父様はいい方でしたよ。でも、路地裏の小さな町医者で一生を終えられた方じゃないの。あの小っぽけな一ヶ瀬医院を、この町でも指折りの病院にしたお兄様の功績を、どうして認めないの。あなただって、実家が、立派な病院であれば、鼻が高いじゃありませんか。

典　子　お義姉さんの内助の功ですわね。大きな病院も、未来の医師会会長も。

芳　江　あたし、そんなこと自慢してるんじゃないのよ。そりゃあ、私の実家の援助もあったけど、なんたって、お兄様本人の力がなければ。どうして、妹のあなたが認めてあげないの。お兄様がかわいそうよ。

典　子　お兄様の努力は認めてるわ。ただ……。

　　内線電話からノブの声。

ノブの声　奥様、お電話です。会長の奥様から。二番です。

芳　江　（取ろうとするが典子をチラリと見て、内線に）そっちで取るわ。

　　芳江、そそくさと退場。

典　子　あたし、全然知らなかったわ。お兄様が、医師会の会長だの、ロータリークラブだのが好きだなんて、ね

壮太郎　え、覚えてる？　医大に入ったばかりの頃、お兄様、将来無医村にいって働きたい、って言ってた。（笑いながら）あたし、あの時、やっぱり血筋なんだって思った。きっと、将来は、お父様みたいになるんだって。ひどい勘ちがいしてたんだわ。

典子　やめろよ。親父と比べるのは。親父と俺とはちがうんだ。それに、医療そのものが、親父の頃とは、まるで変った。昔は助からなかった病人が、今は死なない。めざましい医療機器の進歩のおかげだ。新しい薬はどんどん開発されてる。（茶を飲む）しかしその一方で患者と医師の信頼関係は昔のように単純ではなくなった。医師のミスを世論は絶対にゆるさない。だから我々医師はまず身を護らなければならない。今や医師は弱者なんだ。それにな、お前だって医者の端くれだからわかるだろ。今、病院の経営がどんなに大変か。新しい機器を入れなければ、患者をとられてしまうんだ。患者のニーズにこたえられない病院は、つぶれていく。それに、機械のデーターを読みとれる優秀な医師を雇わねばならない。となると給料も高い。この病院を維持するために、俺が、日夜どんなに神経をすり減らしてるか、わかるか。

壮太郎　だからね。機械のローンを払うために必要もないのに検査検査で、検査づけにして。

典子　知ったような口をきくな。

壮太郎　噂になってるわ。お兄様の耳にまで届かないでしょうけど。悪評の高い病院のリストに入らないように、気をつけなさいよ。

典子　やっかみだよ、それは。商売繁昌すれば、必ずやっかむ奴がいる。お前のようなサラリーマン医者は、呑気でいいがな。お前は、昔から医学の進歩には懐疑的だった。

壮太郎　ええ、あたしは許せないのよ、あなた達のように、やたらと検査して、病気を見つけだして、病人ばかりつくり出してる医療は。

典子　平均寿命が八十代に伸びたのは、検査による早期発見のおかげじゃないか。医学の進歩は、人類の幸福に貢献している。今や平均寿命百歳も、いや、百十歳も百二十歳も夢ではない。

だからって、どうなの？

壮太郎　人類は、古代から不死を追い求めてきたんだ。
典　子　でも、人間は、いつか必ず死ぬわ。
壮太郎　そりゃあそうさ。しかし、人間の寿命は、この先まだまだ伸びるんだ。
典　子　忘れてるのね、人生には、落し穴があるってこと。交通事故、地震、台風、医療ミスによる死。それだけじゃない。暴力による大量殺人。
壮太郎　それは例外だ。
典　子　お兄様は、人間の肉体を物体としてしか見てないのよ。人間には心がある、精神がある、精神の死んでしまった物体にしかすぎない人間を、長生きさせようとしているのよ。
壮太郎　お前は、いつも飛躍しすぎる。長生きは、幸福の代名詞だぞ。今だって、延命治療を望む患者は、現にいる。それは人間の本能なんだ。アメリカじゃ、癌を完治する薬ができるまで、自分を冷凍保存してくれって、癌患者が増えているそうだ。
典　子　仮に十年か、二十年後にその人の肉体が、蘇ったとしても、その人の精神はどうなるの？
壮太郎　ハハ、そこまで保証はできないよ。
典　子　今、問題にされているのは、長生きより「生の質」なのよ。半病人ならまだしも、病院のベッドで、意識もなく管で生かされることを、みんな怖がってるわ。「テクノロジーは、生きてる死体ばかりつくり出している」って、フランスの哲学者が書いてたけど、今、まさにあたし達医療関係者の考え方を、問われているのよ。
壮太郎　それでお前は、末期癌の患者に塩化カリウムを投与したのか。それが、お前の正義なのか⁉　医師はだな、患者の生きる権利を尊重し、最後の最後まで、積極的治療を続ける義務があるんだ。
典　子　読んだわよ。医師会の広報に発表したお兄様の尊厳死に対する反論。植物人間であっても、人格的な存在として認めるべきだっていうのね。驚いたわ、あれ読んだ時。本気でそんなこと考えてるの？　回復の望みのない患者を、人工呼吸器をつけて延命させる、それって、誰のため？　そんなこと患者の利益になると、思うの？　それだけじゃない、終末医療の費用は、一人あたり、平均百十二万円、年間の総額は、九千億円にも達しているって厚生労働省が発表していること、お兄様も知らないわけないわね。これって、病院の利益にはなっても、患者の家族には、大きな負担になるだけなのよ。これが国の医療費をふくらませる要因で、こうした無駄づかいを。

壮太郎　無駄づかい？　お前、無駄づかいの最たるものは、戦争だ。人殺しのための膨大な軍事費だ。

典　子　話をそらさないで。今、あたしが言いたいのは、九千億円もあれば、お金をかければ助かる人達のためにつかうべきだと思うのよ。

壮太郎　金のことは言うな。お前みたいなのは、我々から見れば、危険思想だ。尊厳死だ安楽死だとか、そんな言葉が横行すれば、必ず、人の生命を軽々しく扱う風潮がでてくる。そんな医師に、患者は、自分の命を心配でまかせられないぞ。商売あがったりだからな（笑う）なんて、冗談言ってる場合じゃない。とにかく、お前は無罪をなにがなんでも勝ち取らねばならないんだ。お前のためにも、俺のためにも。全く、あんな病院に就職したのが、間違いだったんだ。ここで、俺と一緒にやってれば、こんなことにならずにすんだのに、俺が頼んだのにはねつけて。お前が、芳江とあわないのはわかってたが、俺は、お前にきてもらいたかったんだ。

典　子　お義姉さんのせいだけじゃないわ。お義姉さんには、お母さんの世話していただいて感謝してるわよ。問題はね、（言いよどむが）あたしは、お兄さんと価値観がちがうんですもの、とても一緒になんかやれない。そうでしょう。

壮太郎　お前、離婚するときもそう言っていたな、秋山とは価値観がちがうんだと。お前と価値観があう人間なんかいると思ってんのか。まあ、いい。とにかく、弁護士を変えるんだ。

典　子　お兄様の気持ちは有難いけど、変える気はないわ。

壮太郎　有罪になってみろ、必ず、医道審議会にかけられる。そこで審議され、医師免許を剥奪されるかもしれないんだ。

典子 （内心動揺）……。

壮太郎 お前に頼んだ家族は、頼んでないって否定してるんだろ。お前一人に罪をおしつけて、お前は、ただ利用されただけじゃないか。そんな卑劣な奴等のために、お前の人生を、お前の未来を、台なしにしてもいいのか。

典子 裁判は、始まったばかりなのよ。今から答えをださないでよ。村石さんのことだって……。

壮太郎 世間を甘くみるな。

扉の外で、芳江のヒステリックな叫び声。

芳江の声 誰か、誰かきて頂戴。お母様、いけません、いけませんったら。誰か、ノブさん！

くめの声 放して、放しなさい。なにする！

この間、壮太郎、又かというようにため息をつき、腰を上げ、出ようと扉をあける。典子も、壮太郎の後に続こうとする。

扉を開けたとたん、くめが、倒れこんでくる。

典子、くめを、抱きとめて

典子 お母様！ どうなさったの、お母様。

壮太郎の声 （扉の外で）鍵はどうしたんだ。

芳江の声 知りませんよ、あたしは。

ノブの声 あの、さっき、お嬢様が……。

典子 ひどいじゃないの、お母様を監禁するなんて。

芳江 （戸口に立って）あなたにそんなこと言う権利ありませんよ。世話してるあたしの身にもなって頂戴。お医者のくせに、なんにもわかってないのね。

典子、母親を抱きしめて、立ちつくし、ハラハラと涙する。

典子 （呟くように）かわいそうなお母様……御免なさい。御免なさいね。あたしどうすることもできないのよ。

ああ、村石さんの奥さんの気持ちが、わかるわ……。あの時土下座してあたしに頼んだあの人の気持ちが……。

暗転

②典子のマンション

ワンルーム・マンション、居間とキッチンが、つながっている感じ。

典子、鍋をかきまわし、塩、コショウなど足して、味見をする。シチューをつくっている。時折、放心、考え込む。時計を見る。

電話のベル。

無視する。留守電になり、直ぐ切れる。

玄関のブザー。

典子、玄関に走り、扉を開ける。

弁護士の保坂が、汗を拭きながら、入ってくる。

保坂　すいません。村石のとこで手間どってしまって。

典子　そうだったの、どうぞ、おかけになって。

電話のベル。典子、又も無視。留守電に切り替ると、切れる。

保坂　(電話を見て) いいんですか。

典子　いいの。例の週刊誌よ。それで。(と言いながら、冷蔵庫から飲み物を出し、保坂にすすめる) や、どうも (と、コップに口をつけ) 話にならないんです。実に頑固で、あきれましたよ。口を酸っぱくして頼みこんだのですが、だんまりをきめこんで、揚げ句の果てに、頼んだ覚えないっていうんです。

保坂

典子　奥さんが？
保坂　ええ。
典子　息子は？
保坂　留守で。会社リストラされて、タクシーの運転手だそうですね、今。
典子　ええ。息子に頼んだら。
保坂　息子はなんにも知らないんだそうです。
典子　じゃ、息子には話してないのね。
保坂　そうらしいです。頼んだといえば、自分が共犯者になる。実際、殺人教唆罪に問われますからね。
典子　今になって、頼んだ覚えないなんて……。
保坂　よくあるんですよ。こういうことは。誰だって、先ず第一に、自分の身を守ろうとしますからね、だから。
典子　わかってます、そのくらい。で、あたしは、やっぱり有罪なのね？
保坂　過去の判例では……。
典子　もし村石さんが証言すれば？
保坂　家族の教唆があっても、なくても有罪になりますが、家族の教唆による実行となれば、当然、情状酌量されるでしょう。

典子　医師免許は？　医師免許はどうなるの？
保坂　勿論、家族が教唆したとあれば、免許剥奪はあり得ないと思われます。
典子　……どうしても村石さんに証言してもらわなければならないわね。
保坂　村石は、あの時の注射について説明は受けてない、つまりインフォームドコンセントは受けてないって言ってるんですよ。これはきわめて重要な点なんですが。

典子　しましたよ、インフォームドコンセント。あの時きちんと説明したわ。
保坂　彼女は、なんにもきかなかったって、言いはってます。

典子　まあ……。
保坂　こういうことは、どこまでいっても、水掛論ですね。言った、言わない、言った、言わない。
典子　(悔しそうに頷く)
保坂　(一寸ためらいがちに) ねえ、本当に頼まれたんですか?
典子　え?
保坂　本当に、患者の命を縮めてくれって、いわれたんですか?
典子　まあ、あなたまで……。
保坂　いや、疑ってるわけじゃないんですが、いや、やっぱり疑ってるのかな。僕の職業上、一応なんでも疑ってかからないと。一文の得にもならないのに、なぜそんなことをしたのか、あなたはキャリアを積んだ医者だ。そういうことをすれば、どういう結果になるかわかってる筈だ。何度も同じ質問をしますが、現行法では本人の承諾ない安楽死は認められないって知ってたんですよね。

典子　知ってましたわ。
保坂　だから、本当に頼まれたのかどうか、疑いたくなるんです。
典子　誰もがそういうわ。一文の得にもならないのに。お金で動かないのが、不思議みたいね。お金でなければ、なんか裏があるんじゃないかって、裏、裏ってなんでしょう、週刊誌なら、色恋沙汰でもあったんじゃないかって勘ぐるところだわ。

保坂　まさか。……しかし、全くためらいはなかったのですか、あの時。
典子　ためらったわ。ええ、ためらったわよ。「そんなこと止めろ」って、ブレーキをかける声がきこえたわ。
保坂　その時、一筆かかせとけばよかった。
典子　(首をふる。一言ずつ考えるように喋る) あの時ね、あの瞬間、母の顔が見えたの、村石さんの顔と重なって。……似ても似つかないのに……。そして、あの瞬間、ふと、母と交した約束を思いだしたの。「自分が呆けてなんにもわからなくなったら、あたしを始末してね」って。母がアルツハイマーになる二年前、七

保坂　十八の母の誕生日だったわ。あたしは冗談のつもりだったから、「ええ、任せといて」って、馬鹿なこと言ってしまって。母のような人が、アルツハイマーになるなんて夢にも思わなかったから。失格ね、医者として。母はきっと予感してたんだわ……。

典子　お母さんへの思いが、あの時、あなたを突き動かしたということですか？

保坂　いいえ。あたしが選択したの、あの時。選んだのよ、あたしが……。目に涙を一杯ためて、懇願するあの人を見つめていたら、突然母の顔が脳裡に浮かんだ……あたしは、あの人がかわいそうで、かわいそうでたまらなくなったのよ。なんとかしてあげたいって思ったのよ。

典子　その時、あなたのブレーキは、完全に壊れてしまったんだ……。

保坂　いいえ、あたしは、あの時とても冷静だったし、理性的だったわ。理性的にふるまったわ。

典子　理性的だったら、自分を守ろうとするでしょう。法を犯すような馬鹿なことはしない。

保坂　理性的だったら、自分の不利益なことはしないって考えるの？　おかしいわ。

典子　しかし、自分を守ろうとするのは、人間の本能ですよ。

保坂　そういうエゴイスティックな本能を、捨てて、他人の為に働くという行為は、理性の働きによるものでしょう。（突然ひらめいたように）アンチゴーヌよ。そう、アンチゴーヌなの。

典子　「アンチゴーヌ」って、なんですか？

保坂　ギリシヤ悲劇の女主人公の名前よ。彼女は、自分の兄が、国家に反逆して殺されて、その屍が、見せしめの為に野原に曝しものにされ、鷹や鴉に食い荒されるままに放置されているその屍を、番人の目をかすめて弔うの。そんなことしたら勿論死刑になるのよ。でも彼女は国の掟を破って兄を弔うのよ。国家の法よりも、家族への愛を優先させたの。あたしの友達は、自分の利害を考えないアンチゴーヌの行為の方が美しく、立派だって言ったけど、あたしは逆にアンチゴーヌの行為はエゴイスティックであり共同体の秩序を優先させるべきだって、言いあってね。今、あたし「アンチゴーヌ」の行為がとても理解できるのよ。アンチゴーヌは、所詮、人間のつくった法は、神の掟の前では、「たいしたものではない」って言う

保坂　の。まさにその通りじゃない？　法律なんて時代によって、変るし、変るべきものだわ。しかし家族の愛は、絶対的なものよ。

あなたは、村石の夫への愛と、アンチゴーヌの兄妹愛を同一視してるようですが、村石の場合、純粋に夫への愛といえますかね。私から見れば、きわめて疑わしく思えるんだが。そういう状況の家族って、つまり、疲労困憊の極限状態にあるわけでしょう。そうした場合、精神が正常に機能してないっていいますよ。正常な判断力を失っている家族から、いくら泣いて頼まれたからって、言いわけになるかな。それに、患者の家族の感情は、純粋に愛情だけとは言いきれない。看護する側の疲労の度合い、金銭的な問題、これはかなりのウエイトを占めるそうですが、更に仕事のことなど、もろもろあって、それこそ夾雑物が一杯まじってて、純粋な愛情からとはいいきれないって言いますよ。

典子　いいじゃないの。生きてる人間に、純粋を求めるのは、無理なことだわ。この患者はね、三年、あしかけ四年にわたって、あたしが担当してたの。（当時を思い出すように、遠くを見る）まだ痛みが、それほどひどくない頃、普通の会話ができる頃は、よく冗談を言って、みんなを笑わせてね。若い頃は、道楽者で、奥さんずいぶん泣かされたって言ってたけど。（思い出し笑い）先生の手が俺の体にさわると、俺の息子が、ピクッと立つよ、なんていって、みんなゲラゲラ笑い転げたものよ。息子や奥さんのこと、口には出さないけど、そりゃあ、心配してた。珍しいほど仲の良い家族だったわ。患者にも、いろんなタイプがいるけど、この人達、依怙贔屓するわけじゃないけど、あたしは好きだったのよ。奥さんから「早く楽にしてやって」って言われた時、この患者本人が、奥さんに言わせてるんじゃないかって、思ったの。おかしい？　生きてるのか、死んでるのかわからない状態で、それも、あと数日もつかどうかってところで、鼻も口も、管入れられて生かされてる、そんな患者の姿に、憐れみを覚えないとしたら、人間じゃないわ。

保坂　あなたは……なんていうか……とてもセンチメンタルですね。女性特有ってのかどうかわからないが……。

典子　センチメンタル？　……そうね、長い間、医者やってるのに、慣れないのよ、患者の苦しむ姿に……。

保坂　困ったものですね。あなたを無罪にするには、そういう感傷的な心情による動機では、駄目なんです。

典子　じゃあ、あなた、自分が、その患者だったら、って、考えたことないの？

保坂　ありませんね。

典子　考えてよ。考えなきゃいけないわ。もし、自分が、末期癌の患者で、苦しんでいる。死が、ついそこまできてるのに、点滴や呼吸器で生かされている、「そんなこと止めてくれ」って叫びたいけど、声も出ない。としたら、あなた、それが、自分だったら、どう？　考えてよ、考えなきゃいけないのよ。

保坂　……。

典子　医者達は、自分は、そんな目に遭うのは、真っ平だって思ってるわ。だのに、患者には、平気でやるのよ。それが、患者に対する医者の義務だって口実のもとに。ひどいと思わない？

保坂　そりゃあそうですが、あなたの言いたいこともわからなくはないが……しかし、医師も職業ですからね。むろん、医師の弁明をする気はありませんが、僕等弁護士だって、明らかに、ひどい悪人とわかっていても、黒を白といいくるめようとするんです。プロってのは、そういうものじゃないですか。

典子　ちがうわ。医師は、プロでも特別な職業なのよ。医師と、学校の教師は、普通の職業ではないって、父に教わったわ。（自嘲するように笑う）古い？　古いでしょう。

保坂　（暖かく微笑）いや……ただ、現代では稀な存在です。

典子　骨董品でしょう。母からは「人にしてもらいたいと思うことを人にもしなさい」って、子供の頃から耳にタコができるほどいわれたわ。こんなことという親って（胸を詰まらせる）……その母が、今、アルツハイマーよ。一生の終りを、こんな形で終らせるなんて、ひどいわよ。人生は、あまりにも残酷だわ。

保坂　あなたは、患者、村石の最期の姿も、「あまりに残酷」だと思ったんですね。

典子　あたしは、あの奥さんのように、この人を早く天国へ送ってくださいなんて、誰にも頼めない。だって、あたし自身がそれができるんですもの……あたしにその能力があるんですもの、だのにあたしはただ、神様に祈るだけ、母を早く天国へ送ってくださいって。ああ、あたし自分が医者でなければいいのにと思うわ。

保坂　あなたは、お母さんのことになると、ひどく感情的になる。医師にだって、いや医師だからこそ、患者の生死を決める権限はない筈です。

典子　……。

保坂　どうして、あの時他の医師に相談しなかったんですかね、これが最も重要なことなんですよ。

典子　他の医師に相談!?　いつだって責任逃れすることしか考えてないあの人達に相談しろっていうの？　さあ、そうしたらどうなってたかしら？　延々と会議して、結論がでないで又会議。その間に、患者は、苦しみながら無残な死に方をするでしょうよ。

保坂　そういうきめつけ方はどうかな。だから、あなたは独断専行っていわれるんです。協調性がなさすぎる。

典子　患者のためなら、まわりを無視してもいい時もあるのよ。

保坂　しかし、患者も家族も、あなたのそういう善意、わかってないんですよ。あなたの善意は、傍から見れば、軽はずみな独りよがりにすぎない。

典子　結構だわ。そう思うなら思わせとけばいい。

保坂　（苦笑）傲慢だな。

典子　だって、……あの時、他の医師に相談すれば、確実に、家族の頼みなんか無視しろといったわ。でも、もし、あの時、あたしが彼女の頼みを断わっていたら、あたし、自分を、軽蔑するでしょうね。自己嫌悪におそわれて、あたしも月並みな、臆病な、自分を守ることしか考えない医者なのかと嫌になる……。この頃ね、思うのよ、あたしは、無医村か、医者も薬も足りない僻地へいって働けばよかったって。そうすれば、もう助からないって決まってる患者に、高額の医療費をつかって、無意味な延命治療なんかしないですむんですもの。世界のいたる所で、子供達や、働き盛りの青年が、もっとも単純な治療さえ受けられなくて死んでいる現実があるのに……。

長い間。

典子　「人間は生れた時から死の宣告を受けている」誰の言葉だったかしら。

保坂　パスカルでしょう。高校の時読んで、強烈なパンチを受けたのを覚えてます。しかし煩雑な日常の生活のなかでは、その衝撃は薄らぎ、やがて、思い出すこともなく、自分が死ぬなんて全く考えたこともない。

典子　人間は必ず死ぬものよ。あたしもあなたも。それはいつかわからない。でも……あの患考の余命はわかってたの。長くても一週間か……。

保坂　それも医学の進歩のおかげですね。

典子　人の一生のなかで、一週間は長いと思う？

保坂　……（考える）。

典子　殊によると、三日、あるいは二日なのよ。たったそれだけの時間を、あたしはあの患者から奪ったのよ。ただ意識もなくベッドに横たわっていたあの人の時間をあたしは奪ったの。もし確実に天国があるとしたら、あたしは、胸をはって、村石さんを天国へ送りましたっていえるのに……今は誰もが、あたしを殺人者だって、あたしめがけて石を投げつけてくる。……医師はね、あたし、自分の天職だと思ってたのよ。子供の時から、父のような医者になりたいと思ってたのよ。人の命を助けることは、あたしの天職だと……なんてことでしょう。人の命を助けるために医者になったというのに……。

保坂　（間）あなたという人が、少しずつわかってきました。（間）こんなことで、あなたの医師免許が剥奪されるとしたら、実に不当です。僕はなんとかあなたを助けたい。

典子のケイタイが鳴る。

典子　（信頼と感謝のまなざしを保坂に送りながら、ケイタイをとる）はい。はい。典子です。その件については、はっきりお断わりしたじゃありませんか。ご親切は、ありがたいと思ってるわ。え？　叔父様に断わった!?　まあ、どうして、あたしに一言も断わりなしでそんなこと。……「典子の自由にしなさい」、そうおっしゃったのね、叔父様は。そう、だったらあたしの自由にさせていただくわ。申訳ないけど……。御免なさい。お兄様には、迷惑かけないようにしようと思っています。ええ、悪いけど、あちら（の弁護士さん）には、はっきりお断わりしてください。はい。わかりました。（電話を切る）

保坂　殊によると、僕に関係のあることでは？
典子　兄が、弁護士を取り替えろっていってるの。
保坂　信用されてないんだな。仕方ありませんよ。
典子　いいえ、あなたじゃなくて、あなたを紹介してくれた叔父を信用してないのよ。叔父は、父の弟で、兄に言わせると、落ちこぼれ、学者だけど社会的地位がない。
保坂　あの人は、地位とか名誉を自分から、一切求めない人ですね。
典子　だから、あたし好きなのよ。
保坂　僕もです。
典子　兄は、立派な包装紙が好きな人なの。
保坂　じゃあ、僕は駄目だ。出世コースから全くはずれてますからね。いいですよ。僕の方はかまわないから、遠慮しないで。
典子　いいの、あたしは、あなたで。兄は妹が有罪になると、世間体が悪いから困るの。世間体オンリーなの。
保坂　いや、それが世間ってものですよ。犯罪の宣告を受けた当人より、親、兄弟親戚が肩身の狭い思いをして被害を受けているんです。本当に断わってください。あなたが無罪になるなら、僕は、かまわない。
典子　有能な弁護士だから、無罪になるとはかぎらないわ。あたしは、あたしの尊敬する叔父が推薦してくれた人だから。
保坂　（ふと、クンクン臭いをかぐ）コゲ臭い。なんかコゲてるんじゃ。
典子　あッ、いけない。（台所へ走りガスをとめる）まあ、折角のシチューが台なしだわ。
保坂　シチューをつくってたんですか。余裕ですね。こんな時に。
典子　こんな時だからよ。（鍋をかきまわし）こげてないところもあるわ。召しあがる。
保坂　えー、実は、腹ペコで。
　典子、皿に、パンとシチューを盛ってくる。

保坂　いや、うまい。うまいですね。料理もできるんですね。これなら医師免許を剥奪されても食べていける。

典子　（冗談に応ぜず）本当に医師免許剥奪されると思う？

保坂　……村石の証言によるところが大きいと思いますが、担当の裁判官の現代医療に対する哲学が問題でもあると。

典子　ねえ、あたし、あの奥さんに直かに会って話してみようかしら。

保坂　（びっくりして）とんでもない。そんなことしたら、駄目です。それだけは絶対駄目です。法で禁じられてるんですから。

典子　だって、法律を金科玉条としているコチコチ頭の裁判官にあたったら、どうなるの。裁判官の哲学をあてにするなんて……ああ、どうしても、村石さんを説得しなければ……そうでしょう。

保坂　待ってください。しばらく待ってください。僕が全力をつくして、なんとかしますから。

典子　……。

保坂　いいですね。軽はずみなことだけはしないでくださいよ。

典子　（頷く、ちょっとおどけて）待て、そして希望せよ——　さあ、まだシチュー残ってるの、お代りなさって。

（皿を持って立ち上り）あたしはまだ自由、イキイキと生きなくては……。

暗転

③患者（死亡した）村石家・夜

下町の古い木造家屋の居間。

小タンスの上に、小さな仏壇が置いてある。枯れる寸前のような花が、この家族の生活を象徴するように、供えられている。

葬式に使ったらしい額縁に入った「村石和夫」の顔写真が、部屋を見下ろすように、鴨居に掛かっている。

患者の妻ハル（五十七歳）、小柄で痩せぎすだが、体全体に、生活の苦労にめげず、家族を守ろうとする強い意志が滲みでている。
ハルの孫のミチ子は、部屋の隅のテレビを見ているが、電話中のハルの緊張した会話の方が、気になるらしく、チラチラとハルの方を見る。

ハル　（受話器を手に）一周忌も過ぎたってのに、今頃になってこんなに騒がれて、あたしも困ってるんですよ。すいませんねえ、いろいろご心配いただいて。え？　そんなこと、週刊誌に？　まあ、冗談じゃない。なんであたしが、和夫の命を縮めてくれなんて、（あの女医さんに）頼むんですか。いくらなんだって、ひどすぎますよ。あたしが、そんな恐ろしいこと、頼むわけないでしょうが。週刊誌に書いてある？　お義兄さん、そんなの真に受けないでくださいよ。週刊誌ってのは、あることないこと書きたてるのよ、人の不幸を面白がって。いくらなんでもひどい、ひどいですよ。（涙声になる）和夫はね、ええそりゃあ、かわいそうでした。苦しんで苦しんで、あたしは毎日仏壇にお経をあげて、仏様にお願いしたんですよ。一日でも長生きしてもらいたくて……でも、あの女医さん、見かねて、注射したんですかねえ。あたしには、わかりません。あの女医さんが、「さあ、楽にしてあげるわね。天国に行きなさいね」って、注射したら、和夫の息が止まったんですよ。あたしは、一瞬、なんにもわからなくなって……ああ、これで和夫は、楽になったんだ、天国にいるおじいちゃんやおばあちゃんのところに行ったんだな、って思ったんですよ。ほんとに、見てるのが辛かったから……ええ、ええ、そうなんです。お義兄さんから、みなさんに、お義姉さんや、勝ちゃんや、伯父さん、伯母さんに、ようく話して下さい。はい。はい。ええ、幸夫も一生懸命働いてますんで。はい。それでは。みなさんに宜しく。

ハル、受話器を置いて溜息をつく。

ハル　（独り言のように）ああ、やだ。やだ。うるさいったらありゃしない。こっちの苦労も知らないで、お前が「和夫を殺してくれと頼んだのか」だって……殺すなんて、よくそんな物騒なこと言えるねえ。なんもわかっちゃいないんだから。（ミチ子の方を見て）テレビばっか、見てるんじゃないよ。お父さん、まだ寝てんのかい。早く起きて支度しないと遅れるのに。

ミチ子　ねえ、猫、飼ってもいい？　さっちゃんとこで、子猫くれるって。

ハル　駄目。動物は、駄目っていいってるだろ。おばあちゃんは、忙しくて、世話できないんだから。

ミチ子　あたしが、世話する。

ハル　駄目、エサ代だって、馬鹿にならないんだよ。（と、ミチ子のスカートのホコロビの修理を始める）お前の母さんが、亡くなってから、なにもかもおばあちゃんがやってんだからね。

幸夫、頭をタオルで拭きながらネマキ姿で出てくる。

幸夫　今の長電話、青森の伯父さんかい？

ハル　ああ、週刊誌読んだって、ひどい剣幕で、怒鳴るんだよ。週刊誌なんか、でたらめだって言ってやったのよ。

幸夫　《週刊今日（コンニチ）》だろ。あの記者、態度悪いから、追い返したろ。腹いせに、あることないこと書きやがって。

ハル　読んだの、それ。

幸夫　ああ、客が置いてったんだ。

ハル　なんて、書いてあったの？

幸夫　家族のエゴイズムだってさ。

ハル　家族のエゴイズム？

ミチ子　家族のエゴイズムって、なんのこと。

ハル　（ミチ子に）宿題あるんだろ。向こうへいって、勉強しなさい。

ミチ子　もうやっちゃったもん。（幸夫に）ねえ、猫、飼ってもいい？

幸夫　おばあちゃんが、いいっていったら、いいけど。

ハル　駄目だっていったろ。さあ、向こうにいって勉強しなさい。

ミチ子、隣室へ。

ハル　家族のエゴイズムって、なんだっての？
幸夫　頼んだのに、頼んでないって否定してるのは、家族のエゴイズムだっていうんだ。奴等は、俺たちが、お父さんを、早く死なせてくれって頼んだにちがいないって思ってるんだな。
ハル　……どうしてだろう。
幸夫　あの女医の言うことの方を、信用してるんじゃないの。いいよ。週刊誌なんか、近頃は、だれも信用しないさ。
ハル　田舎の連中は、信用してんのよ。

ミチ子、週刊誌を二冊もってくる。ページを開けて、ハルに渡す。

ハル　(受け取って見る)……。
ミチ子　あの先生、写真より、実物の方が、きれいだね。
ハル　(黙って読む)……。
幸夫　虫も殺さぬ顔してて、怖いことするもんだな。まさか、と思ったけど。
ミチ子　おじいちゃん、先生のこと、白い百合みたいだって、言ってたよ。
ハル　(声を出して読む)「家族の同意を得ないで、塩化カリウム二十ccを注射し、患者を殺す」。
幸夫　それは、「女医の独断専行」って書いてある方だ。
ハル　(別の週刊誌を取り上げて見る)「女医は、家族に頼まれてやったと主張」。ああ、やだねえ。もう、すんじまったことを、ほじくりかえして。これじゃ仏様も成仏できないじゃないか。今更、なにいったたって、死んだ人は、帰ってきやしないのに……。こんな大事(オオゴト)になるなんて、夢にも思わなかった。
幸夫　俺、あの時さ、お父さんが死んだって、母さんから会社に電話が入って、会社から、無線に連絡が入った時、正直、ホッとしたんだ。これで、お父さんも、やっと楽になった。やっと、あの苦しみから解放されたんだって。まるで、あれは、拷問だったもんなあ。
ハル　……なんだって、あんな質の悪い癌に、とりつかれたんだろうねえ。

幸夫　どうせ助からないんだから、早く死なせてやったほうが、親孝行じゃないかって、なんども思ったよ。

ハル　(うなずく) そう、お前もねえ、そうだよ。三途の川、渡りかけてたんだもの。

幸夫　一寸、一押しすれば、あっち側にいってしまうと思ったな。

ハル　(ミチ子に) 仏様のお花、捨ててきな。明日、きれいなお花、買ってくるから。

幸夫　なあ、ほんとうに頼まなかったのかい？

ハル　(内心ギクッとするが) 当たり前じゃないか。なんであたしが。一日だって長生きして欲しいと思ってたのに。

幸夫　そりゃあそうだよなあ、俺だって、一方で、早く死んでくれないかと思いながら、やっぱ、お父さんに生きてて欲しいと思ってた。でも、あと一週間伸びてたら、母さんの方が、倒れてたよ。俺だって、今だから言うけど、居眠り運転で、なんども、事故起こしそうになって……もう限界にきてたもんなあ……。

ハル　(なんども、うなずく) あたしは、心配で、心配で……お前が、人でも轢いたらどうしようと……今だって、心配なのよ。お前は気が短いとこあるから。

幸夫　大丈夫だよ。無茶やらないから。(と立ち上る)

ハル　お父さんだって、心配してたのよ。

幸夫　え、お父さん、知らなかったろ、俺が、タクシーやってること。(と再び座って)

ハル　実は、話したのよ、父さんの具合がよかった時、だって、変な時間に、お前が病院にくるだろ。朝きたり、昼間きたり、彼奴、一体なにしてるんだって、きくから。

幸夫　そうか、それでか、俺が元気だったら、いい働き口みつけてやれるんだがって。

ハル　お前が、あんまし体が丈夫じゃないから、心配してたのよ。おれが元気なら、って、父さんのは、口ばっかりだけど。

幸夫　いくらお父さんが、頑張ったって、駄目だよ、この不景気じゃ。

ハル　(間) 分かってたのかもしれないねえ、父さん、癌だって。

幸夫　……。

ハル　お前が言ったように、はっきりと知らせた方がよかったのかもしれない。
幸夫　母さんの方が、正解だったかもしれないよ。人間って、本当のこと知るの怖いものな。
ハル　あたしは、父さんの性格、よく分かってたからね。癌だなんてきいたら、ペチャンコさ。口じゃ偉そうなこといってたけど……隠しておくのは、本当に辛かった。なんど、いっちまおうかって思ったけど。でも、最後の頃は、やっぱおかしいと思ったんだね、俺、癌じゃないのかって、ひとの目、じっと見て、きくのよ。そんなに疑うんなら、一ヶ瀬先生に、きいてごらんなさい、っていったけど、父さん、先生にはきけなかった。
幸夫　あの先生、告知した方がいいって、言ったんだろ？
ハル　あたしが、頼んだの、絶対、告知しないでくださいって。
幸夫　強い人だなあ、母さんは。俺だったらきっと。
ハル　あたしはね、いつだって、父さんを守ろうとしてきたのよ。父さんと一緒になってから、ずっと。商売が倒産して、あの人行方くらました時だって、母さん、一軒々々問屋さん回って、謝って歩いたんだから。
幸夫　（また始まったかと時計を見て）さてっと。（立ち上って、窓の外を見る）月が出てる。満月だ。お父さんが死んだ日も、満月だったね。真っ黄色のまん丸い月が、中空に浮かんでた。
ハル　そうだったかねえ……。
幸夫　（思い出に浸るように）お父さんは生きてたかったんだろうな。いつも百まで生きてたいっていってたよ。何でそんなに生きてたいのかってきいたらさあ、この世の中どういう風になっていくのか見てたいんだって。
ミチ子　（出てくる）お父さん、おじいちゃんが死んだら、猫飼ってもいいって、言ったじゃん。
幸夫　おばあちゃんが、駄目っていうんじゃ、駄目だよ。
ミチ子　約束したのに……。
幸夫　仕方ないよ。

幸夫、奥の部屋に退場。

ハ　ル　（その背中に）腹巻きするんだよ。お不動様のお守りもったかい。

幸夫の声　ああ。

ハ　ル　テレビでタクシー強盗が出たって言ってたよ。人相の悪いのは、乗せるんじゃないよ。

幸夫の声　乗車拒否は、できないよ。

ハ　ル　いいじゃないか、殺されるより、会社に叱られる方がましだよ。会社がお前を守ってくれるなんて思ったら、とんでもないよ。自分のことは、自分で守るしかないんだ。世の中って、そういうもんだからね。（自分に言うように）自分のことは自分で守るんだ。

玄関のベルが鳴る。

ハ　ル　（テレビを見ているミチ子に）新聞の集金だよ。これ、渡しといで。（用意してあった金を、ミチ子に渡す）

ミチ子、受け取って、玄関の扉を開ける。典子が、入ってくる。

ミチ子　（びっくりして）病院の先生だよ。

ハ　ル　え！　まあ、先生……。

典　子　ほんの少し、お時間をください。お会いして話せば、きっとわかっていただけると思って。

ハ　ル　（身がまえて）なんですか、話って。

典　子　思い出してください、あの時、インフォームドコンセント、つまり、あの注射についての説明いたしましたね。覚えてるでしょう。それをあなたは、保坂弁護士に、そんな説明受けてないっておっしゃった。

ハ　ル　なんのこと言ってるんだろうこの人。さっぱりわからないわ。

典　子　ごまかさないでください。どうして忘れたふりをなさるんです。

ハ　ル　（先刻から隣室の息子の存在が気になっている）嘘なんてつきませんよ、馬鹿々々しい。

典　子　それでは思い出してください。あの注射をうったのは、あなたが頼んだから。

ハ　ル　（慌ててさえぎって）やだねえ、妙な言いがかりをつけて、この人。頭がおかしいんじゃないの。

幸夫、隣室からタクシーの制服を着て出てくる。

幸夫　あんた、保釈中だろ。保釈中の人間は、被害者に接触しちゃいけないんだろ。（ハルに）検事さんに言われたろ。
ハル　そうだ、そうだったね。
幸夫　法律で禁止されてるんだ。俺達が通報したらあんたどうなるか、わかってんのか。
典子　わかってます。覚悟してうかがったんですから。
幸夫　だったら帰ってくださいよ。
典子　（首をふる）どうしてもお母さんとお話ししたいんです。
幸夫　母はね、神経がまいってるんだ。週刊誌はくるし、田舎の親戚は、やいのやいの電話してくるし、これ以上迷惑かけないでくれよ。
典子　あたしは、本当のこと言って欲しいだけなんです。
幸夫　（ハルに）本当に頼んでないのかい？
ハル　あたり前だよ。あんなうるさい親戚がいるのに、だれが……。
幸夫　（典子に）母は、頼んでないんだ。父の命を縮めてくれなんて、そんなこと身内の者が言うわけないだろ。
ハル　そうだよ。父さんの命を縮めてくれなんて、誰が言うかね。
典子　（戸棚の陰で、怯えたように見ているミチ子に気付き）ミチ子ちゃん、あの時、ミチ子ちゃんいたわね。おばあちゃんと一緒にきて、おじいちゃんのベッドの脇に立ってた……。
ミチ子　……。
典子　おばあちゃんが、おじいちゃんを、早く楽にしてやってくれ、早く天国に送ってくれって、言ったでしょう。
ミチ子　（三人の視線を受けて、緊張し）……。
典子　覚えてるでしょう？
ミチ子　……。
典子　ねえ、覚えてるでしょう？

ミチ子、突然、玄関から外へ飛び出していく。

幸　夫　子供を巻きこむなよ。しつこいね、あんた。警察に電話しなよ。（とハルに）

ハ　ル　（困惑して）ああ、（幸夫に）いいから、出かけないと遅れるよ。母さんがきちんと話すから、この人、なんな、思いちがいしてるんだよ。いいから、いいから、心配しないで。

幸　夫　（逡巡するが、時計を見て）困ったら、俺のケイタイに電話して。

ハ　ル　ああ。もう、三十分も遅刻じゃないか。早くいきなさい。

幸夫、心配そうに母親を見るが、典子とは視線を合わさずに出ていく。

ハル、幸夫が出かけたのを見届けて、ホッとしたように、座り直し、しばらく俯いたまま沈黙。

突然、深々と頭を下げる。

ハ　ル　その節は、大変お世話になりました。どうぞ、こちらへ。

典　子　（ハルの極端な変化に、驚きながら座敷へ）……。

ハ　ル　あの子は、口べたで、愛想がなくて、実はね、先生、幸夫はなんにも知らないんですよ。あたしが、先生にお願いしたことも。

典　子　（返事に戸惑う。成人した息子に、それはおかしいのではないかと思うが。過保護を指摘しようと思うが、やめる）

ハ　ル　父親の命を縮めてくれって、あたしがお願いしたなんて、いくら息子でも言えませんよ。あの子は、子供の頃から、そりゃあ父親が好きで（涙声になる）……。

典　子　……。

ハ　ル　あの日は、丁度出番で、会社休めなくて、でも、「まだ、大丈夫だよな。今日死ぬなんてことないよな」って、いって、家出てったんですよ。あたしもね、まだ七日や五日は、もつだろうって思ってて……。

典　子　「殊によるとあと二、三日かもしれませんよ」って、あたくしは言いましたよ。

ハ　ル　正直、あたしも息子も、クタクタだったんですよ。眠れなくて、ずっと、二時間くらいしか眠ってなかったし。幸夫だって、あの子が、青い顔して、目を落ち窪ませて、病室に入ってくるのを見てたら、ほんと、

典子　もう限界だなって思いましたよ。

ハル　みんなそうなんですよ、家族の者が、死にかけてる時って。それで諦めがつくんです。わかりませんよ、先生には。幸夫はほんとに運が悪くて、三年前に女房を交通事故で亡くして、その後、会社が倒産して、父親は癌で入院。踏んだり蹴ったりですよ。不幸ってのは、束になってやってくるっていうけど、本当にそうなんです。そいで、アパート引き払って、ミチ子とここに転がりこんできて……。タクシーはね、幸夫みたいな大人しい子には、人の何倍って大変なんですよ。昨日も、客に道遠回りしたって怒鳴りつけられたんですって。怒鳴りつけられるだけならまだいいけど、料金ふみ倒すんですよ。質の悪いのが多いんです。嫌な世の中ったら。ほんとに、人間が悪くなりました。料金ふみ倒されるくらいならまだいいんです。近頃は、殺されますからねえ。夜中、救急車のサイレンが鳴ると、あたし、ビクッとして、胸がドキドキして、眠れません。あの子の家内は、自転車で、スーパーまで買いものにいく途中、バイクとぶつかって、頭をうって、即死でしたよ。だから、あの子が、タクシーやるって言った時は、絶対反対したんですけどねえ、他に仕事ないし……嫁が生きてれば、あたしだって、まだ働けるんだけど、ミチ子が、まだ十ですからね。（掛け時計をチラッと見て、薬を取り出して、飲む）このところ、血圧が高くなっちまって、一家の大黒柱が倒れると、方々じゅう、ガタピシです。（湯のみの茶を飲む）

典子　血圧、おいくつですか？

ハル　上が、百七十五、下が、九十、たしか。

典子　気を付けないといけないわね。

ハル　ですからね、こんな、ゴタゴタに巻きこまれたくないんですよ。幸夫が、夜、仕事にでてる時は、余計、血圧があがるみたいで、いつもテレビつけといて、ニュースきいてるんです。

典子　（同情してきいていたが、ハルが故意に話をそらせようとしているのではないかと思えてくる）息子さんのために、あたしにお頼みになったんじゃないの、御主人のこと。

ハル　（ギョッとなる）そんな、馬鹿な！　ねじ曲げないでくださいよ。あたしは、主人が、憐れでならなかったんですよ。どうせ助からないってわかってるのに、管つけて、口のなかまで、変なもの入れて、かわいそうに、息ができないで苦しがってるのに、病院って、本当に変なとこです。患者の気持ちなんて、これっぽっちも考えてくれないんだから。あたしら、医者の言いなりなんだから。

典子　あたくしに、あなたの頼みをきいてあげたじゃありませんか。

ハル　……。（下を向いたまま、頷く）

典子　保坂弁護士に、お断わりになったそうですね。裁判で証言してくださるの。

ハル　……。

典子　頼んだ覚えないって、おっしゃった。さっきも、そう、おっしゃったけど。

ハル　さっきは……。

典子　どうしても、証人尋問にでて、あなたが頼んだこと証言していただきたいの。当然あなたは教唆罪として罰せられるでしょうけど、あなたは御主人への愛情からしたことですもの、たいした罪にはならないわ。

ハル　（沈黙）……。

典子　あなた、あなたがあたしにさせたことが、どんなにあたしにとって危険なことだったか、わかっていないのね。

ハル　……。（頑なに沈黙）

典子　あなたが証言してくれなければあたしは、医師の免許をとりあげられるかもしれないんです。医者が、免許をとりあげられたらどうなるか、わかるでしょう。

ハル　（頷く）わかりますけどねえ、こっちにも、いろいろと事情があるんで。さっきも、主人の兄から電話でね、青森からかけてきたんですよ、一年に一度もかけてこない人が、えらい剣幕で、親戚中が怒ってるって言って。週刊誌に、あたしが、女医さんに頼んで、和夫を死なせたって……まるで、あたしが、和夫を殺したといわんばかりで。

典子　まあ。

ハル　田舎もんは、なんにもこっちの事情を知らないで、勝手なことほざいてるんです。あたしが、主人を、どうして殺しますか。

典子　……。

ハル　そうまでいわれたら、頼んだなんて、いえませんよ。

典子　……。

ハル　あたしの立場も考えてください。

典子　じゃあ、あなたは、頼まなかったって言い張るのね。

ハル　（下を向いたまま）どうしようもないんです。幸夫だって、どう思うか、知れやしないし……。

典子　……あたしは、あなたの頼みは、村石さん本人が、頼んでるのだと思ったのよ。御主人が、あなたの口を借りて……。

ハル　あたしも、そう思ったんです。主人がもういい加減にして、死なせてくれって言ってるのだと思って。

典子　（仏壇の上の写真を見る）村石さん、あんなにニコニコ笑ってる……ベッドの上でのたうちまわって苦しんでいたのに……。

ハル　（下を向いたまま）先生が断わってくれればよかったんです。そうすれば、こんな騒ぎにはならなくてすんだんですよ。

典子　（愕然となる）断わればよかった！　あたしが断わればよかったって言うの。正気なの、あなた。今になって……。

ハル　そりゃあ悪いけど……本当に、断わってくれればよかったって、思ってますよ。あと、二、三日、長くても一週間の命だったんですからねえ。

典子　……そう、だから、だから、断わればよかった……。そうですか……。

ハル　今になって思うと、どうかしてたんです、あたし。体も心も、疲れ果てて、なんにも考えられなかった、ただただ一刻も早くあの地獄から抜け出したかった……それで、あんなこと言ってしまって……。

典子　止めてください。今更。

ハル　（間）……先生は、いい人です。主人だって、感謝してますよ、ええ。ほんとに申訳ないと思ってます。でもねえ、あたしの立場もわかってくださいよ。先生は、大丈夫、有罪になんかなりませんよ。いいことしたんだもの。それに立派な弁護士さんがついてるし。あたしらとちがって、金はあるし。あたしなんか、だれも味方いないんです。親戚や息子にだって、なんて言ったらいいか……。

典子　事情を話せば、きっとわかってくれるわ、謝れば、ね。謝って事情を話せばきっとわかってくれますよ。

ハル　どうかねえ、義兄さんは頭、固いし、なんたって……頑固だからね……。

典子、プライドをかなぐり捨てたように、畳に手をつき、頭を下げる。

典子　お願い、お願いですから、どうか証言してください。

ハル　（びっくりして）よしてくださいよ。そんな……どうぞ手をあげてくださいよ。そんなことされてもねえ……。

典子　わかってないのね。あなたは、あたしの気持ちなんて……（怒り、口惜しさに涙が溢れでる）……あの時、あたしは、あなたの涙に母の姿を見たのよ。アルツハイマーで、すっかり変り果てた母の姿、自分を死なせて欲しいと希っている母の涙が、見えたのよ。そしたら、あなたがかわいそうでかわいそうで、たまらなくなったのよ。あなたの願いをきかないあたしは、人でなしだ、って、思ったのよ。法を犯しても、人でなしになるよりいいって思った……もういい、いいわ、仕方がないわ、どうすることもできない。もういい。（自分に言いきかすように）

典子、肩を落として立ち上り、玄関へ。

じっと座っているハル。ハルの内面の葛藤が、観客に伝わってくる。

ハル　（小さく）悪いと思ってるんですよ。すまないと思ってるんです。（靴をはいている典子のところまで声が届かない）

典子、玄関の扉を開ける。

ハル　先生、あたし、証言します。
典子　……。
ハル　裁判にいきます。
典子　（半信半疑で、ハルを見つめる）
ハル　……先生には、本当に感謝してたんです。……実はね、実は。
典子　……。
ハル　先生に話そうと思ってたことがあるんです。あの人の死顔、いい顔してたでしょう。覚えてますか？
典子　……うん、そう、そうだったわ。まるで嬉しそうに、笑ってるみたいだった。
ハル　あの時ね、先生があの注射した後、時計を見て、お亡くなりになりましたって言って、病室を出ようとして、ふりかえって、「御主人を抱きしめてあげて」って、言ったでしょう。あたし、先生に言われた通り、あの人を抱きしめたんですよ。まだ、体は温もりが残っていて柔らかかった。あたし、あの人の耳許で、「ごめんね、あんたの命を縮めたけど、ほんとに愛してるのよ、愛してるのよ」って、囁いたの。生きてる時、一度も言ったことないのに。テレビドラマのシーンみたいに、言ったんですよ。そしたらあの人、にっこり笑ったんです。本当に、本当なんですよ。「まあ、きこえたんだ、わかったんだ」って、あたしもう感激しちまって、……体は見る見るこわばって冷たくなってきて、でも、顔は、嬉しそうに笑ったままでした。息子がね、「あんなに苦しそうだったのに、死顔は、いい顔してるな」って。あたし、息子には、なんにも言いませんでした。ああ、この人、成仏できたんだ、って思うと胸のつかえがおりて、……先生のおかげなんです。先生が抱きしめてあげなさいって言ってくれたから、あの人、あんな「いい顔」して死んでったんです。
典子　（感動して）そう、そうだったの。
ハル　だから、ずっと、先生に悪いと思っていたんです。でも息子や、ミチ子のことや、親戚のこと考えたり、……でもね、このままじゃ、先生に申訳なくて……。こんな大事（オオゴト）になるなんて、夢にも思わなかったから

典子　……すいませんでした。すいませんでした。

ハル　（間）証言してくださるのね。

典子　（頷く）このままじゃ、仏様も浮かばれないから……。

ハル　ありがとう。ありがとう。

（呟くように）こんな大事になるなんて……。

保坂、登場。

保坂　やっぱりここだった。なんてことをするんです、あなたって人は、とんでもないことをしでかすんだから。

（ハルを見て）訴えられたらどうするんですか。

典子　（昂奮して）証言してくださるって。約束してくれたのよ。法廷で証言してくださるって。

保坂　（驚いて、ハルを見る）――。

ハル　（頷く。複雑な表情で）

暗転

④裁判所の玄関

傍聴人が続々と入っていく。

マスコミ関係者、カメラを持ってたむろしている。

村石ハル、緊張した面持ちで登場。

と、凍り付いたように足が止まる。

郷里の義弟が、ハルに向かって、手をあげて合図しているのだ。

利男　（義弟）義姉さん。

ハル　（全く予期してない義弟の出現に、息をのむ）利男さん……。
利男　やっぱりよかった。ここで待ってれば義姉さんに会えると思ったのよ。
ハル　どうしてここに。
利男　俺、役場の用で、急に上京することになってよ。昇兄さんが、時間があったら、義姉さんとこに寄ってこいってんで、電話したら、幸夫がいてな。義姉さんは、裁判所にいってるっていうから、場所きいたら、俺が行くとこの近くじゃから、きてみたんだよ。
ハル　そうなの。じゃ、よかった、ここで会えたから、もう、いきなさいな。忙しいとこ、どうもすいませんでしたね。
利男　いいの、いいの。傍聴券も手に入れたんだわ。時間はまだあるから。みんな心配してんのよ。でかでかと週刊誌やテレビにでたんで、もう村中評判になってるんだ。
ハル　困ってんの、あたしも、こんな大事（オオゴト）になって。
利男　義姉さん、証言するんか？
ハル　さあねえ……。
利男　裁判少し傍聴して、帰って、みんなに報告してやれば、安心すっから。
ハル　（絶望的になって）いいから、帰んなさい。裁判なんて面白くもないから。

この時、新聞記者、ハルの傍らにくる。

記者　村石ハルさんですね。
ハル　はあ。

カメラのフラッシュ。
ハル、怯えたように後退（あとずさ）る。

記者　今日は、検事側の証人ですか。
ハル　……。

記者　あんた、女医さんに頼んだんですか？

ハル　……。

記者　一ヶ瀬女医は貴女から頼まれてやったっていってるんですよ。頼んだんでしょう。

ハル　(利男を意識して) 頼みません、わたし、頼んでいません。

記者　本当ですか。

ハル、隙をみて、玄関に駆け込む。

暗転

⑤法廷

裁判は、既に始まっている。

検事側の証人として、健友病院の看護師長が、証人席で尋問を受けている。師長という役職を、意識した、自信と、同時に自己満足の強いタイプ。

検事　あなたは、看護師長として、被告一ヶ瀬典子と、職務上の接触以外に、個人的に親しく口をきくことはありましたか？

師長　いいえ、仕事以外のことでは、殆どありませんでした。

検事　一ヶ瀬被告は、他の医師達、あるいは看護師とはどうでしたか？

師長　(一寸考えて) 軽口を叩くといった程度の会話を交す方は、何人かいらしたと思いますけど……。

検事　あなたとは、仕事以外では、接触がなかったということですね。

師長　はい。

検事　それには、なにか理由がありますか？

師長　さあ……多分フィーリングが合わないのかもしれませんが……。
検事　あなたから見て、一ヶ瀬被告は、医師として、どう評価していましたか？
師長　別に……他の医師と変らないと思いますけど。
検事　事件当日、あなたは、被告と会っていますか？
師長　はい。看護師詰所で、顔を合わせたと記憶しています。
検事　それは、事件が起きる前ですか、後ですか。
師長　……後でした。
検事　何時間くらい後ですか？
師長　たしか、一時間か一時間半くらいと思います。
検事　被告になにかいつもと変った所がありましたか？
師長　さあ、別に……意図して観察していたわけではありませんから。
検事　では、あなたの目から見て、事件後、一時間くらい後の被告の表情、動作になんら変化はなかったということですね。
師長　はい。
検事　ということは、被告は、自分の犯したことを、悪いと、つまり犯罪であると、認識してなかったことになりますか？
弁護士（保坂）（立ち上り、裁判官に）只今の検察の質問は、誘導尋問であり、自己の推量を証人の口から言わせようとして居り、不適当な質問であります。
裁判官　異議を認めます。
検事　今の質問はとり消します。では、証人にうかがいますが、あなたは、塩化カリウム二十ccを患者に注入し、死にいたらしめたこの事件を、翌日になって知ったそうですが、それをきいた時、どう思いましたか？
師長　非常に驚きました。

検事　もしも、被告が、事前に、あなたに相談したら、あなたはどうしますか？
師長　勿論反対します。しかし、一ヶ瀬先生は私になど相談しないと思います。
検事　それはなぜですか？
師長　反対することがわかっているからです。
検事　ということは、終末医療に対する考え方が、あなたと被告とは、ちがうということですか？
師長　はい。
検事　終末医療について、被告と話し合ったことがあるのですか？
師長　特に話し合ったというのではありません。私共がやっている読書会のサークルで、たまたま一ヶ瀬先生が出席なさって、その時感じたことなのですけど、えーと、えーと、今、一寸その本の題名がでてこないんですが、呆け老人ばかりの病棟で、そこの院長でしたかが、重度の痴呆になった老人を、周囲にわからないように殺していくといった筋の小説なんです。一ヶ瀬さんは、その医師の行為に共感すると、きっぱりと言われたのです。私や他の看護師達は、生命尊重という観点から見て、これは、生命を軽視する犯罪行為であり、かつ又、弱者きり捨てという行為だと思い、してはならないことだと言ったのですが……。
検事　その本の題名は「極楽病棟」ではありませんか？
師長　あっ、そうです。そうです。そうです。
検事　成程、それで、あなたは、終末医療においても、被告は、生命を軽視すると思ったのですか？
師長　はい。
弁護士（保坂）　異議あり。「極楽病棟」は、痴呆の高齢者をあつかった小説であり、終末医療の患者とは、生命の質がちがいます。
裁判官　……人命という意味では同じと思いますが、弁護人のいうように、終末医療とは、明らかに死がさし迫った状態の患者の医療行為であるから、この場合、不適切でしょう。弁護人の異議を認めます。
弁護士　ありがとうございます。

検事　では、尋問を終ります。
裁判官　（廷吏に）次の証人を。

廷吏につきそわれて、老人（八十代）が登場。貧しげな服装、杖をついている。被告席の典子に、親しげな挨拶を送る。典子、ホッとしたように表情を一瞬和ませる。

裁判官　名前は？
老人　井口三吉です。
裁判官　生年月日は？
老人　昭和八年三月三日。
裁判官　職業は？
老人　今はありません。
裁判官　住所は？
老人　えーと、江東区××町、五の（ポケットから紙片を出して見る）五の十六の七。
裁判官　被告人一ヶ瀬典子の殺人事件について、あなたを証人として尋問しますので、その前に、嘘をつかないという宣誓をしていただきます。その紙に書いてある字を、声を出して読んでください。

廷吏が宣誓書を、老人に渡す。

老人　宣誓、良心に従って真実を述べ、何も隠さず偽りを述べないことを誓います。証人、井口三吉。
裁判官　では、弁護人どうぞ。
弁護士　（ノートを見て）あなたは、平成五年から、健友病院に通い、一ヶ瀬女医の診察を受けていますね。病名は、閉塞性肺疾患ですね。
老人　あ、はい。
弁護士　八年にわたって、一ヶ瀬女医だけに診察を受けているのですか。
老人　へえ、そうです。

弁護士　ということは、医師に不満がなかったってことですか。
老　人　へえ、そうです。
弁護士　医師をとりかえようと思ったことはないんですね。
老　人　へえ、ないです。
弁護士　一度も？
老　人　へえ、一度も。
弁護士　それは、一ヶ瀬医師を、信頼してたからですか？
老　人　そりゃあそうだね。あの病院に来る前は、何軒も病院変えてるからね。あの先生になって、やっと落ち着いたんだね。
弁護士　それじゃ、今、困ってるんじゃないですか？
老　人　とても困ってますよ。早く戻ってもらわねえと困っちまう。三年前、家内に死なれてアパートで一人暮らしなもんで、金もねえし、助かるみこみないとわかったら、うまく死なせてくだせえよって、先生に頼んであるんでね。だから、先生がいねえと、ほんと困るのよ。
弁護士　そういう自分の意志は、はっきりと書類にしておかないと、駄目ですよ。さもないと、医師は殺人罪で訴えられますからね。
老　人　しかし、遺言状書くったって残す金もねえしな。なんて書けばいいんだか。
弁護士　遺言状じゃなくて、自分の死に方についてです。
老　人　わしが、呆けちまったら、一服もってくれって、書いときゃいいのかね？
弁護士　そうしてもらいたいのですか？
老　人　ああ、ぜひ、お願いしたいよ。
弁護士　つまり、呆けたらうまく殺して欲しいということですか？
老　人　コロス？　そんな物騒なことじゃなくてさ。一寸、死にかかってる年寄りの息の根を止めてくれるのに、

弁護士　手間なんざかかんねえでしょうが、簡単なことだよ。

老　人　簡単そうに見えるけど、これが簡単なことじゃないんですよ。医師は、殺人で訴えられますからね。

検　事　しかし、こんなに年寄りばっか増えちゃ世の中の方が、今にもてあますんじゃないのかね。わしはそうふんどるんだ。八十以上の老人は、医者にかかるなって、きっと言いだすね、政府は。

弁護士　裁判長、弁護人は、本件にかかわりないことを質問しているように思われます。

裁判官　これで尋問を終ります。

検　事　検察、質問ありますか？

老　人　（立ち上り）あなたは、一服もってもらいたいなんて物騒なことを軽々しく言ってますが、本心から死にたいと思ってるんですか？

検　事　本心？　本心なんて、だれにもわからんのじゃねえの。人の気持ちなんざ、ころころ変るしよ。今日は死にてえと思っても、明日は生きてえかもしれねえし、明後日は、死にてえかもしれねえし。

老　人　それじゃ、前もって一服もってくれなんて言わない方がいいんじゃないですか？

検　事　けどな、しょんべんの始末もできねえようになったら、死んだ方がましだ。先になったら、自分がどうなってしまうか、かいもくわかんねえから、正気の間に、言っときたいんだよ。どうせ人間、一度は死ぬんだし、まわりに迷惑かけて死ぬのも、格好悪いじゃないかね。

検　事　尋問終ります。

裁判官　では、次の証人を。

健友病院の典子の同僚の医師、山田登場。証人台に立つ。

裁判官　名前、職業、年齢をどうぞ。

山　田　山田孝、年齢四十一歳、健友病院内科勤務、医師。

裁判官　それでは宣誓書を。

山　田　（廷吏から渡された宣誓書を読む）宣誓、良心に従って真実を述べ、何事も隠さず偽りを述べないことを誓います。証人、山田孝。

裁判官　検察官、尋問をどうぞ。

検事　あなたは、被告、一ヶ瀬典子女医とは、同じ第二内科に勤務してますね。

山田　はい。

検事　一ヶ瀬被告が、患者に塩化カリウム二十ccを注入したことをきいたのは、いつですか?

山田　翌日の午後でした。

検事　その時、どう思いましたか。

山田　とんでもないことをしたと思いました。

検事　なぜですか?

山田　もうあとわずかで死ぬと決まっている患者に、なぜそんなことをしたのかと……。

検事　あなたならしませんか。

山田　しないと思います。

検事　たとえ、家族から懇願されても、ですか?

山田　家族を説得しますね。

検事　もし、一ヶ瀬被告に、注射をする前に相談されたらどうしますか?

山田　絶対に反対します。一ヶ瀬さんは、僕などに相談することはないと思いますがね。

検事　被告があなたに相談などしない、ということは、なぜですか?

山田　僕は、一ヶ瀬さんより年下だし、キャリアからいっても、彼女より短いし、……それに……。

検事　それに?

山田　彼女は、医師としての自分に非常に自信をもっていますから。

検事　しかし、終末医療では、チームを組んで治療するのは、常識ではありませんか?

山田　それはそうですが。当時は、まだチームの態勢が、完備されていない状況でしたから。

検事　ということは、被告が一人で治療にあたっていたということですか？

山田　あの場合、そういう状況だったと思います。

検事　もし、あなただったら、他の医師に相談しますか？

山田　します。私は大事な場合はいつも一人では決断しないことにしていますから。

検事　あなたは、終末医療について、どう考えていますか？

山田　勿論、ケースバイケースですが、私は最後の最後まで、希望を捨てずに、治療をすべきだと考えています。

検事　これまで終末医療の現場で、一ヶ瀬被告と、意見が対立したことはありますか？

山田　そういう状況は、なかったと記憶しています。が、一ヶ瀬さんは、延命治療は無意味と考えているかもしれないと思ったことがあります。

検事　延命治療は、無意味？

山田　無意味といっては、言いすぎるかもしれません。つまり、一ヶ瀬さんは独自の見解をもっているのではないかと思います。

検事　独自の見解とは？

山田　……誤解を招くようなことは、言いたくないので……。

検事　つまり、独自の見解が、今回の事件をひき起したということですか？

山田　……そういえばそういえるのかもしれませんが……。

弁護士　只今の質問は、誘導尋問と思われます。今回の事件は、一ヶ瀬被告にとって、利するものは、全くなにもありません。これは、あくまでも、患者の家族の要求を断わりきれなかった被告の優しさ、思いやりに由来するものであります。

裁判官　それもわかりますが、そうとも言いきれないものがあるのではないですか。被告の終末医療に対する考え方は、本件とは、やはり、かなり関係があるように思いますがね。異議は、却下します。

検事　私の尋問は以上です。

裁判官　弁護側から、質問ありますか？

弁護士　はい。（山田に）被告が、「延命治療について、無意味と考えていた」という点について、もう少しくわしく話していただきたいのですが。

山　田　はい。今、我々医師の終末医療に対する見解は、揺れているのは事実であります。あくまで、最後まで治療を続けるべきか、途中で見切りをつけ、つまり、自然死にすべきかといった考えの間で、揺れ動いて居ります。一ヶ瀬さんは、どちらかと言えば、後者を選択する側だったと思います。

弁護士　あなたは、先程、患者の家族に懇願されても、患者の命を縮めるようなことはしないとおっしゃいましたね。

山　田　はい。

弁護士　それは、罰せられることが怖いからですか。それとも、あなたの終末医療に対する哲学というか、最後の最後まで治療を止めないという考え方からですか？

山　田　……（しばらく沈黙）正直言って、両方の理由からだと思います。医師は、患者の家族の言いなりになるのは、危険なのです。だから一ヶ瀬さんは、もう少し慎重に対応すべきでした。患者に安楽死を実行することは、医師の義務ではないと、私は考えています。

弁護士　たしかに、一ヶ瀬被告は、あまりにも無防備であったと思われます。それというのも、彼女は、自分の身を守ることを優先させず、むしろ、患者の側に立って医療を行なったからではありませんか。ほんの少しの延命よりも、静かに死なせてあげる行為の方が、患者のためと思ったからでしょう。その場合、「死は苦痛からの解放である」といえるのではないですか？　患者としたら、どちらの医者を選ぶでしょうかね？

山　田　……（無言）……。

弁護士　もし、あなたが、患者であったら、どちらの医者を好むでしょうか？　いや、どちらの医者を選びますか？

山　田　……。

弁護士　尋問終ります。

裁判官　証人は、退廷してください。次の証人を。

山田退廷。

村石ハルが、廷吏につきそわれて出てくる。傍聴席をチラッと見るが、下を向いたまま、顔を上げない。

裁判官　証人は、被害者、村石和夫の妻ですね。では、名前を。

ハル　村石ハルです。

裁判官　生年月日は。

ハル　昭和二十五年八月十三日。

裁判官　住所は。

ハル　江東区××町×番地。

裁判官　では、宣誓書を読んでください。

ハル　（声が心なしか震える）宣誓、良心に従って真実を述べ、何事も隠さず偽りを述べないことを誓います。証人、村石ハル。

裁判官　弁護人、どうぞ。

弁護士　あなたは、被害者の妻ですね。

ハル　はい。

弁護士　あなたの夫、村石和夫が、多発性骨髄腫であることを、あなたは知っていましたか？

ハル　はい。

弁護士　息子さんも知っていましたか？

ハル　はい。

弁護士　病名を、患者である夫に知らせないでくれと、主治医に頼みましたか？

ハル　はい。

弁護士　なぜですか？

ハ　ル　主人は、とても気が弱くて、神経質なんです。だから癌だなんて知ったら、もうどうしようもなく落ち込んで、病気と闘う気持ちなんか、なくしてしまうと、それが心配で……。

弁護士　息子さんと相談して決めたんですか。

ハ　ル　はい。息子も、その方がいいって。

弁護士　告知しなかったのは、あなたと息子さんの愛情から発した行為ということですね。

ハ　ル　はい、そうなんです。

弁護士　では、夫の命が、あとわずかだとわかった時は、さぞかし落胆なさったでしょうね。

ハ　ル　はい、それはもう。目の前が、真っ暗になって、体の震えがとまりませんでした。

弁護士　患者の村石さんは、最後の最後まで、自分が癌であると、気づかなかったんですか？

ハ　ル　はい。でも……わかりません。ことによると、と思ったこともありますけど、たぶん、知らなかったと思います。

弁護士　もし、本人が知っていたら、延命治療を止めるように言ったのではありませんか？

ハ　ル　……。

検　事　裁判長、これは誘導尋問と思われます。とり消しをお願いします。

裁判官　（弁護士に）今の質問は、不適当と思います。とり消してください。

弁護士　はい。では、村石和夫さんが、発病後、生活費に困るということはありませんでしたか。

ハ　ル　主人が会社を定年退職してから、アルバイトみたいに小さな会社で働いてたので、その給料がなくなって、それからは退職金をとりくずして……。

弁護士　では、生活費と、医療費がかかって大変だったのでは。

ハ　ル　はい。大変でした。息子も失業して、やっとタクシー会社で働くようになったんですけどね……本当に大変でした。

弁護士　息子さんは、今もタクシーの運転手ですね。最初は慣れない仕事で大変だったでしょう。
ハル　あの子が、夜半仕事していると思うと、ぜんぜん眠れませんで、心も体もつくづく限界でした。
弁護士　それでは、病院通いは辛かったでしょう。早くこの状態が終ればいいと思ったでしょう。
ハル　（無言）……。
弁護士　ご主人は、亡くなられる前、苦しみましたか？
ハル　はい。見ているのが辛くて、辛くて、代れるものなら代ってあげたいと思いましたけど……かわいそうでした。どうしてこんな目に遭わなければならないのかと。
弁護士　早くその苦しみを取り除いてあげたいと思いましたか？
ハル　それはもう……。
弁護士　それで、主治医の一ヶ瀬先生に、頼んだんですね。
検事　異議を申立てます。今の質問は、誘導尋問です。
裁判官　異議を認めます。
弁護士　それでは、夫の苦しみを早く取り除いてくれと、一ヶ瀬医師に頼みませんでしたか？
ハル　……（この時、決意したように、しかし、小さく）命を縮めてくれなんて、言いませんでした。
弁護士　（驚いて）でも、（ハルを見つめる。ハル、ふてくされたように弁護士を見返す）あなたは、一ヶ瀬医師が、あの注射をする時、その場にいましたね。
ハル　はい。
弁護士　では、それがどういうものか知ってたんじゃないですか？
ハル　知りませんでした。先生からなんの説明もされませんし。
弁護士　あなたが、懇願したから、一ヶ瀬医師は、その注射を打ったんですよ。そうじゃありませんか？
ハル　命を縮めてくれとは、言いませんでした。
　被告席の典子、叫びそうになるのをぐっと我慢する。

弁護士　その注射の後、ご主人が、息を引きとられた時、どう思いましたか？
ハル　……。
弁護士　ほっとしたんじゃないですか？
ハル　とんでもない、悲しくて、悲しくて……胸がはりさけそうに苦しくて……。
弁護士　息子さんに知らせましたか？
ハル　息子は、仕事中なので、会社に電話して知らせてもらいました。
弁護士　夫の命を止めた一ヶ瀬医師を、恨みましたか？
ハル　……いいえ。
弁護士　一ヶ瀬医師は、あなたの夫の命を止めたんですよ。あなたは、どうして怒らなかったのですか？
ハル　……これで、主人は苦しまなくてすむ、これで、苦しみは終ったんだと思って……。
弁護士　つまり、ほっとしたんですね。ご主人の苦しみと同時に、あなたの苦労も、これで終ったと思って。
ハル　……。（下を向いたまま）
弁護士　あの時、あなたは、一ヶ瀬医師に、お礼を言ったそうですね。
ハル　……今までとてもよくしていただいたんで、お世話になったお礼を申しました。
弁護士　一ヶ瀬医師は、あなたの夫の死をほんの数日早めたために、こうして殺人罪で告発されているのですよ。それについて、あなたは、どう思ってますか？
ハル　……すいません。心からお気の毒でなりません。まさか、こんなことになるなんて……。
弁護士　あなたは、今しがたここで宣誓しましたね。嘘はつかない、真実を述べると、もう一度、おききします。あなたは、一ヶ瀬医師が、あなたの夫の命を縮めたと思っているのですか？
ハル　いいえ、そんなことは……先生には、感謝しています。心から感謝しています。
弁護士　それは、あなたが頼んだことを、やってくれたからでしょう？
ハル　……命を縮めてくれなんて、頼んでいません。

弁護士　それでは、一ヶ瀬医師が、勝手に彼女の一存で、死に至らしめる注射を打ったというんですね。

ハル　……。

弁護士　これは、とても大事なことなんですよ。

ハル　先生は、主人があんまり苦しそうにしてるんで、見かねたんだと思います。先生は、主人のことも、私や息子のこともとてもよくわかっていてくれたので……。

弁護士　だから暗黙の了解のもとに、一ヶ瀬医師はご主人の命を縮める行為をしたと、思っているのですか？

ハル　……。

弁護士　一ヶ瀬医師は、あなたが頼むから、同情してやむを得ず、つまり塩化カリウムを注入したのだと言っているのですよ。あなたは、頼んだのでしょう。あなたがあまりに執拗に頼むので、一ヶ瀬医師は……。

ハル　私は、ただあの人の苦しみを、主人の苦しみを取り除いてくださいと、それだけ、それだけなんです。

（悲痛な表情で叫ぶ）

間。

弁護士　……弁護側の質問終ります。

裁判官　検察、質問ありますか？

検事　はい。（ハルに）一ヶ瀬医師は、塩化カリウム二十ccをあなたの夫に注入する時、その薬液がどういうものか、説明がなかったのですか？

ハル　はい。説明はありませんでした。

検事　終ります。

裁判官　では、証人は退廷してください。

ハル、下を向き、廷吏につきそわれて退廷。

被告席の典子、ショックを受けた表情で、「嘘つき。どうして本当のことを言わないんです」と、ハルに向かって。

ハルは一切反応せずに退場。

検事　裁判長、では、被告、一ヶ瀬典子を喚問したいと思います。
裁判官　（廷吏に）被告人、一ヶ瀬典子を、証人席に。
廷吏につきそわれて、典子、証人席に。ハルの裏切りによる動揺をまだ引きずっている模様。
裁判官　気分が悪いのですか？
典子　いいえ、大丈夫です。（といっても、彼女の受けた衝撃は激しい）
裁判官　検察、ではお願いします。
検事　あなたは、平成九年から、村石和夫の主治医として、治療にあたっていましたね。
典子　はい。
検事　患者、村石和夫は、あなたにとって、どういう患者でしたか？
典子　他の患者と特に変ったことはありません。明るい方で、診察時に、といっても癌がさほど進行してない頃は、よく冗談など交すことがありましたが……。
検事　つまり、親しみを感じていたということですか？
典子　そういえるかもしれません。
検事　もし、他の患者が、末期癌で、あと数日で死ぬとわかっていた場合、あなたは、やはり塩化カリウム二十ccを投与しましたか？
典子　（憮然として）しないと思います。いえ、いたしません。
検事　ということは、警察での供述で言っている、「家族の強い要請」でやったということですか？
典子　はい、その通りです。
検事　家族に頼まれなければ、塩化カリウム二十ccを、投与しなかったということですか？
典子　（一瞬ためらう）はい。私の医師としてのキャリアの中で、末期癌の患者は、何人かいましたが、彼ほど激しい苦痛にさいなまれた患者は、稀でありました。
検事　それだけに、患者とその家族に同情したということですか。

典子　そうだと思います。先ほど、患者村石さんが、私にとってどういう患者であったかお尋ねでした……塩化カリウムを投与するまでは、彼は他の大勢の患者の中の一人に過ぎなかったのです。が、今は、彼とその家族は、私と特別な絆で結ばれているような気がしています。なぜなら、彼を、むごい苦痛から解放した時、安らかな彼の死顔を見た時、彼の家族と同時に、私は自分自身が解放されたような気がしたのでした。それほど、長い期間にわたって、彼と家族の苦しみは、私にとって重い枷になっていたのです。ですから、あの瞬間、私は、自分の行為が罰を受けるかもしれないと考えもしませんでした。

検事　ということは、つまり、他者の苦しみを終らせたということは、いいことをしたのだと、思っているのですね。

典子　罰せられるほどのことをしたとは思っていません。

検事　この場合苦しみを絶つということは、人の生命を絶つということですよ。つまり殺人ということですよ。あなたには、そういう認識がないのですか。

典子　……。殺人という認識はありません。

裁判官　今でも、そう考えているのですか？

典子　はい。

検事　では、家族の依頼がなくても、終末の患者が、激しい苦痛を訴えれば、同じ行為をするということですか？

典子　（沈痛な表情で沈黙）……死がさし迫っている患者、魂の抜けガラのような肉体に、大量の薬を注入して延命させるのを見る時、私は医師として、いつも怒りと、悲しみを抑えきれませんでした。

検事　（きびしく）では、患者村石にした行為を、他の患者にもするというのですか？

弁護士　（立ち上り）裁判長、被告は、先刻の患者の妻、村石ハルの証言で、ショックを受け、理性的な判断にもとづいた答えができない状態にありますので、休廷をお願いします。

裁判官　（典子に）休廷にしますか？

典子 いいえ、続けてください。

裁判官 では、検察は、尋問を。

検事 患者の妻は、あなたに夫の命を縮めるような注射は頼まなかったと言ってますね。この点、どうですか。あなたは、患者の妻の言葉を、誤解されたか、早合点されたのではありませんか。それにもっとも怠ってはならない、インフォームドコンセントを家族にしていない。となると、あなたは、患者を、患者の同意も、家族の同意も得ないで、積極的に安楽死させたということになりますね。

典子 ……私は……実にショックでした。心外でした。まさか、ここであんな嘘をつくなんて。私は、誤解も、早合点もしていません。

検事 患者の妻は、どういう言葉であなたに頼んだのですか？

典子 (記憶を呼び戻すように、一語一語ゆっくりと答える)「主人を早く楽にしてやってください。早く、早く天国に送ってやってください」……これが、命を絶ってくれという意味と受け取るのは、自然ではないでしょうか。

検事 再びききますが、あなたの医師としてのキャリアの中で、こうした言葉による家族からの懇願は、ありませんでしたか？

典子 はい。多分、内心思っていらしたのでしょうが、口に出して言われたことは、ありませんでした。

検事 あなたは、患者の意志が、書類、あるいは、口頭で示されていなければ、安楽死は、認められていないと、知っていましたか？

典子 はい。

検事 では、法を犯すことになると知っていて、悪いことをしたとは思わなかったというのは、矛盾してますね。

典子 ……。

検事 罰せられるかもしれないと、全く、思わなかったのですか？

典子 あと数日で死ぬ患者の苦しみを取り去ることが、悪いこととは思えません。

検事　さっさからくり返し言ってますが、あなたは、法を犯したのですよ。

典子　安楽死に関する法は、国によってもちがいますし、杓子定規に決められることではないと、私は思います。人間は、必ず死ぬものです。死には、さまざまな形がありますが、あと数日で、必ず死ぬと決まっている患者の苦しみを取り除き、数日の命数を早めることが、果して法を犯したといえるのかどうか、私は理解に苦しみます。

検事　それは法を侮辱するものですよ。法というものは、そういういいかげんな解釈を許すものではありませんよ。あなたは理性より感情を優先し、いや自分の行動を冷静かつ客観的に批判できないようだ。よしんば家族に頼まれたとしても、人間の生死の問題を、あなた一人の独断で決めたということは、実に傲慢であり、許されざる行為といえるでしょう。なぜ、他の医師に相談しなかったのですか。

典子　それは……相談すれば、反対されたでしょうから……。

検事　反対する医師は、生命を尊重することを第一義に考えたからではないですか？

典子　私は、見せかけの人道主義だと思っています。

検事　見せかけの人道主義？

典子　彼等は、患者の幸福より、医師としての地位を守る方を優先させるのです。

検事　ということは、あなた自身は、自分を守るより、患者の気持ち、あるいは、患者の家族の気持ちを優先させる「愛の行為」をなしていると思ってるのですか？

典子　……そのつもりでした。

検事　では、あなたの愛の行為のためには、犯罪を犯してもかまわないと、思ったわけですね。

典子　私は、犯罪とは思っていません。

検事　また、同じことのくり返しですが、患者の生前の同意もないのに、患者の命を絶ったということは、明らかに犯罪なのですよ。つまり、あなたに、「殺意」があったということになるのです。

典子　（感情的になってくる）殺意などという言葉に置きかえないでください。「殺意」というと、「悪意」がこもっています。私が言いたいのは、患者に対する憐れみ、慈愛からなのです。

検事　そういう言葉も、一種の見せかけの人道主義といえませんかね。そういう綺麗な言葉で、医師が自分の行為を正当化すれば、医療現場の状況は、混乱をきたすことになりませんか？　つまり、そうした言葉が正当化されると、人の生命が、軽々しく扱われる風潮が生じるのではないですか？　たとえば、植物状態の患者などが、軽視される、といった事態が生じる懸念がでてくるでしょう。

典子　それはケースバイケースだと思います。人が、人として尊厳ある死を選ぶこと、それを手助けすることが、医師にはできるのです。寝たきりで、植物状態にある人の命を絶てば、延命第一主義の観点に立てば、殺人という名を冠せられるかもしれません。が、私は、医療関係者以外の方に問いたいと思っています。「植物状態になっても、あなたは、延命治療を望みますか？」と。

検事　「植物」状態といっても、さまざまな段階がありますからね。さきほど、看護師長の証言で、小説「極楽病棟」を読んだあなたが、その読後感を、この主人公の医師に共感すると言ったとのことですが、それは事実ですか？

典子　はい。

裁判官　（検事に）「極楽病棟」という小説の内容を、少しくわしく説明してください。

検事　はい。これは、痴呆老人ばかりを、収容する施設で起った事件であります。ここの病院の院長が、重度の痴呆にいたった患者を、周囲に知れぬよう次々に注射で殺していく話であります。たまたまここの病棟に入った若い研修生の看護師が、老人達の死に方に不審を抱き、一人で密かに調査し、院長の犯罪を突きとめ、告発するといった筋書きであります。

典子　しかし、その若い研修生は、院長の行為には共感を覚えて居ります。彼女は深いためらいを覚えながら、告発していることを、忘れてはならないと思います。

裁判官　ためらいを覚えながら、告発するというのは、あなたの主観ですか？

典子　いいえ、この小説の作者が書いていることです。

裁判官　すると、作者も又、医師の行為を、犯罪であると、断定しているわけですね。

典子　現在の法律では、止むを得ないということでしょう。

裁判官　（検事に）尋問を続けてください。

検事　あなたは、この殺人を犯し続ける医師に、共感を覚えるといってますが、何故ですか？

典子　重度の痴呆老人というものは、おそらく、御承知ないのではないかと思いますが、極度に痴呆が進行し、自分の排泄物を、食べたり、壁になすりつけたり、お小水を、タンスの引出しにするといった、自分が人間であることさえわからなくなった状態、人間としての正常な判断力を、全く失ってしまった人達です。もし正常な時の彼等が、そのような状態になった自分を見ることができたなら、とても、とても堪えられないでしょう。自分がそうした状態になったら、なんとか自分を始末して欲しいと願うのではないでしょうか。少なくとも、私はそう思います。この医師は、彼等の、そうした気持ち、正常であった時の気持ちを、彼等の人間としての尊厳を守ってあげたいと思い、殺人に類する行為を、あえてしたのだと私は考えたのです。

検事　もし、あなたが、この医師であったなら、同じことをしますか？

弁護士　異議あり。これは誘導尋問であります。更に言うなら、本件は、終末医療による殺人の審議であり、老人の痴呆とは、問題の質がちがいます。

裁判官　検事の質問は、被告の延命治療への考え方の一端を知るうえで、必要と思われます。弁護人の異議を却下します。被告人どうぞ。

典子　（感情を無理に抑えながら）私に、この医師のような勇気があるかどうか、わかりません。が、もし、私がその医師の秘密の行為を知ったとしても、私は、告発などいたしません。なぜなら（言葉を止める、涙がこみ上げてくる）実は、私の母も、現在、痴呆状態になっています。近頃は、娘の私の顔すら認識できなくなりました。おむつをあてられ、しばしばそれをむしりとり、下痢状態の時などは、母は、腸が弱く、しばしばそういう状態になるので、介護の者はほとほと困り果てています。かつては、子供達の躾にも厳しく、なににもまして、人に迷惑をかけることを嫌った母なのに……私は母が憐れでなりません……でも、母の命を縮めるような行動は……とてもできません。母は、このような姿を人前にさらすなら、死んだ方がましだと思っているにちがいないのに……と思うと、辛くて（涙で声がつまる）私は「極楽病棟」に於ける医師の行為は、犯罪ではなく、人間の尊厳を守ろうとした人道的行為であると考えるのです。

暗転のなかで、

弁護士の声　裁判長、被告の証言は、本件とは、なんら関係のない、きわめて個人的な問題であると思います。

⑥典子のマンション

疲れ果てた表情で、椅子に、投げやりな感じに座っている。
手にはワイングラス。テーブルに、ワインのボトル。
法廷での緊張、ハルへの怒り、なにもかもが裏目にでていることへの絶望。
ドアのベルが鳴る。

典子　（ドアに向かって）どうぞ、開いてるわ。

保坂が入ってくる。

保坂　不用心ですよ、鍵かけとかないと。

典子　あなたがくるってわかってたからよ。

保坂　駅前のスーパーで、サンドイッチ買ってきました。

典子　ありがとう。

保坂、テーブルに、サンドイッチと、紅茶のペットボトルを並べる。

保坂　なにも食ってないんでしょう、あれから。

典子　いかが、ワイン。
　　グラスをとり出して、渡す。
保坂　（止めて）アルコールは、今止めてるんです。判決がくだってから、飲みます。
典子　有罪の判決ね。
保坂　さっきは、電車待ちで、ケイタイだったんで、言葉が足りなくて、有罪になる可能性があるって言ったんですよ。まだ推測の範囲ですから。
典子　何パーセントくらい？　有罪。
保坂　わかりません。殊によると、六十パーセントか。
典子　そしたら、実刑？
保坂　……。
典子　医師の免許をとられるのね。
保坂　わかりません。
典子　……すべて終りだわ……あたしの人生。なんてことだろう。
保坂　実は、今、村石のとこへ寄ってきたのです。
典子　きいてきた？　なぜ嘘ついたか。
保坂　いや、留守でした。居留守かどうかわからないが、鍵がかかっていて、呼んでも返事がないんです。しばらく待っていたんですが……。
典子　（ワインを注いで飲む）
保坂　駄目ですよ。やけになっては。さあ、（とサンドイッチを差し出して）食べてください。僕も食べます。
典子　（手にとろうともしない）……。
保坂　（手にとったサンドイッチを口に入れずに、戻す）
　　重い沈黙の間。

保坂　どうしてあんなこと言ったんですか。

典子　……。

保坂　僕はもう……前の日、電話で言ったでしょう。なんとしても患者の妻の懇願でやった。家族の頼みを断われなかったのだと、それだけで押し通すように。

典子　（半分放心したように）なぜ、あの人、嘘ついたのかしら。あんなに約束したのに……。

保坂　そんなことどうでもいいんです。そりゃあ、本人の口から、はっきり頼んだと言わせたかったが。確かに、あの人の裏切りは痛手でしたよ。しかし、あなたは、患者と家族への憐れみからやむを得ずやったと言うべきだったのです。それを、無意味な延命治療はすべきではないとか、他の医師まで非難して、検察の思うツボじゃないですか。彼等は、なんとしても、あなたに殺意があったことを証明しようとしてたんだ。あの場で、「極楽病棟」の医者の行為を擁護するなんて、まるでブレーキの壊れた車みたいに暴走しだした。僕は何度も言ったでしょう。終末医療と痴呆老人の問題は混同してはいけないって。

典子　そう、あの時、母のことなど言うつもりはなかったのよ。でも、母は、あたしの喉にささったトゲなの。いつも頭から離れなくて、人の尊厳ある死を考えると……いつも母のことを考えるの。とても混乱してしまうのよ。

保坂　僕は、いつかあなたのお母さんのことをきいて、とてもひっかかってたんです。それで痴呆老人の施設にいってみたんです。

典子　……。

保坂　医学の発達の成果が、高齢社会を生み出し、高齢社会が、大量の痴呆老人を生み出している。僕には、その因果関係はわからないが、実に驚きました。しかし彼等は脳は壊れても、肉体は壊れてない。だから苦しんでいない。そうした人々の生命を絶つことは、明らかに殺人じゃないかと思ったんです。彼等には、僕等が考えるような、不幸も幸せもない。別の次元で生きてるんじゃないかと思った。あなたに、お母さんを殺せますか？　肉体的苦痛もない人を殺せないでしょう？

典子　（頷く）……だから、悲しいのよ。母を見ているのが……。
保坂　人間って、悲しいものですね。……僕は、仕事をしてて、こんな気持ちになったのは初めてです。

　　間

典子　保坂さん、あなた、あたしがしたこと、本当は、どう思ってるの？　あなたは、あたしを弁護する立場だから、あたしが悪いとは、言わなかったけど、でも、本心では、どう思ってるの？
保坂　……この事件を担当して、正直言って、初めて、人の命について、真剣に考えるようになったんです。人間は、必ず死ぬものだということ。あまりにも当たり前すぎて考えられなかったんですね。この頃、電車のなかで、吊り革につかまって、窓の外を見ながら、ふと、思うんです。もし、明日死ぬとしたら、後悔するんじゃないかなって。
典子　……後悔、何を？
保坂　……誰のことも愛さなかったこと。
典子　……。
保坂　あなたは、少なくとも、あの患者を愛したんだ。一文の得にもならない、無償の愛で。そういうことができるのが、一寸羨ましいんだな。
典子　ありがとう。あたしの愚かさを美化してくれるのね。
保坂　愚かじゃない。僕があの患者、村石和夫だったら、心からあなたにお礼を言いますよ。
典子　本当に？　本当にそう思う？
保坂　ええ、本当です。
典子　あたし、自信を失いかけているの。あたしがしたことは、間違っていなかったかどうか……。神様は、あたしがしたことをどう思っているのだろうって、ずうっと考えてたのよ。
保坂　僕も思うんですよ。人間がつくった法を裁く者がいればいいなって。人間は間違うものですからね。（ケイタイが鳴る）はい。保坂です。えっそう、それはありがたいね。直ぐ戻るよ。うん、うん、わかった。

典　子　ありがとう。（ケイタイを切る）事務所からです。「安楽死を考える会」の会長から、電話が入ったそうで。（立ち上る）いいコメントがとれるといいんですが、なんとかして、あなたを無罪にしたい。

玄関で、帰っていく保坂を、見送る典子。

扉の陰に村石ミチ子を見つける。

典　子　ミチ子ちゃん！　どうしたの？　いつからここにいたの？

ミチ子　少し前。

典　子　おばあちゃんは？

ミチ子　（手紙を差し出して）これ、先生に渡すようにって。

典　子　（ミチ子が差し出した手紙を受け取って）お入りなさい。

ミチ子を先に、部屋に入る。

典　子　サンドイッチ、食べる。美味しいのよ。

ミチ子　（黙って）

典　子　遠慮しないで、さあ。（と手にとって渡す）

ミチ子　（受け取って）ありがとう。

典　子　ジュース、あげましょうね。

冷蔵庫からジュースを出し、コップに空けて、ミチ子に渡す。

典子、手紙を開いて読む。

その間、ミチ子、ジュースを飲み、サンドイッチを食べ、部屋のなかを見まわし、机の上の、犬の写真を手にとって眺める。

ミチ子　可愛い！　この犬。先生の？

典　子　去年、死んだのよ。

ミチ子　ふーん。
典　子　（手紙に目を移し、黙読から、声を出す）「お約束破って申訳ありません。あの時、傍聴席に、主人の弟がいて、びっくりして、青森から出てきたんですよ。私、主人の兄弟には、絶対、私が頼んだのでないって言ってあったから、どうしていいか、ほんとにわからなくなってしまったんです。それに玄関で大勢のマスコミの人達にマイクを突きつけられた時、心臓が止まるかと思ったんです。先生も知ってのように、私は血圧が高いし、今、私が死んだら、息子や孫がどうなるかと心配で。本当に御免なさい。先生。でも私が証言台から出ていく時、先生が『嘘つき』って言ったでしょう」まあ、ちゃんときこえたんだわ。「家でずっと、よくよく考えたんですけど、私は、主人を早く楽にしてやってください。天国にやってくださいって言ったけど、早く死なせてくれとか、命を縮めてくれなんて、一言も言ってません。私は『嘘つき』ではありません。でも、私は、心から先生には感謝してます。だから心から先生の無罪を祈っています。弁護士さんに言われたので、裁判長に、先生を無罪にしてくれるように嘆願書を書きます」……そう。ご親切に、嘆願書を書いてくれるんですって。（腹立たしそうに）
　典子、自分をじっと見つめているミチ子の視線に気付く。
典　子　ねえ、おじいちゃんが死んだ時、あなたもおばあちゃんと一緒だったわね。
ミチ子　（頷く）
典　子　おじいちゃん死んだ時、悲しかった？
ミチ子　（頷く）
典　子　先生のせいで、おじいちゃん死んだと思った？
ミチ子　……わからない。
典　子　そう。おじいちゃん、先生のこと恨んでるかな？
ミチ子　わからないけど、恨んでないと思う。
典　子　どうしてそう思うの？

ミチ子　おじいちゃんが、先生のこと、美人だって言ってたから。
典　子　（思わず笑う）
ミチ子　おばあちゃんは、先生のこと、好きじゃないんだと思うわ。
典　子　どうして？
ミチ子　先生がきれいだから。
典　子　（笑う）おもしろい人ね、ミチ子ちゃんは、さあ、気を付けて帰るのよ。
　　玄関の外。
ミチ子　（二、三歩行きかけて、ふり向き）おじいちゃんは、天国にいるって、おばあちゃんが言ってたわ。だから、先生のこと、恨んでなんかいないと思うわ。
　　ミチ子駆けていく。
典　子　（その後ろ姿を見送り、空を見上げて）そう……天国か……。村石さん、どうですか、そちらから眺めてらして、あたし達のこのどたばた劇。おかしい？　おかしいわね、きっと。（なにかがふっきれたような表情で）
　　暗転

⑦裁判所の玄関
　　判決の日。

　　人々が集まっている雰囲気がある。

　　突然、十人近いマスコミ関係者が、バタバタと駆け出てくる。その他にも医療その他の関係者（傍聴人）達がポツポツと出てくる。

　　記者のなかには、ケイタイで、社に記事を送る者もいる。

記者A　（メモを見ながら）一ヶ瀬典子、有罪です。そう、懲役二年、執行猶予二年ってことです。一ヶ瀬典子、ですか、いや、別に、彼女は全くとり乱した様子もなく終始毅然としてました。真っ直ぐ裁判官を見て、判決文をきいてました。いや、結局、弁護側の無罪の主張は受け入れられなかったということで、判決文によると、医療現場で誤った行為がなされ、それが国民の医療不信につながる恐れがあるというのが、有罪の理由のようです。そうです。そういうことで、はいはい。では、直ぐ、社の方へ。

退出

記者B　（ケイタイに）さっきの追加です。今、病院の医師からコメントがとれたので、「死んだ方がましだと思うほどの苦痛にさいなまれている末期患者のことを、思いやって」、そうです。「思いやって、その患者の安楽死に、我々医師が手を染めたら、悪くすると医業停止とか、免許剥奪という処分が待っているとなると、もうだれも安楽死にタッチしたがらなくなるだろう」以上。え、名前は、伏せてくださいということで。はい、はい。そうですねえ。で、最後につけ加えてください。「今、生命の質が、あらためて問われている。延命至上主義への疑問も浮上した。そして、この事件が、日本の安楽死問題に、一石を投じたのは、たしかである」

記者、退場。

典子と保坂が登場。

長い戦いを終えた後の、結果はどうあれ、緊張のとけた典子の表情は、晴れやかであるが、保坂は無念のやるかたない様子。

保坂　申訳ありません。つくづく自分の力不足を感じました。

典子　いいえ、よくやってくださったわ。

保坂　すぐ控訴の手続きに入りますから……。

典子　（かぶせて）いいのよ、もう。

保坂　なんでですか？

典子　もういいわ。
保坂　このままだと医道審議会で審議されて、医師免許は。
典子　（さえぎって）いいの、もういいのよ。
保坂　（えっ…）
典子　医師免許は、あたしにとって大事な宝物だった。でも、もう今は、どうでもいいものに思えてきたの。宝物でもなんでもない、ただの紙きれにすぎないってわかったのよ。
保坂　どうしたんです。
典子　あたし、医者をやめるわ。
保坂　どうして？
典子　有罪になったら、医者をやめようと決心してたの。医師としてのあたしの考えも、生き方も否定されたんですもの。あたしには、もうあそこには居場所がないわ。あたしは妥協のできない人間ですもの。
保坂　（間）どうするんですか、これから。
典子　あたしを必要としているところへいくわ。
保坂　あなたを必要としているところ？
典子　……。
保坂　また、お会いできますか？
典子　勿論。あなたに弁護料お払いしなくてはならないし。
保坂　二年間の「月賦払い」にしていただけますか？
典子　二年間の月賦？
保坂　毎月いただきにうかがいますから。
典子　（笑って）まあ、お安くしていただいて、その上月賦だなんて……。

暗転

エピローグ

静謐のなかに、美しい音楽が流れている。

白髪の美しい老婦人くめが、椅子に座り、傍のテーブルに置かれた菓子を、むさぼるように食べている。その目は虚空を漂う。

ノブが、くめの髪をなでつけたり、上着をはおらせたりするが、くめは全く無関心で反応を示さない。

絶え間なく菓子を食べるくめを、呆れ顔で眺めるノブ。

制止しようとするが、止める。

典子、外出着姿で、手に小箱をもって登場。

ノブ　（小さく）お帰りなさい。
典子　（頷いて）いつもありがとう。（母親に）お母様、お母様のお好きなポテトサンドイッチ、買ってきたの、召し上る？
くめ　（首をふる）――。
典子　それじゃあとでね。（とテーブルに置く）
ノブ　大変でしたね……。
典子　……やっと終ったわ。長い戦いだったけど……。やっと、終ったのよ、お母様、（なにもわからぬ母に、わからぬと知りつつ語りかける）有罪、執行猶予二年ですって。きっと、医道審議会にかけられて、医師免許は、何年か停止されるでしょう。ねえ、お母様、あたし、医者をやめるわ。
ノブ　まあ、お嬢様……。
くめ　（菓子をムシャムシャと食べる）――。
典子　……お母様、あたしは戦ったのよ、世の中と戦ったのよ。……でも……でも、いつかあたしの正しさがわかってもらえる、あたしの正しさが証明されると思ってるの。だからあたしは下なんか向かないわ。

くめ　お腹空いたわ。なんにも食べてないの。ごはん、食べたいのよ。
ノブ　さっき食べましたでしょう。
典子　ああ、お母様、あたしは医師として、お母様を救えなかった……。
くめ　お腹空いたわ。ねえ、お腹空いたの。
典子　では、サンドイッチ召し上って。（箱から一片のサンドイッチを取り出して、くめに手渡す）
くめ　（むさぼるように食べる）
典子　美味しい？
くめ　（頷く。自分で箱からとり出してムシャムシャと食べる）
典子　（母親のその姿に、思わず涙が溢れる）……。
くめ　（ふと、我にかえったように）失礼ですが、どなた様でしょうか。
典子　（一瞬、愕然となるが）お母様、あたしは……。
くめ　（突然、立ち上る）さあ、帰るわ。早く帰らないと、叱られるわ。
典子　お母様、どこへいくの。
くめ　うちへ帰るの。あたしの家へ……。（と、さまようように歩き出す）

典子、思わず母親を抱きしめる。

典子　御免なさい。お母様、御免なさい。あたしは、お母様と約束したのに果せなかった。「呆けでなにもわからなくなったらあたしを始末してね」って、お母様おっしゃった。でも、あたしには、どうしてもできなかった。御免なさい。あたしはお母様にいつまでも生きていて欲しいのよ。ねえ、お母様、あたし、お母様を守るわ。あたしにその力があるかどうかわからない。でも……あー、神様、あたしに母を守る力を与えてください。あー、神様、母に安らぎと平安をお与えください。そして、あたしに、母を守る力を……。

二人を見守って佇むノブ、思わず落涙する。

音楽、高まって。

幕

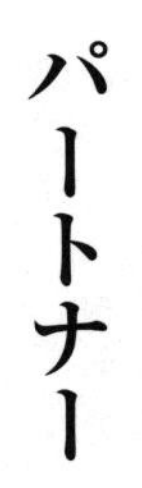
パートナー

〈キャスト〉

高井かおる
島田とも子
田所正直
田所なつ子
田所　宏
秋山時雄
寺川　茂
鈴本そよ子
吉野雪枝
鳥井新子
米村さとる
阿川中介
伊本栗子
田辺松彦
五十田順子
森川泰男
遠山真子
徳田　光
大谷美加
白井耕三

1場

高井かおる（五十五歳）のマンション。離婚時に、夫から貰い受けたマンションである。ここには家族四人で暮した生活の歴史がある。現在、かおるは、子供二人と住んでいるが、友人、島田とも子（五十六歳）と共同経営で、結婚仲介業をすることになり、ビジネスの場として、ここの広間を、提供することとなった。

二十畳余の広間を二分して、ルームA、ルームBとして接客にあてる。各部屋に、事務机、椅子、電話がある。ルームAには、ソファーと小テーブルが設置されている。ルームBにはパソコン、本棚等がある。調度品は離婚前から夫婦が愛用していたもので、部屋の雰囲気をアットホームなものにしている。

ルームAの下手に、玄関があり、下手奥に、トイレ、洗面所等がある模様。

ルームBの正面扉は、キッチンにつながり、上手のドアーは、個室に通じている。

場内が暗くなり、舞台に照明の入る前の一時、軽快なテンポにアレンジされたウェディングマーチが流れる。

島田とも子（五十六歳）かおるの高校時代からの親友である。

といっても、かおるとは、性格、行動、つまり生き方も正反対。

大学卒業後、出版社に入りキャリアウーマンとして独身を通してきた女性。仕事には、情熱的に向い、それを生き甲斐としてきたが、五十を越えて、いささか息切れを感じ始めている。こちこちではないが、心情的にフェミニストである。マンションで、犬をパートナーとして暮している。

舞台に照明が入る。

＊なつ子、カメラの三脚などを立てながら、写真をとる準備をしている。

金髪、ピンクのシャツ、ピアスで、弟の宏が入ってくる。

宏　なにしてんの？

なつ子　お客の写真とるのよ。

宏　（なつ子の傍に寄り）本気なの？　結婚相談所やるって？

なつ子　ここまできたら、あとに引けないんじゃない。
宏　俺さ、ネットで調べて、結婚相談所の現在の状況教えてやったんだよ。そしたら、「現在の状況がどうあろうと、私は私のやり方でやるのよ」だって。まあ、文明の衝突だな。
なつ子　オーバーね、文化の衝突よ。
宏　要するに、頭が固いんだな。
なつ子　あんたの頭はふにゃふにゃ、やわらかすぎんのよ。なんだって、新しいものに飛びつくんだから。
宏　それは若さの特権でしょ。
なつ子　特権⁉　ふん、馬鹿ね。特権なんかあるもんですか。自分で思いこんでるだけ。あんたもママに似てるのよ。
宏　俺がママに似てる⁉
なつ子　そうよ、傲慢よ。自分の考えはいつも正しい。
宏　（時計をみて）あ、遅刻だ。いかなきゃ。
なつ子　また、パパにゴマすって、お小遣いせびりにいくんでしょ。
宏　（にやりと笑って）ハズレ。今日はデート。
なつ子　変な女にひっかかるんじゃないよ。
宏　お姉ちゃんも、変な男にひっかかんなよ。

　　宏、退場。

なつ子　大きなお世話だ。（一寸した思い入れの表情）

　　とも子、二十枚くらいの封筒をもって登場。

とも子　ねえ、なっちゃん。今ね。高校時代から大学時代の同級生たちに、手紙書いたの。一寸みてくれる。
なつ子　（ワープロでうった手紙を読む。初めは黙読、途中から声を出して読む）「ビジネスの経験も、資金もない私達二人にあるのは、五十数年間培ってきた人間関係だけ。そして、今、最も頼りに思うのは、同じ時代の空気を吸い、同じ時代を共有した懐かしい高校時代の友人達なのです。是非共、高井かおると島田とも子が、第二の人生として選んだ結婚仲介業というビジネスにご協力いただきたく。

電話のベル

とも子 あら、お客様かしら?（ルームBへ）（受話器をとる）ハイ。「アモ」（フランス語　私は愛する）でございます。はあ？　おそれ入ります。

なつ子「お客一号か」と呟きながら黙読。

電話が遠いようで、突然、大きい声が受話器から出る

電話の声 一緒に、暮らす人、だれかいないかしら。一緒に暮してくれる人……。

とも子 あの、御結婚を御希望ですか?

電話の声 どうでもいいの、そんなこと。優しい人がいいの。一緒に御飯、食べてくれる人……。

とも子 優しい人ですね。一緒に御飯、食べてくれる人ですね。モチロン、モチロンお探ししますわ。あの、失礼ですが、お名前とお歳は。

電話の声 あたしが死ぬ時、傍にいて、手を握っていてくれる人よ。あたし淋しいの。あたし、一人ぼっちなの。誰もいないのよ。

とも子 あの、お名前とお電話番号、あの、お名前とお電話。

電話、プツンと切れる。

とも子 切れちゃった。

なつ子 いたずら電話かなぁ……。

とも子 昨日もこういうのあったの。

なつ子 同じ人?

とも子 男よ。まだ若いみたいだったわ。「僕のパートナー探してくれませんか」って。

なつ子 「僕のパートナー探してくれませんか」?

とも子　「僕のパートナー探してくれませんか」。
なつ子　それだけ？
とも子　それだけ。こっちからきく間もなく、きれてしまった。
なつ子　いたずら電話よ、それって。
とも子　そうだ、その前にね、「僕、一人ぼっちなんだ」って言ったわ。

間

アレンジされたウェディングマーチの音がかすかに。

なつ子　（詩のように）「僕、一人ぼっちなんだ」……。
とも子　あたしだって、一人ぼっちなんだけどなぁ――。
なつ子　とも子さんには、「ケネディ」って忠実なパートナーが、いるじゃない。
とも子　そう、あいつは、決して裏切らない。
なつ子　元気、ケネディ？
とも子　うん、最近ね、いいペット・シッターみつけたの。昼間、散歩につれてってくれるのよ。安心して外で仕事していられる。
なつ子　ママに、とも子さんみたいな、キャリアウーマンの友達がいたなんて、驚いたわ。子供の頃は、親友だったんですってね。
とも子　（笑う）子供ん時の親友なんて、あてにならないのよ。
なつ子　うん、わかる。家が近かったとか、教室で机が隣同士とか、単純な動機よね。
とも子　そう、きわめて単純な動機で仲良しになるけど、高校くらいになると、性格やものの考え方、の違いがはっきりみえてね、お互い水と油って気がついた。
なつ子　大喧嘩して、絶交したんですって？
とも子　絶交はオーバーだな、喧嘩して以来自然に疎遠になったってとこかな。

なつ子　で、二十年ぶりに、クラス会で会って。

とも子　二十年じゃない、十七年。その間、顔くらいあわせてたけど、去年のクラス会の帰り、なんだか、昔話がはずんでね。喫茶店で二時間も喋ったのよ。子供ん時の仲良しって、会えば、かおちゃん、ともちゃんで、月日の壁は、あっという間にはずれちゃう。

なつ子　ママ、変った？

とも子　無駄に飯くってこなかったって思ったわよ。結婚生活、子育て、教育、そして離婚、あたしがしてこなかった彼女の経験談をききながら、この人も苦労して成長したなあって、思った。なにより変ったって思ったのは、女性として、自立して生きようという決意をきいた時、かな。

なつ子　へえ!?　そうなの。

とも子　あの時、あたしも、会社が倒産して、失業中だったから、二人で、ビジネスやろうかなんて、最初は、軽い、冗談めいたものだったんだけど、ひょうたんから駒っていうじゃない。

なつ子　「ひょうたんから駒」。

とも子　ちがう経験をしてきた女二人が、お互い、足りないところをおぎないあえれば、その力は、二十倍にもなる筈。

突然、ルームAから、ヒステリックな叫び声があがる。
とも子となつ子、驚いて、隣室の扉を細く開けてのぞく。
ルームAに、照明が入る。
かおるが、第一号の客、鳥井新子（四十歳）とテーブルをはさみ、向きあって坐っている。
長い主婦業の垢は、簡単に払い落せるものではなく、とも子と異なり、おっとりとした雰囲気がある。
彼女としては、目下必死に「働く女」として自分を演出しているのだが。
善悪、白黒をはっきりとさせねば気のすまない性格は、周囲を時とし、辟易させるが、そこが、彼女の魅力ともいえるのだ。

鳥井新子（四十歳）地味で野暮ったい服に、派手なアクセサリー。髪型は少女風おかっぱ。一見して、小さな事務所の事務員といった印象。

かおる　（怒りで、声が上擦る）それじゃ、あなた、メカケよ。娼婦ですよ。つまりお金で、体を売るってことでしょう。

新子　（びっくりして）なによ。やだぁ、一人で興奮しちゃって。メカケだなんて、イメージ悪いじゃん。せめてビジネス愛人とでもいってよ。

かおる　（やや、気を鎮めて）イメージ、イメージ悪くったたって、することは、同じでしょう。セックス提供して、月に二十万も三十万も。

新子　三十万欲しいけど、二十万でいいっていったのよ。

かおる　どうして、ちゃんと結婚しようとなさらないの？

新子　結婚なさらない・・・のは、理由があっからよ。結婚するなら、こんなとこにこないわよ。

かおる　まぁ……。

新子　結婚してくれって男は、片手くらい、いるわよ。どいつもこいつも、金なくて、セックスだけしたがるんだから。あたしが紹介して欲しいのは、あたしにふさわしくない男。金持で、歳は、爺さんでもいいの。あたし面くいじゃないから、容姿はどうだっていいのよ。金さえだしてくれれば、贅沢いわないわ。そりゃあ、社会的地位があれば、こしたことないわよ。そんなのいるわけないから、週二くらいで、それ以上時間とられたくないわけ。脚本書けなくなっちまうから。

かおる　脚本？　脚本って……あなた、脚本書いてるの？　作家なの？

新子　作家ってほどじゃ、……まあね。恥ずかしいけどね。

かおる　（目を見張って、新子をみる）

新子　今までＯＬやってたんだけど、一日中縛られるでしょう。家に帰ると、ぐったりしちまって、歳のせいかな、四十だからね、ワープロに向う気力なくなっちまうのよ。でね、考えたの、家にいて、金もうけられ

かおる ること、なんかないかなあって、安定した収入があればね。うん、そう、「賞」とったら、止めるわよ。それまでのつなぎっていうか……。

新　子　夢よ。あたしの夢。人間、生れてきたからには、夢もって、頑張んなきゃ、幸い、あたしには、文才があるし、自分の能力は、開発する義務があるって、誰か言ってたっけ……。

かおる　夢のためなら、メカケでもいいんですか？

新　子　メカケのどこが悪いのよ。

かおる　あなた！　あなた、それで幸福になれるの？　そんな生き方してたら、ろくな小説書けないわよ。

新　子　よしてよ。あたしがどんなもの書いてるか知りもしないで。

かおる　どうせ、不道徳で破廉恥なのにきまってるわ。

新　子　不道徳のどこが悪いの。

かおる　悪いわよ。社会には、ルールがあるんです。それを道徳っていうんですよ。結婚は、相互の「愛」と「信頼」によって、結ばれたものよ。なんですか、あなたは、バイキンをまきちらかして。

新　子　バイキン⁉

かおる　ええ、バイキンよ。汚らわしい。さっさと帰りなさいよ。

　　新子、扉を開けようとする。

新　子　なにによ。クソッたれ、の鬼婆あ。

かおる　なんですって！

とも子　（新子に）一寸、一寸待ってね。（かおるに）電話よ。あなたに。

かおる　（ためらうが）

　　かおる退場。

　　とも子、新子の肩を抱くようにして。

とも子　御免なさいね。あの人、慣れてないものだから。
新　子　（ふくれている）――。
とも子　本当に御免なさいね。（と、書類をみる）あら、四十歳、お若くみえるのね。
新　子　そうなの。三十でも通るんだけど。
とも子　二十代後半でも大丈夫だわ。
新　子　まさかね。なんなの、あの女。
とも子　あの人、すっごく真面目な人だから。
新　子　あたしが真面目じゃないっての？
とも子　いえ、そうじゃなくて。
新　子　あたしだって、自分の夢を実現するために、しゃかりきになってんのよ。「それで、あなた幸福なの？」だって。幸福になるために、ここにきたんじゃない。
とも子　ええ、そうですとも、幸福になるためよね。
新　子　実はね。別のとこで、本当のこと言わないで登録したら、ろくな男紹介してくれないのよ。だから、お宅で正直に最初っからぶっちゃけた方が、利巧かなと思った訳よ。
とも子　そりゃあそうですよ。正直に言っていただいた方が、紹介しやすいわ。
新　子　もの書きは社会のルールなんかに縛られていちゃいいもの書けないと思うの。
　なつ子、タイミングよくコーヒーを持って登場。テーブルに置いて退場。
とも子　どうぞ、冷めないうちに。
新　子　（気をよくして、コーヒーを飲む）
とも子　で、えーと、御希望は、（書き入れる）結婚という形態をとらない、つまり、法的に、拘束されない自由な関係で……。
新　子　そうよ。いやじゃない、束縛されるなんて。

ともこ　本当、そうよね。結婚となれば、どんなに理解のある男性でも、縛られますからね。年齢は、問わず。年収は。

新子　月に二十万くらいくれれば、まぁ、いいかな。

ともこ　と、なると、自分の家庭以外に二十万支出できる人、一千万以上の年収の方だわね。

新子　独身だっていいのよ。週二回。それ以上の時は、その都度払ってくれればいい。

ともこ　（書類に書き入れる）なんとか、御希望にそえるよう、やってみますわ。（扉を開けて、「カメラさん」と呼ぶ。）

新子　親切で言うんだけどさ、さっきの小母さんみたいのやとってたら、ここつぶれちゃうよ。この業界も競争はげしいらしいから。

ともこ　（書類をみながら）さっきの小母さん？　ああ、あの人、ずっと主婦やってたから。

新子　そうだと思った。頭はコチコチ。いくら化けたって駄目よ。自分の殻に閉じこもった宿かりが、一寸首を出したみたいに。これでも作家だから、みる目あるのよ。

ともこ　怖いわね。作家さんって、一寸待ってね。

なつ子、カメラをもって出てくる。

なつ子　どこでとる？

ともこ　ここに、立って戴こうかしら。

新子、壁に背を向けて立ち、髪をなおす。

新子　美人にとってよ。

なつ子　ハイハイ、モチロン！　一寸、アゴ引いてください。オーケー、いいですか、はい。（シャッターを押す）

ともこ　一週間以内に御連絡しますわね。えーと、今日は、今、割引期間中ですから、入会金は無料ですけど、登録料、といっても通信費とか、もろもろの費用分として、一万円いただきます。

新子　一万円？　登録料無料ってとこもあるのよ。

ともこ　ですから私共では、入会金を無料にしておりますので。

新　子　いいわ。(シブシブ、ハンドバッグから一万円出して)はい、領収書頂戴。
とも子　(用意してあった領収書に、一寸書き加えて)はい、それでは、できるだけ早く御連絡いたしますから。
新　子　頼んだわよ。八十でも九十でもいいわ。早くして欲しいの。

新子、退場。とも子、なつ子見送る。かおる、固い表情で入ってくる。

入れ違いに、なつ子退場。

かおる　とも子さん。あんな女、絶対いやよ。許せないわ。
とも子　そうくると思った。——開業七日目、やっときた客よ。
かおる　駄目よ。あの女は。あーいうのを野放しにしといたら、世の中、悪くなるばかりだわ。
とも子　あんた、いつから評論家になったの。
かおる　あたしは、正論を吐いてるだけよ。
とも子　正論が通りゃ、この世の中、だれも苦労はしないわよ。
かおる　だからって、黙ってたら、世の中よくならないわ。
とも子　わかった。一寸、待って。夕べ、あたし達、このビジネスの戦略会議やったね。くる客は、拒まずでやっていこう、拒まずどころか、スッポンのように、くらいついて放さないくらいの心意気でやる、って。
かおる　ええ、もちろん再婚でも、茶飲みともだちでも、拒まないわよ。
とも子　金が欲しいって人も拒まない。
かおる　そこが、どうしてもひっかかるの。つまり、現代の不幸は、みんなが経済を優先させるからなのよ。
とも子　なにを優先させたいの？　あなたは。
かおる　きまってるわ。「愛」よ。先ず「愛」よ。
とも子　ハッ、そう。じゃ、あたし達、「愛」を主食にしましょうよ。おかずは、なににする？
かおる　——。
とも子　おかずは、「貧乏」か、愛に、貧乏ぶっかけて、食べようってわけ？　あげくの果てにガード下で、ホームレスの仲間入り。

かおる　極端よ。あなたって、直ぐひとのあげあしとって、得意になる。昔と同じだわ。

とも子　昔と同じは、あんたでしょう。昔、あんたの家で、古い話だけど、あたし、忘れられないんだ。あの頃、まだ、珍しかった、イタリー製のジノリの紅茶茶碗に、アールグレイの紅茶の香りをプンプンさせながら、あんたがいったの、「あたしね、清貧って言葉大好き」って、清貧って言葉大好きだって。今日は、真珠のネックレスに、ダイヤのリング、お金より「愛」「お金よりまず愛です」。

かおる　これ、田所が、あたしの誕生日にくれたのよ、この指輪は、パパが。

とも子　さっきの女は、あれでも精一杯お洒落してきたらしいけど、あれは、スーパーのバーゲン品、一目瞭然よ。宝石なんか一つも持っちゃいない。ああいう女に、金のことというなんて、そういう神経が、そういう思いやりのなさがあたしは、我慢ならないんだ。

かおる　でも、体売るなんて、女として、最も安易な生き方だわ。

とも子　じゃ、あんた、もしかりに住むとこもなく、一銭の金もなかったら、どうするの。売るものは、体以外なかったらどうするの？

かおる　又極端なこといって、だって、あの人、仕事しようとすれば働けるのよ。稼ぐこともできるのよ。

とも子　彼女の場合はそうだ。しかし人生にはあらゆる状況があるのよ、とにかく綺麗ごというのは、止めてよ。

間

かおる　（がっくりして坐りこむ）あなたってちっとも変ってないのね。昔より、ひどくなった。

とも子　それはこっちの科白よ。こないだっから、とにかく、この仕事を軌道にのせるまではって、むかつくのをぐっと、我慢してきたけど……。もう限界だな……。ああ、クラス会の帰り、あの時、あたしはどうかしてたんだ。あんたに幻想を抱いたんだ。あの日、あんたと別れて、うちの近くの、八幡様で、おみくじひいたのよ。そんなことめったにしたことないのに。くじは、「大吉」よ。良き出会いあり、願いごと叶う。ただし、あせらずに、とあった。神も佛も信じないこのリアリストのあたしが、あの時ばかりは、まるで

かおる　アルコールが入ったみたいにいい気分になってさ。これって、神様のいたずらだったのか。私の単純ミスなのか。
とも子　あたしだって、あんたを買いかぶったんだわ。あなたも、社会に出て、もまれて、角がとれて、人間ができてきたって、思ったのよ。あなたって、昔から人に厳しくて、人の欠点みつけるのが、得意で。
かおる　あたしはね、人に厳しいけど、自分には、もっと厳しく生きてんのよ。あんたと違って、お嬢さんじゃないからね。子供ん時、親が商売に失敗したから、金の苦労は、人一倍してきた。奨学金もらって大学でて、就職して自立した。ものを買う時は、必ず安い方を選ぶ、あんたみたいに離婚しても、こんなマンションに住んでいられる人とはちがうんだ。とにかく、あたしは、このビジネスに、ケチな退職金、半分つぎこんでんだから、今更、ひくにひけないんだ。なんとしても、この仕事は、成功させなきゃならないのよ。あたしだってそうよ。自分の老後の生活の為に、今ここで、くじけちゃならないとおもってるわ。だから、なんだって我慢してる。
とも子　お互い我慢だ。ともかく、私達は、水と油。でも、水も油も、なくてはならぬ必需品よ。
かおる　ええ、お互いなくてはならぬ、存在だと思ってるわ。
とも子　はい。（一万円、かおるの手に渡す）我が社の初めての客が、あの女だったのは、あなた不運だったけど。まあ、これもいい経験よ。
かおる　（受け取って）神棚にあげてくるわ。

かおる退場。
なつ子、入ってくる。

なつ子　前途多難みたいね。遠慮しないで、パートナー解消しちまったら？
とも子　（笑う）そういうわけにはいかないの。生活がかかってるからね。そうだ、なっちゃんの、バイト料、金額、決めてなかったわね。
なつ子　いいわよ。無料で。どうせ暇な時しか手伝えないんだから。

とも子　助かるわ。

なつ子　さっきの、現像しとくね。仕事は迅速且つ丁寧に。うちの上司の口癖。

なつ子の携帯電話が鳴る。

なつ子　（受話器に）ハイ、（チラッと、扉の方を確かめて、背を向ける）今どこ？　羽田、うん、いいわ。で、お嬢さんの盲腸の手術、うまくいったのね。そう、よかった。え？　変りなし。そちらは？　どうして……どうして話さないの。それじゃいつまでたってもあたし達の状況変らないじゃない。……うん……。いいわよ、今夜ね。うん、わかった。（受話器をもどす）

とも子、電話をきかぬよう机の書類を片付けている。電話の途中に、かおるが入ってくるが、とも子、なつ子も気付かない。なつ子、電話を切って、母親の存在に気付く。

かおる　誰から、今の電話？

なつ子　ともだち。

かおる　ともだちって？

なつ子　ママの知らない人。

かおる　これからでかけるの？

なつ子　うん。

かおる　今夜、帰る？

なつ子　わからない。もしかしたら泊ってくるかも。

かおる　友達って、男の人なの？

なつ子　――。

かおる　男の人ね。

なつ子　――。

かおる　どういう人。どういう関係なの？

なつ子　あなたには、言いたくないわ。
かおる　どうして？　あたしは、母親よ。
とも子　二十七にもなる女性に、母親の権利をふりまわすのは、止めなさいよ。
かおる　横から口出さないでよ。
とも子　そういう言い方はないよ。
かおる　子供を生んだことのない人に、親の気持は、わかるわけないわ。
とも子　あッ、そういわれちゃ、お手上げだ。
なつ子　ママが、とも子さんに自慢できるのは、子供を生んだことだけね。でも、あたしは、あなたが母親で有難迷惑なのよ。
かおる　まあ！　有難迷惑ですって……。
とも子　なっちゃん、それは過激すぎる。ママに向って。

扉が開いて、かおるの息子、宏が登場。

かおる　まあ、宏、夕べはどこに泊ったの？　連絡もしてこないで。
宏　御免、酒飲んじまって、つい寝ちまったんだ。
かおる　どこに泊ったの？
なつ子　（宏に代って）パパのとこよ。引越し、終わったの？
かおる　引越し？　誰が越したの？
なつ子　パパよ。

宏、ソファーに坐りこみ、コーヒーを飲む。

とも子　田所さん、引越したの？
なつ子　この子、手伝いにいってたのよ。
とも子　ね、今度はどんなとこに越したの？

宏　1DKってのかな。
とも子　1DKそんな狭いとこ？
宏　一人だから。
なつ子　別れたのよ。あの女性と。
かおる　（表情が変る）どうして？
宏　会社も辞めたんだって。
かおる　まぁ——。定年まで五年もあるのに。
宏　アメリカ留学させてくれるって。退職金が入ったから。
なつ子　本当？　ずるい！
とも子　田所さん、どうするの、これから。
宏　よく知らないけど、ともだちと会社、起こしたらしいよ。
かおる　（感情をもてあまして）あぁ、いやだわ。あなたのその髪。ママ、どうしても慣れないわ。
宏　パパ、似合うっていってたよ。
かおる　（感情的に）あの人は、なんだってどうでもいいのよ。自分の息子が不良になろうと、どうしようと知ったことじゃないんだから。あたしは、その髪みる度に、情けなくなる。
なつ子　宏が、金髪だからって、不良じゃないし、この子は、きわめてまともだわ。
かおる　どうして、アメリカにいくの？
宏　向こうで勉強したいんだ。
かおる　駄目よ。あんな危険なとこへいっちゃ。
なつ子　宏をいつまでも、自分の傍においておこうなんて、ママの、エゴイズムよ。宏は二十三よ。あたし達は、もうとっくに親離れしてるわ。
かおる　——。

とも子 田所さん、女と別れたって、本当なの？（かおるの気持を推察して訊く）
宏 うん。
とも子 どうして？
宏 知らないよ。僕、スーパーでインスタントラーメンと、冷凍おにぎり、一杯買ってきて、冷蔵庫に入れてきた。ママがとも子さんと二人で、結婚仲介業始めたって言ったら、俺も頼もうかなって、言ってたよ。
とも子 勿論、冗談だけど。
かおる それはいい。是非、登録してもらおうよ。
なつ子 （本気で）よしてよ。馬鹿々々しい。
かおる 商売優先よ、ママ。
とも子 駄目。絶対駄目よ。田所の顔なんか金輪際みたくないの。
（ヤレヤレというようにかおるをみる）

電話のベルで、ファックスが流れる。

とも子 （ファックスを読む）当方、七十八歳の男性、茶飲み友達の女性を求む、年齢五十歳以下。優しさを最優先とするが、美人であること。財産、庭つき三百坪の土地に四十五坪の家。有価証券二億八千万、年収三千五百万。男性としての能力いまだ、現役。ＴＥＬ乞う。
かおる まぁ、いやらしいわ。
とも子 丁度いい、さっきの脚本家志望に。さぁ、こうしちゃいられない。仕事、仕事。
かおる （憮然として）あぁ、いやだ。なんて不潔な世の中なんだろう……。

暗転

2場

一場から数日後の午後。

同じマンションの部屋。

かおるととも子の高校時代の友人達が三人きている。

寺川茂。三流銀行の支店長。一見して、有能とは見えないが、実直なサラリーマン風。

鈴本そよ子。未亡人。少女っぽい。生活にゆとりがある、女一人の生活ゆえに警戒心が強く、臆病。

吉野雪枝。三度離婚。目下独身。宝石のバイヤー。積年の苦労を、派手な外見で隠している。

とも子は不在。

かおるは、部屋の隅で紅茶をいれ、今、皆に配り始めたところ。

かおる お待たせして御免なさい。ともちゃん、直ぐ戻るわ。バス停まで、お友達迎えにいってるの。
雪枝 (かおるに)結婚仲介業だなんて、どっちが発想したの?
そよ子 とも子さんにきまってるわ、そうでしょう。
かおる ええ、彼女が考えたの。離婚もブームだけど、結婚願望も結構多いから。あたし達、資金もないし、場所は、ここで、できるし。
雪枝 そうか、家賃はタダね。あの人、昔から、チャッカリしてるから。
かおる ここにしてって、いったのは、あたしだけど。
雪枝 帳簿は、ちゃんとチェックしなきゃ駄目よ。いいようにやられるから。
かおる 大丈夫よ。それは。
寺川 離婚したって、本当なんですか?
雪枝 あら、知らなかったの?

寺　川　ええ、クラス会、欠席してたから。情報不足で。
そよ子　ともちゃんは、今でも、犬と二人暮らしなの？
かおる　ええ、そう。
寺　川　あの人は、どうして結婚しないんですか。
そよ子　犬と結婚したんだわ、きっと。
かおる　人間より、犬の方がいいんですって。
そよ子　犬は口をきかないじゃないの。
かおる　そこがいいらしいわ。男は裏切るけど、仕事は、努力しただけのみかえりが必ずあるんですって。
そよ子　一度も結婚したことない人が、結婚仲介なんて、できるのかしら。
雪　枝　結婚なんて経験ない方が、無責任にやれるのよ。
そよ子　（かおるに）かおちゃんは、一生、奥様で終わる人だと思ってたわ。
かおる　離婚は、（センチになって）あたしの人生で、一番辛い経験だったわ。
雪　枝　なにいってるの。たった一度くらい離婚しただけで。
そよ子　あなたは二度だったわね。
雪　枝　三度よ。
かおる　（驚いて）三度も！
そよ子　あたし、驚かない。昔からあなたって、お転婆だったもの。
雪　枝　ハハ、三度目は、さすがに慣れてたわね。目下、独身。四度目は、どうするかなあ。
かおる　ねえ、うちに登録していただける？
雪　枝　ええ、そのつもりできたのよ。あたしって、友達に頼まれたら、いやって言えない性分でしょう。つくづく、損な性分だと思うわ。
そよ子　どうしようかしら、あたし……。

かおる　いいの、無理にお願いしないから。
雪枝　世の中はもちつもたれつよ。あなた、かおちゃんに、よくカンニングさせてもらってたじゃないの。
そよ子　そうなの。だから、今日は、他に約束あったけど、断ってとんできたのよ。
かおる　まあ、ありがとう。
　　とも子と秋山が登場。
とも子　御免なさい、お待たせして。あたしの地図の書き方が悪くて、迷ったんですって。
秋山　（かおるとだけ、顔見知りである）どうも遅くなりました。
かおる　よくいらしてくださいました。さあ、どうぞ。（と、そよ子の隣の椅子を示す）
とも子　（皆に）こちら秋山さん。前に私がつとめていた出版社で上司だったの。目下光和出版に再就職なさって。
秋山　秋山です。宜しく。
雪枝　（突如、ひらめく）秋山さん⁉　思い出したわ、あなたのこと。ほら（と、そよ子に）かおちゃんの結婚式の帰り、みんなで、ビアホールにいったじゃない。
そよ子　ああ、とも子さん、あの時、酔っぱらって、気持ち悪くなって。
とも子　え？　あたしが酔っぱらった？
雪枝　そう、酔っぱらって、告白したの。会社に恋人がいるって。学生運動やって、大学を中退した、一寸、ニヒルだけど、骨のある男性だって。
秋山　えッ、（笑いながら）骨のある男？　それって、俺かい。
とも子　（笑って）そうらしいわね。
秋山　ハタチの小娘じゃ、人をみる目ないからな。君もあの頃は、俺を買いかぶってくれてたんだ。
そよ子　なんにも覚えてないわ。
雪枝　あたし、勉強はさっぱりだったけど、男と女の関係になると、頭が冴えるのよ。（とも子に）すごいわね、あなた達、あれからずっと続いてるなんて。

ともこ子　（笑って）ええ、いい友達だから、今日も、こうして、助っ人にきてくれた。
秋山　ああ、登録だけでもしてくれっていうんでね。
とも子　この人、独身ですからね。
雪枝　離婚なさったの？
秋山　いや、離婚の前の、結婚ってのをしたことないんですよ。
雪枝　まあ、あなたって、ミステリアスなのね。で、今は、どんなお仕事を？
秋山　骨なしのクラゲです。もっぱら、売れるもの専門で、例えば、高齢者向けの情報誌とか、中高年女性の雑誌なんかも、目下、企画中です。いいアイデアがあったら、教えてください。
雪枝　あ、そうだ。私、吉野雪枝、離婚歴三回、目下独身ですの。
寺川　（立って）寺川です。（名刺を出す）
秋山　（名刺を受け取り）生憎、まだ名刺がなくて、東静銀行ですか。
寺川　今、きわめて健全といわれてます。御承知でしょうが、当行の株は高いんですよ。
雪枝　まあ、そうなの。
そよ子　この頃、心配でたまらないの。どこの銀行が、安全なんでしょうねえ。
寺川　うちは、絶対に、安全です。
秋山　（皮肉に）今時、そんな銀行あるんですか。
寺川　バブル期でも、うちは無茶な貸出しは、一切やってませんからね。
雪枝　あたし、貸していただけるかしら。
寺川　担保物件が、しっかりしてれば、いつでも御融資しますよ。
雪枝　しっかりした担保物件があれば、どこででも借りられるわ。友情は、融資に役に立たないってことね。
寺川　――。
秋山　（かおるから紅茶を受け取って）友達だからって、融資してたら、忽ちつぶれちまいますよ。

とも子　そう、だから私達、結婚仲介業ってとこに落ち着いた訳。喫茶店、花屋、ファッションの店、どれもまとまった資金がないと、できない。でも、考えつくことは、みんな同じね。商売仇が、あきれる程多い。入会金免除、登録料のダンピング、お客のうばい合い。一番の敵はネットよ。今大半が参入してきてるからね。そいつらに対抗しようとすると、頭つかわないとね。人間力でね。（笑い）それで本日はみなさんに御協力願いまして。

かおる　（寺川に）お宅の銀行に、結婚なさりたい方、いないかしら。

寺　川　さあ……、どうかなあ……、きいてみます。

とも子　折角いらしたんだから、登録してね。

寺　川　わたしが!?

かおる　駄目よ。寺川さんには、ちゃんと奥様がいるんですもの。

とも子　わかってる。サクラよ、サクラ。とにかく頭数をそろえたいの。御迷惑かけないわ。

かおる　それじゃ詐欺だわ。

とも子　単なる数合わせのテクニックよ。

かおる　でも、やっぱり欺すことじゃない。

とも子　この業界じゃ、あたりまえよ。

かおる　業界がやってるからって、あたし達が、真似することないわ。

とも子　ああ、お手上げだ。又正論をふりまわす。この人ときたら、もう、ワカランチンなんだから。

かおる　だって……。

雪　枝　無理よ。かおちゃんみたいに、本音で生きてる人には。

とも子　本音だけで生きられるのは、子供だけよ。

寺　川　（横から）いや、近頃の子供は、本音と建前は、つかいわけてますよ。

とも子　じゃあ、あなたは、子供以下ってことよ。

雪枝　三つ子の魂、百までっていうから、仕方ないいんじゃない。
かおる　(唇を噛む)
そよ子　あたし、かおちゃんのそこが好きよ。
寺川　私もです。
とも子　さてと、雪枝さんも登録してね。
雪枝　いいわよ。なんどだってしたげるわ。その代わり、金持のハンサム紹介してよ。
そよ子　どうしよう、あたし。——再婚なんて、考えられないの。主人のこと、忘れられなくて……。
かおる　たしか心筋梗塞だったわね。御主人様。
そよ子　ええ、突然よ。突然、この世から、消えてしまったの。あたしなんにも心の準備してなかったの……。もう動転しちまって、自殺しようと思ったわ。子供もいないし、一人ぼっちで生きていたってしようがない。
かおる　そんなに素晴らしい方だったの。
そよ子　ええ、あんな人いないわ。今でも、胸が一杯になるの、あの人のこと思うと。
雪枝　ご主人の七回忌、たしか去年だったわね。
そよ子　そうなの。
雪枝　駄目ね、いつまでもメソメソして。旦那が、財産たっぷり残してくれたからよ。
寺川　今、どちらの銀行ですか。
そよ子　三吉銀行だけど……。
寺川　もし宜しければ、外回りの者を、うかがわせますが。
そよ子　お宅、お利息、お安いんでしょう。
寺川　ええ、まあ、しかし、絶対安全です。今は、安全が、なによりも優先される時代ですよ。
雪枝　(そよ子に) お金なんかじゃんじゃん使ってしまいなさいよ。死んだらもっていけないんだから。
そよ子　でも、九十、百まで生きちゃったらどうするの。お金なくなってしまうわ。

雪枝　（秋山に）金持の男、みつかる方法、ないかしら？

秋山　そういう本は、ベストセラーものですね。

とも子　そよ子、人生は賭けよ。うちに登録しなさいよ。

そよ子　主人より憂しい人、いるかしら。

とも子　ええ、モチロン。みつけてあげる。

かおる　倖せな方ねえ。

秋山　（ニヤニヤして）知らぬは、女房ばかりって、奴じゃないんですか。

そよ子　そんなこと、絶対ありません。

秋山　世間一般の男は、チャンスがあれば、女房以外の女と寝たいと思ってますよ。残念ながら、私には女房はいませんがね。

かおる　（脇で）まあ！

雪枝　みもふたもないこと、はっきり言うのね。

そよ子　うちの主人にかぎって、絶対にありません。

とも子　秋山さん、自分をモノサシにしちゃ駄目よ。あなたって人は、例外なんだから。

秋山　僕は、きわめて標準的だよ。

寺川　――私は、これまで妻を裏切ったことは、一度もありません。

みな、びっくりして、寺川をみる。

秋山　これは、正真正銘の例外だ。

雪枝　（傍白）そうでしょうね。あなたなら。

寺川　……妻には、男がいるんです。

みな、一瞬、衝撃を受ける。

かおる　（心底同情して）……なんてことでしょう。

とも子　それでもあなた別れないの？
寺川　……考えないではないですが……。
雪枝　お宅の銀行、固そうだから、離婚は、昇進にひびくのね。
寺川　……ええ、まあ……（と口ごもる）。そういうこともなくはないです……。
雪枝　ああ、結婚！　裏切ったり、裏切られたり、傷ついたり、傷つけられたり、……正直言って、あたしは、もう二度としたくない。（とも子がなにか言いかけるのを制して）登録はするわ、ちゃんと。でも、愛人どまりよ。
かおる　愛人どまり!?　まあ……。
そよ子　三度も離婚してたら、本当の結婚生活の倖せなんて、味わってる暇なかったんじゃないかしら。
雪枝　ああ、結婚生活の倖せ！　結婚って、そんなにいいものですか？（と皆をみまわす）
とも子　あたしには、答える資格なし。
秋山　同じく。
寺川　（複雑な表情で）――。
かおる　離婚前だったら答えられたけど……。
そよ子　「死」が私達を引きはなすまで、私達愛し合っていたのよ。
雪枝　ロマンティック。映画でならみたことあるけど、現実に、そんなことあるのかしら？　あたしは、三度とり替えたけど、駄目だった。
秋山　……、あなたに我慢する能力が欠けていたんじゃないですか？
雪枝　我慢する能力ですって？　離婚の為に私は、大きな犠牲を払ってきたのよ。最初は子供をとられ、二度目の夫の子供は、事故で死なせてしまった。莫大なエネルギーの損失だったわ。でも、（離婚を）後悔していないわ。その度に、私はたくましくなったもの。
とも子　あなたはかおちゃんとちがって、配偶者を必要としない人なんだ。

雪　枝　あなたと同じよ。
かおる　私は夫と合性がいいって信じてたのよ。人間的にも立派な人だって二十七年間ずっと信じてたの。ところが、あの人は、私が信じていたような誠実な人間ではなかったの……。
秋　山　浮気ですか。
かおる　私、夫を信じられなくなったのよ。
秋　山　たかが一度や二度の浮気ぐらいで、大ゲサな！
かおる　まあ、たかが一度や二度の浮気ぐらいで！　よくそんなことを！
秋　山　ずいぶん子供っぽいんだなあ。こちらだって（と寺川を示し）奥さんの浮気を許してる。そうですよね。
寺　川　なんとも答えかねますね。
秋　山　あなたも浮気ぐらいすればいい。
かおる　見損なったわ、あなたって人。とも子の友達だから今まで信用してたけど……。
秋　山　（軽く）男と女、所詮、騙したり、騙されたり、深刻に考えることないでしょう。
かおる　（秋山をにらみ）そういういい加減な考え方大嫌い。
とも子　（笑って、秋山に）止しなさいよ。かおちゃんにあなたの冗談は通じないから。
雪　枝　でも男も、老後が、視野に入ってくると、変るわね。雄の臭いがなくなってくる。今までないがしろにしてた家庭が、急に恋しくなってくるみたいね。
秋　山　近頃は、男は、休息を求め、女は外に出て活動したがってる。
雪　枝　つまらないわ。魅力のある男がいなくて。
秋　山　女も男も中性化してるんだよ。
とも子　さあ、この辺で、お茶にしません。かおるさんのお手製のケーキをお出ししますから。
かおる　（とも子に）飲み物、おねがいね。

かおる、退場。

とも子 では、その間にこれを読んでいただけますか。(登録用紙の入った封筒を取り出して、皆に配る)

それぞれが封筒を開き、中身をみる。アンケートを読む。

とも子 (そよ子に) 読むだけ、読んでね。
そよ子 (うなずいて、眼鏡を出して、読む)
秋　山 収入は書かなきゃいけないの。
とも子 そうね。適当でいいわよ。
秋　山 適当か。
雪　枝 女性は、収入書かなくてもいいのかしら。
とも子 ええ、女性は免除です。
秋　山 差別だな。
とも子 生年月日、血液型、身長、体重、最終学歴、趣味、結婚歴、男性は財産状況を記入してくださいね。
雪　枝 今、書くの?
とも子 いいえ、恐縮ですけど、記入して、登録料一万円と送ってください。郵便振替と、返信用の封筒、その中に入れてありますから、宜しく。

かおるが、ケーキを盆にのせて、登場。部屋の隅のテーブルにのせて配る。
とも子も手伝って。

雪　枝 まあ、美味しそう。
寺　川 本当に、あなたが焼いたんですか?
かおる ええ、二十五年間、上達したのは、ケーキを焼くことだけ。
寺　川 (感激して) 美味しいですね。初めてだ、こんな美味しいケーキ。
雪　枝 あなた、結婚仲介業より、ケーキ屋さんやった方が成功するわよ。
かおる やめてよ。やっと台所から脱出したんだから。

とも子　（紅茶を入れながら）あたしは、会社でお茶くみを拒否してきたから、ティーバッグで、我慢していただくの。

秋山、立ち上って、とも子の傍らに行き、手伝う。

秋　山　ティーバッグだってね、君、こつがあるんだよ。

とも子　じゃ、お願いするわ。

とも子と秋山の男と女がふと見せる連繋の温もりを、それぞれみつめる。

そよ子　（突然、立ち上る）かおるちゃん、あたし、決めた。登録するわ。正直言って、ずっと、迷ってたの。再婚なんてしたら、主人に悪いような気がして——、でも、あたし自信ないの。この先、一人で生きていく自信ないの。二十年も、三十年も、齢とって、病気したり、ケガしたりしても、誰も世話してくれる人もいない。淋しい老後——、あたしやっぱり登録するわ。いい人探してね。

雪　枝　再婚するなら、年下がいいわよ。どうせ、世話してもらいたいんでしょうから。

秋　山　（紅茶を運びながら）介護コストを節約するための再婚ですか？

雪　枝　そりゃあそうよ。この年になれば。いいじゃないの、割り切って。

秋　山　一種の保険ですね。

とも子　動機はどうあれ、「愛」がめばえないとは、限らないわよ。

かおる　一番大事なのは、「愛」よ。愛のない人生なんて無意味だわ。そうじゃない……？

かおる、ワインのビンを出し、とも子に渡す。

扉が開いて、田所正直が入ってくる。

皆、一斉に予期せぬ人の登場に、驚く。

かおる　（仰天して）あなた!?（こわばって）

田　所　やあ、扉を押したら、開いたから。元気かい。

かおる　なにしにいらしたの？

とも子　（ワインをグラスにつぎながら）あたしが、強引に頼んだの。男性がたりないからって。

かおる　（とも子に非難の目を）どうして言ってくれないの？
とも子　言えば、反対する。
かおる　あたりまえよ。
田所　（とも子に）悪かったかな――。
かおる　ええ、悪いわ。帰って下さい。
田所　そうか。（扉の方へ戻る）
雪枝　（かおるに）いいじゃないの。（扉の前に立ちふさがり）私、二十七年前のお二人の結婚式に出席させていただいた吉野雪枝ですの。覚えていらっしゃらないでしょうけど。
そよ子　私も、二十七年前に。あの時、私、新婚旅行から帰ったばかりでしたのよ。夫は、七年前に、亡くなりました。
田所　――二十七年、そうなりますか。二十七年ねえ。
秋山　まさに、残酷な月日の爪痕をみる思いですね。
田所　いやあ、おめにかかれて嬉しいです。二十七年間、とにかく、なにがあっても元気で、こうして我々は生きている。
そよ子　まだまだ先がありますわ。
とも子　そうよ、私達、第二の人生の幕を開けたばかりなのよ。
秋山　（人生の）本番は、これから、らしいですよ。
田所　第二の人生か、いいですね。それじゃ、私はこれで失礼（と扉を出ようとする）。
とも子　一寸、待って。ワインを一杯のんでらして。
田所　（困って、かおるをみる）しかし、僕は……。
とも子　（強引にワインのグラスをにぎらせて）ねえ、近いうちにパーティを開きましょうよ。

皆の反応、それぞれと。

雪　枝　かおちゃんと、ともちゃんの結婚仲介所、アモの成功の為に。

電話のベル。

とも子　（受話器をとる）はい、はい、私、島田です。え？　ケネディが、車にはねられた？（真青になる）病院、ええわかりました。直ぐいきます。（受話器を置いて）ペット・シッターが、散歩させてる時、首輪がはずれて……そこに車が……。

かおる　直ぐいって、ここはいいから。

とも子　（ひどい衝撃を受けて）――ああ。ケネディが車にはねられたって。

暗転

3場

数日後。

ルームAで、かおるが若い男（米村さとる　二十九歳）を相手に商談中。

米　村　（書きこんで書類を渡して）これでいいかしら？

かおる　（さっと目を通す）ええ、結構ですわ。で、どんな女性を御希望ですの？

米　村　だからさ、ママ活よ。

かおる　はッ？　ママ活!?

米　村　ネットで募集したけど、反応にぶくてね。だからここに登録しにきたんだけど……。

かおる　ママ活ってなんですか？

米　村　知らないの!?　マジで!?　ここに書いたでしょ。年齢、問わずって。二時間七千円よ、相場よ、我々の。

かおる　（こみあげてくる怒りを押えて）はあ、二時間七千円ですか。
米村　ブスは駄目よ。僕、審美眼発達してっから。小母さんくらいの美人ならいいかな。
かおる　それはゼイタクってものよ。器量がよくて、稼ぎのある女なんて、いるわけない。そういうのはもう売れちまってるわ。
米村　僕ってね、年上の女性に、もてるタイプなのよ。
かおる　あたしは御免だわね。
米村　（信じられない）本当に⁉　ショック。フィーリング合わないのかなぁ、僕達。
かおる　あなた、口さえきかなきゃいいのよ。ハンサムで、優しそうだから。
米村　僕、なんか、変なこといった？
かおる　ううん、なんにも。
米村　そうでしょう。いい人、探してね、一週間くらいで返事もらえる？
かおる　御希望にそうように、努力しますわ。
米村　そんじゃ宜しくね。そこに書いてある番号に、電話してね。
かおる　（思わず言ってしまう）あなた、それで、幸福になれるの？
米村　（不思議そうに）幸福？　金と女が手に入れば、天国じゃん。

立ち上って扉に。

かおる　あ、写真とります。そうそう、登録料忘れるとこだった。一万円よ。登録料。
米村　タダじゃないの？　登録料。
かおる　ええ、悪いけど、キマリなの。
米村　僕、タダかと思ったんだけどな……。
かおる　一万円。社長がきめたから、まけられないの。（扉を開いて）なっちゃん、お願い。

なつ子、カメラをもって入る。

かおる　こちらの写真お願いね。
米村　僕、写真もってるんだけど。
なつ子　お気に入りのがあれば、その方がいいんじゃない。
米村　（写真を出す）
かおる　（写真をみて）まあ、素敵。
米村　でも、実物がいいでしょう。これは、まあまあだけど。
なつ子　実物より、可愛いよ。
かおる　いえ、実物の方が、ずっといいわ。じゃ、すいません、登録料。
米村　（なつ子を意識して金を出す）じゃ。
かおる　（ひきかえに領収書を渡し）それじゃ近日中に、御連絡しますわ。
米村　（殊更可愛い笑顔をみせて）じゃあね。

米村退場。

なつ子　やるじゃない、ママ。あのケチ男から、お金まきあげた。
かおる　不愉快だわ、あんな男。ああ、疲れた。
なつ子　ママにはいい勉強ね。とも子さん、連絡あった？
かおる　うん、ケネディのお骨、お寺におさめて、出てきますって。
なつ子　ペットに死なれて、自殺した人がいるんだって。
かおる　まあ——。ペットくらいで……。
なつ子　とも子さんは大丈夫でしょうけど。
かおる　電話口で泣いてたわ。部屋に、一人でいるのが辛いって。
なつ子　ここで、ママと二人で暮したらいいんじゃない。
かおる　あなたが、結婚したら、そうしようと思ってるの。

なつ子 あたしの部屋、来月から空くわよ。
かおる どういうこと?
なつ子 部屋借りたの。あたしも、そろそろ自立しようと思って。
かおる 誰かいるの?
なつ子 一人よ。一人で暮したいの。
かおる 駄目よ。若い娘が、一人で部屋借りるなんて。勿体ないじゃないの、部屋代。
なつ子 お金はもったいないけど、一人で生きることに意味があるのよ。
かおる なんの意味があるの?
なつ子 いいの、わかってくれなくて。とにかく、来月から、あたしは、ここにいない。
かおる 宏は、秋にはアメリカにいってしまう。(突然、涙がこみあげる) みんな、いなくなっちまう――。
なつ子 だから、とも子さんと二人で暮せばいいっていうの。遅かれ、早かれ、みんないなくなるのよ、ママ。

ブザーの音。

なつ子 どうぞ。

寺川が入ってくる。

かおる まあ、寺川さん。
寺川 いいですか、一寸そこまできたので。
なつ子 じゃ、あたし出かけるから。

なつ子、寺川に目礼して扉に。

かおる (その背中に) アパートのことは、あとでゆっくり相談しましょう。

なつ子、そのまま出ていく。

寺川 お嬢さんですか?
かおる ええ。

寺川　昔のあなたにそっくりだ――。お一人ですか？
かおる　ええ。とも子さんは、午後からでてきますわ。
寺川　それはよかった。実は、一寸、お話が。離婚することに決めました。
かおる　まあ……そう。
寺川　あなたが言ったでしょう。どうして離婚しないの？　って。
かおる　そんなこと言いました？
寺川　それで決心したんです。
かおる　あら、困るわ、あたしそんなつもりでは。
寺川　いや、あなたに会って、あなたが離婚したときいた時、嬉しくて、嬉しくて体がふるえました。
かおる　まあ――。
寺川　昔からあなたを好きだった、知ってるでしょう。
かおる　いいえ。
寺川　知らない⁉　そんな筈は。
かおる　知りませんわ。そんなこと。
寺川　僕は、手紙を書いた、ラブレターですよ。
かおる　え⁉
寺川　覚えてない⁉　それも、覚えてない⁉
かおる　覚えてないわ。三十五年も前のことなど。（笑いながらお茶を入れる）
寺川　（がっくりして）そうですか。いや、いいんです。三十五年前、私は、はっきり覚えている――。美味しいお茶ですね。
かおる　普通のお茶よ。
寺川　実に美味しい。私は、家庭的な女性が好きなんです。しとやかで、料理がうまくて、美人なのに、ひけらかさない、あなたのような女性。
かおる　まあ。
寺　川　私の妻は、がさつな女で、部屋に花一つ飾ったこともない。家ん中じゅう、とっちらかして、掃除が嫌いなんですよ。大きなゴミだけこうして指でつまんで歩いてる。で、カルチュア教室とかに入り浸って、なにがカルチュアだ。
かおる　お勉強が好きなのね。
寺　川　遊びですよ。暇ですからね。和歌とか、俳句とか、しょっちゅう仲間を呼んでるらしい。私を文学など、なんにもわからんつまらん男だと、軽蔑してますよ。私は仕事一筋、たしかに趣味もない男です。しかし、この私が、家族三人、養ってきたんです。芸術のゲの字もわからんこの私がですよ。だからって、馬鹿にすることないでしょう。冷凍食品か、スーパーの弁当ばかり食わせて。（声が怒りでふるえてくる）
かおる　（同情して）まあ、なんてこと――。
寺　川　あなたの言う通り、別れるべきなんです。――私は、あの女のために自分の一生を台無しにしたくない。まだ、五十六ですからね。あなたとなら、きっと幸福になれる。あなたのように、優しい人とならきっと幸福になれる。結婚してください。
かおる　一寸、一寸待って。
寺　川　裁判すれば、きっと勝てる。手切金なんかやらないですよ。息子は、来年就職ですからね、就職すれば、家を出ていくでしょう。そしたら、あなたと二人、今の家を売って、マンションを買って暮らせる。
かおる　一寸、一寸待ってよ。
寺　川　私は、絶対に、浮気はしません。これまでもしなかった、これからだって、絶対にしません。私となら、あなたも、きっと幸福になれますよ。
かおる　（次第に腹が立ってくる）一寸、待ってよ。あたし、あなたに結婚したいなんて、言いましたか？
寺　川　――。

かおる　あなたに気のあるそぶりしましたか?

寺川　――。

かおる　悪いけど、あなた、かんちがいしているんじゃないかしら。あたし、あなたと結婚する気は、全くないの。これっぽちも。

寺川　(真青になる)誰か好きなひと、いるんですか?

かおる　いません。そんな人。

寺川　そうか、私の妻に遠慮してるんですね。あんな奴に気をつかうことはないんだ。

かおる　(びっくりして)あなたの奥さんのことなんか!

寺川　わかってください。私には、あなたが必要なんだ。あなただって、私を必要としている。結婚すれば働く必要ない。わたしが養ってあげます。あなたは家庭にいるのが一番似合ってる。自分の本心をよくみつめてください。

かおる　よして、よして下さい。

寺川　私は、学校出て直ぐ、あなたが結婚したってきいた時、実にショックでした。あなたは、いまにきっと後悔するだろうと思ったんだ。私と結婚しなかったことを。

かおる　どうしてそんなことを。

寺川　わかるんですよ。私には、あなたの気持が、あなたと私は、目にみえない糸で結ばれてるんだ。
　寺川、かおるの肩を抱き、接吻しようとする。かおる、寺川を押したおす。寺川尻もちをつく。寺川、立ち上れない。

かおる　あら……。(寺川を上から見下して)
　宏が、きちんと背広、ネクタイで現れる。

宏　どうかしたの、今大きな音がしたけど。

かおる　大丈夫、この方お帰りになるところ、スリッパがつるんとすべって。手を貸してさしあげてよ。

宏、寺川に手をさしのべておこす。

宏　大丈夫?
寺川　(尻をなでながら) どうも、又きます。どうか、今の話、考えてください。
寺川びっこを引いて退場。
宏　なんだか変じゃない、あの人。
かおる　世の中いろんな人がいるのね。毎日、目からウロコが落ちてるわ。
宏　刺激があっていいいんじゃない。(絵をつつんだのをもって) 僕でかけてくるね。
かおる　どこへいくの?
宏　夕方から友達の結婚式、その前に一寸寄り道して。
かおる　御飯たべた?
宏　うん、コロッケうまかった。
かおる　なに、それ?
宏　絵。
かおる　絵って?
宏　押入に突っこんであるから、パパんとこへもっていこうと思って。壁に吊るすものなんかないかな、っていってたから。
かおる　(顔色が変る) 駄目。それは、もってっちゃ。
宏　どうして?　要らないでしょう?
かおる　駄目。あの人にあげる理由はないわ。
宏　パパが結婚記念日に、ママに買ったんでしょう。だから、思い出したくないからはずしてたんじゃない。
かおる　(宏からうばいとる) 絵なら、自分で買えばいいのよ。
宏　ケチだな。

かおる　それはなに？

宏　――。

かおる　みせなさい。（紙袋に手を入れてタッパーを出す）まぁ、里芋の煮たの、シューマイ。

宏　こないだ、ママの煮物もってったら、喜んでたから。パパ、コレステロールと中性脂肪が、かなり高いらしいよ。

かおる　まあ。（気持ちが少し動揺する。）

宏　医者に要注意っていわれたんだって。

かおる　外食ばかりしてんでしょう。

宏　絵は置いてくよ。

宏、絵を部屋の隅に置き、タッパーを袋に入れて出ていく。

かおる　どいつもこいつも勝手なことばかり。みんな勝手なんだから……。

とも子、黒い服を着て登場。

とも子　遅くなってごめん。

かおる　お昼まででしょう、お弁当つくってあるの。

とも子　いい、なんにも食べる気しないから。

かおる　（気づかわしそうに）ケネディのお骨無事お寺に納められた？

とも子　（無気力にソファに坐りこむ）ペットの納骨堂があるの。あそこなら、あの子も淋しくないわ、――ああ、もう金輪際犬なんか飼わない。（ハンカチで目頭を押える）

かおる、コーヒーを自分ととも子の為に入れる。

とも子　（強いて明るく）さあ、こうしちゃいられない、仕事だ。（ファックスをみて）まあ、こんなに溜ってんのね。

かおる　（と、みながら）返事だした？

まだ。あなたがでてきたら、相談しようと思って。

とも子　なに言ってんの、返事くらい書けるでしょう。
かおる　そうだけど……、でも……。
とも子　いちいちあたしをあてにしないでよ。
かおる　うん、だけど……。
とも子　(舌打ちして) 止めて、そういう言い方、「そうだけど……」「うん、だけど」「でも」。もっと、てきぱき喋ってよ。送られてきたものは、その場で、直ぐ処理して。仕事がたまるばかりじゃないの。
かおる　でも、この間みたいに、あたしのやり方でやると、又、あなたに文句いわれるから。
とも子　あたしが文句言った？　あなた、あたしの部下じゃないのよ。あたし達は対等な関係よ。注意はしても、文句なんて言った覚えないわよ。
かおる　――。
とも子　あたしがいなくたって、このくらいのこと、やれるでしょう。
かおる　でも、そうだけど、……あたしパソコンできないから。
とも子　だから、早く習いにいけっていったのよ。あなたときたら、なにやっても、グズなんだから。

とも子、内心の悲しみを、こうした怒りの形で、かおるにぶつける。
とも子、溜まった机上のファックスを整理しながら、茶封筒に目を留め、開けてみる。
引き伸ばされたケネディの写真が、数葉出てくる。

かおる　(横から) それ、なつ子が、とも子さんに渡してって。
とも子　(写真を、じっとみつめる。押えていた悲しみが、堰をきったように、溢れ出る。号泣する。机上のファックスの紙が、床に散乱する) ああ、もう駄目。なにもかも厭だ。この子がいなきゃ、やっていけない……。
かおる　(おろおろして) しっかりしてよ。ケネディは、十七年も生きたんだから、犬としたら、長生きしたんだわ。今頃、きっと、天国にいるわよ。
とも子　うるさい！　そんな陳腐なセリフ、ききあきてんだ。

かおる　人が死んだ時は、ありきたりのセリフが、一番いいって読んだわ。
とも子　黙ってよ。うるさいの、放っといてよ。

かおる、とも子から離れた椅子に静かに坐って、とも子をみつめる。

間

かおる　（独り言のように）——おかしいわ、ともちゃんが、そんなにとり乱すなんて。たかが、犬が死んだくらいで。
とも子　（再び逆上し）たかが犬が死んだくらい!?　あんた、それで、あたしの親友かい？　え!?
かおる　だってそうじゃない。犬は動物よ。人間じゃないもの。
とも子　（自分のスリッパを投げつける）

かおる、自分の傍らに落ちたスリッパを拾い、とも子の傍にいき、彼女の足許に置く。

かおる　ねえ、しっかりして、（と背中をさする）お茶入れようか？
とも子　（首をふる）御免。……ついね。……あの子はね、あの子は、犬だけど、あたしにとっては、息子、恋人、あたしの総てだったのよ。あの子のお陰で、あたしは、恋人を欲しいとも思わなかった。玄関の扉を開ければ、いつも、いつも、あの子が、あたしを、……喜びを全身であらわして、あたしを迎えてくれた。どんなに遅くなっても、あたしは、あの子の為に家に帰ったわ。泊りがけの旅行は、みんな断ってきた。あの子のいない部屋、……外は汗ばむほどの陽気なのに、まるで冷蔵庫の中に入ったように、冷え冷えとして、あたしは、凍えそうになるの。あの子の臭いが、あの子の抜け毛が、そこら中にまだ、残ってるのに、あの子はいない。消えてしまった。さっき、納骨堂にあの子のお骨を置いた時、あの子が、あたしのここに（腹を指さし）ピョコンと、入ったの。ピョンと、飛びこんできたのよ、ここに。ああ、今、あの子は、あたしの体の中にいる、って感じた。ここにいるの、あの子。でも、でも、生きてて欲しい。もう一度あたし抱きたいのあの子を。あの子の温もりを感じたい。（間）一人で、生きてく自信がないのよ。自分でも情けないと思うけど、もうなにもかもどうでもいい。

かおる　(間)あたしだって、一人なのよ。ともちゃんが、いるから、あたしだって一人で生きていけると思ってるのよ。
とも子　あなたは、独りじゃない、子供がいるもの。あたしとはちがう。
かおる　子供なんか、――さっきね、なつ子が、ここ出ていくっていうの。若い娘が、一人でアパート暮らしだなんて、危険だわ。止めるべきよね、ね、若い娘だもの。
とも子　いいじゃないの。好きにさせてやったら。
かおる　そんな無責任な言い方、ないでしょう。
とも子　だったら、あたしにきかないで。
かおる　――そうなんだ……止めてもどうせ言うことをきく子じゃない。ああ、子供達は、あたしの手の届くとこにはいないのよ。みんな離れていく。
とも子　そう、一人ぼっち、人間は、みんな一人ぼっちなのよ。
かおる　(間)ああ、もう一度昔に戻りたいわ。十代の頃、――。
とも子　あなたと、二人で、未来の設計図をノートに書きっこしたわね。
かおる　恋愛して結婚して、子供は二人、そこまではあってた。でも、離婚は、あの時の設計図には書いてなかった。
とも子　フフ、あたしだって、一度も結婚しないで、犬と二人で暮すなんて、予想もしなかった……。
かおる　ねえ、あたし達、

電話のベル

かおる　(受話器をとる)はい、結婚仲介所アモでございます。はい、あ、はい、お願いしました、カラオケのリース。あ、そうですか、じゃ、直ぐこれからうかがいます。はい、わかりました。(受話器を置く)パーティで、カラオケつかうでしょう。さっき電話できいたら、今担当者が戻ったからって、あたし、いってくるわ。ついでにビンゴの景品もディスカウントショップでみてくる。あなたは休んでて。
とも子　そう、じゃ、任せるね。

かおる、ハンドバッグを持って、扉の方へ。扉の前でふりかえり。

かおる　相談したいことがあるんだけど、あとでゆっくりと話すわ。お弁当食べてね。体力つけて。

とも子　うん。

かおる退場。

とも子、ケネディの写真を手にして涙……。涙を拭い、悲しみをふりきるように、立ち上り、パソコンの前に坐る。

秋山、入ってくる。

秋　山　やっぱりここにいたのか。君のとこに電話したけど、いないから。

とも子　……。

秋　山　かおるさんは？

とも子　パーティーの準備で、でかけたの。どうだったの、倉橋さんの御容体？

秋　山　やっぱり、クモマク下出血だった。意識が戻らないんだよ。もう駄目らしい……。

とも子　そう……。

秋　山　ここのところ、昔の仲間が、バタバタ逝ってしまった……。

とも子　御免なさい、電話でとり乱して。

秋　山　いや、こっちこそ、すまなかった。どうしても抜けられなくて……。

とも子　ありがとう。もう大丈夫よ。仕事していれば、気が紛れるし。

秋　山　少し休息したら。

とも子　休息？　休んでなにするの？

秋　山　（間）そろそろ一緒に暮さないか。

とも子　（間）――。

秋　山　ケネディが死んで直ぐ言うのも気がひけるが、いつ言おうか、いつ言おうか、考えてたんだ。うっかり言って、又前の時のように、ぴしゃりと断られると、ショックだからな。
とも子　あの時は、あなた本気じゃなかったもの。
秋　山　本気じゃなかった？
とも子　そう、つい、心にもないこと言ってしまったって、感じだったもの。
秋　山　まさか。
とも子　そうよ。あの頃は、まだ、一人の女に縛られたいって思ってなかった。
秋　山　君だろ。仕事が面白くて、結婚なんか考えられない、って言ったのは。
とも子　あなたって、結婚したら、直ぐ浮気するタイプだもの。
秋　山　君はどうだ。いつもボディガードつれて歩いてた。そのボディガードの顔がいつも違ってた。
とも子　あれは、ただのともだちよ。
秋　山　タダの友達と手を組んで歩くのか。
とも子　あなたの恋のお相手は、全部手帳に書きとめてあるわ。
秋　山　俺だって、チェックしてある。

二人笑う。

秋　山　お互い、自由を謳歌した。
とも子　だのに、未だにこうしてつながってる。たいしたことだわ。
秋　山　きざなようだが、一緒に暮したいと思う女は、君だけだ。
とも子　――あたしだって……。
秋　山　君も五十を越した。俺は五十七だ。お互い、老後をみすえて、落着いた生活の場をもってもいいんじゃないか。
とも子　――。
秋　山　変ったよ、俺。掃除も洗濯も、結構やれる。あれから料理のレパートリーも増えたからね。

とも子　いつか御馳走になったハンバーグ美味しかったわ。
秋　山　ハンバーグ？　あれは、デパートのできあいだよ。あの時、俺がつくったのは、サラダと味噌汁だ。御飯も俺だ。
とも子　そうそう、玉葱の味噌汁ね。お味噌が足りなかった。
秋　山　塩分、ひかえめだよ。なあ、今度、豚のシャブシャブ食わせるよ。
とも子　じゃ、あたしは台所に立たなくていいのね。
秋　山　役割分担を決めよう。二人で暮せば家賃も浮く。
とも子　家計は、折半よ。
秋　山　いいね。将来は、二人で老人ホームに入る。
とも子　今から老人ホーム？
秋　山　いいなあ……朝、目が覚めると、隣に君がいる。正直いって、一人で暮すのにあきあきしてたんだ。
とも子　一ヶ月もしたら、あきるんじゃない。
秋　山　人間は変るんだよ。時が、人を変えるんだ。五十も半ばをこえると、夜の街にでて、一人で酒飲んでも楽しくない。孤独を楽しむには、エネルギーがいるんだ。
とも子　でも、人間は所詮、一人で死ぬのよ。
秋　山　いいよ、僕の方が先に死ぬから。
とも子　まあ、エゴイスト！　あたしを置いて先に死ぬ気なの。
秋　山　歳の順でいけば、そうなる。
とも子　（ケネディのことを思い出し、胸が一杯になる）ああ、もう死なれるのは厭よ。あなたにまで死なれたら……。どうしよう。（涙ぐむ）死ぬなら私のあとにしてよ。
秋　山　馬鹿だな。僕は大丈夫。二人で百まで生きよう。そして二人一緒に墓に入ろう。
とも子　ケネディも入れてやって。

秋　山　骨になっても、三角関係続ける気だな。
とも子　いいでしょう。
秋　山　ああ。実はね。超高層マンションの三十階にいる友達が、ニューヨークにいくんで、つかってくれないかっていうんだよ。五、六年は帰らないらしいんだ。富士山がみえる。素晴らしい眺望だ。君、高所恐怖症じゃなかったよね。
とも子　まあ、三十階で富士山がみえるなんて。毎日、新婚旅行の気分だわ。
秋　山　じゃ、きまりだ。ついでに、毎日新婚旅行の気分を味わうために、ベッドはWベッドにしたいな。

秋山、とも子を引き寄せて、抱擁。

とも子　放蕩息子の御帰還ね。
秋　山　不良少女の御帰還だ。

このしばらく前から、戻ってきたかおる、入るに入れず、つい立ちぎきする羽目になる。

暗転

4場

三場から三時間後。
かおるが、放心したように座っている。仕事をしようとするが集中できない。彼女はいま、非常に孤独であった。親友のとも子にまで裏切られたような気がするのだ。離婚にふみきれたのも、独身のとも子がいたればこそではなかったか。疲れた表情で、なつ子が入ってくる。ふと、立止る。無人かと思った部屋に、母親がいる。

なつ子　どうかしたの？

かおる　（なつ子に気付いて）いま、帰ったの？
なつ子　（傍に寄り）どうかしたの？
かおる　どうもしないわ。御飯は？
なつ子　食べてきた。
かおる　どうしてもここでていくの？
なつ子　今日、敷金二ヶ月分と家賃払ってきたわ。
かおる　キャンセルすればいいじゃないの。
なつ子　もうきめたのよ。
かおる　ママ、一人ぼっちなのよ。一人ぼっちになるのよ。
なつ子　だから、とも子さんに早く話しなさいよ。マンションの更新料、十月に払うっていってたわ。
かおる　駄目、あの人は。（やや、理性を欠いたものいい）
なつ子　どうして？
かおる　秋山さんと一緒に暮すのよ。
なつ子　え!?　独身主義者が豹変したわけ？　――ケネディがいなくなったせいね。しかし、カンタンだな。一寸、とも子さんらしくないね。
かおる　そういう人だったのよ。
なつ子　ここの商売は、続けるんでしょう。
かおる　さあ。
なつ子　どうしてきかないの？
かおる　――こんなことなら、一緒に仕事するんじゃなかった。あの人が、一緒にしようっていうから。
なつ子　この仕事、止めるの？
かおる　一人じゃできないもの。

なつ子　情けない人ね、ママって。

かおる　（虚ろな表情で）――。

なつ子　その気になれば、一人だってできるわよ。

かおる　――もう、疲れたわ。なんにもする気しない。

なつ子　体の具合悪いの？

かおる　（首をふる）

なつ子　ママ、妬いてんのね。

かおる　あたしが？　なにいうの？

なつ子　だったら、とも子さんが倖せになるのを、祝福してあげればいいじゃないの。

かおる　――、そりゃあ、よかったと思ってるわ。

なつ子　ママ、これから、一人で生きていかなきゃならないのよ。あたしも宏も、あてにしないでよ。

かおる　――わかってるわ。

なつ子　（かおるをみつめて）みっともないよ。とも子さんが秋山さんと一緒になるってきいただけで、逆上しちゃって。

かおる　逆上なんてしてないわよ。

なつ子　鏡みてごらんなさいよ。「世にも不幸な小母さん」って顔してる。

　かおる、思わず、自分の脇の壁の吊鏡をみる。

　生気のない顔色。娘の惨酷な言葉を認めざるを得ない。

かおる　（怨みがましく）あの人のせいよ。あの人のせいで、あたしの人生は……、ああ、もういやだ。

なつ子　今更愚痴はやめて。だったら離婚しなきゃよかったのよ。

かおる　離婚しないで、我慢してろっていうの。

なつ子　パパは、悪かったって、いったんでしょう。

かおる　謝ったからって、許せるものじゃないわよ。二十七年間の私の信頼をふみにじって――。そうでしょ、二

なつ子　十七年間、あたしは。
二十七年間、一人の男を信頼したのを、勲章みたいにいうのね。馬鹿よ。ハッキリ言うけど。二十七年間、一緒に暮してて、そりゃあ、パパが会社から帰ってくるのは、いつだって夜おすぎ。日曜はゴルフ。あなたが夫と過した時間は、二十七年間の何分の一かもしれないけど、でもその間夫婦やってたんだから、パパって人を見抜けなかったなんて、天才的よ、ノーマルじゃないわ。ハッキリ言って、あなたは欠陥人間よ。性格的におかしいのよ。

かおる　おかしい、あたしが？

なつ子　あなたって、自分のみたいものしかみない。　思いたいようにしか思わない。ありのままを、決してみようとしないんだ。

かおる　あの人が変ったのよ。昔のあの人はね、人生に夢をもってたもの。あたし達、よく話したの、あたしは、あの人の卑屈じゃない、ずるくない、誠実な人柄を尊敬してたし、いつも信じて。（涙声になる）

なつ子　人間って、変るものよ。あたしだって、学生の時と、社会人になってからじゃ、ずいぶん考え方が変ったわ。自分でも驚きよ。パパだって、そう、パパだって変った。変らなきゃ家族を養えないもの。あたしや宏を大学にやれないもの。変ったから部長になれたのよ。営業部の部長から重役候補にノミネートされて。あの競争社会で、重役候補になるってどんなことか、ママにはわからないのね。運がいいだけじゃ駄目なのよ。まして人が善いだけなんてマイナスよ。頭が切れて、人間関係をうまくやって、会社の利益の為には、時には、悪いこともやる勇気。あたし、社会にでて、働いてみてわかったのよ。男達をみていると、明らかに品質の格差があるの。あたし、密かに男達を、ランクづけしたわ。A、B、C、Dって。パパは魅力のある男性よ。

かおる　馬鹿！　浮気する男が魅力的なものか！

なつ子　魅力的な男は、誘惑が多いのよ。

かおる　誘惑に、うち勝てる男こそ、魅力があるのよ。

なつ子　ああ、「尼寺へいきやがれ」だ。ママに一番あってる場所は、修道院しかないわ。
かおる　まだ二十七のくせに、人生をわかったような顔するの止めなさい。
なつ子　あなたは五十五年間生きてきて、なにをみてきたのよ。
かおる　あたしはね、この世の中「なんでもあり」だなんて居直るのが嫌なのよ。
なつ子　ああ、ママって絶対的にわかんないのね。「人間の弱さ」。「人間の弱さ」にきびしすぎるよ。パパの弱さが、パパの一寸したあやまちがどうして許せないの。
かおる　――どうしてあなたは田所の味方するの？

なつ子の携帯電話が鳴る。

なつ子　（電話を出して）ハイ、ウン、明後日越すわ。大丈夫、一人で運べるから。冷蔵庫、一番小さいの買った。うん、わかったわ。うん、うん、それじゃ。（かおるの強い視線をよけるように）さて、それじゃ。（部屋にいこうとする）
かおる　だれなの、今の電話。
なつ子　ママの知らない人。
かおる　男ね。いつもの男ね？
なつ子　――。
かおる　どういう関係なの？
なつ子　――。
かおる　正直に言いなさい。どういう関係？
なつ子　（居直って）おかしいわよ。二十七の娘に、どういう関係だなんてきくの。ランクAの男性よ。美しい写真をとる人。
かおる　だったら、うちへつれてくればいいじゃないの。
なつ子　――。

かおる　結婚する気なの？
なつ子　そんな気ないわ。
かおる　どうして。
なつ子　あなたの嫌いな不倫だもの。
かおる　——奥さんいるの。
なつ子　ええ、子供も、九州にいる。
かおる　まぁ!!（絶句）
なつ子　あたし、結婚する気、全くないし。
かおる　奥さんを騙しているのね、その人。
なつ子　知らせる必要ないもの。単身赴任だから。
かおる　別れなさい。あなたが直ぐ身をひくべきよ。そんなくだらない男。単身赴任だからって、コソ泥みたいに、若い女ひっかけて。
なつ子　馬鹿にしないでよ。あたしは誘惑される女じゃないわ。誘惑したのは、あたしよ。
かおる　（あきれて）あなたが……あなたが男を誘惑した。
なつ子　そう、あたしが誘惑した。

かおる、思わず娘の頬を叩く。

かおる　馬鹿！　そんな破廉恥なことを自慢気に。あたしは絶対許しません。
なつ子　（冷やかに）許してくれなくて結構よ。あなたのモラルで、あたしは裁かれたくないの。あなたの人生は失敗だったじゃないの。
かおる　（青ざめて）母親に向って。
なつ子　ママは、そうやって人を裁いてばかりいて、（目に一杯涙を浮べて）——幸福なの、それで？　あなたのせいで、あたしも宏もパパも、大事な家庭をなくしちまった。あたしは、うちの家族が自慢だったのよ。楽しかった家庭……。

かおる　うちの家族、……あれは本物じゃない、偽ものだったのよ。壊れて当然だったの……。

なつ子　（首をふる）あなたが壊したのよ。――あなたが、独りぼっちになるのは、あたりまえよ。

なつ子退場。

呆然とたたずむかおる。椅子に座りこむ。

ややあって、宏が入ってくる。少しアルコールが入っていて、友人の結婚式での興奮の余韻が残っている感じ。

宏　ママ、俺の友達が、ママの結婚仲介所に、登録したいって。

かおる　（反応にぶく）そお……。

宏　結婚式みてたら、自分も、結婚したくなったんだってさ。なにかない？　俺、腹減ってんだけど。

かおる　冷蔵庫になにかあるわ。飲んでるのね。

宏　ビールとシャンパン、少しね。会費が、安いから、食いもの節約してさ、幹事が、友達は、遠慮して食えっていうから、本当に遠慮してたら、あっという間に、食いものなくなっちまって。――ねえ教会の結婚式って、知ってる。

かおる　ええ、あたし達、教会で結婚式したのよ。

宏　へえ、そうだったの。俺、初めてだからさ、パイプオルガンで、新郎、新婦がこうしてでてきた時は、感動しちゃった。

かおる　（書類を片付け始める）――。

宏　神父のお説教の時にさ、新郎の奴、大きなクシャミしちゃってさ、風邪ひいてたんだって。

かおる　まあ。

宏　披露宴で、俺、スピーチしたの。ねえ、テープにとってきたから、ママきいてよ。評判よかったんだ。

宏、ポケットから、小さい録音機を出して、スイッチを入れる。

音楽が流れる。

宏　このあとだからね。なんか食ってくるよ。

宏、退場。

録音機から、宏のスピーチではなく、神父の聖書の言葉が出てくる。

神父の声　あなたは、兄弟の目にある「おが屑」はみえるのに、なぜ、自分の目の中にある「丸太」に気づかないのですか。自分の目にある「丸太」をみないで、兄弟に向って、あなたの目にある「おが屑」をとらせてください、と、どうして言えるのでしょうか。偽善者よ、まず、自分の目から「丸太」を取り除きなさい。そして。

宏の声　きいた？　俺のスピーチ、なかなか、いかすでしょう。

思わず、きき入っていた、かおる、スイッチを切る。

かおる　あなたにしては上出来よ。

宏、でてきて。

宏　ママ、俺ね、コロンビア大学に、願書だすことにきめたよ。

かおる　そう――。

暗転

5場

とも子、パソコンに向っている。

この日のとも子は、心なしか女としての幸福感をただよわせている。

なつ子、外出姿で登場。

なつ子　何本いるかな。パーティ当日のフィルム。
とも子　十本くらいあればいいんじゃない。
なつ子　はい、用意します。
とも子　アパート借りたんだってね、彼と暮すの？
なつ子　ううん。一人よ。今、頭の中混乱してて、自分がどうすれば、最もベターなのか――、それに、彼って男が、今一(イマイチ)、つかめない。
とも子　彼の愛に、確信もてないの？
なつ子　うん。
とも子　なっちゃんは、彼を愛してるって、確信あるの？
なつ子　――そこも問題なんだな……。

なつ子、退場。
とも子、再びコンピューターに向う。

とも子　(独白) 愛の確認か……そんなもの、あるとしたら幻想じゃないのかな……。

かおる、買物袋を数個下げて、入ってくる。
降り出した雨に、濡れた様子で、髪などをタオルで拭く。

とも子　おかえりなさい。あら、雨、降ってるの？

かおる、きこえるか、きこえないかの声で、「うん」と、言ったきり、冷やかな表情で、荷物を置き、食料品の袋を持って、冷蔵庫にしまいに退場。
電話のベル、ファックスが流れる。
とも子、ファックスの用紙をとって読む。

とも子　米村さとる、パーティ、出席します。(二枚目) 鈴本そよ子、出席。

かおる、入ってくる。

買物袋を片付ける。

ともこ　ワイン、買ってきた？
かおる　（いたってぶっきらぼうに）ええ。
ともこ　あたしが言った銘柄、あった？
かおる　うん。
ともこ　幾らだった？
かおる　わからないわ。レシートみないと。
ともこ　西口の向うの安売りの店に、いったの？
かおる　スーパーの隣の酒屋で買ったわ。
ともこ　あそこは、高いって言ったでしょう。
かおる　（不機嫌に）荷物一杯かかえて、あんな遠くまで、いけないわよ。
ともこ　一度、戻ってから、いけばいいのに。
かおる　いちいち指図しないでよ。
ともこ　（寛大に）どうしたの？　なにかあったの？　変よ、あなた、今朝から。
かおる　――。
ともこ　なっちゃんのこと？　宏君のこと？
かおる　あなたのことよ。
ともこ　え？
かおる　あなた、パーティ終ったら、ここ、辞めるんでしょう。
ともこ　辞める？　あたしが、「アモ」を？
かおる　――。
ともこ　どうして？　どうして辞めなきゃならないの。ずいぶん不可解なこというね。

かおる　秋山さんと結婚すれば、当然。
とも子　ああ、秋山のことか……。
かおる　立ちぎきする気なかったけど、部屋に、入るに入れなくて困ってたら、きこえたのよ、あなた達の話。
とも子　いいわよ、どうせ、話そうと思ってたんだから。但し秋山とは同棲するけど、結婚はしないからね。
かおる　同じことよ、どっちにしてもあたしの信頼を裏切ったのよ。あなたは、自立した女性として、一生一人で生きていくって、信じてたのに。
とも子　――。
かおる　どうしてなの、どうして、今になって、男と同棲だなんて、――あたし、口惜しくて、夕べは睡れなかった。普段立派な口きいてる人が、突然、変節するなんて、「自立した女」の看板おろしなさいよ。
とも子　――。
かおる　あたしは、なつ子が、ここ出ていったら、あなたと二人で暮そうと思って、計画してたのよ。七十、八十、九十になっても、二人で一緒に、暮せれば心強いし。
とも子　それは、あなたの勝手よ。あなたの計画で、あたしの計画じゃない。この際、はっきり言っとくけど、あたしは、あなたと、私生活まで共有する気はないわ。朝も、昼も、夜もだなんて、そんなことしたら、一週間で喧嘩別れだ。そしたら、どうなる、あたし達のビジネスは。折角、ここまで立ちあげてきた「アモ」は、どうなると思うの？　あたしはね、この仕事に、自分の第二の人生を賭けてるのよ、当然、あなたもわかってる筈だけど。だから、あなたとは喧嘩したくない。
かおる　一緒に暮したって、喧嘩別れするとはかぎらないわ。
とも子　あなたはね、根本的に、誰かに寄りかかって、甘えたい人なんだから、誰かと暮したければ、再婚するんだね。
かおる　――。
とも子　いい、あたしはね、あなたと違って男に総てを委ねるなんて、絶対しない。秋山と暮したって、フィフ

かおる　ティ・フィフティよ。五十％の束縛と、五十％の自由は、必ず確保する。それが私の生き方よ。私は、自立してるわ。たとえ秋山と暮したって。

とも子　御立派だわ。でも、あなたの強がりには、もう欺されないわよ。あなたって、そうやって、虚勢張って生きてきたんだ。そうなの、あたしは、昔は、それがわからなかったけど、今は、わかる。あなたって、本当は、人一倍淋しがり屋なのよ。ケネディが死んだ時のあなたのショック、あの時の嘆き、普通じゃなかったわ。正直言って、あたし、びっくりした。いえ、むしろ、感動したっていってもいいわ。ともちゃんも、あたしと同じ。いえ、あたしより弱い人なのかもしれないって思った。あたしね、ああいう、あなたが、止してよ。もういい、ききたくない。（間）そうよ。そう、たしかに、あなたの言う通りかもしれない。あたしは、自分が自分で思ってるより、ずっと弱い人間かもしれない。——あたし、ここらで一寸一休みしたくなったのかな——。一人で、突っ走ってきたからね。いいよねえ、安物のワイン飲みながら、人生を楽しむ男がいたって、悪くない……。

かおる　（うなずく）——。

とも子　Wベッドなら、喧嘩しても、仲直りできる、そこが男と女のいいとこかもしれない。ハハ、これで、いかず後家だの、オールドミスだのって、陰口きけないのは、一寸淋しい気がするけど。

かおる　（優しく）いいわよ。ともちゃんが、秋山さんと暮して、倖せになるの。

とも子　（照れて）かおちゃんのおハコの「幸福」って奴、あたしも味わってみるかな。

かおる　（呟くように）あたしのおハコ、「それであなたは幸福なの？」

とも子　（ふざけて）「はい。幸福になるでしょう。」あたし達、いいパートナーね。

かおる　うん。水と油で、いいパートナーだわ。

とも子　ねえ、パーティに田所さん呼んだけど……。

かおる　知ってるわ。返信ハガキみたから。もう平気よ。一度、あの人とじっくり話したいと思ってるの。

とも子　もう一度、やり直す気あるの？

かおる　さあ……。

とも子　あたしはね、「強くて、且つ、元気な女」って衣装を、今更、脱ぎ捨てる気はないわよ。なんたって、着慣れた服は、着心地いいからねえ、「自立した女」の看板、かかげて、これからも生きる。ええ、あたしは、間違っても、男にぶら下がって生きる女には、ならないからね。

かおる　あたしだって、そうなりたいわよ。この世の中、本当に頼りになるものは、なにもないんだもの——でも、一人で放り出されると、もう駄目なの、どうしていいかわからない。途方にくれて、まるで迷い児の子供みたい、……情けないったら。——こんなことじゃ駄目よね、しっかりしなきゃ。自分の足で、しっかり立たなきゃ。（自分に言いきかすように）

長い間。

電話のベル。

とも子、ボタンを押す。

電話の声　はい、結婚仲介所「アモ」でございます。

とも子　遠山真子でございますが、パーティは、お時間、何時からでしたかしら。私、お知らせの紙、なくしてしまって。

電話の声　明日、四時からでございます。

とも子　四時から、場所は、どこ？

電話の声　ここ、「アモ」でいたします。

とも子　ああ、そう。わかりましたわ。で、服装、なに着ていったらいい？

電話の声　全く自由でございます。どうぞ、お好きなものをお召しくださいませ。

とも子　自由なのね。どうしましょう……。

電話の声　では、お待ちして居ります。

電話切る。

かおる　さあ、働かなきゃ、サンドイッチは下ごしらえだけして……。
とも子　（メモをみて）飲物は、ジュース、ワイン、ビール。
かおる　ウーロン茶、それにコーヒー。
とも子　音楽の選曲は、宏君にまかせたわ。
かおる　あの子ね、「愛の讃歌」どうかしらって。
とも子　まあ、「愛の讃歌」？　あなたの息子だわね。

暗転

6場

かおるのマンション。
AとBの部屋の壁がとりのぞかれ、広間となる。
中央に小テーブルが三つくらい、壁に沿って椅子が人数分。
パーティーの雰囲気を盛りあげる飾りつけで、部屋は華やかな雰囲気。
かおる、足早に登場。
ほぼ出来上がった会場を眺め、椅子やテーブルクロスなどを整える。
とも子、盆に登録者の名札と赤いバラを乗せて登場。
二人共、やや緊張気味。

とも子　万事完了？
かおる　まだよ、サンドイッチの盛りつけ。サラダは、パーティが始まってからでいいわね。

とも子　ビンゴの景品、大丈夫ね。
かおる　ええ。安心して。
とも子　さっき、ちょっと計算したら、やっぱり赤字なのよ。どうしてかな。あたしの計算では、とんとんでいく筈なのに……。
かおる　終ってから、ゆっくりチェックしましょうよ。
とも子　(時計をみて)あと三十分よ。なんとしても成功させなきゃ。
かおる　うん。きっと成功するわ。(と確信あり気に)
　かおる、退場。
　なつ子、花と花瓶を抱えて登場。
とも子　まあ、綺麗——。
なつ子　もう少し豪華にしたかったけど、予算が足りないっていわれたから、ケチッたの。
とも子　上等よ、それで。パーティ始まったら、直ぐカメラ頼むわね。
なつ子　うん、用意できてるわ。
　とも子、退場。
　なつ子、花をいろいろと整える。
　田所が入ってくる。
なつ子　あら、パパ。
田所　パーティ、始まってないのかい?
なつ子　四時からよ。
田所　三時じゃなかった?　なんだ、急いできたんだ。(と汗をふく)
なつ子　まだ誰もいないから、そこに坐ってて。なにか飲む。
田所　いや、いい。くるつもりなかったんだが、夕べとも子さんから電話で、かおるも待ってるからどうして

なつ子　もって。ママが？　へえ……。あっ、そのネクタイ、覚えてる。

田　所　（思わず、ネクタイに手がいく）――。

なつ子　そういうの。ママが買う時、あたし一緒だったのよ。迷いに迷って、店の人に、厭な顔されて、あの人って、平気なの、なんだって気にしないよ」っていったら、「先に帰れ」って、怒られちゃった。

田　所　へえ、これ、そんなに苦労して選んだのか。

なつ子　フフ、そのわりに、いかさないのよね。あのブルーのマフラーだって、ほら、カシミヤの、パパ、三日目に、どこかに落としてきた――。

田　所　ああ。

なつ子　あの時だって、ママ、銀座中かけずりまわってさ。――あたしもママに似てんのかなあ――。（と田所の横に坐る）

田　所　お前もネクタイ選ぶ男が、いるのかい。

なつ子　（思わず）うん。（照れたように笑う）そうだ、ねえ、今度、みてくれないかな。写真展、山の写真、素晴らしいんだ。

田　所　カメラマンかい、お前の恋人は。

なつ子　まあね、そんなとこ。

田　所　結婚するの？

なつ子　（否定して逡巡しつつ）奥さんと子供がいるの……。

田　所　ほお。（と驚く）

なつ子　（一寸、甘えた風に）あたし、どうしていいか、わからないんだ。

田　所　齢は？

なつ子　四十三。奥さん、まだなんにも知らないの。
田　所　ふーん。
なつ子　あたし、早く知らせるべきだと思うのよ。でも、彼は、そのうち、そのうちにって、もう一年半になるの。……別れた方がいいよねえ、……（と、父親の反応をみる）別れるべきだって、わかってるけど。
田　所　――。
なつ子　こういう気持ち、ママって、まるでわかんない人なのよ。
田　所　そこが、あの人のいいとこなんだよ。なんたって、古風で頑固だからね。
なつ子　女のくせに、女の気持ちが、まるでわからないの。
田　所　（笑う、冗談ぽく）そういうあの人が、俺は好きなんだが……。
なつ子　じゃ、どうして浮気したの？
田　所　――どうしてって……。
　とも子、登場。
とも子　（田所をみとめて）ありがとう、よくきてくださいました。
田　所　あなたの引力にはかないませんよ。
とも子　あたしの引力じゃなくて、かおるさんでしょう。
田　所　いやあ……。（と笑う）
　宏が、下手の出入口から、女子学生と男子学生と三人で登場。
　女子学生、大谷美加。
　男子学生、白井耕三。
なつ子　（宏をみるや）遅いわねぇ、早く手伝いなさい。
大　谷　すいません。あたしが待たせちゃって。（と、ペコッと頭を下げる）
宏　こちら、大谷君。結婚したいんだって。誰か適当なの紹介してよ。

大谷　宜しくお願いします。
とも子　あぁ、大谷さん、書類送ってくださった方ね。
大谷　えぇ、一度、結婚っての、してみたくて。
とも子　まあ、ちょっとニューヨークみてきたくてっていうみたいね。
大谷　え？　いえ、そうじゃないけど。なんでも若いうちに経験しとこうと思って。
とも子　じゃ、このお花、つけて頂戴。それと名札も。（名札を探し）えーと、大谷美加さん。はい。
宏　俺達、なにすればいいの？
とも子　（白井に）君も結婚したい人？
白井　僕、今日は手伝いだけです。結婚は、もっと先で。
とも子　そう、じゃ、受付やって。名前をチェックして、名札とお花渡して。それに会費もいただいて、八千円。
大谷　あたしも会費出すんですか。
とも子　ええ。白井君に渡してくださいな。
大谷　（やや、がっかりして、宏をみる）
宏　小母さん、半分にしてやってくれない。
とも子　駄目よ。予算たててるから。かおるさんに叱られるわ。
大谷　（財布から金を出して、白井に渡す）
とも子　領収書、渡してね。
なつ子　宏は、ママの料理、手伝っといでよ。一人で奮闘してるから。
　　宏と大谷、白井、台所に退場。
なつ子　パパ、奥の椅子でゆっくりしてて。
とも子　パパに、コーヒーでも。
田所　いやいいよ。本でも読んでるから。

宏と大谷、白井等が、小皿やフォーク、ナプキンなどを持って登場。

音楽。

白井と宏、扉の傍で客に名札と花を渡す。宏、会費を受取る。

パーティーの客が、次々に登場。

パーティーの客の名前

吉野　雪枝　　五十一歳　　宝石バイヤー。

阿川　中介　　五十七歳　　サラリーマン、ヤモメ。

伊本　栗子　　四十歳　　教師（パッとしない女）。

田辺　松彦　　三十五歳　　パソコン関係の仕事。

五十田　順子　三十七歳　　デパート店員。

森川　泰男　　二十八歳　　サラリーマン。

大谷　美加　　二十四歳。

米村　さとる　三十歳　　自由業。

遠山　真子　　七十三歳　　未亡人。つけられるだけの宝石を身につけている。

徳田　光　　七十八歳　　田舎の金持。

鳥井　新子　　四十歳　　作家志望。

鈴本　そよ子　五十一歳　　主婦、未亡人。

寺川　茂　　五十一歳　　銀行マン。

秋山。

入場は、適当に。

秋山、田所を除き、パーティーの客達の演技は、滑稽味をもって、ややオーバーに演じられたい。

みな、それぞれ個性的に、名札と花を胸につけ、会費を支払い、席につく。なかには、自分の好みの異性の隣の席に着こうと、あせる者の姿もある。
なつ子、その後、しきりにカメラのシャッターを切る。
かおると、とも子は、入口に立ち、客を迎える。全員が入場し終えると、二人が前にでる。とも子、かおるに挨拶しろとうながす。
かおる、厭だというようにとも子を押すが、結局、かおるが負けて、「困るわ、あたし、どうしよう」とか言いながら喋り始める。

かおる すみません、あの……初めてなんです、あたし……こういうとこで喋るの……（緊張のあまり、しどろもどろになる）みなさま、本日は、お天気もよくて、本当に、ようこそ、お越しくださいました。えーと、今日の、えーこのパーティは、私達二人の第一回の、えーと、つまり初めてのパーティでありまして、私、初めての経験で、どうやったらいいかわからなくて、（と、とも子をみる）困ってしまうんですけど、でも、一生懸命いたしますので、みなさんも、一生懸命、素敵な、パートナーをみつけてください。えーと、そして、それから、なんといっても人生の最高の喜びは、パートナーと二人で、助け合いながら、素敵な愛を育むことだと思うんです。あの、うちの「アモ」って名前、ラテン語で「私は愛する」って意味なんだそうです。みなさん、どうか、「愛してください」。「愛すれば」、きっと「愛される」って、私、思うんです。あのでは、これで……。

拍手。

とも子 どうぞ、みなさま、これはと思う方に、積極的にアタックなさってください。尻ごみなさってはチャンスは逃げてしまいます。若し、私共でお手伝いできることがありましたら、なんなりと、お申しつけくださいませ。カラオケ、ビンゴなどの準備もしてございます。後ほど、お楽しみいただこうと思って居ります。

宏と白井が、ジュースを配る。
サンドイッチ等がでる。

とも子 壁の花になってはいけません。さあ、どんどん席を移動なさり、御歓談ください。

註：ここからのそれぞれの会話は、演出家によって、適当に順序を変えられたし。

伊本栗子、椅子にはりついたままの田辺に近寄る。

伊本　あの……あたし、高校で数学教えているんだけど……あなたは？

田辺　（小さい声）僕、僕は、パソコンのソフトとか、やってて……。

伊本　え、（聞き返す）

田辺　パソコンのソフト、とか。

伊本　ああ、パソコン関係の仕事ね。よかったら、つきあわない？

田辺　つきあってもいいけど……。（と、にえきらない男）

伊本　いくつなの？

田辺　三十五。

伊本　あら、私より歳下だわ。いいわ。あなた、子供好き？

田辺　べつに……。

伊本　あたしね。子供が欲しいの。結婚なんか、どうでもいいの。子供が欲しいの。

田辺　僕、結婚しろって、親に言われてるから。

伊本　結婚なんかどうでもいいのよ。あたしもう四十だから、早く子供産みたいの。つきあってくれる？

田辺　さあ、母親にきいてみないと……。

伊本　あんた、マザコンね。

× × ×

新子　（相変らず安物の服で若づくり。先ず最年長の徳田にアタック）

徳田　（傍によってきた新子を無視して、最年少の大谷の傍にいく）今日は、お嬢さん。

大谷　今日は。

徳田　いいねえ、若い女性は、みているだけで、ホルモンがムクムクしてくるよ。いいねえ、若いって、ガソリン一杯の車みたいだよ。

大谷　すいません、あたし、悪いけど。（と、席を移る）

徳田　（肩すかしをくって、辺りをみまわす）

遠山　（二人分のジュースを持って）おノドが乾きません？

徳田　（ジュースを受けとるが、老齢の遠山を嫌って、どこにいこうかとキョトキョトと辺りをみまわす）

遠山　私共年寄りは、立ってると、疲れますわね。あちらの椅子で、お話いたしません？

新子　（徳田にサンドイッチを差し出して）おいしいわよ、このサンドイッチ。手づくりですって。

徳田　（手を出して）やあ、ありがとう。

遠山　あら、私も欲しいわ。

新子　あのテーブルにあるから、とってきなさいよ。

遠山サンドイッチをとりにいく。

新子　どういう女性を探してるの？

徳田　若けえのがええね。

新子　いくつくらい？

徳田　そりゃあ、若けりゃ若けえほどええわ。

新子　四十くらいじゃ、どうかしら。

徳田　四十か、もうちっと、若けえ方がええ。

新子　あなたいくつなの？

徳田　わしは七十八じゃ。

新子　七十八！　まあ、……七十八！

徳田　息子は、すこぶる元気やぞ。

新子　息子さんと同居？

徳田　アハハ、みかけによらず、ウブじゃな。息子というたら、ほれほれ。
新子　あら、やだ。エッチね。
徳田　エッチじゃのうて、どうしてこんなとこへくるか。
　雪枝、手持ぶさたで、座っている田所の傍に寄り。
雪枝　御不自由でしょう、お一人で。
田所　いや、近頃は、一人暮しに、便利な世の中ですよ。
雪枝　そうそう、この間、新聞で、お宅の会社の記事読みましたわ。今時、珍しく業績がいいんですってね。大企業では、お宅の会社ぐらいですって、赤字をださなかったのは。
田所　ああ、あそこは辞めました。今は、友人と二人でつくった小っぽけな会社で働いてますよ。
雪枝　まあ、どうしてお辞めになったの、まさか、リストラじゃ……。
田所　どうでもいいでしょう、そんなことは。とにかく、生き方を、一寸変えてみたかっただけですよ。
雪枝　どうして？
田所　人生は短いからね。自分に残されてる時間は、あまりないって、気付いたんですよ。
　なつ子がサンドイッチを持ってやってくる。
　雪枝、他の男を探しに席を移動。
なつ子　どお、ママの手づくりよ。
田所　ありがとう。（と、とる）
なつ子　ねえ、さっきの続き、ねえ、どうして浮気したの？
田所　どうしてかなあ、――まあ、一寸した、
なつ子　遊び？
田所　いや、気の迷い、かな。
なつ子　「サシミばかりじゃなく、時には、ビフテキも食べたくなる」って、なんかで読んだわ。どこに魅かれた

田所　──の、その女性の。（立てつづけに質問）頭がいい？　若さ？　美貌？

なつ子　愛してたの？

田所　愛とはいえないな、好きだったが──。彼女は、モラルを馬鹿にしててね、二言目には、結婚なんて考えてないっていってた。それが、どういうわけか、風向きが変って。

なつ子　一緒に暮したい、結婚したいって、いい出したのね。嫉妬をむきだしにして？

田所　まあ、そういうことだ。卑怯といえば、全く卑怯だったと思うよ。かおると離婚する気は、これっぽっちもなかったんだから。

なつ子　──そうなのか、パパは遊びだったのね、やっぱり──。

そよ子　（阿川の傍にいく）私、鈴本そよ子でございます。七年前に、夫を亡くしまして、今一人で暮して居りますの。宜しいかしら、お邪魔して？

阿川　どうぞ、どうぞ。わたしは、昨年の暮に、家内をなくしまして。

そよ子　まあ、昨年の暮！　まだ一年もたっていない。それじゃ、おツムの中は、奥様の思い出で、一杯でございますわね。

阿川　うん、まあ、しかし私は、一日も早く再婚したいのです。

そよ子　どうして……それじゃ奥様がお可哀想だわ。

阿川　いや、可哀想なのは、私です。淋しいです。実に……家内に死なれて、こんなに淋しくなるとは思わなかった。

伊本、秋山の隣に座る。

伊本　伊本栗子ですが。宜しいですか？

秋山　ええ、いいですが、私は売約済でして。

伊本　まあ、先を越されたのね。残念だわ。

と立去る。
かおる、笑いながら。

かおる　売約済って、名札の脇に書いとけばよかったわね。
秋　山　うまいですね、このカニ入り、サラダ。今度つくり方教えてください。
かおる　メモして、とも子さんにお渡しするわ。

とも子、寺川の傍に寄り。

とも子　離婚なさったの？
寺　川　いや、まだですが。
とも子　本当に離婚なさるの？
寺　川　考えてるんですよ。どっちがメリットがあるか。どう思いますか、あなたのご意見は。
とも子　どっちの銀行が安全か、きめるよりむずかしい問題だわ。

森川と大谷。
大谷が運んできたサンドイッチを、つまむところ。大谷は、無造作に口にいれるが、森川は、ポケットから「ぬれたティッシュ」をとり出して、神経質に、指を一本一本拭く。

大　谷　このパーティー、年寄りが多いから、つまんないわね。損しちゃった。お金払って。
森　川　そうですね。
大　谷　どうして、こんなとこにきたの？
森　川　――。
大　谷　結婚したいわけ？
森　川　ええ。
大　谷　恋愛しないの？
森　川　恋愛って、苦手なんです。

大谷　あら、同じ、あたしもよ。好きになるんだけど、すぐいやんなっちゃうの。

なつ子、しきりにカメラのシャッターを切る。

雪枝、遠山真子の傍で。

雪枝　素晴らしいエメ（ラルド）。遠くから拝見してても、わかりますわ。あら、それに（ダイヤ）ネックレス。まあ、素晴らしい。それはタンザナイト。そちらはブラックオパール。まあ、一寸みせてくださいな（指輪をとる）溜息がでちゃうわ。この頃は、実に巧妙なイミテーションが、でまわってますけど、私の目は、絶対にごまかせませんわ。

遠山　ハハ、こんな皺くちゃな手じゃ、本物でも偽物でも、同じだわよ。

雪枝　まあ、とんでもない。おきれいな手。指がお長くて、指輪がひきたちますわ。

遠山　駄目よ。お世辞は。昔はね、そう、このブラックオパール手に入れた時なんて、嬉しくて嬉しくて夜も眠れなかったものよ。今となっちゃガラクタ。宝石箱に眠らせといてもしょうがないから、外に出る時は、こうやってつけてくるんだけど……。

雪枝　まあ、ガラクタだなんて。もったいないことを。もし、御不用でしたら、適正なお値段で、私が引き取らせていただきますけど。

遠山　あら、あなた、宝石屋さんなの？

雪枝　はい。（と、名刺を出して）いっでも、御用の節は、お電話いただければ、とんでまいります。

遠山　（首を振って）御無用よ。あたしが、今欲しいのは、話のできる茶飲み友達よ。この宝石はね、あたしが年とって、ハハ、今だって、充分年寄りだけど、この先、もっと、もっと年とって、老人ホームに入って、人様の御厄介になった時に、世話になる人に、一コずつあげるのよ。あたしにはガラクタでも、若い人は、飛び上がって喜ぶからね。

雪枝　まあ！　お子様は？

遠山　子供？　ええ、いるわよ。いたって、子供の世話にはならないわよ。他人様の方がいいの。どうせ人間、

わねえ。独りだもの。独りで死んでいくんだもの――。（辺りをみまわして、明るく）それにしても、いい男いない

とも子 （傍にきていて）駄目ですよ、女同士で、密談なんて。

遠　山 だって、あたし向きの男、いないのよ。

とも子 えーと、遠山さんは、御希望は、茶飲み友達でしたわね。（近くに米村をみつけて）米村さん、米村さん、こちら遠山さん。

米村、遠山の宝石にみとれて。

米　村 米村です。宜しく。まあ、小母さま、ジュエリーのコレクションしてるのね。

遠　山 家に置いとくと、泥棒に狙われるからつけて歩いてるのよ。

米　村 あら、じゃあ、誘拐されないように、ボディガードが必要だわ。

遠　山 （笑って）そうだ、あんたボディガードにいいわね。

米　村 ワイン召し上る？

遠　山 あたし、サラダ食べたいの。

米　村 僕、とってくるわ。

遠　山 （米村に）ねえ、あっちでお喋りしましょうよ。

二人、後方の席へ。

それまで、片隅で一人でいた阿川が突然立上がり、演説をするように喋り出す。

阿　川 一寸、きいてください。私は去年の暮に、妻を亡くしました。交通事故でした。突然、まさに突風のように、不幸が私を襲い、なぎ倒したのです。これまでの私は、家事一切を、家内に委せっきりできました。台所に立っても、どこになにがあるか、かいもくわからない。ガスのつけ方もわからない。米のとぎ方もわからない。近くのコンビニにいって、毎日弁当を買って食っています。だれか、だれか、私と一緒に暮してくれませんか。

新子　いくらだすの？
阿川　え？
新子　だって、セックスつき、お手伝いでしょう。
阿川　セックスつきお手伝い？　おかしな発想ですね。三食昼寝つきとは言いませんが、一緒に暮せば家賃も、食費も要らないでしょう。二人で、テレビをみたり、たまには映画をみたり、お喋りしたり、パートナーですよ。私が求めているのは。その為に、私はここに登録したんだ。
新子　でも、それって虫がよすぎると思うけど。住み込みで、料理、洗濯、毎日してもらおうと思ったら、少なくとも給料は、三十万は、出すわよ。おまけに、セックスも提供するとなったら。
阿川　あんた、勘違いしてるんですよ。私が、求めてるのは、お手伝いじゃない。人生のパートナーです。
新子　それじゃ、財産は、あるかないか知らないけど、あるとしたら、半分、パートナーの名義にするわけ？
阿川　それは、一寸答えられないが、嫁にいってる娘と相談して。
新子　じゃ、女性にはなんの保証もないわけ？　あんたが死んじまったら、なんにももらえないじゃん。
阿川　私が死んだ後って、私はまだ六十五だ。そう簡単には、死にませんよ。
新子　あら、奥さん、突然死んだんでしょう。
阿川　——。（絶句）
新子　そんな身勝手なこといってたら、今時、あんたのパートナーはみつかんないわよ。金出して、家政婦やとった方がいいわよ。

他の女達ヒソヒソと同感の声。
新子、他の席に移動。

そよ子　（阿川に同情して）私の主人も、台所に立ったことなんてありませんでしたわ。主人は私より先に死んで、本当に倖せですわ。近頃のお若い方は、変りましたからねえ、私なんか、ああいう考え方にはとてもついていけません。

阿川　（しょんぼりと）私は、死んだ女房のように、私の面倒をみて欲しいんです。
そよ子　私だって、死んだ夫のように、私を大事にしてくれる方を、求めてますのよ。

二人、片隅にいき、話しこむ。

五十田、寺川にアタック。

五十田　お宅の銀行、リストラ、ないんですか？
寺川　ありますがね。私はその対象にはなっていませんから。
五十田　うちのデパート、あたし、デパートで働いてるんですけど、今、希望退職者募っていて、あたし退職金もらって、辞めちまおうかと思っているんです。辞めて、結婚しちまおうかと思って……。
寺川　はあ、そう。
五十田　デパートの中って、モノ、モノ、モノでしょう。
寺川　金が一杯あつまるからな。ああいうとこは。
五十田　人の欲望の溜息が、充満してて、あたし、息がつまりそうなの。あたしも、モノになっちまったみたいで、生きてる気がしないいんです。
寺川　それは、体によくないな。
五十田　人を好きになって、充実した人生を送りたいんです。
寺川　――実は、私にも好きな人がいるんですよ。
五十田　まあ、それじゃ、あなたは、充実した人生を送っているのね。
寺川　いや、悲しいですよ。好きな人がいるってことは。

徳田が突然立上って前に出る。

徳田　みなさん、一寸。わしは、財産は腐るほどある。金はつかいきれん程ある。

女達、一斉に徳田に好奇の目を向ける。「本当かしら」「そうはみえないけど」等々ヒソヒソ声。

徳田　五人の息子には、財産分けはすませとる。わしは、これから思う存分、人生を楽しもうと思うとります。

（本当かしらの声に向って）財産の内訳は、登録書にちゃんと書いとるし、税務署の納税の領収書も、ちゃんとみせとります。なあ、（と、とも子に）

とも子　はい。確かに。

徳田　ところで、このなかに、わしと、一緒に暮らそうと思う人は、おりませんか？

新子　あの、毎日、一緒に暮さなきゃいけないのかしら。

徳田　あたりまえじゃ。

伊本　お歳、おいくつですか？

徳田　七十八じゃ。が、目も耳も、あっちもこっちも元気じゃけんのう。

新子　お手伝いさんは、いるの？

徳田　そんなもんおるか。

雪枝　固定資産税の額、おいくら？

徳田　知るか、そんなもん。弁護士にまかせとる。

新子　遺産相続は、どうなってるの？

徳田　遺産？　ハハ、すぐ金の話だな。

遠山　あたり前よ。好きでもない爺いに、金がなきゃ、誰も寄りつかないわよ。あんたに、特別の魅力がありゃあ、別だけど。

徳田　金は魅力じゃろうが。え、この世の中、誰もかれも、金が欲しくって走りまわっとるんじゃないか。金がありゃなんだって手に入る。女かて。（と、見まわす）なんだって……。

かおる　徳田さん、ここでお金の話は、止めてください。ここは、パートナーを求めて、みなさん集まったんです。人生のパートナーです。お金では買えない、愛を育む相手、孤独をいやす相手、一生を託す相手、そういうパートナーを求めているんです。札束、ヒラヒラさせて、女を釣ろうとするのは止めてください。お金で釣ったって、ろくな女かかりゃしませんわ。

とも子、困ったように、かおるをみつめ、止めに入ろうかどうか迷っている。

とも子　(傍白) ああ、全く、三つ子の魂、百までなんだわ。

徳　田　ふん、じゃ、どうやって女を釣るんや、え、教えてくれんかね。金もない、名誉もない、地位もない老いぼれに、どこの女が寄ってくる、だあれも相手にしてくれんぞ。今日びは、人間扱いもしてくれんぞ。

かおる　(小さく) そんなことないと思うけど……。

皆、沈黙。

徳　田　わしはなあ、こうみえても商売女は嫌いなんや、金で買った女は嫌いなんじゃ、自分でもよくわからんがこればっかりはどうもならん、だから、ここに登録したんや。ここみたいな結婚仲介所に、もう十件も登録しとる。パーチーかて、ずいぶんでたぞ。金もねえ、ただの年寄りやったら、だれ一人鼻もひっかけんぞ。ところが、一旦、金があるとわかると、女どもいくらでも、面白いほど、群がってきよるわ。これが現実ってもんよ。あんた、いくつか知らんが、少し社会勉強しなはれや。

かおる　――でも世の中には、お金なんかぬきにして、ええそうよ。優しい女性はきっといる筈ですわ。いえ、必ずいます。

徳　田　どこにおるんか? え? 優しい女は、どこにおるんか? そりゃあなあ、家政婦だの、看護婦だの、金だしてやとえば職業的優しさってもんで、飯つくってくれたり、掃除、洗濯してくれる。ボランティアもおるやろ。が、わしが欲しいんは、男と女の愛情や。真底信頼のおける女や。わしが死にかかっとる時に、貯金通帳や株券を、コソ泥みたいに探しまわる女やのうて、じっと傍で手を握って、涙を流してくれる女が欲しいんや。

雪　枝　(傍白) ずいぶんロマンチックね。

徳　田　(かおるに) どうや、あんた、わしと結婚してくれんか。

かおる　(仰天して) 私が⁉

徳　田　ああ、あんたや。あんたなら、わしの全財産、譲ってもええぜ。

かおる　お金なんかいりません、あたし。

雪枝　（脇から）いいじゃない、玉の輿だわ。あなた今、独身なんだから。

徳田　爺いは好かんのじゃろが。

かおる　そ、そういうことじゃなくて。

徳田　口先ばっか、奇麗ごといいおって。汚ならしい爺いを、ほんまに好きになる女なんか、おらん。じゃから、金目当の女達に、札束ヒラヒラさせせんのよ。な、世間知らずの小母はん嬢ちゃん。

　　皆、クスクス笑う。

かおる　（赤くなって）――。

田所　（前にでてきて）かおる、どうして言わないんだ。私は、これの離婚した亭主ですが、実は、我々又一緒になることに決まってまして。

かおる　（びっくりして一瞬ためらうが）ええ、実は、そうなんです。御免なさい。（と、恐縮して）すいません。

　　田所、かおるの手を引張って後方へ下がる。

徳田　（薄笑い）そうか、それは残念やった。わしは、学問のない男やが、いつか、ラジオで、誰やったか忘れたが、「人間とは、一個の矛盾した生きものや」っていっとった。この言葉は、頭に止めとこうと、その時、ここに（頭を指して）メモしたんや。忘れとったが、今な、ふと、その言葉を思いだした。「人間は、一個の矛盾した生きものや」とな。ハハ。わしは、あんたが好きやぜ。

　　とも子、音楽のボリュームを上げる。

とも子　さあ、みなさん、いかがでしょうか。あなたのパートナーとめぐり合えたでしょうか。初婚、再婚、同棲、茶飲み友達、ともかく人生を共有できるパートナーをみつけることこそ、人生最高の倖せというもの。今回、みつけられなかった方は、次回のパーティーで、チャンスをおつかみになりますよう。私共は月一回、こういうパーティーを、開いてまいります。まだまだ時間はございます。今からでも、フィーリングの合いそうな方と、御歓談を続けてくださいませ。

何組かが、ためらいながら、ダンスを始める。

なつ子　（田所の傍にいき）パパ、やるわね。見直したわ。

田　所　（苦笑して）つい、みるにみかねてな……。

なつ子　パパが助けなかったら、あの人、どうする気なのかな。ハラハラしちゃった。

田　所　俺がでなくても、なんとかなったさ。

なつ子　――、愛してるのね、ママを。

田　所　離婚しても、夫婦だったってことは、普通の他人とはちがうんだよ。

なつ子　（複雑な表情で）ふーん。夫婦の歴史の重みか――。

秋　山　君が、結婚仲介業を、ビジネスとして選んだ理由が、少しわかったよ。

とも子　え？あたしは、ただお金もうけのためよ。

秋　山　いや、それだけじゃないだろ。

とも子　――うん、そうね、今日、パーティーやってみて、結婚仲介業の役割が、わかってきたみたい。

秋　山　月並な表現だが、みんな孤独なんだ。パートナーが、欲しいんだ。一人で生きるのは、淋しいからな。

（踊り始める）「二人は、一人よりもまさっている。どちらかが倒れた時、一人が、その仲間を起す」……。

とも子　ああ、聖書にあった。「どちらかが倒れた時、ひとりが、その仲間を起す……」

二人ダンスを始める。

かおる、サンドイッチを持って田所の傍へいく。

かおる　サンドイッチ、いかが？

田　所　なつ子が、もってきてくれて食べたよ。美味かった。それより踊らないか？

かおる　ええ。

宏にサンドイッチの皿を渡し、踊り始める。

宏、なつ子を探し、田所とかおるに向けてシャッターを切らせる。

ライトは次第に、二人にしぼられる。

かおる さっきは、ありがとう。本当に、困ったわ、恥ずかしくて、どうしようかと思った。

田　所 君の、ああいうとこが好きなんだな、俺は……。

かおる （微笑）――そんなこと言わないで、あたしは、自分を変えようと思ってるんだから。

田　所 （逡巡しながら）――一緒に暮さないか、もし、君が許してくれるなら、……もう一度。

かおる （足をとめる）許すも、許さないも、あたし、とっくに許してるわ。

田　所 ありがとう……。

かおる ……でも、あたしは、一人で生きたいの。

田　所 ――。

かおる この仕事を始めてから、毎日、カルチュアショックの連続よ。五十も半ばを過ぎて、やっと人生が、ほんの少しみえてきた。

田　所 そいつはすごいよ。一生、なんにもみえないで終る人生だってあるんだ。

かおる 世の中には、いろんな人がいる。顔が違う分だけ、考え方も違うんだわ。あたし、今、自分がどのように生きるべきか、正直言って、迷ってるの。でも、希望はあるの。

二人、踊り続ける。

秋　山 例の高層マンション、いつでも入れるそうだよ。二、三日うちに越そうか。

とも子 いいわ。毎日、天国の近くで暮せるんだ。

秋　山 人生、最後まで、捨てたものじゃない。

とも子 人生の第二ラウンドが、これから始まる。過激にいきましょうよ、私達まだ若いんだから。

秋　山 まだ若い？

とも子 ええ、高齢化社会ですもの。あと三十年は頑張れる。

かおる、立止まり、正面から田所をみる。

かおる　ねえ、あたし、不倖せな小母さんって顔してない？
田　所　いや、今までみたこともないほど、イキイキして、奇麗だ。
かおる　本当？
田　所　ああ、本当だよ。
かおる　ねえ、五十を過ぎて、自分の未来に希望をもてるなんて、おかしいわね。
田　所　いや、素晴らしいことだよ。君は、埋もれていた宝を、今掘り出している。そして、もう一度、人生にチャレンジするんだね。
かおる　でも怖いのよ。時間は恐ろしい早さで過ぎていくんですもの。
田　所　これからは、時間との戦いだな。……俺もやるからね、新しい仕事が、いよいよ軌道にのりだした。
かおる　まあ。
田　所　俺には、まだやるべき事が残っている。

なつ子が、かおるに近付いて。

なつ子　ママ、とも子さんが、ビンゴの景品そろえてって。
かおる　(田所に笑顔で) あなたの成功、心から祈ってるわ。
田　所　ありがとう。又、会えるね？
かおる　もちろんよ。

かおる、退場。

なつ子　パパ、踊ろう。
田　所　ああ。ところで、君の恋人の写真展、どこでやってるの？
なつ子　もういいわ、パパ。
田　所　どうして？
なつ子　なんだか、気持が、ふっきれてきた。もう一度、ふり出しに戻って考えてみるわ。

田所　ふり出しか。それがいいよ。若いんだ。何度でも、ふり出しに戻ればいい。

二人、踊り続ける。

とも子とかおる、舞台下手で、ビンゴの仕度をしている。

とも子　ビンゴの景品は、百円か二百円のものでって、いったでしょう。

かおる　でも、もらって嬉しいものじゃないと。

とも子　そこまで考える必要ないのよ、ゲームの景品なんて。

かおる　サンドイッチもサラダも、皆さん、よく召し上がってたわね。美味しい美味しいって。

とも子　あなたに言おうと思ってたの。サラダに、どうしてカニなんか、入れたの。

かおる　美味しいし、ぐっと高級感がでるわ。

とも子　サラダの費用が、倍になった。

かおる　そうだけど、あたし、好きなの、カニ入りサラダ。

とも子　あたしだって。でも、こういう場所では、絶対につかわない。そうだ、サンドイッチのハム、厚すぎたわよ。

かおる　そうかしら。

とも子　あのハム、百グラムいくら?

かおる　わかんないわ。あの時、いろいろまとめて買ったから。

とも子　ここはね、レストランじゃないのよ。結婚仲介所のパーティ。みんなの目的は、パートナーを探しにきてるの。サンドイッチやサラダを食べにきたんじゃない。

かおる　でも、八千円も会費いただいてるから。

とも子　当然でしょう。パーティにかけた費用考えてよ。赤字なのよ。ああ、どうしてこんなに赤字になったのか、今わかったわ。あなたのサラダとサンドイッチ、そしてワイン。どれもあたしがたてた予算をはるかにオーバーしてるんだ。

かおる　楽しいパーティにしたかったのよ。

とも子　楽しいパーティですって⁉　なによ。折角盛り上ってる時に、水ぶっかけといて。
かおる　あたしが、水ぶっかけた？
とも子　ええ、あの爺さんに、頭から「愛」という冷水をぶっかけた。
かおる　でも、札束で女を釣るなんて最低じゃない。
とも子　世の中には、いろんな釣り方があるのよ。エサは札束だけじゃない。地位とか、名声とか、美貌とか、甘い言葉とか、それに、愛という名の砂糖をぶっかっけてさ。あの爺さんは正直なのよ。いいとこある。そう、かおちゃんも、それに負けない、正直で誠実な人だけど、ビジネス一緒にやるのは、今いちしんどいよ。
かおる　大丈夫、あたし、変るから。
とも子　（笑う）変る？　変れるかな……。まあ、いい、あなたは、愛の讃歌を唄っていれば。金の計算は、あたしが引受けるわ。

かおる、ビンゴの景品を抱えて、会場の方を向く。
体をぴったりつけて踊っているカップル。
片隅で手をとり合って、ヒソヒソ密談しているカップル。

かおる　ほら、みて、あの人達。きっと意気投合したんだわ。嬉しいわねえ、人生のパートナーをみつけたのよ。一組、二組、三組……。
とも子　そんなに簡単にいくわけないわよ。
かおる　愛するって、とても単純なことじゃない？
とも子　一筋縄でいかないのが、「愛する」ってことよ。
かおる　今、あたし自信のようなものが湧いてきた。生きていく自信、仕事をやっていく自信。
とも子　あなたもこれで裏方の人生から、いよいよ表舞台に登場したのよ。
かおる　五十五にして。
とも子　ええ、五十五にして、これから、私達、きっと自信と絶望の間をいったりきたりするわよ。でも私達には、

かおる 若い頃にはなかった根性がある。

とも子 ええ、そうよ。あたしは最後まで、諦めないわ。ああ、あたし、あの人達に、幸福になって欲しいわ。

かおる そりゃあ、あたしだって。

とも子 ねえ（秘密をもらすかのように）あたし、夕べおみくじひいてきたの。（と、ポケットから出す）

かおる 大吉だ。「波瀾万丈なれど、終りよし。金運あり」へえー「金運あり」だって。

とも子 ねえ、赤字なんか、平気よ。すぐに解消できるわ。

かおる あたればねえ。

音楽、軽快に。

幕

わがよたれぞつねならむ

登場人物

真野伸子　五〇才　主婦　単身赴任の夫
安藤友美　四七才　タクシー会社の社長
吉山ミツ　七〇才　未亡人　老人ホーム在住
丸岡トミ　六八才　未亡人　息子夫婦と同居
倉田早苗　四二才　主婦　離婚
中町菊江　五二才　独身　寝たきりの父親と二人暮し
木村まゆみ　四四才　独身　薬剤師
細田房子　五一才　主婦　保険の外交員
山本則子　五二才　主婦　関西弁
柳川秀子　六〇才　主婦　定年の夫
深田栄子　五〇才　主婦　パート
堀川和子　四八才　主婦　パート願望
菊島久太郎　五七才　劇団の指導者
真野正和　五二才　伸子の夫
柳川富雄　六四才　秀子の夫
弁当屋　六〇才
電気屋　清治　三八才
森男　四五才
健太　二二才

a 1

倉庫の外壁とおぼしき幕（或は板）があって、女二人でペンキを塗っている。後少々で塗り上るところ。

女一人はトミ、六八才。他方は早苗、四二才、共に作業衣だが、トミの姿には滑稽感がある。早笛は、投げやりで陰気な雰囲気、殆ど笑顔をみせない女だが、服装のセンスはいい美女。

窓から、テープの白浪五人男の科白がきこえてくる。

トミ、素ッ頓狂な声でその科白をなぞる。

トミ　〝さてその次は江の島の、岩本院の稚児上り、不断着馴れし振袖から〟

早苗　黙ってよ、きいてんだから。

トミ　（かまわず）〝油断のならぬ小娘も、小袋坂に身の破れ、

早苗　雑音いれないでっていってるでしょ。

トミ　フン。可愛くないねえ、だから亭主が……。

早苗　（睨みつける）亭主がどしたのよ。

トミ　あッ痛たた。（腰をさすり）おっかない、おっかない。

下手から、倉庫の中へ。

入れ違いに上手から、伸子、五〇才、ペンキのバケツを持って登場。年齢より若々しく活動的な女性。

伸子　足りたの、ペンキ。

早苗　どうにかね。

伸子、手伝って塗る。五人男の科白ぷつんと切れ、突然ロックミュージックに変る。

トミの声　なによ、これ。

房子の声　息子のテープに間違って入れちまったもんだからさあ。

ロックミュージックがＢＧＭのように。

早苗　（突然）あ、不倫したいわ。
伸子　（意味がつかめないで）え？
早苗　フ、フ、フリン、不倫よ。
伸子　不倫!?　浮気ってこと、つまり……。
早苗　あたし、浮気より不倫が好き。
伸子　同じことでしょう。
早苗　不倫の方がロマンチックだわ。
伸子　一寸、そこムラじゃない。
早苗　このまゝしぼんじまうなんて、情けないと思わない？
伸子　別に。
早苗　女として、たった一人の男しか知らないなんて、つまんないじゃない。
伸子　あら、色が一寸違っちまった……。
早苗　お宅の御主人、もう三年も単身赴任なんですって？
伸子　えゝ、二年と七ケ月。
早苗　いつ帰るの？
伸子　まだ四、五年は帰れないらしいわ。
早苗　ダムつくってんだって、南米で？
伸子　ええ。
早苗　南米じゃ、一寸日帰りって訳にいかないわね。
伸子　そりゃァそうよ。飛行場へでる迄だって大変なのよ。
早苗　そいじゃ、まるで未亡人ね、貴女。

伸子　フフ「未亡人モドキ」ってとこよ。
早苗　したいと思わない？
伸子　え？　……露骨ね、あんたって。
早苗　世代の違いよ。こういうことストレートに言えるのは。真野さんって、若くみえるけど、五〇ですってね。
伸子　え、サバは読んでません。
早苗　そのようね。髪、染めてる？
伸子　染めてないわよ。
早苗　眼鏡は？　老眼鏡？
伸子　……新聞、読みづらくなったけど。
早苗　入歯？
伸子　まさか！　なによ、なんかのアンケート？
早苗　あたしの姉、貴女と同い年だけど、髪、真白よ。老眼鏡でさ。言うこととときたら、夫と子供の愚痴ばっか。

伸子　五〇になったらもうおしまいかと思ったけど、貴女みてると、まだ、可能性ありそうね。
早苗　可能性？　なんの？
伸子　女としてよ。興味あるの、貴女に。あたしの目に狂いがなければ、貴女、不倫してるでしょう。
早苗　(血相変えて）なんってこと言うの、
伸子　こゝへくると、貴女目が輝くんだ。
早苗　(相手にしない）……。
伸子　一度人生を挫折した男って、魅力あるものねえ。
早苗　……先生のこと？
伸子　他に男いないでしょう、こゝには。好きなんじゃないの？
早苗　あたしが⁉　馬鹿にしないでよ。いくら夫が単身赴任中だからって……。

伸子、猛然とペンキを塗りたくる。

早　苗　……あたし、五ケ月も夫と寝てないんだ……。二年と七ケ月の何分の一かなァ……けど、まだ四二だからね、あたしは……。

伸　子　（度肝を抜かれた感じで、早苗をみる）

下手の電信柱の上から、電気屋の声。

電気屋森男　おい、清ちゃんよォ、スイッチ、入れてみてくんねえか。

清治の声　（倉庫の中から）おう、入れるよ。

暗　転

b

外壁の幕、はずれて、倉庫の中。
女達が忙しそうに働いている。
床を掃除する者、窓を拭く者、カーテンを吊るす者。
電気屋、清治が、照明器具をとりつけている。トミが下から眺めている。
清治、脚立から降りて、伸子に、

清　治　それじゃ、これで終りましたから。

伸　子　どうも御苦労様でした。

道具箱をもって、出ていく清治。

ト　ミ　清ちゃん。

後を追う。

舞台下手。倉庫の外。

電気屋三人、電線、道具類などを片附けている。

トミ 御苦労様。（電気屋達に）助かったわよ、清ちゃん。なにしろ、あたし達、アマチュア劇団でしょう。予算がないから、照明にまでお金かけられないのよ。だもんで、清治に頼んで、実費でやってもらって、すいませんねえ。今度、みに来て頂戴よ。白浪五人男やるんだから。御招待するわよ。お二人。

健太 なによ、小母さん、白浪五人男って。

トミ やだ、知らないの、あんた。歌舞伎みたことないの？ 今の若い男って、教養がないんだから、話にならないよ。

倉庫の中から声 一寸、トミさん！

トミ 「ハイヨ」お、忙がしい、忙がしい。

トミ、退場。

森男 （年上）へえ！ お前んとこのお袋さん、芝居やんのか。

清治 あゝ、呆けの防止だってよ。

健太 なによ、白浪五人男って？

清治 知らないよ。俺あ。

森男 大泥棒の話だろ、たしか石川五右衛門さ。

健太 へえ、時代劇か。女ばっかでチャンバラやんの？

清治 知らねえよ。

森男 この頃は、なんだって、女がやるのさ。野球、プロレス、ボクシング……。

電気屋達、荷物をかついで、

健太 いいよなあ、女は、優雅に御趣味楽しんじまって。今頃お父ちゃん達、会社でシコシコ働いてるっていうのによお。

森　男　なにしてっか、わかんねえなあ、うちの母ちゃんも。

電気屋達、退場。

C

倉庫の中。
トミが金槌を探している。早苗、坐って、煙草をふかしている。房子、ミツ、伸子等も一緒に探している。正面に劇団名を書いた看板が立てかけてある。

ト　ミ　ちゃんと道具類へ蔵ったんだからねえ、あたしゃ、まだ呆けちゃいませんよ。なんだね、もう。（早苗の前を通りながら）一寸、禁煙じゃないの。

房　子　トイレの「タオル掛け」吊るしてさ、その後確かに、トミさんに渡したじゃない。よく考えてよ。

ト　ミ　あー、考えすぎて、脳ミソ、破裂しちまいそうだ。

まゆみと菊江、窓のカーテンを吊るしている。

ミ　ツ　（カーテンをみて）みちがえるようだね。

伸　子　あった、ありましたよ。

ト　ミ　どこに？

伸　子　ペンキのハケと一緒に。

ト　ミ　あッ、そうか……。

房　子　ほら、ごらんなさいよ。

ト　ミ　（傍白）フン、なんて口のきゝようだろ。こないだ保険の契約、紹介してやったのに。

伸子と房子、劇団の看板を正面に吊るす。トミが照明器具のスイッチを入れる。

皆、感激の面持で、佇む。

ミツ　あたし達の稽古場だよ。

菊江　夢みたいだわ。公民館で空部屋探してウロウロしてたの。

トミ　居候は辛かったよ。

伸子　こゝが、ついこの間まで、自動車の修理工場だったなんて、考えられないわ。

房子　ひどかったわ。どこもかしこも油で。

菊江　ネズミと油虫の巣。

まゆみ　まるまる八日間、掃除にあけくれちまった。

トミ　あんた、お店そっちのけで、偉いよ。

早苗　お宅のもう一人の若い薬剤師、態度悪いわよ。

まゆみ　貴女より?

ミツ　(伸子に)本当に一銭も払わなくっていいの、こゝの家賃?

伸子　安藤さんから言い出したのよ。うちの倉庫、空いてるからつかってって。

房子　いいってもん、払わなくっていいんじゃないの。

ミツ　そうかねえ。

早苗　あの人結局一度も、手伝いにこなかったじゃない。

まゆみ　公民館の時も掃除っていうと、逃げちまった。

トミ　三カラットのダイヤモンドで、掃除はできないよ。

早苗　あれ、本物?

房子　(伸子に)積立金、全部はたいちまったわよ。カーテン代、ガラス代、照明器具代。電話は安藤さんの要望でひいたんだから、請求するわ。

伸子　そうもいかないわよ、皆もつかうから。臨時徴収する?

まゆみ　いいわよ。幾ら？
房子　貴女は、独身だからいいけど、世帯持ちはねえ……。
ミツ　柿落としが、白浪五人男だなんて、派手でいいわねえ。
伸子　舞台装置、思いきり明るくしたいわ。
まゆみ　国立でみた勘九郎の衣裳よかったわ。浅黄に朱赤でねえ。
トミ　あゝ、やだやだ、あたしゃ「五人男」なんか、やりたくないよ。
早苗　あら、トミさん、五人男に入ってたっけ？（からかって）
トミ　（傍白）フン、どうせあたしゃ端役さ。
まゆみ　あたしはやっぱりお姫様やりたいわ。
房子　あたし町娘、黄八丈の着物に桃割れのカツラ、あたし達の娘時代、できなかったでしょう。とりもどしたいの、青春。
伸子　そうよ。お振袖、憧憬れだったわ。
菊江　あたしどうしても二枚目が好きなの。白井権八とか、切られの与三郎とか。
ミツ　白塗りで、カツラかぶりゃ、七〇の婆さんでも、二〇の娘になれるんだもの、いいわねえ。
まゆみ　現代劇じゃ絶対やれないわよ。
伸子　本当、魅力だわ、この現実、この日常から飛び出せるの。
ミツ　今度は大泥棒だよ、たまんないねえ。〝知らざあ言ってきかせやしょう〟。
伸子　〝浜の真砂と五右衛門が〟
まゆみ　〝歌に残した盗人の〟
早苗　〝種はつきねえ七里ヶ浜〟
トミ　いつだって、あたしゃみそっかすなんだから……。

則子、栄子、秀子、和子、等が折畳み椅子を抱えて登場。

伸子　お疲れさま。
則子　これで全部なんよ。
伸子　助かるわね、こんなに寄附して戴けて。
ミツ　あのお弁当屋さん、気前がいいねえ。
まゆみ　お弁当、義理でも買わないわけにいかないわ。
早苗　あのまずい弁当、食わされるの。
ミツ　先生がみえるまで、発声練習やろうか、久しぶりに。
女達　賛成。
則子　え、これから？
菊江　悪いけど……あたし。
伸子　中町さんはいいわよ、遠慮しないで。
ミツ　（腰をあげる菊江に）どおなの、お父さん。
菊江　（途端に涙が溢れ出る）……生きてるだけよ。たゞ、生きてるだけなのよ。娘のあたしの顔だって、分らないみたいなの、すっかり呆けちまって。
まゆみ　あの校長先生が！　呆けちまったの。
菊江　……なんの為に生きてんのかしら、人間って。あの厳しかった父が、まるで赤ん坊みたいにおムツして、なんにも分らなくなっちまったのよ。
ミツ　大変だねえ……。
トミ　（手を合わせて）あゝ、神様、どうか呆けませんように。
菊江　いっそ、父殺して、あたし首吊って死んじまおうかと思うのよ。
ミツ　駄目だよ、そんなこと。
トミ　あゝ、やだねえ。

伸子　台本、あとでお届けするわ。
菊江　えゝ、それじゃ、お先に。
房子　あたしもそれじゃ、今日ね、保険の契約、とれそうなの。悪いけど……。
　　菊江、ヒラヒラのフリルを椅子の釘にひっかける。
菊江　あッ、やだ、どうしよう。買ったばかりなのよ。
伸子　大丈夫よ。
　　伸子とミツ、手伝ってはずす。
　　菊江、服の裾を気にしながら退場。
早苗　あの人、五〇はとっくに過ぎてんのよ。なんだってあんな、突拍子もない恰好するのかしら。
ミツ　着るもんくらい、パアッとしたいのよ。呆けた父親相手にしてたら。
早苗　だけど、口癖よ、首吊る、首吊るって、三年も前からきいてるわ。
ミツ　およしよ、黙ってきいててやるもんよ。
トミ　優しくないよ、あんた。
早苗　ひどい老人パワーだ。こゝじゃ、言論の自由ないみたいだね。
伸子　さあ、それじゃ。
則子　悪いけど、主人今日早いから。
秀子　それじゃあたしも、一寸。
栄子　子供が塾へいくのよ。
和子　あたしも、洗濯物、干しっ放しででてきちゃったから。
伸子　あら、先生もう直ぐ……。
トミ　仕方ないよ、現役の主婦は。
伸子　あたしだって、現役の主婦ですよ。

則子　お宅は単身赴任やもの。
和子　羨ましいわ。うちなんか、亭主より先に帰ってないと、うるさいの。
秀子　うちなんか、毎日が日曜日よ。たまには、お弁当もってどこかへいって下さいって、出すんだけど、直ぐ帰ってくるのよ。
まゆみ　台本ができるのよ、今日。
和子　いいわ。どうせ捕手だから、あたし。
則子　独身か未亡人やないと、えゝ役はもらえないわ。
秀子　それじゃ、お先に。
栄子　ねえ、スーパー寄ってく。冷凍食品のバーゲンやってるの。

四人の女達、そゝくさと退場。

トミ　亭主のいる人は、いいわよ。なんたって……。
早苗　男に養われるのと、男を養うのと、どっちが倖せかなあ、女として……。
トミ　きいて御覧よ、先生んとこの奥さんに。
まゆみ　先生、養われてんの、奥さんに!?
早苗　あんた知らないの、有名な話だわよ。
トミ　シイッ！

菊島が台本を抱えて、せかせかと登場。直ぐ後から、三カラットのダイヤの指輪をピカピカさせて友美が入る。趣味は悪いが如何にも高級の服。

菊島　やあ、すまん、遅くなっちまって。（まゆみに）これ、配ってくれ。
友美　（オーバーに）まあ、いいお稽古場になったじゃないの。
菊島　（不機嫌に）あゝ。
トミ　安藤さんのお蔭だわ。こんな立派なお稽古場タダで貸して戴けて、

友美　嬉しいわ、皆さんのお役に立てゝ。
菊島　（友美に）法事なら、とうに分ってたんだろう。
友美　知らせが、遅れたんですよ、手違いで。

まゆみと伸子、台本を配る。女達それぞれに、台本の自分の科白を探す。

菊島　だったら、先約があると断わればいいじゃないか。
友美　そんなことまで、干渉される理由はないと思いますよ。

女達、菊島と友美の険悪なやりとりに、耳を欹てる。

菊島　君が抜けたら、困るの分ってるだろう。
友美　大丈夫ですよ。まだ稽古に入ってないんだし、代りはいますよ、南郷力丸なんか。
菊島　そうかい。役が気にくわねえなら、気にくわねえと言やあいいだろう、叔父さんの法事なんかにかこつけねえで。

電話のベル。

まゆみ　はい。劇団白百合です。先生、いらっしゃいます。先生、文化室の原さんが。
菊島　あ、寄るの忘れてきちまった。今、直ぐいくって言ってくれ。（友美に）この話は、あとで又しよう。
友美　話すことはありませんよ。
トミ　（傍によって）まあ、素晴しいネックレス。十八金かしら。高いんでしょう……。
伸子　そんなに弁天小僧やりたければ、代ってあげましょうか。
友美　代ってあげる？ へえ！　貴女が役を決める訳!?
菊島　勝手な取引するなよな。

菊島、退場。

ミツ　南郷力丸なら、主役も同じじゃないの。
友美　弁天小僧の引立て役よ、骨ばっか折れて目立ちやしない。

仲子　こういう難しい役こなせるの、安藤さんしかいないのよ。
友美　ハッ、おためごかし言っちゃって。なによ、自分はいい役ばかりやって、この前の修禅寺物語だって。
仲子　その前の三人吉三は貴女が主役だったわ。
トミ　一度も主役やったことないわよ、あたしなんか、一番古いのに。
まゆみ　あたしだってよ。
早苗　順番にすりゃあ、いいのよ。
ミツ　一寸待ってよ、主役のできる人は、限られてんだよ、いい芝居できやしないよ、主役のとりっこしてたら。
まゆみ　それじゃ、永久にあたしは主役もらえない訳？
ミツ　うまくなりゃあ、いい役つけてもらえるわよ。
トミ　うまいかまずいか、どうしてきめんのよ。
友美　立回りのうまい人には、かないませんよ。
仲子　それ、どういう意味。
友美　意味？　クイズじゃあるまいし、子供だってわかるでしょう。
ミツ　ちょいと、南郷力丸は、弁天小僧より、科白多いのよ。
まゆみ　（本をめくりかぞえる）あら、本当だ。
仲子　あたしが先生にゴマすったっていうの？
友美　（南郷の科白）〝さてどんじりにひけえしは、汐風荒き小ゆるぎの〟、いいわねえ、やっぱり、七五調の科白は。
仲子　いつもじゃない、役に難癖つけるの。
ミツ　（仲子の服を引張って小さく）止しなよ。
仲子　一度役が決まったら、簡単にでたり入ったりするべきじゃないわよ。役者は親の死に目にあえないっていうけど、アマチュアだって、その位の覚悟もたなきゃ、
友美　わかったわよ。やりゃあいいんでしょ、やりゃあ。なによ、偉そうに。

ミツ　仲よくやろうよ。
友美　（傍白）こっちは、稽古場まで提供してんだよ。
ミツ　（傍白）タダ程高いものはないっていうけど……。
　今迄黙々と自分の科白の数を数えていたトミが、突然皆に向って饒舌る。
トミ　あたしの科白、四つしかないわよ。（早苗に）あんたは十八。（まゆみに）あんたは二十一、（ミツに）あんたは三十三。どうしてよ。どうして差別すんのよ。この前だって、その前だって、一番少なかった。友達もくるし、親戚だって、みにくんのよ。みっともないじゃない。
　皆、度肝を抜かれて沈黙。
友美　真野さんから、先生にお願いしてもらいなさいよ。彼女の言うことなら、なんでもきいてくれるから。
伸子　（きっとなって）安藤さん。
　友美、ダイヤルを廻す。
友美　あたし。空いてる車でいいから寄こして頂戴。自宅じゃないよ。倉庫の方。
　弁当屋、入ってくる。
伸子　椅子、有難うございました。戴いていいの？
弁当屋　物置に入れといてもしょうがないから、つかってよ。
ミツ　小父さんとこ、前、食堂やってたんだってねえ。
弁当屋　場所が悪くて止めたのよ。
トミ　弁当屋の方がもうかるんだろ。
弁当屋　たいしたことはねえけどよ。
まゆみ　チラシある。
弁当屋　今日は幕の内とヒレカツ弁当だ。
伸子　幕の内一つね。今夜は子供達外食だから、これですませちまうわ。

早苗　ヒレカツ頂戴。
弁当屋　老人ホームの飯、まずいんじゃないの。
ミツ　仕方ないわよ、タダだもの。
トミ　あたしだって、嫁のつくったスパゲッチィだの、カレーだの、美味い、美味いってくってんのよ。
早苗　唾液(ツバキ)とばさないでよ。（顔を拭く）
友美　（口紅をひきながら）今夜××ホテルでフランス料理のフルコースよ。
早苗　タクシー会社の社長って、たいしたものねえ。
伸子　それじゃ、練習やりましょうか。
弁当屋　はい、おつり。

扉開いて、男が顔を出すが、直ぐ引っこめる。

トミ　安藤さん、お迎えだよ。
友美　それじゃ、皆さん。お先に。

友美、扉の方へ……。扉を開けて、

伸子、扉口からのぞき、

友美　誰、あんた。え、真野!?　真野って……あゝうちの看板女優さんか、真野さん。
伸子　（仰天して）貴方。

暗　転

伸子の声　どうしたの、どうして、どうして帰ってきたの……。

2

前場より五日後、倉庫の中。

椅子だけが車座に並んで、その上に、各人の持物が置いてある。例えばカーディガン、ハンドバッグ、台本等々。
トミだけが残っていて、殊勝に、台本をみている。
隅の椅子に、菊島が読書をしている。人を待っている風情で。

トミ　（自分の科白を大声で読む。この上なく稚拙に）〝今の奴はなんでしょうね、物を催促にきて、なんだか油断のならない男〟

菊島　（顔を上げないで）飛ばしちゃ駄目だよ。よくみてごらんよ。

トミ　あら、先生、そこにいたの。とばしてました、あたし？　〝今の奴はなんでしょうね、物を催促にきて、家の中をきょろきょろと見廻して、なんだか油断のならない男〟どことばしたの、よ。とばしやしないのに。信用しないんだから。（と口の中で）

会計ノートを持った房子が奥から出てくる。その後から早苗。

房子　今月分の会費。

トミ　こないだ払ったわよ。

房子　又だ、あれは先月分。もう一月(ひと)たったのよ。みてよ、これ。二重取なんかしませんからね。（ノートをみせる）

トミ　（財布を出す）まるで羽が生えて飛んでいくみたいだよ。金と月日は。

房子　（受取って、ノートにつける）

菊島、ポケットをまさぐり、外へ出ようとする。

早苗　（色っぽく）先生、煙草なら、あたしの、

菊島　やあ、すまねえ。

早苗　（自分の分一本とって）どうぞ、箱ごと。

菊島　こゝで吸うと叱られるからねえ。

早苗　あたしも、それじゃ。

菊島、外へ、続いて早苗。

ミツと菊江、奥から登場。その後からまゆみ。菊江は風邪ひいたらしい。

まゆみ　これすぐ飲んどきなさいよ。お父さんにうつすと大変だから。

菊江　（クシャミ）有難う。（クシャミ）

トミ　あたしにも頂戴よ。貴女の傍にいたからうつったかもしれないよ。（薬をもらう）

菊江、奥へ。

まゆみ　一日一回一錠よ。間違えないでね。ミツさんもいる？

ミツ　（受取って）助かるわ、薬剤師が傍にいてくれると。

友美、則子、秀子、栄子、和子等でてくる。

房子　（友美に）安藤さん、これお願いします。

友美　請求書？　電話の、なによ、これ。

房子　安藤さんが電話ひいてくれっていったから。

友美　（請求書を突き返す）電話は皆でつかうのよ。ねえ、本当にくるの、真野さん。

ミツ　必ずいくからって……。

房子　困るわね、主役がこないと。

トミ　亭主がいると、でにくいものよ、女は。

まゆみ　あゝやだ。結婚なんて、そんな束縛されるんじゃ。

友美　あんまり大きな口たゝくからさ。〝役者は親の死に目にあえないって言うけど、アマチュアでも、そのくらいの覚悟はもたなきゃいけません〟

菊江　あらァ困るぅ、そんなきびしいの。

友美　そうよ。お芝居は、ストレスの解消の為だわよ。所詮、遊び、道楽、ですよ。

房子 えーそう。あたし役なんかなんだっていいの。こゝで、皆さんとお饒舌りするのが楽しみなのよ。

友美 ついでに保険の勧誘で、一挙両得って訳だ。

房子 はい、お陰様で。

まゆみ そういえば、この頃衝動買いしないなあ。デパートいく暇ないもの。

則子 あたしもなんよ。エレベーターで最上階迄いって、売場を隅から隅までみて、一階一階、階段を降りてきて、地下で食料品こうて帰るの、それがこの頃、一直線に地下でおかずだけ買うてくるんやわ。

菊島一人入ってくる。

友美 先生、練習、やるの、やらないの？　どっちかにして下さいよ。

菊島 ……始めよう。仕方がない。

皆、それぞれ席につく。

テープレコーダーを出す者。

眼鏡をかける者。

まゆみ 倉田さんいないじゃない。

房子 トイレじゃないの。

菊島 ぬくところ、わかってるね。

女達 はい。

菊島 浜松屋見世先の場からいこう。番頭の科白から。

早苗入ってくる。

テープにとった下座音楽。

菊江、すっかり上ってしまう。

菊江 あたしっから？

友美 きまってるじゃない。番頭でしょ、あんた。

菊江　（オクターブ高い声で）〝これはこれはお嬢様、どのような品を御覧に入れましょうか〟
菊島　おい、もうちっと、腹の声、だしてごらんよ。
菊江　はい。（咳ばらいして）〝これは、これはお嬢様、どのような品を、
友美　ソプラノじゃなくて、アルトにしてよ。
菊江　はい。〝これは、これはお嬢様〟どおかしら？
菊島　いいから、先いこう。
菊江　〝これは、これはお嬢様〟
友美　その先読むのよ。
菊江　はい、はい。〝これは、これは〟あッ、すいません。〝どのような物を御覧に入れましょうか〟
菊島　おい、品だよ。
菊江　え？
早苗　モノじゃなくてシナ、こゝんとこよ。
菊江　あッすいません。
友美　あんた下読みしてこないの？　〝されば、京染のお振袖に毛織錦の帯地類、又お襦袢になる緋縮緬、緋鹿子などをみせてくりゃれ〟（流暢に）
菊江　……。
友美　あんたよ。
菊江　え？　あたし、……。
早苗　（小さく）〝畏こまりて〟よ。
菊江　かしこまりてござりまする。小僧よ、京染の模様、物毛、織、錦、の巻物に、（シドロモドロで）ヒチ、リ、ヒチリ、メン、ヒチリメン
　　伸子、飛込んでくる。

伸子　ごめんなさい。すいません。
　　小さくなって、自分の席につく。
友美　（菊江に）練習してきてよ、やりにくいったら。
菊江　はい、すいません。
菊島　今日はそこ飛ばそう。六十ページ五行目、日本駄右衛門からいこう。いいね。（ミツに）
ミツ　はい。〝縁組み定まりし娘というも、正しく男〟
伸子　〝えッ、何で私を男とは〟
ミツ　〝女というても憎くからぬ姿なれども、某が男と知ったは二の腕にちらりとみたる桜の彫りもの〟
伸子　〝ヤッ〟
ミツ　〝何と男であろうがな〟
伸子　〝サアそれは〟
ミツ　〝但し女と言い張らば、此場で乳房を改めようか〟
伸子　〝サア〟
ミツ　〝男と名乗るか〟
伸子　〝サア〟
ミツ　〝サア、サア、サア〟
伸子　〝サア、サア、サア〟
　　電話のベル。まゆみが受話器をとる。
まゆみ　はい。劇団白百合です。は？　真野さん？　はい、おいでになります。一寸お待ち下さい。御主人からみたい。
　　伸子、恐縮して受話器をとる。
伸子　はい、え？　戸棚に入ってるでしょう。いいえ、居間の、押入れの、右側の、三番目よ、上から。ありますよ、絶対。え？　靴下、……今朝、取替えたじゃありませんか、濡らした……あ、、水道の蛇口が具合悪いの、勿論頼んであるわよ。あ、いうとこ、直ぐきてくれないの。え、。靴下は整理タンスの上の引出し、左側です。はい。え、わかってますよ。では。

席にもどって、気持を整える。

伸子　すいません、えーと、いいですか、続きで。

菊島　あ、。いいね、（ミツに）日本駄右衛門から。

ミツ　はい。〝男と名乗るか〟

伸子　〝サア〟

ミツ

伸子　〝サアサアサア〟

菊島　そこもっと二人共、押していく。

ミツ

伸子　はい。……　〝サアサアサア〟

ミツ　〝かたりめ、返事は、さ、なんと〟

伸子　〝こら南郷、もう化けちゃいられねえ〟

菊島　軽くやってくれよ、気をかえて、

伸子　はい。

ミツ　〝返事は、さ、なんと〟

伸子　〝こら南郷、もう化けちゃいられねえ、おらあ、尻尾を出しちまうぜ〟

友美　〝しつこいのねえ、もうちっと我慢すりゃあいいに〟

伸子　〝べら棒め、男とみられた上からは〟

菊島　まずいな、タイミングが悪いんだ。

電話のベル

伸子　はい。前にもっとかぶせた方がいいでしょうか。
菊島　うん。そうだな……。
まゆみ　はい、はい。一寸お待ち下さい。真野さん、お宅から。
伸子　まあ。…すいません。
友美　真野さんの専用だわね、この電話。

受話器をとる伸子。

伸子　困るわ、そうしょっ中かけられちゃ。え？　入ってない？　押入れの引出しよ。三番目よ、上から。そんなことないわよ。え？　変だわ。……あッ、そうだ、すいません、お仏壇の引出しでした。こないだ銀行へいって、急いでたものだから、すいません。Yシャツ？　出しといたでしょう。ボタンがとれてる⁉　……じゃ、別の着てってよ。え、、クリーニングからきたの、そう、シマの。いいでしょう、シマだって、はい、はい。（電話を切って、席にもどりながら）印鑑の蔵い場所、間違えて、すいません。あゝ電話なんかひかなければよかったわ。
友美　電話は、貴女の為にひいたんじゃないわよ。皆さん必要だからひいたのよ。
ミツ　どこからいきますか。
伸子　はい。えーと、南郷の科白。
友美　あたしから、又言わせるの。
伸子　すいません。その後からいきます。〝べら棒め、男とみられた上からは、窮屈な……〟
菊島　休憩しようか、一寸。
友美　なんだか、気が乗らないったらありゃしない。

電話のベル。
皆うんざりして一斉に伸子をみる。

まゆみ、受話器をとろうとする。

仲子　とらないで、放っといて下さい。

友美　うるさいじゃない、ベルの音。

菊島　でなさいよ。いいから。

仲子　（奮然として）こっちは練習の最中なのよ。くだらないことでいちいちかけないで頂戴。はッ、あらやだ、すいません。いえ、いらっしゃいます、どうも申訳……はい、一寸お待ち下さいませ。（菊島に）先生、奥様からです。

菊島、受話器をとる。

菊島　あゝ、俺だ。え？　うん、うん、あゝ。いや、いいよ、わかった。直ぐ帰るから。（受話器を置いて）すまないが、急用でね。今日はこれで終りにするが、練習して、覚えるだけ、覚えてきてくれよな。

女達　はい。

仲子　すいません。私の為に御迷惑おかけしまして。

菊島　仕方ないさ、みんな主婦だから。家庭は大事だ。

友美　そうですよ、アマチュアですからねえ。

菊島、退場。

トミ　先生も家庭の方が大事なんだよ。

房子　長唄のお師匠さんですってね、先生の奥さん。

ミツ　先生も、こんなことしてたんじゃ、奥さんに頭上んないわねえ。

まゆみ　煙草代にもならないんじゃない、あたし達教えたって。

則子　演劇雑誌に、書いてるんやて。

友美　あんな原稿料、雀の涙よ。

ミツ　悪いねえ、もう少し御礼あげないと。

トミ　小遣い銭にも不自由してるみたいだよ。
友美　いい御身分よ、今時、好きなことして、奥さんに養ってもらって。
早苗　つまり、ヒモってわけか。

電話のベル。

ミツ　まあ、よく鳴るわねえ。
まゆみ　はい、真野さん。お宅から。
伸子　（眉をひそめて）また……。はい。え？　友子が早引き？　熱、あるの？　七度二分、大丈夫よ、頭が痛いだけでしょう。風邪薬のんで寝てれば治るわよ。え、大ゲサな……あの子、時々そうなの、試験の前になると、早引きしたり、え丶、明後日から試験なのよ。大丈夫よ、高校生なんだから。薬？　薬箱、友子が知ってます。え丶、帰りますよ、できるだけ早く。（受話器を置く）
則子　同じやね、うちのと。なんにもできん人なんよ、あたしがいないと。
伸子　単身赴任で少しはましになったかと思ってたら、かえってひどくなったの。
トミ　どうせ又、でかけんだろ？
伸子　いいえ、それがもうずうっと、永遠に家なのよ。
トミ　困るねえ、そいじゃ。
友美　弁天小僧じゃ、一寸荷が重すぎるんじゃない、貴女。
伸子　……。
房子　（隣の則子に）そうねえ、あたし達だったら、道楽で、家庭を犠牲にはできないわね。
則子　大体、うちの人、許してくれへんわよ。
ミツ　けど、弁天小僧はなんたって、真野さんの役だよ。
栄子　主人に理解がないとねえ……。
トミ　そういうことよ。主役はやっぱり未亡人か、独身者に限るわよ。

友美　今日みたいなことが、チョクチョクあると、皆さんだって、困るわよ。
伸子　今日は特別よ。よく言っとくわ。
早苗　いいじゃない、真野さんがやりたいなら。やれば。
和子　けどねえ、体こわすと大変よ。主婦は、誰も代ってくれないもの。
秀子　本当！　健康第一よ。

間。

伸子　……やるわ、あたし。やりたいのよ。主人には、絶対電話かけないように言いますから。皆さんに御迷惑かけないわ。
ミツ　いいわよ、少しくらい迷惑かけたって。
友美　程度問題ね、迷惑も。（立上り）さあ、帰ろっと、時間、無駄にしちまったわ。あ丶馬鹿々々しい。あたしはキャリア・ウーマンだから、ね。皆さんみたいに、家庭でのんびり手抜きして、家事やってる人じゃないのよ。少しは人の立場も考えて下さいよ。
伸子　すいません。……でも、言っときますけど、誤解なさらないで下さい。専業主婦だからって、のんびり手抜きして家事やってはいませんから。

伸子と友美、睨みあって、

女達　（それぞれうなずく）
ミツ　（柝をうって）はい、はい、そこまでにしとこうよ、今日のところは。

暗　転

3

倉庫の中。

意気消沈した伸子が、頭垂れて坐っている。傍でミツが慰めている。

伸子　でも駄目、科白、覚えられないのよ。このまゝじゃ、皆のもの笑いだわ。
ミツ　まだ三月(ミツキ)あるんだから、大丈夫だよ。
伸子　いつもなら、すっかり暗記して、役の研究してるところなのよ、それが、まだ半分も覚えてない。
ミツ　今までが早すぎたの。仕方ないよ、「未亡人モドキ」じゃなくなったんだから。
伸子　……亭主がうちにいるって、こういうことだったのかしら。
ミツ　あたしも忘れちまった。今、生き返ってきたら、邪魔かもねえ。
伸子　あの人、単身赴任で、すっかり変っちまったのよ。
ミツ　まさか。
伸子　小煩いのよ。重箱の隅を突つくみたいに、つまらないことに、いちいち文句いうの、……変っちまったのよ、やっぱり……。あんな人じゃなかったもの。
ミツ　たった三年足らずで、そんなに変るものかねえ、むこうで、よっぽどひどい目にあったんじゃないの。
伸子　息子もそういうの、ジャングルの中で、孤独で、淋しくって、淋しくって、家族を途方もなく美化してたんじゃないの、って。それで、家へ帰ってみたら、夢と現実はまるで違ってた。そのギャップできっといらだってんだよ、って。……そうね……確かにこっちも変ったんだわ。だって、あの人の留守中に、息子は高校生から大学生、父親より背が高くなっちまって、ヒゲまで生えてきてんですもの。父親にべったりだった娘は、高校生になったら塾だ、友達だって、もう父親なんかみむきもしないでしょう。四人揃って食事するなんて、昔の夢。家はまるで下宿屋ですもの。……あの人ががっかりするのも無理はないのよ。
ミツ　その上、奥さんまで、芝居狂いときちゃあねえ。
伸子　あたしは、我慢して彼につきあってるわ。でももう限界。気がきじゃないのよ、科白覚えなくちゃ、と思うとね。けど、おちおち台本も拡げられない。食事の後片付けして、さあ、これからやりましょう、と坐ると、「おい、なんか甘いものないか」。煙草止めたら、やたらに甘いもの欲しがるの。「おい、コーヒー入れようか」「勝手にいれて飲みなさい」、ともいえないでしょう。今までの習慣があるから。「おい、面白いテレビやってるぞ」「おい、散歩にいこうか」……さっさと一人でいったらいいじゃない、って思うんだけど……。

ミツ　今まで、なんでも二人一緒にやってたんだねえ。羨やましいよ。うちのなんか、明治の男だから、ワンマンでさあ、

伸子　あたしは、一人の時間が欲しいの、一人になりたいの、一人で部屋にこもって、科白の練習したいの、だのに、会社から一ケ月も休暇がでてるのよ。

ミツ　わかるわよ。あたしだって、亭主が死んでからだよ、こうして好きな芝居ができるようになったのは。娘の頃は、親の反対でできなかった。お嫁にいってからは、芝居なんかやったら、それこそ離縁されちまうからね、隠忍自重の五十年間よ。

伸子　……あの人が死ぬの待つなんて！　駄目だわ。早く死ね、早く死ねなんて待つの……。

ミツ　……この頃、亭主を殺す女がよくいるけど。

伸子　そんなこと、できる訳ないわよ。

ミツ　あたり前よ。

伸子　かといって、離婚する訳にもいかない。

ミツ　駄目々々、あんたの年じゃ、まだタダの老人ホームには入れないからね。働きにでたって、女の稼ぎじゃ、食べるのが精一杯、芝居なんざ、とっても、

伸子　えゝ、わかってます。娘は高校生だし、お嫁にやるまではね。

ミツ　そうよ、親の責任よ。

伸子　でもねえ……。結婚して二十五年、あたしは子供と夫の為にだけ生きてきたんですよ。もうそろそろ自分

の為に生きてもいいんじゃないですか……。そうでしょう、どうせ、子供達は親から離れていくわ。いえ、現にもう離れちまってる。あいつ等、「お母さん」って、寄ってくる時は、お金が欲しい時だけ、物をねだる時だけ。普段、話しかけたって「うるせえ」って、父親が帰ってきたら、少しは遠慮するかと思ったら、全然！　あの人だって、ショックだわよねえ。

ミツ　そりゃあ傷つくわ、古い男は、一家の主人って、頭あるからねえ。

伸子　でも、あの人には仕事がある。あたしには……。（間）あの人の単身赴任がきまった時、あたし実は、部長の所へ頼みにいったの、単身赴任止めさして下さいって。それがあの人の耳に入って、もうカンカンになって、〝みっともない、亭主の足を引張る気か〟って……。

ミツ　出世できるの、単身赴任すると？

伸子　えゝ、まあ、一応ね、チームのリーダーとしていくわけだから。あたし言ってやったのよ、五年も十年も、家族放っぽって、心配じゃないんですか、妻や子がどうなってもいいんですか。

ミツ　そしたら？

伸子　僕が単身赴任するのは家族の為じゃないか。……そうじゃないのよ、あの人自分がいきたいから、大きな仕事やりたいからいったのよ。……五年も十年も夫がいなければ、あたしだって好きなものみつけなきゃ淋しくて、やりきれないでしょう。

ミツ　で、あたし達のグループに。成程ねえ……。

伸子　そうなの、そしたら二年半で帰ってきてしまったの。……もう一度単身赴任してくれればいいんだわ。

ミツ　あんたの方が、変ったんだよ……。

伸子　そうかしら？

ミツ　そうだよ。

伸子　……あたし達、とっても仲のいい夫婦だったのよ。子供が小さい頃は、一家四人で、食事にいったり、ドライブに行ったり、汐干がりにいったり……いつの間にか、バラバラになってしまった。……今の私は、

ミツ　あの人が仕事に夢中になる気持がわかる。皮肉だわ。あの人、すっかり意欲なくしちまって、茶の間で、テレビの前に寝ころんで、「あゝこうしてるのが一番いいよ」なんて言っちゃって……。

伸子　疲れてんじゃないの。

ミツ　あたしは、今、あの人にバリバリ仕事やってて欲しいのよ。家庭を省みる余裕のない程、仕事に熱中していて欲しいのよ。今までどうり、あたしに関心なんか示してくれないでいいと思うのよ。……（間）……みんなそれぞれ言い分があるからねえ、一寸歯車がかみ合わなくなると、

正和、登場。人当りの良い、頭の低い男。気弱で非常にもの分りがよいが、自分のしたいことはやる我儘な性格だ。が、自分でそれに気づいていない。

伸子　（驚ろいて）貴方、どうして、こゝへ？

正和　通りかゝったのでね、君の稽古場を、覗いてみたくなったんだ。君がいるとは思わなかった。

伸子　（ミツに）主人ですの、こちら吉山ミツさん。

ミツ　グループの最年長で、奥様には、大変お世話になって居ります。

伸子　あら、こちらこそ。

正和　やあ、どうも、家内がお世話になりまして。

ミツ　いいえいいえこちらこそ。

正和　なかなか立派な稽古場ですねえ。

伸子　自動車の修理工場だったとは、思えないでしょう。

正和　（歩いてみて）たいしたものだね、アマチュア演劇の稽古場としたら。

ミツ　四月にこゝで公演いたしますんですよ。是非みにきて下さいまし。奥様は、主役の弁天小僧、私共のスターですから。

正和　へえ！　君が弁天小僧やるの⁉

ミツ　役者として、天性の才がおありなんですよ。

伸子　やだわ、吉山さんたら。
ミツ　先生が言ってらしたじゃないの。
正和　すごいじゃないか、弁天小僧だなんて。どうして言わないんだ。
伸子　あら、言ったわよ。
正和　きかないよ。
伸子　そうだったかしら……。
正和　なんにも言わないじゃないか、芝居のことなんか。
伸子　それは……。
ミツ　遠慮してんだわ、奥さん。
正和　どうして。
伸子　……興味ないでしょう。
正和　そんなことないよ。科白は、もう覚えたの？
伸子　暇がなくて……。
正和　やりゃあいいじゃない、遠慮しないで。
ミツ　そうよ。
伸子　本当に暇、ないわよ。
正和　子供はもう手がかゝんないんだし。
ミツ　そうですよ。倖せよ、貴女。御主人、理解があるんだもの。貴女が変に遠慮しすぎるんじゃないの。
伸子　……。
正和　いや、私は別にものわかりのいい亭主じゃありませんよ。しかし、世の中、これから高齢化社会ですから
ねえ、みんな趣味をもつべきですよ、年をとってからできる趣味をねえ……。
ミツ　そうですとも。

伸子　だったら、どうして協力してくれないのよ。
正和　なにを？
伸子　掃除や洗濯してくれっていってやしないわよ。せめて、食べるものくらい。
正和　君のつくったものに、文句いったことあるかい。なんだって、黙って食べてるじゃないか。
伸子　そうかしら、「僕はテンヤものは嫌いだ」。「外でできたものは買ってくるな」。昨日だって、折角買ってきたコロッケ、

正和　止せよ、みっともない。人様の前で。
伸子　だって、
正和　ありゃあ、油が悪くって。
ミツ　男はみんなそうなのよ。ホホ、あら、まあ、時間だわ。御免なさい、あたし、いかないと、アルバイトなんですよ。

伸子　まあ、気がつかないで、御免なさい。
ミツ　それじゃ、あたしは、お先に。
正和　どうも、失礼しました。

ミツ、退場すると、正和、途端にネクタイをはずし、上着をとる。
がっくりとした感じで坐る。
伸子、戸口までミツを送る。

伸子　吉山さん、レストランの皿洗いしてるのよ、お芝居やるために。七〇だなんて、みえないでしょう。
正和　（興味なく）あゝ、疲れたな……。
伸子　（坐って）部長に会えたの？
正和　あー。（汗を拭く）暑いなあ。
伸子　ちっとも暑くないわよ。疲れたんでしょう、部長のとこで緊張して。で、どうでしたの。

正和　〃御苦労様、ゆっくり休養してくれ〃って。
伸子　それだけ？
正和　あー。
伸子　そうよね、合弁会社がつぶれたのは、貴方の責任じゃないものね。
正和　部長は、君が芝居やってること、知ってたよ。
伸子　え？　……あゝ、そうなのよ、西東デパートで、ぱったり部長の奥様と会っちまって、〃如何、御主人お留守でお淋しいでしょう〃なんていうから、ほら、変に勘ぐる人でしょう、あの人、だから、お芝居やってます、って、本当のこと言っといた方がいいと思って。夫が単身赴任だなんていうと、よく疑う人いるでしょう、不倫してんじゃないか、なんて。

正和　……。
伸子　……まずかったかしら？
正和　いや…まずいってことも……。
伸子　なんか、言ってたの？
正和　うん、……まあね。
伸子　なんて？
正和　気にすることはないよ。
伸子　なによ、気になるわ。
正和　……君んとこの奥さん、変ってるねえ。
伸子　変ってる？　あたしが？　どうして。
正和　どうしてチェホフとか、シェクスピアーとかやらないのかねえ、って、不思議がってた。
伸子　まあ、大きなお世話じゃない。日本人が、日本の伝統芸能をやるの、なにがおかしいの、貴方は、どう思う？

正和　僕は、別に。

伸子　あの人達って、日本製より、外国製の方が格が上って、思いこんでるんじゃないの、そういうの、一番嫌いだわ。みてごらんなさい、あの奥さん、上から下までブランドもので武装しちまって。

正和　あ、そうだ、部長が、これくれた。

伸子　旅行の周遊券じゃない。

正和　君と二人で、ゆっくり温泉にでもいってこいって。

伸子　まあ……。

正和　いこうか、来週あたり、九州にでも。別府温泉でゆっくり、

伸子　駄目よ、あたし、

正和　どうして。

伸子　お芝居の練習があるの。

正和　四月だろ、芝居は。

伸子　今が大事な時なのよ。

正和　十日くらい、どうってことないだろ。

伸子　十日だなんて！　一人でいってよ。

正和　部長は二人でいけって。

伸子　部長のいいなりになることないわ。二人でいったことにしとけばいいじゃない。

正和　……君と二人でいきたいんだ、僕は。

伸子　なによ、今更。

正和　なにが、今更だ。

伸子　一人で単身赴任しといて……。

正和　単身赴任は、一人にきまってる。だから単身ってんだ、馬鹿！

伸子　どうせ馬鹿よ。
正和　なんだ、たかゞ素人芝居で。
伸子　たかゞ!?　……そうくると思ってた。だから家で練習する気になれないのよ。
正和　してたじゃないか。僕が呼んだって、返事もしないで。
伸子　そんなことないわよ。
正和　イヤホーンしてるからきこえないんだ。君は、いつも自分のしてることがわからないんだ。
伸子　それは貴方よ。
正和　こんなとこで、言いたかないが、家の中はひどい状態じゃないか、十日も掃除しないで平気でいる。
伸子　一昨日しましたよ。
正和　以前は毎日してたじゃないか。
伸子　それは子供が小さかったから。
正和　今日だって、滋の汚れたパンツやタオルが、階段の手すりにぶら下ったまゝだった。気がつかないのか。
伸子　滋を叱りゃいいでしょう。
正和　それは、君の役目だ。一寸留守していた間に、家の中はまるで変っちまった。
伸子　変ったのは、貴方よ。
正和　君が変ったんだ。芝居なんかに、うつゝをぬかして。
伸子　ほら、ほら、本音がでた。止めさせたいんでしょう。
正和　そうじゃない。やりたきゃやればいい。たゞ、自分が、子供の母親であり、一家の主婦であることをわすれるな、って……（しきりに汗を拭く）
伸子　貴方は、元来私が外にでるのが嫌いなのよ、私が貴方以外のものに、夢中になるのが、厭なのよ、本当は……。
正和　僕が、君のやりたいこと、反対したことがあるか。家を建てる時だって、あー。

伸子　どうかしたの。

正和　僕はいつだって、君の意見を尊重し、

伸子　貴方、どうしたの、熱、……熱がひどいわ。さあ、帰りましょう。

伸子、正和を立たせようとする。

正和、立上るが、へなへなと床に崩れる。

伸子　貴方、しっかりして。貴方……。

暗転

4

倉庫の中、二週間後。

菊島が一人、新聞をみながら牛乳でハンバーガーを食べようとしている。

扉が開いて、友美（和服姿で）が、大きな紙袋を持って、入ってくる。

友美　あゝ、よかった。間に合ったわね。

菊島　？

友美　駄目ですよ、そんなもの食べてちゃ。

菊島のパンを取り上げて、紙袋の中のものを、テーブルに拡げる。

友美　御一緒に戴こうと思って、二人前つくってきたの。

重箱の蓋をあけ、皿を並べる。

迷惑顔の菊島に頓着なく、ことを運ぶのがこの女の癖である。

コップに、冷酒をついで。

友美　火、金は奥さまのお稽古日でしょう。だから、こ、にちがいないと思って。はい。どうぞ……。（酒を注ぐ）

菊島　昼間っから、駄目だよ。

友美　なにおっしゃるの、子供みたいに、牛乳なんか。これだけですよ、これだけ。（皿に菜をとり分けて）はい、召し上って、あ、ワサビ。……このトロ、今朝、魚屋が届けてきたの、こんなの、滅多に入らないからって、冷凍じゃないのよ。色が違うでしょう、その代り、目の玉が飛びでるようなお値段なのよ。

菊島　（手をつけないで）なんだい、用件は？

友美　用件だなんて、いやあねえ、ありませんよ。

菊島　そんなことないだろ、頼みごとがあるんだろ。

友美　すぐ、そんな、

菊島　いや、ならいいんだ。

友美　さあ、召し上って下さいよ。

菊島　あゝ。

菊島、箸をつける。
友美も食べる。

友美　今は、お金さえ出しゃあ、どんな美味しいものでも食べられる時代ですからねえ、如何？

菊島　あー。

友美　美味しいでしょう？　ねえ、このカマボコ、一寸、召上って、小田原の籠清のなの。

菊島　……。

友美　この煮豆は、丹波からとりよせたのよ。このお芋は、伊勢の。

菊島　無駄だよ、俺、味オンチだから。

友美　ホホ、ちゃんと奥さんからきいて知ってますよ、美味しいものには目がないって。

友美、酒を注ぐ。
菊島、黙って食べる。

友美　ねえ、先生どうなさるの、真野さんの代り、お決めになりました？
菊島　いや、止めるなんてきいてないよ。真野君から。
友美　だって、御主人入院中じゃありませんか。かなりお悪いんですって。
菊島　誰にきいたんだ。
友美　皆さん言ってるわ。エイズじゃないかって。ここだけの話ですけど。
菊島　まさか。どうしてそう他人の不幸を面白がるんだ。
友美　あたしじゃないわよ、トミさんよ、出所は。
菊島　あの婆さんか、しょうがねえなあ。
友美　心配してんのよ。だって、南米でしょう。単身赴任でしょう。エイズじゃないって保証はありませんからねえ。

菊島　軽々しく口に出すなよ。
友美　真野さんも無責任よ。でるならでる、でないならでない、って、報告に来るべきよ。
菊島　うん、そうだなあ……。
友美　ねえ、先生、一寸テストして下さらない。
菊島　……テスト⁉
友美　あたし以外、誰かいます？　あの役ができる人？　弁天小僧は絶対、あたしの役なんですよ。真野さんだってきいた時、ショックで睡れなかったわ。口惜くて、口惜くって……この脚本を最初に選んだのは、私ですからね。……フフ神様はやっぱりお見捨てにならなかった。

菊島　……。
友美　弁天小僧って、丸顔より、細面の美人の方が適してるって、読みましたわよ。それに、……先生は、まあ

菊島　順序として、彼女の方が年上だからお決めになったのだと思うけど、役者としてのキャリアは、私の方が上ですからね。それに、舞台の主役は、なんたって〝花〟がないとねえ。〝若さ〟がないと、くすんじまうわ。いくら白塗りしたって、年は隠せませんよ。

友美　へえ、そんなに違うのかい、君と真野君は。

菊島　あら、御存知ないの、一回りって訳じゃないけど、かなり……女の人って、本当の年言いませんからねえ。

友美、ハンドバッグから白い封筒を取出して。

友美　先生。

菊島　なんだ……。

友美　お小遣い。

菊島　いらないよ。君からもらう理由はない。

友美　だって、先生のお礼、いくらなんでも安すぎるわよ。みんなわかって、、しらぬ顔の半兵衛なんだから。申訳なくって……。

菊島　(封筒を、友美の方へ突き返す)

友美　それじゃ、テスト料として。(菊島の前に出す)

菊島　……。いらねえよ。

友美　研究してきたのよ。〝知らざあ言ってきかせやしょう、浜の真砂と五右衛門が、歌に残した盗人の〟これが六代目の型ね。五代目は、〝知らざあ言ってきかせやしょう、浜の真砂と五右衛門が、歌に残した盗人の〟……違い、わかるでしょう。迷ってますの、どっちでいこうか。……私には、どっちかってえと、五代目の方が合うかな、って思うんだけど、どうかしら。

菊島　……。(腕組みして、黙然と)

友美　ねえ、先生。

菊島　……。

友美　あたしはね、〝知らざあ言ってきかせやしょう、浜の真砂と五右衛門が〟
菊島　もういいよ。
友美　（得意顔で）どうかしら？
菊島　……。
友美　きかせてよ、感想。
菊島　……別に言うことないよ。
友美　そんな筈ないでしょう。なんとかいって下さいよ、思ったこと、正直に。
菊島　（口重く）……どうも気どりすぎるんだ、お前さんのは。どうせ素人がやるんだろ。少しくらいまずくっても、面白味のある方が、おれはいいと思うね。
友美　（鼻白んで）へえ、なんだか、難癖つけられてるみたいだわねえ。うますぎて面白くないなんて、初めてきいたわ。
菊島　……。
友美　つまり先生は、気にくわないのね。あたしが、先生に教わらないことまでやるのが。
菊島　見損うな！
友美　真野さんみたいに、言われたことしかやんない方がいいんだ。
菊島　馬鹿、いい加減にしろ。こんなもの、ひっこめろ。

友美、封筒をとる。

友美　そうですか、いらないもの無理にさし上げるわけにもいかないわね、……この稽古場もね、考えなきゃなんないわねえ。遊ばせとくの勿体ないなんて言う人もいるのよ。
菊島　脅迫かい、それは。
友美　どうとでも。
菊島　だから最初に念を押したろ。こゝは借りるが、個人的問題と混同しないでくれ、君を特別扱いはしないぞ、

友美　とはっきり断った筈だ。
菊島　特別扱いだなんて、あたし実力を認めて戴きたいだけよ。
友美　実力なら認めてる。
菊島　となると、美意識の問題だわね。
　　　そうかもしれないね。たってのお望みだから言うが、あんたは、自分の利害にもとづいてしか、行動しない人だ。そいつがね、芸にでるんだよ。
友美　あら、利害を考えない人間って、いるんですか。大体ずるいのよ、先生は。世の中、甘くないってこと、その年まで生きていりゃあ分るでしょう。タダで、これだけのもの借りようなんて、子供じゃあるまいし、なんだって、ギブアンドテイクだわよ。
　　　重箱を片付けながら、
菊島　こんなに綺麗に食べて戴きまして、まあまあ。
　　　いくら払えばいいんだ。
　　　懐中から財布を出して、千円札を取出す。
菊島　千円でまけといてくれ。
友美　（急に涙声で）ひどいわ、ひどいわ。
菊島　ひどいのはどっちかね、食っちまったもの、吐きだすわけにいかねえだろう。
友美　あたしの気持……わかってくれないんだから……。（媚びを含んだ目で、菊島をみつめる）いやよ、いや。さあ、お蔵いになって。
　　　菊島の懐に財布を入れようとして、故意にしなだれかゝる。
友美　ねえ、先生。
菊島　（よける）お前さんは、現実で芝居をやりすぎるんだよ。
友美　真野さんならいいのね。

菊島　馬鹿なこと言うな。

友美　皆、言ってるわよ、依怙贔屓だって。……どこがいいのよ、あんな大根。大根どころか、菜っ葉じゃない。

菊島　やめろ、くだらん。

友美　あたし、あの人と張り合う気、全然ないわよ。問題にしてないわよ、あんな人。たゞね、どうして、彼女が主役で、あたしが、（口惜しい、唇を噛む……）率直に、答えて下さいよ。

菊島　（間）……そうさな……確かに、上手くないさ。しかし、彼女のいいとこは、素直で……。

友美　素直！

菊島　竹みたいな。……つまり真直ぐで、勁いとこがある、そこが舞台で生きるんだろうな……。

友美　へえ、大根じゃなくて、竹ですか。……納得いきませんねえ……あたし、尊敬してたんですよ、先生を。なによ、ただの男じゃないの。毎朝新聞の浅田さんから、若き日の先生の武勇伝きいた時、すっかり、感激しちまって……。

菊島　俺の武勇伝？

友美　え丶。大学卒業して、歌舞伎の世界に入ったけど、余りに古い体質に絶望して、幹部をなぐって、飛びだしたって。

菊島　なぐったりするものか。

友美　大喧嘩したんでしょう。

菊島　よせよ、その話は。

友美　昔の気魄、昔の純粋さ、どうしちまったんですか。依怙贔屓なんかするような人じゃ、

菊島　誰が依怙贔屓なんかするか！（怒鳴る）

友美　（一寸たじろぐが）……そうですかねえ。

菊島　馬鹿にするんじゃない。端た金で、人を買収しようとしやがって。

友美　いくらならいたゞけるの、弁天小僧。

菊島　（ふざけて）そうさな。この倉庫、丸ごともらおうか。
友美　御冗談でしょう。この土地、今や、億ですからねえ。たかゞ女の遊びじゃないの。
菊島　……お前さんも、芝居さえやらなきゃ、タクシー会社の社長で、そっくりかえっていられるものを……。
友美　本当よ。自分でも、時々馬鹿だと思うわよ。……どうも先祖の血が騒ぐんだわ。父方の祖母が、芝居狂いで、旅役者と駆落ちしましてねえ。
菊島　へえ。
友美　……誰にだって、泣きどころの一つや二つありますよ。
菊島　うん。
友美　清月の小母さんが、こぼしてたわよ。勘定、大分ためてんでしょう。
菊島　……。
友美　ねえ、ふんぱつして、百万で、どお。
菊島　みくびるんじゃねえ。
友美　……他に誰かいますか、弁天小僧のできる人。
菊島　……。
友美　〝どっちを向いても山家育ち〟

　扉、開いて、房子が顔を出す。

房子　あら、安藤さん。
菊島　やあ。
房子　（入って）いいですか。
菊島　どうしたんだい。
房子　確か、こゝに、テープレコーダー、
菊島　君のか、そこにあるよ。

友美、茶碗など、片づける。

友美　お茶、もう一杯、如何？

菊島　いいよ。

友美、茶碗など持って奥の洗い場へ。

房子　（小さく）先生、あの……あたしにやらせてもらえないかしら、真野さんの役。

菊島　え。

房子　弁天小僧……無理でしょうか。

菊島　君は、いつも重い役はできないっていってるじゃないか。お姑はいるし、保険の仕事もあるんだろ。

房子　弁天小僧なら、やり甲斐ありますから、少しくらい無理しても……。

菊島　……。

房子　科白、練習してテープにとってみたんです。案外、いけそうな気がして、こゝに持って来て、

菊江、登場

菊江　あら、細田さん。

菊島　忘れ物かい、君も。

菊江　いいえ、先生に折入ってお話が……。

友美、戻ってくる。

菊江　（安藤をみて）あたし、又出直してきます。

友美　邪魔なら、向うへいってるわよ。

菊島　話って、弁天小僧かい。

菊江　え？　えー（うつむいて）

菊島　そんなに魅力、あるのかねえ、あのおかまが。

菊江　あら、それじゃ、

友美　残念ね、一足違いで、決まったわ。
菊江　本当！
房子　いい加減なこというなよ。
菊島　先生、真面目に考えて下さいよ。漫画やるんじゃないんだから。
友美　抽籤にして戴きたいわ。
房子　ハハ、抽籤か……。
菊島　冗談じゃない……。
友美

トミ、ミツ、他の女達（伸子を除いて）登場。

トミ　みんな揃ってるじゃない。
菊島　なんだい、お前さん達、まさか……。
ミツ　稽古、いつから始まるか、きゝにきたんですよ。
友美　ほら御覧なさい。皆さん、心配なのよ。あたしがやりますよ、弁天小僧。稽古しましょうよ。
ミツ　あんたが、弁天小僧!?
友美　科白は、ばっちり入ってるわ。
トミ　ともかく、先生稽古やってよ。あたしゃ、覚えが悪いから。
菊島　……仕方ないなあ……。
友美　それじゃあ、先生、

伸子、登場。

女達　（口々に）真野さん！　まあ……。
伸子　先生、申訳ありません。皆さんにも御迷惑おかけしました。
菊島　いいのかい、御主人はもう。

伸　子　はい。昨日退院しました。病院で点滴して、体力が恢復したら、とたんに元気になりました。極度の疲労と、栄養失調でしたの。
菊　島　そりゃあ、よかった。
ト　ミ　（傍白）エイズじゃなかったんだねえ。
伸　子　稽古はいつ。
菊　島　できるのかい？
伸　子　はい。
菊　島　それじゃ、これからやろうか。
伸　子　はい。
友　美　大丈夫なの？　病みあがりの御主人放っぽってきて。
伸　子　はい。御心配なく。この二週間べったりつきっきりで看病しましたから……。
友　美　（口惜しそうに）……。

暗　転

5

倉庫の中。

一見して無人の倉庫のようにみえる。テープがかゝってて、菊五郎の弁天小僧の科白が流れている。

テーブルの上に買物籠があって、その中から大根、ネギ、カブなどがみえる。

伸子が観客に背を向けて、じっとテープをきいている。途中から立って歩き出し、一緒に科白を口遊む。

テープの科白　〝知らざあ言ってきかせやしょう。浜の真砂と五右衛門が、歌に残した盗人の種は尽きねえ七里ケ浜。

伸子　その白浪の夜働き、以前を言やあ江の島で、年期勤めの稚児ケ淵、百味で散らす蒔銭を、あてに小皿の一文字、百や二百と賽銭の、くすね銭せえだんだんに、悪事は昇る上の宮。

テープを止めて、大きな溜息をつく。

もう後へはひけないわ。あ〻、だのにまだ半分しか覚えてない。今迄、こんなことなかったのに。誰のせい？　みんな、彼奴のせいだ。〝協力するからやりなさいよ〟なんて言ったって、その口の下から、こっちが練習始めると〝ねえ、君、一寸〟とくるんだから。〝テレビのニュースで言ってたけど、今年は灯油、値下りしてんだってな、うちは幾らで買ってんの〟〝七百五十円よ〟〝それは高いんじゃないか、他もあたってみた方がいい、黙ってると、馬鹿にされるからね〟わかってるわよ、そんなこと……。病み上りだから、甘やかしてたら図にのって、もうすっかり治ってるのに、病人面して、毎朝熱計ってるの。なにもすることないからよ。血圧だって、朝昼晩と計っちゃって、低いの高いの、その度に、報告におでましなんだから、もういい加減にしてよ、って、怒鳴りつけたくなるのを、ぐっと我慢して、……あ〻、ストレスの洪水よ。体中、ストレスで溺れちまいそう。

間。

……でも、心配したわ、あの時は。これであの人死んじまうのかと思った。だって、五〇代の男性の死亡が急激に増加してるって、新聞で読んだばかりだったのよ。いくら頑丈だって、人間なんて、わかりゃしないもの、明日のことは。この年まで生きてると、〝まさか！　まさか！〟ってことばっかり、みたりきいたりするのよ。……今死なれたら、やっぱり困るわ、子供はまだまだお金がかかるし。……あの人だって……そうなのよ……あの人、病院のベッドで呟いてた。〝まだ僕は仕事をしたい〟って。サラリーマンの一生で、大きな仕事ができるのは、せいぜい一つか、二つなんですって、その一つが、やっと廻ってきたというのに挫折しちまったんだもの……。可哀そうな人……。（間）けど、あたしだってそう、子育て終えて、やっと自分のしたいことがやれるようになったんだし、夢中になれるものみつけたんだし。……自分の人生を、この一度っきりの人生を、思う存分生きて、納得して死にたいじゃないの……。

鏡の前に立ち、自分をみつめる。

この肌のたるみ、ひどい小皺、……一寸無理すると、腰が痛くなるのよ。どう贔屓目に見ても、若くはないわね、時速二百キロの猛スピードで、下り坂を突走ってる気分だわ。……あゝ、だから、泣き言なんか言ってる時間ないのよ。今の私に必要なのは、慰めの言葉なんかじゃない、愚痴をきいて貰うんじゃない。自分自身にうち克つことなんだ。

再びテープのスイッチを入れる。

テープの科白　枕さがしも度重なり、お手長講と札付に、とうとう島を追い出され、それから若衆の美人局、こゝやかしこの寺島で、

伸子、テープをきいているが、自分の思いの方が強く、テープを止める。

伸　子　〝君は抜群に勘がいいね、声もいい、役者としての、素質がある〟……素質がある。……役者としての素質がある……。あゝ、もう一度、人生やり直しが出来るなら……勿論、女優になるわ。……結婚なんか、するもんですか、誰が結婚なんか……。（伸子、放心の態で遠くをみる）やだ、スーパーへ行ってくるってでてきたのよ。さあ、練習しなきゃ。〝知らざあ言ってきかせやしょう〟あゝ、駄目だわ。〝知らざあ言って〟〝知らざあ言って〟（いろいろアクセントを変えてみる）駄目だな。〝知らざあ言ってきかせやしょう、きかせやしょう、浜の真砂と五右衛門が〟〝浜の真砂と五右衛門が、歌に残した盗人の〟……上手くないなあ、……〝歌に残した盗人の〟あゝ、駄目、駄目。〝歌に残した盗人の、

菊島、入ってきて、きいている。

伸　子　（気付いて）先生！　すいません、一寸練習させて下さい。

菊　島　（頷いて）もっと歯ぎれよくやれねえかな。〝知らざあ言ってきかせやしょう〟一語一語、はっきり発音してごらん。

伸　子　はい、〝知らざあ言ってきか、

菊　島　駄目々々。

伸子　〝知らざあ言って〟
菊島　頭んとこ、力入れてごらん。
伸子　〝知らざあ言ってきかせやしょう〟
菊島　さあ特訓しよう。発声練習。
伸子　はい。（深呼吸して）アエイウエオアオ
菊島　もっと口をあけて、大きな声で。
伸子　はい。アエイウエオアオカケキクケコカコ　サセシスセソサソタテチツテトタト　ナネニヌネノナノ　ハヘヒフ

伸子、突然、肩をふるわせて泣き出す。

伸子　先生、才能ありますか、あたし……。
菊島　……あゝある。
伸子　あるんですね。
菊島　（苦笑して）たゞし、年をくいすぎてるがね。
伸子　……若くなりたいわ、せめて、十年、五年でも、若くなりたい。どんなに頑張ったって、どんなに努力したって、手遅れなんだわ。意欲ばかりあって、体も頭もついてこないんです。情けないわ、もっと若ければ。

菊島　どうにもならないこと言うな。
伸子　だって、この年になって、自分が本当になりたかったものに出逢うなんて、神様も意地が悪すぎるわ。
菊島　一生みつけないで、死んじまう者もいるんだ。
伸子　その方が辛くないわ。知らない方がよかった。
菊島　……チャンスがあっても、ムザムザと捨てちまった者もいる……。

間。

伸子、菊島をみつめる。

菊島　……俺だって、昔は「学士様の役者誕生」だなんて、新聞や雑誌で囃されて、気負って、歌舞伎の世界に入ったんだよ。

伸子　うかがいましたわ。

菊島　若い時は、途方もない夢をみるからね。しかし、毛並のいい奴には、どうしゃっちょこ立したって、かなわないんだ。……こんなとこにいつ迄いたってしょうがないと、あっさり尻まくって、飛び出しちまった……。

伸子　後悔、なさったでしょう、やっぱり。

菊島　（ポケットの煙草を探す）……なあに、未練なんかないさ、あんなとこに。

伸子　……。

菊島　しかし……しかし、（言いかけて、馬鹿々々しくなって止める）

菊島、煙草の箱をみつけるが空である。手の中で握りつぶす。

伸子　……ろくな月謝もとらずに、あたし達を指導して下さるのは、やっぱり、お芝居に未練があるからでしょう。

菊島　きいた風なこというんじゃねえよ。

煙草の箱を床に投げ捨てる。

伸子　すいません。

菊島　あんたも、こんな素人芝居に現を抜かしてないで、いい加減に、家庭に帰った方がいいんじゃないのか。

伸子　どうして？　どうしてそんなこと、おっしゃるんです。今の私には、生甲斐なんです、お芝居は。

菊島　生甲斐！　大ゲサな……。笑わせんじゃないよ、こんなものが生甲斐だなんて、たかゞ主婦の道楽だろう。いくらやったって、一文にもならないんだ。

伸子　お金にならないから、くだらないんですか。

菊島　……。

伸子　パートにでて、お小遣い稼ぎした方がましですか。財テクとやらに熱中して、貯金を増やした方が、豊か

菊島　な老後を送れるのかしら……。（間）素質があるっておっしゃったでしょう、先生、だから、私はやる気になったのよ、だから夢中になって……真野と同じじゃない、それじゃ。趣味として、台所の片手間にやってればいいと思ってらっしゃるの？　こんな風に夢中になるなんて、馬鹿だと思ってるんでしょう……でも、私は止めませんよ。自分の老後の設計はきめたんです、アマチュア演劇をやろうって。
伸子　……君も存外、強い女だな。
菊島　……。（微笑）
伸子　そういう、ひたむきなとこが、舞台で生きるんだ。
菊島　五〇になると、もう後へはひけないんですよ。
伸子　いや、芝居は、一度足を突込むと、底なし沼に足をとられちまったように、抜けなくなるのさ。
菊島　やくざな男に、ひっかゝっちまったみたいだわ。
伸子　ハハ、さて、練習、続けようか。
菊島　（時計をみて）駄目だわ。もう、時間が。
伸子　そうか、それじゃ俺もいくとこがあるから……来月から、稽古日変えてもらうよ。友達の会社に手伝いにいくことにしたから。
菊島　お芝居の関係ですか。
伸子　いや、クレジットの会社だ。
菊島　……。

菊島、扉の方へいき、振り向く。一寸、ためらって、

菊島　……一寸、細かいの、貸してくれないか。
伸子　千円で宜しいですか。
菊島　あゝ。煙草を買うのに、一万円札ってわけにいかねえからな。
伸子　（微笑して）そうですよ。

出ていく菊島のくたびれた背広の背中を見つめる伸子。
早苗が入ってくる。
驚く伸子。

伸子　（一寸ドギマギして）倉田さん！
早苗　（ニヤニヤして）今、先生、でてったわねえ。
伸子　え、あ、、うん。一寸、練習みていたゞいたの。
早苗　やるわね、あんたも相当。
伸子　なにいうの、貴女。
早苗　フフ赤い顔してる。
伸子　（手を頬に）……。
早苗　彼、幸福な顔してたわ。
伸子　誤解しないでよ、なんにもやましいことなんかないのよ、本当よ、本当だから。
早苗　ムキになるとなお疑われるわよ。
伸子　本当よ。
早苗　ファッションじゃないの、不倫なんて。年寄りはこれだから、あッ（口を押えて）御免。
伸子　……。
早苗　傷ついた。
伸子　別に。どうせあなただって、六、七年もすりゃあ、五〇でしょう。
早苗　そうなんだ。これでも五、六年前迄は、二〇くらいの男の子の目、チカチカ感じたのよ、それがこの頃
　　　さっぱり、空気になっちまった、あたし。
伸子　本当になんにもないんだから、変なこと言いふらさないでよ。
早苗　大丈夫。あたし、止めるんだから、こ、。

伸子　え、止めるの？

早苗　「一寸、金貸してくれないか」なんて言われたら、百年の恋も冷めるよね。それもたったの千円、惨め。

伸子　……みてたの？

早苗　入ろうとしたら、声がするから。

伸子　あゝよかった。

早苗　一度くらい、つきあってもいいと思ってたけど。

伸子　貴女って！

早苗　だから打診したのよ、貴女に怨まれると怖いから。なんて言っちゃって、本当は、アタックしたけど、反応なかった。フフ、殊によると、彼、駄目なんじゃないの。

伸子　駄目？

早苗　うちのと同じ、役立たず。

伸子　……。

早苗　じゃなければ、余程、恐妻家だ。

伸子　奥さんを愛してるのよ。

早苗　そういうこと、あんたマジで言うの？　お宅の旦那、浮気しない？

伸子　しないわよ。

早苗　信じてるの？

伸子　信じてるわ。

早苗　(口笛を吹く)倖せな人。

伸子　ねえ、どうして止めるの？

早苗　離婚したの。

伸子　離婚!?

早苗　今度の彼、関西だから、あたしも向うへいくわけ。
伸子　御主人は。
早苗　知らないよ、他人(ひと)のことまで。
伸子　十何年も一緒にいたんじゃない。
早苗　入院中よ、ノイローゼで。彼の母親が嬉々として、面倒みてる。
伸子　まあ……。
早苗　マザコンだからね、お互い、倖せなんじゃないの。
伸子　奥さんと母親は違うわよ。
早苗　妻を愛してるなら、母親と手を切るべきよ。
伸子　そういう考え方は、おかしいわ。
早苗　お姑いるの、お宅?
伸子　いないけど……。
早苗　だったら、口ださないでよ。
伸子　貴女だって、同居してる訳じゃないのに。
早苗　スープの冷めないとこにいれば、うるさいのは同じよ。

早苗、棚から、浴衣、帯、タオル、トレーニングパンツなど出して、紙袋に詰める。

早苗　お芝居、残念だなあ、折角、忠信利平やれるのに。……向うでも、演劇のサークルみつけるつもりよ。それより、今度こそ子供生んで、いい家庭つくりなさいよ。
伸子　同情してんの、あたしに? 子供もいなくて可哀そう。結婚に失敗した人生の落ちこぼれ……よしてよ、全然、悲観してないんだから。今の夫とこの先、何年も、何十年も一緒にいなきゃならないとしたら、それこそ首吊りだわよ。(伸子の買物籠を持ってみて)こんな買物籠下げて、亭主の目盗んで、こそこそ練習に励むなんて、おかしくって。あたしはね、貴女と違って、少しばかり正直に生きたいだけよ。じゃね、皆さんに宜しく言っといて。バイバイ。

早苗、出ていく。伸子、早苗の言葉を反芻する風情で佇む。やおら買物籠を手にとる。籠からはみでた大根の感触を楽しむように撫でる。

伸子　私は今の生活を愛してるわ。捨てる気なんか、全然ないわ。……古いのかなあ……。こういうの……。

暗転

6

倉庫の中。

稽古の後、「お先に」と帰っていく女達、則子、栄子、和子。浴衣でうろうろしている菊江。着がえて浴衣を畳む房子、秀子。トミは科白を覚えられなくて、イヤホーンで練習をしている。掃除をしているミツ。奥へ出たり入ったりと忙しそう。

電話をかけている伸子。

伸子　牛乳くらい自分で買ってらっしゃいよ。えゝ、あと三十分位で帰れると思うわ。炊飯器のスイッチ、入れといてね、え?　コーヒーくらい入れてあげなさい。そうよ、お父さんインスタントは駄目なの、その位、バチあたんないでしょう。えゝ。おかず買って帰るから。(受話器を置いて)全くもう、役立たずで、すぐ文句言うの。

房子　同じよ、うちの娘も。お金ばっかりかゝって、子供なんかいない方がまし。

菊江　(興奮して)あゝ、どうしよう、(伸子に)どうしよう、あたし、大丈夫かしら、心配でたまらない。

伸子　大丈夫よ、プロンプターがいるから。

菊江　(秀子、房子の傍に寄り)突然言われるんですものねえ、忠信利平だなんて。これから徹夜で覚えなきゃ

秀子　……。
菊江　(化粧を直しながら、うるさそうに)大丈夫よ、貴女なら。
秀子　そう思う？　……暗記は得意だったのよ、女学校時代、歴史が好きだったの。年号なんか覚えるの得意でね、今だって覚えてるわ、神武、綏靖、安寧、懿徳、孝昭、孝安、孝霊、孝元、開化、崇神、
菊江　あら、中町さんって、そんな年だったの、あたし戦後生れかと思ってた。
秀子　(泣きそうな顔で)やだわ、言わないでよ、年のことなんか……。
まゆみ　(奥から出てきて)ひどいわよねえ、倉田さんたら、今頃になって、止めるなんて、あの人のお蔭でこっちは二役だわよ。
房子　(素早く傍に寄って)ねえ、新しいタイプの保険ができたのよ。(パンフレットを渡す)
まゆみ　(受取って)年金タイプか……。
房子　読んどいて、夜、お電話させて戴くから。
まゆみ　(伸子に)ねえ、倉田さん、蒸発したって、本当？
伸子　知らないわ、わたし。
ミツ　全員が無事にでられるなんて、あり得ないのよ。誰か、なんか故障が起きるものよ。
房子　(ミツを避けてトミの傍へ)ねえ、丸岡さん。

トミ、イヤーホーンできこえない。

トミ　(太助の科白)〝今の奴はなんでしょうね〟エート〝物を催促にきて〟〝物を催促にきて……。
房子　(トミの肩をゆすって)ねえ、丸岡さん。
トミ　今忙がしいのよ、なに？
房子　今度できた新しい保険、息子さんに……。
トミ　いらないよ、あっちはあっちだもの。〝物を催促にきて……家の中を〟エート、あ、覚え難い科白だねえ。
房子　(折よく出てきた友美に)安藤さん、これ、みて下さらない。

友美、黙って受取るが、直ぐくしゃくしゃにして、傍の屑籠に突込む。

トミ、友美に気づいて。

トミ　あらァ、素敵なブラウス。安藤さんのは、高級品だから、違うわねえ、やっぱり。
友美　トミさんて、年に似合わず敏感ね、ファッションに。
トミ　これでも目だけはこえてんのよ。いいものはいいよ。着手は、いいし……。
ミツ　(菊江に) 早く帰りなよ、待ってんだろお父さん。
菊江　え丶、早く帰って科白覚えないと、忠信利平だから、大変なの。(嬉しくてたまらない) それじゃ、お先に。
　　〃ガキの時から手癖が悪く〃
トミ　一寸、待って、あたしも一緒にいくから。
菊江の声　〃抜け参りからぐれだして〃

皆、帰ったあと、友美と伸子、ミツ三人が残るが、ミツはバケツをもって奥へ入る。

友美、伸子の傍へ。

友美　まだ、誰にも話してないいんだけど……。
伸子　?
友美　こ丶、売ることにきめたの。
伸子　え?
友美　今度の公演終ったら立退いてもらうから。
伸子　どういうこと?
友美　売ってくれって人がいてね、関西の大手スーパーなんだけど。
伸子　困るわ、そんなこと。こ丶は、あたし達の稽古場じゃない……。
友美　この辺、いいスーパーないから。
伸子　スーパーなら、五つもあるわよ。

友美　数はあっても、安かろう悪かろうでさあ。
伸子　スーパーで、お芝居やろうっての？
友美　それもいいわね、熟女歌舞伎って看板だして、
伸子　ねえ、冗談でしょう。

友美、おもむろにハンドバッグからネックレスをとり出して首にかける。

友美　冗談って顔してる？
伸子　二、三年は、つかっていいって言ったわ、貴女。
友美　こっちもね、事情が変って。
伸子　事情って？
友美　（留金をつける）
伸子　事情ってなに？
友美　うるさいねえ、ひとのもの。
伸子　そうはいかないわよ。こっちだって、ずいぶんお金と手間をかけたのよ。照明器具だって、カーテンだって、

友美、ブレスレットを出して

友美　……この土地と建物は、誰のものかしら……。
伸子　あなたも、このグループの一員じゃありませんか。
友美　今度の公演終ったら、抜けるわよ、あたし。
伸子　どうして？
友美　楽しければ止めませんよ、楽しければ。
伸子　（下手にでて）……なにか、気に入らないことでも……。
友美　なにか気に入らないことでも？　フフ、あんたやっぱり役者だねえ、うまくなったじゃん、とぼけんの。
伸子　……。

友美　（イアリングを片方つける）まあ、せいぜい頑張って頂戴、貴女はこゝのスターだから、あら、ないわ。（ハンドバッグの中をかき廻して、片方のイアリングを探す）
伸子　……あたし達、行場所ないのよ、わかってるじゃない。
友美　立退料よこせっての？
伸子　まさか……。
友美　権利金も家賃もいたゞいてませんのよ。
伸子　家賃は貴女がいらないって言ったから。
友美　いらないって言ったら、はいそうですか、そいですむものかしらねえ。だから嫌なのよ、専業主婦は。自分でお金稼いだことない人って、ケチなくせして、甘いんだから。
伸子　じゃ、家賃お払いすれば……。
友美　そういうこと言ってんじゃないの。今、こゝ一へーべ幾らか知ってんの？　タダで貸してるって言ったら、嗤われたわよ、お人好しだって。
伸子　だって、貴女はお芝居が好きだから。
友美　えゝ好きですよ。ハハ、身上つぶす程、好きじゃないけど。
伸子　そんなにお金ためて、なにが楽しいの。
友美　世の中、楽しいことならいくらだってありますよ。こゝ売って、ハワイに別荘買おうと思ってるの。皆さん、招待するわ、そのうち。ゴルフも、始めようと思ってんのよ、あれも結構金がかゝるんだ……なにをするにも、先立つものがないとねえ。四〇も半ば越すと、あれ、ハハ年ばらしちまった。まあ、いいや、あたしもさあ、そろそろ老後のこと考えなきゃと、思ってんだわ。ねえ、サラリーマンの奥さんって、未亡人になっても、年金、貰えるって、本当。
伸子　半分よ。
友美　半分でもいいじゃないの。（ハンドバッグを探して）どしちまったんだろう……。外で働いたことない人って、やっぱし違うわ。亭主と子供、叱りつけてりゃいいんだから、おっとりもする訳だ。

コンパクトを出して、口紅をつける。

仲子　話したんですか、先生に。

友美　言っといてよ、貴女から。

仲子　……がっかりなさるわよ。

友美　そうかな……あたしは、彼の御期待にそっただけだからね。

仲子　？

友美　〝君は利害で動く女だって〟こういわれたら、あんたどお？私がそういう女なら、（指折り数えて）一二三四五六、六ケ月もタダで貸したりする？　このお人好しに、利害で動く女だってさ、人を見る目がないんだねえ。うだつが上んないのも無理ないわ。月形横丁じゃ、ほら、教会の裏の、飲屋の並んでる、評判の悪い男なんだよ。（饒舌りながらイアリングを探す）

ミツ、先刻から話をきいている。思いあまって出てくる。

ミツ　あんた、自分の評判は知らないんだろ、蔭口は本人の耳には入らないからねえ。

友美　なによ。

ミツ　こ、ずいぶん前から売りに出してたんだってねえ。知合の不動産屋からきいたわよ。値が上るの待ってたって。……タダ、タダって、恩きせがましくいってるけど、最初っからの計画だったんだろ、稽古場ダシにして……。

友美、立上る。イアリングが落ちる。

友美　あッ、あった、あった。あーよかった。

イアリングを拾ってつける、時計をみる。

友美　遅いねえ、なにしてんだろ。これから税理士がくるのよ、やんなっちまうわ、税金ばっかとられて。（ミツに）どお、タダの老人ホームの住心地？　あたし等の税金でまかなってんだから、文句言っていいのよ。

ミツ　あんた、神様はね、お金のない年寄りにも、ちゃんと、楽しみは用意して下さってんだよ。

友美　ハハ、そりゃあ、楽しみにもピンからキリまであるわねえ。一度、ピンの楽しみ知っちまうとね、みゝっちい楽しみじゃ満足できないのよ。宝石だって一度本物もつと、偽物じゃ気がひけるでしょうが。

ミツ　宝石なんざいらないよ、あたしゃ。なんだね、落しゃしないか、盗まれやしないか、年中びくついて、厭だね、そんなの。

扉開いて、男が顔を出す。

運転手　社長、おむかえにきました。

友美　はいよ。

友美、扉の方へ歩く。

伸子　もう一度、考え直して下さらない？　貴女、本当は誰よりお芝居やりたい人じゃないの。

友美　……ねえ、貴女もこゝ抜けない？　こういうレベルの低いとこにいると、こっちの芸まで落ちるのよ。まるで養老院だよ、こゝは。若い人集めてさ、新しいグループ、つくらない。指導してくれる人、あたしが探すから。

伸子　（首を振る）十年たったら、あたしは還暦よ。貴女、幾つ？　あっという間よ、ミツさんやトミさんの年になるの。

友美　十年先まで芝居やる気はないわよ。皺くちゃな顔、人目にさらしたって、嬉しくなんかないよ。あたしは、皆さんに綺麗々々って言って戴ける間だけよ、舞台に立つのは。

伸子　そんな簡単に割切れますか。

友美　割切るわよ。

伸子　私は死ぬまでやり続けるわ。人の為にやるんじゃないもの。お芝居は、私自身の為にあるのよ。

友美　あのお婆ちゃん達引きつれて、真野伸子一座の旗立てゝ、ドサ廻りでもやるんだわね。貴女なら、案外うけるかもよ。

友美、毛皮のコートをはおって出ていく。

仲子とミツ、口惜しさをかみしめて、しばし無言。

仲子　なによ、稽古場なんかなくったって、いくらだってやれるわよ。

ミツ　あゝ、そうだよ。

暗転

7

倉庫の中。

女達が二、三人づつ群れて饒舌っている。トミ、房子、まゆみ。

トミ　弁天小僧の役は、安藤さんにやればよかったのよ。あんなに欲しがってたんだから。

房子　先生、融通きかないからねえ、芝居のことになると。

トミ　皆だってさあ、安藤さん、安藤さんって、もち上げてりゃあ、こういうことにはならなかったのよ。あたし一人だもの、気つかって、洋服賞めたり、顔ほめたり。

まゆみ　心にもないこと言ってたわけだ。

トミ　これでも、苦労してるからね、あたしゃ。家でも、あの嫁とうまくやってこうと思ったら、顔色みいみい、言葉も気をつけてさあ。

まゆみ　事態は、そういう単純なことじゃないのよ。

仲子と菊江とミツ

仲子　そうなの、今度の公演が終ったら、立退かないと。

菊江　どこに越すの？

ミツ　まあ、さしあたって、公民館だね。
伸子　又居候だけど。
ミツ　人間なんて、所詮、居候だわよ。この命も、借りもの、いずれ返さなきゃならないんだ。あとわずかで……。

則子、秀子、和子、栄子、房子。

則子　又公民館やて。
秀子　バスに乗んなきゃならないわ、あそこだと。
和子　あたし、来月から、パートにでるの。
栄子　あら、北海道旅行申込んじゃったわよ、貴女の分。
和子　だから、その分くらい稼ぎたいのよ。
則子　どこで働くん？
和子　桜通りの煮豆やよ。自分の稼ぎなら大威張りでいけるじゃん。
房子　そういうこと。
則子　（まゆみに）香港にいくんやて？　あたしにグッチのハンドバッグとベルト、買うてきてくれへん？
房子　あら、いついくの。
まゆみ　公演、終ってからよ、勿論。
伸子　（皆に）ねえ、皆さん、この稽古場を越しても、止めるなんて気持、おこさないで下さいね。
トミ　止めないわよ、止めろったって。
女達　（それぞれうなずく）
まゆみ　ねえ、新しい会員、募集したら？
伸子　来月の市の広報に出してもらいましょうか。いい文面ないかしら、劇団員募集の。
ミツ　呆けたくない人、集れ。

まゆみ　それじゃ年寄りしかこないわ。どお、来れ、夢を求める人、っての。
伸子　いいわね。
菊江　ストレスのある人、来れ。
房子　一寸病院の広告じゃない、それじゃ。目立ちたい人よ、来れ。
則子　なんや、テレビの、タケシやサンマみたいやない。
秀子　家庭で退屈している主婦の皆さん、お芝居やりませんか。
まゆみ　家庭の主婦だけが対象じゃないのよ。
トミ　文句が多いね、女は。
伸子　私達の仲間に入りませんか。友達の欲しい方、どうぞ来て下さい。
ミツ　いいわねえ。
則子　こゝへきて、友達が仰山でけて、ほんまに楽しいわ。
トミ　あたしもよ。
秀子　いろんな人とおつきあいできて、
則子　ほんまに、世の中、いろんな考え方があるんやねえ、認識あらたにしたわ。

菊島登場。

ミツ　お帰りなさい。
伸子　先生、今、新しい会員を募集する相談をしていたんです。
菊島　へえ！　景気がいいねえ。ポスターできたよ。

菊島、紙袋からポスターを出す。
伸子、正面の壁に貼る。皆ポスターを眺めたり、数をかぞえたりして、

トミ　うちの店に貼っとくから、三枚頂戴。
ミツ　ホームの玄関に貼らせてもらうわ。

それぞれに分けてもつ。

まゆみ　老人ホームに切符三十枚届けてきました。

菊島　あ、。

菊江　あ、、なんだか胸がドキドキするわ。

トミ　(大声で)〝今の奴は何でしょうね、物を催促にきて家の中を〟エート、エート……。

菊島　大丈夫だよ、トミさん。それじゃ、稽古しようか。一回でも多くしといた方がいい。

女達　(口々に)はい、お願いします。

弁当屋入ってくる。

弁当屋　毎度どうも、やあ、先生。

菊島　入んなさいよ。

弁当屋　お稽古中で?

菊島　これからだ。

弁当屋　そりゃあいいとこへきた。

トミ　好きだね、あんたも。

菊島　腹へったな。弁当食って、稽古にするか。

トミ　賛成。

菊江　チラシある。

弁当屋　ありますよ。

菊島　俺は幕の内だ。

伸子　あたしも。

ミツ　あたしももらうわ。

弁当屋　ヘイ、ヘイ。

菊島　どう景気は？

弁当屋　え、、お蔭様で。この節は女性が家を空けるから、結構助かってますよ。

弁当屋、皆に弁当を手渡しながら饒舌る。

弁当屋　こないだもね、カラオケバーに誘われていったのよ。そしたら奥さん連中が、マイク奪いあっちまってよお、たまげたねえ。ねえ、先生、変ったよねえ、女性は、元気いいよねえ。

菊島　あ、、全くだ。

トミ　尻に敷かれてんだろ、あんたも、先生と同じで。

弁当屋　いやあ、うちの母ちゃんはそんなことないけどさ。先生、こいで、つまり、こういうことで、幸福になったんですかねえ、女性は。

友美　（いつの間にか入ってきて）そうですよ。欲しいものはなんだって手に入る。外国旅行だって自由にいける、かつてこんな時代あった？

伸子　物質的にいくらめぐまれてても、精神が飢えていたら、豊かとはいえないんじゃない？

友美　あたしが飢えてるっていいたいの、あんた。

ミツ　止しなよ、もう。

菊江　（突然わめくように）あたしは倖せじゃないわよ。先のこと考えると絶望的だわ。

則子　ほんまよね、この先、あんましえゝこと期待でけんわ。

房子　うちのお婆ちゃん、大分弱ってきてるの。八七だから仕方ないけど、寝ついたら、どうしようって考えると、もう……（溜息）

トミ　あーあ、嫁の世話にはなりたくないねえ……。

房子　こっちだって、世話したかないわよ。

秀子　お向いのお婆ちゃん、独り暮しなんだけど、この頃、一寸、呆けかけてきてんのよ。子供が六人いるんだけど、もめてるんだって、皆引取りたくないのよねえ。

菊江　（ヒステリックに）あたし、一人ぼっちなのよ。病気になったらどうしたらいいのよ。
まゆみ　あたしだって、一人よ。兄の世話になれないもの。
友美　病院に入りゃいいじゃないの。
和子　その病院がねえ……。問題なのよ。貴女、みた、週刊誌？
栄子　みた、みた。老人病棟の記事でしょう。手足を縛るんだって、夜は。
トミ　寝がえりうてないじゃないの。
和子　そうなの、拷問よ、まるで。
則子　それだけやないんよ。薬飲ませるん厄介やから、おみおつけに、薬ぶちこんで飲ませるんやて。
菊江　（耳をふさぎ）やだ、やだ。やだわ。
房子　あたしだって、子供に世話させるの可哀そうだから、病気になったら病院、年をとったら老人ホームに入る覚悟でいるんだけど……。淋しいわねえ。

秀子　あたしもよ……。
則子　お金貯めとかんとあかんなあ。
栄子　地獄の沙汰も金次第っていうからねえ……。
友美　あんた、今はまるでホテルみたいな老人ホームがあるのよ。
まゆみ　そういうとこは、億単位のお金がいるんですよ。
則子　我々庶民には縁ないわね。
秀子　体に気をつけましょうよ、お互……。
ミツ　タダのホームだって、悪かないわよ。
トミ　ポックリ死にたいよ。
秀子　ポックリ死ねたらねえ……。
ミツ　止そうよ、もう。不安の種、考えだしたらきりないわよ。

仲子　そうだわね、十年、二十年先の不幸を先どりして、今不幸になるなんて、馬鹿げてるわ。
則子　ほんまにそうやわ。
女達　（口々に）女には二度、青春時代がある。
弁当屋　先生、男はどうなんですかねえ。
菊島　男は、二度はないように思うがねえ。
トミ　そりゃあそうよ。男は女よりもてる期間が長いもの。
弁当屋　先生みたいにもてる男はいいけどよ、俺なんか、一度ももてなかった……。
トミ　そういう愚痴は、神様にいっとくれよ。
弁当屋　不公平だよなあ。
菊島　そいじゃ、あんたも、仲間に入ったらどうだい。
まゆみ　そうだ、これ（柝を渡して）やってよ。ねえ、先生。
菊島　あゝ、頼むよ。
弁当屋　拍子木か、練習しなきゃなんねえな。

弁当屋、ためして打つ。

菊島　駄目だよ、力抜いて、あゝ、そうだ、肩の力を抜くんだ。
弁当屋　（柝をうつ）こうですかい。難しいなあ……。
菊島　そうだそうだ。うまいじゃねえか。

明るい笑いが舞台にみなぎる。

柝の音。

暗転

8

倉庫の中。

公演当日の舞台裏。

舞台では〝浜松屋見世先の場〟が演じられている模様。時折、下座音楽の音がきこえてくる。

出番のない女達が、捕手の扮装で、落着きなく、化粧したり、うろついたりしている。

贈られた花束が幾つか。雑然と、しかし緊張した部屋の中。

弁当屋が、緊張の面持で、下手から上手に馳け抜けていく。

秀子、上気してさまよっている。

鏡台の前で、化粧を直す栄子、和子、則子。

房子が幕の端から客席をのぞいている。

房子 一寸、一寸、すごいわよ。立見もいる。やだ、ペンキ屋のお婆ちゃんたら、真前に陣どっちゃって。
和子 (覗きにくる) いるわ、うちの亭主。罐ビールなんか飲んで。カメラ持ってきてくれたかしら。
秀子 あゝ心配だ、初舞台だから。
則子 深呼吸するといいんよ。
秀子 アー、アー (と声を出す) 朝も昼も御飯、食べてないのよ。アー、ア　それにしても遅いわ、うちの人。
(時計をみる)
弁当屋、柝をもって上手から出る。
弁当屋 (口の中で) えーと、南郷力丸が手代を返したところでチョンか、……南郷が返したとこでチョンと。
下手に退場。
房子 声、出るかしら (立って咳バライして) 〝なんとするとは知れた事、賊徒の張本、日本駄右衛門〟(ミエをきる) 口がもつれるわ。あゝ、唾液(ツバキ)がでてこない。

和子　〝それに従う四人の者、いざ尋常に腕廻せ〟〝それに従う四人の者〟〝四人の者〟（うまくいえないので）〝四人の者〟

房子　（唾液を出す）〝なんとするとは知れた事〟あーどこかに梅干ないかしら〝賊徒の張本、日本駄右衛門〟（ミエをきる）〝日本駄右衛門〟（ミニをきる）〝日本駄右衛門〟（ミニをきる）

栄子　お金のとれる芝居じゃないものねえ。

則子　そうなんよ、一寸散財やけど。

和子　安い道楽だわよ。あたし達、男とちがって、バーなんかいかないし（秀子の日本駄右衛門に合わせて）〝それに従う四人の者〟

房子　衣裳だって、手づくりですもの〝日本駄右衛門〟（ミエをきる）

和子　〝それに従う四人の者〟

房子　〝いざ尋常に腕

栄子

秀子　（三人で）まわせ。（秀子、入ってきた男に気をとられ、て）

則子

秀子　貴方こゝよ、こゝ。（手で合図）

房子　駄目よ、バラバラじゃ、〝いざ尋常に腕、

栄子

秀子　まわせ。

則子

秀子　（赤いタスキを受取って）よかった。心配したわ、間に合わないかと思って。

富雄　探してたんだ。お前が茶の間っていうから。

秀子　あら、茶の間じゃなかった？

富　雄　応接間だ。
秀　子　すいませんわねえ。貴方、カメラは？
富　雄　持ってこないよ。
秀　子　どうして？
富　雄　頼まれないものもってくるか。
秀　子　なによ、景色ばっかりとって、あたしのことは。（口の中で消える）
富雄、出ていこうとする。
菊島の声　（奥で）照明さん
秀　子　（背中に）みてよ。あたし、今度でるから。
富　雄　俺、ゲートボールにいくんだ、これから。
富雄、黙って退場。
秀　子　まあ！
森男の声　（奥で）幕だよ、幕々々。弁当屋さん、柝、柝、柝。
柝の音、しっかりと。
拍手々々々　盛大に。
伸子、友美、まゆみ、菊江、ミツ等、舞台衣装で、頬を紅潮させて、ドヤドヤと登場。
興奮状態の舞台。
トミが転ぶように馳けてくる。
ト　ミ　トイレ、トイレ。
まゆみ　あたしも。緊張すると近くなんの。
下手に馳け入る。
菊　江　なにがなんだか、もう無我夢中でわかんない。

仲子　初めてよ、こんなにあがったの。手足がこわばって動かないの。
ミツ　声がふるえてねえ。
　　ミツ、がっくりと座りこむ。
　　それぞれ鏡に向ったり、茶を飲んだり、友美、仲子の傍にきて、
友美　やるじゃん、なかなか。
仲子　え。
友美　度胸あるよ、あんた、やっぱり。
仲子　安藤さんこそ、さすがだわよ。
ミツ　これっきりだなんて、惜しいねえ。
仲子　本当に、止めるの？　貴方。
友美　〝悪事千里というからは、どうで仕舞いは木の空と、覚悟はかねて鳴立沢〟
　　友美、南郷の科白を朗唱しながら化粧台の方へいく。
ミツ　やっぱり淋しいわねえ、今日でこの稽古場とサヨナラだなんて。
仲子　（頷いて）……仕方ないわ。
　　トミ、馳けこんでくる。
　　菊島、清治と入る。
菊島　そう思うだろ、君も、なんとかならないかなあ、もうちいっと、明るく。
清治　弱ったなあ。
トミ　（清治に）どうだった、清ちゃん、あたし。
清治　それどころじゃないよ。
　　そゝくさと退場。
菊島　上出来だよ、トミさん。最高だ、一度もとちんなかったじゃないか、うまくなった。

トミ　（慌てゝ）止めて、止めて、先生、ほめると駄目よ。
ミツ　そうよ、野球だって、解説がほめると必ず三振だからねえ。
トミ　そうなの、全部すんで、反省会の時、アッ、入歯が（口を押えて）接着剤、もってきたかしら。

トミ、奥へ馳ける。

菊島　（その背に）大丈夫だよ、捕手は科白ねえから。
ミツ　先生、来年は、なにやるの？
菊島　え、もう来年の心配かい。
ミツ　先がありませんからねえ、あたしは。あと何回やれるか、あと何回舞台に立てるかって……そればっかり……。
菊島　……よし、考えとくよ。

友美、一人でミエをきって練習。

菊島　（まゆみに）よく間に合ったね、衣裳。
まゆみ　夕べ徹夜で縫ったんですよ、母に手伝ってもらって。
伸子　先生、のぞみ老人ホームの慰問、これもっていきますね。
菊島　あゝ。
ミツ　今年は風邪ひいてる暇ないわ。老人ホームの慰問、五ケ所だものね。
菊島　（時計をみて）そろそろ時間だぞ。
菊江　（咳払いしきりに）心配だわ。心配だわ。
まゆみ　〝以前は武家の中小姓、故主の為に斬り取りも〟
友美　（まゆみに）間違わないでよ〝舟に乗り〟っての。
まゆみ　わかってるわよ。

弁当屋、飛びこんでくる。

弁当屋　先生、次のかゝり、どこだっけ。
菊　島　なんだよ、昨日、手帳に書いてたろ。
弁当屋　忘れてきちまって、服とりかえたら。
菊　島　しょうがねえなあ。

電気がプツンと消える。
騒然となる舞台。

女達の声　停電よ。どうしたのかしら。
男の声　静かに静かに。
女の声　一寸、危いったら、駄目よ、動いちゃ。
男の声　興奮するなって。
女の声　電気屋さーん。
女の声　あたしの傘、何処？
女の声　ぞうり、ぞうり、知らない？
トミの声　清治！　清治！
電気屋の声　（天井から）すいません。一寸、ショートしちまって。
女の声　イタッ！　痛いでしょ。どいてよ、ひとの足ふんでるの。
女の声　けっとばさないでよ。
菊江の声　あゝ、科白忘れそうだ。

下座音楽が鳴出す。
闇の中で科白が渡される。

房子の声　〝初瀬寺から稲瀬川、此界隈にいぬからは、六浦の方へいったかもしれぬ〟
秀子の声　〝先へいったら知らぬこと、後から彼処でがんばれば〟

則子の声　〝知れるは必定、一方道、道のぬからぬその中に〟
和子の声　〝こっちもぬからず、ちっと早く〟
栄子の声　〝いづれもござれ〟
女達の声　〝合点だ〟

柝の音。

電気がパッとつく。太鼓の音。

舞台明るく本舞台となる。

稲瀬川勢揃いの場である。

バックに桜の立木が並び、その前面に伸子、友美、ミツ、まゆみ、菊江等、白浪五人男が、しら浪と書いた番傘をさして勢揃い。下座音楽。

他の女達は、捕手の姿で、両横にひかえている。


客席から声　待ってました。

真野さーん！

おばあちゃん！

ミツ　問われて名乗るもおこがましいが、生れは遠州浜松在、一四の年から親に放れ、身の生業も白浪の沖を越えたる夜働き、盗みはすれど非道はせず、人に情を掛川から金谷をかけて宿々で、義賊と噂高札に廻る配附の盥越し、あぶねえ其の身の境涯も、最早四十に人間の定めは僅か五十年、六十余州に隠れのねえ、賊徒の張本日本駄右衛門。

伸子　さてその次は江の島の岩本院の稚児上り、平生着馴れし振袖から髷も島田に由井ケ浜、打込む浪にしっぽりと女に化けて美人局、油断のならぬ小娘も小袋坂に身の破れ、悪い浮名も龍の口、土の牢へも二度三度、段々越ゆる鳥居数、八幡村の氏子にて鎌倉無宿と肩書も島に育ってその名さえ、弁天小僧菊之助。

菊江　続いてあとに控えしは月の武蔵の江戸育ち、幼児の時から手癖が悪く、抜け参りからぐれ出して旅を稼ぎに西国を廻って首尾も吉野山、まぶな仕事も大峰に足を留めたる奈良の京、碁打といって寺々や豪家へ入込み盗んだる金が御嶽の罪科は蹴抜の塔の二重三重、重なる悪事に高飛びなし、後を隠せし判官の御名前騙りの忠信利平。

まゆみ　又その次に列なるは、以前は武家の中小姓、故主の為に切取りも、鈍き刃の腰越や砥上ケ原に身の錆を研ぎ直しても抜け兼ぬる、盗み心の深みどり、柳の都谷七郷花水橋の斬取から、今牛若と名も高く忍ぶ姿も人の目に月影ケ谷神輿ケ嶽、今日ぞ命の明ケ方に消ゆる間近き星月夜、その名も赤星十三郎。

友　美　さてどんじりに控えしは、汐風荒き小ゆるぎの磯馴松の曲りなり、人となったる浜育ち、仁義の道も白川の夜舟へ乗込む舟盗人、波にきらめく稲妻の白刃でおどす人殺し、背負って立たれる罪科は、その身に重き虎ケ石、悪事千里というからは、どうぞ終いは木の空と覚悟はかねて鳴立沢、しかし哀れは身に知らぬ念仏嫌えな南郷力丸。

ミ　ツ　五つ連立つ雁金の、五人男にかたどりて、

伸　子　案に相違の顔触は、誰白浪五人連。

（前ページの五人男の科白は、適当に省略して使われたい）

舞台を張出し、花道風にする。そこに、舞台を懸命にみつめている菊島の姿がある。平常の彼らしからぬ興奮の態で、女達と共に、科白を呟き、時に、うなずき、首を振り、手をうつ。彼自身、舞台で演じているようにみえる。

菊　島　（日本駄右衛門の科白を、口の中で）〝あぶねえ其の身の境涯も、最早四十に人間の〝そうだ、いいぞ、いいぞ、なかなかやるねえ、ミツさん、上等だ。

伸子の声　〝さて、その次は江の島の、岩本院の稚児上り

菊　島　（何度も頷く）よし、よし、うん。そうだ、そのテンポで、……うまくなった……。うん。（じっとき、入る）

いつの間にか、彼の後に、正和が立っている。

菊島、正和の存在に気付いて不審の顔。正和、頭を下げる。

正　和　弁天小僧の亭主です。

菊島　いやあ、これはどうも。どうぞ、一緒にこゝで見物しませんか。

菊島、椅子をすゝめる。

正和、菊島の隣に坐る。

舞台をみつめる二人の男。

二人の会話が始まると、二人にライトがあてられ、舞台の下座音楽と科白がオフできこえる。

正和　なかなかやりますね。

菊島　まあ、やっと恰好だけはついてきました。

正和　大変だったでしょう、こゝまでするのは。

菊島　えゝ、しかしあの小母はん達、若い娘達と違って、覚えは悪いが、根性だけはしっかりあるんでね、喰いついてきたら、ちっとやそっとじゃ放れない。

正和　まるでスッポンですね。貴方もとんだものに喰いつかれたわけだ。

二人舞台をみつめる。

間。

菊島　アッ（口の中で）しょうがねえなあ……飛ばしちまった……。

菊島　どう思います。彼女等の芝居。

正和　ですから、想像してたより、うまい。

菊島　いや、これを続けた方がいいか、止めた方がいいか……。

正和　ハムレットみたいだな。

菊島　ハハ、とんだハムレットです。

正和　……つまり、迷ってんですね、貴方は。

菊島　いや、一寸きいてみたかっただけです。貴方の御意見を。

正和　私の意見!?

菊島　PTAとしての意見を。
正和　つまり、くだらないか、くだらなくないかということですか？
菊島　……そういうことになるかな……。
正和　芝居としての価値は、観客がきめるものですからね、お客が楽しんでるなら、いいでしょう。
菊島　客は結構、楽しんでるようです。

舞台をみる二人。

菊島　アッ、又やってる。しょうがねえなあ……。
正和　しかしですね、夫としての立場から言わせてもらうと……。
菊島　どうぞ。
正和　家庭を放り出してまで、のめりこまれるのは、困る。実に困る、正直なところ。
菊島　当然です。当然すぎる意見だ。しかしね、君、女は男より長生きする、もの丶本によると、平均七年は長生きするそうだ。
正和　いや、うちのは、七年の倍は未亡人生活を送るでしょう。私はなにしろ、一日中、テレビの前でゴロ寝してる男だから……。
菊島　としたら、彼女等の未亡人生活を、孤独から解放し、快適に過ごさせてやる為に、今、彼女等の我儘を大目にみてやった方がいいのではないか、わずかな金を残してやるより、
正和　わずかな金？
菊島　いや、失礼、お宅はそうではないだろうが……。
正和　いや、家の借金払った後の退職金なんか、恐らくわずかなものだと思いますよ。

舞台をみつめる二人。

正和　ところで、貴方の奥さんもあの中に？
菊島　いや、家内は、うちで三味線を教えています。今日は丁度、稽古日でね。

正和　それじゃ、貴方が先にいっても、困らん訳ですね。
菊島　むしろ楽になるでしょう。
正和　……後の心配をしないで死ねる訳だ。
菊島　まあそういうことですな。
正和　淋しいな、そういうのは。淋しくないですか。
菊島　え？
正和　僕が死んでも、彼女が平気な顔してたら、厭な気がするな。僕が単身赴任から突然帰ってきた時、彼女は喜ぶどころか、がっかりした。……すごく淋しかったな。裏切られた気がした。
菊島　だったら、単身赴任なんか、しなきゃよかったでしょう。
正和　そうはいかないですよ、男は、先ず、仕事だ。妻子を養わなければならない。

間。

菊島　……奥さんが生き生きとしてるのは、不愉快ですか？
正和　(間)……癪にさわるが、実の所、羨ましい。
菊島　一致しましたね、貴方と初めて。私も、彼女等が羨ましい、羨ましくてならない。実に、楽しそうだ。
正和　なんだか、置き去りにされてる気分だな。
菊島　そろそろ貴方も、停年後のこと、考えといた方がよさそうですね。
正和　そうですね、まずい芝居を、客席からみてるより、いっそ、舞台にたっちまった方が、人生、楽しいでしょうねえ……。

間

正和　ところで、こゝから写真とってもいいですか。

正和、カメラをカバンからとりだす。パチパチ写す。

菊島　いい御夫婦ですねえ……。

正和　（微笑）そうみえますか。……。

熱心に写真をとる正和。

ミツ　五つ連立つ雁金の、五人男にかたどりて。

伸子　案に相違の顔触は、詐白浪の五人連。

菊江　その名もとゞろく雷鳴の、音に響し我々は、

まゆみ　千人あまりのその中で、極印うった頭分。

友美　太えか布袋か盗人の腹は大きな肝玉。

ミツ　ならば、手柄に。

五人　からめてみろ。

みえをきる五人。

女達　（捕手達、一勢に）ヤアヤア　ヤア

柝の音。

鳴物。

軽快な音楽。（例えばポップスで）

幕

人生はばら色？

登場人物

竹松　梅　（八十二歳）　林太郎の母
竹松林太郎　（五十三歳）　会社員・単身赴任中
〃もも子　（五十歳）　林太郎の妻・専業主婦
〃スミレ　（二十五歳）　その娘・会社員
〃カンナ　（二十一歳）　〃　大学生
〃サツキ　（十五歳）　〃　高校生

山川さくら　（五十歳）　梅の娘・キャリアウーマン
〃もり　（三十七歳）　さくらの夫
〃小菊　（六十歳）　もりの母・保険外交員

柳　なつめ　（五十歳）　専業主婦
〃松吉　（五十五歳）　なつめの夫・倒産寸前の出版社員
〃小百合　（八十五歳）　なつめの母
〃レンゲ　（十九歳）　なつめ・松吉の娘・短大生

柏木栗夫　（二十六歳）　スミレの恋人・会社員
藤　桂子　（四十五歳）　竹松家マンションの隣人
菅　杉作　（五十七歳）　〃　管理人
〃桔梗　（五十歳）　杉作の妻

1

東京近郊のマンションである。七棟ぐらいのマンション（全く同型の）が林立している地帯。この地域には、小さい公園があり、マンション住民の憩いの場所となっている。

住民は、ほとんど中流と称するサラリーマン世帯である。

幕が上がると、竹松家のリビングルーム。正面奥に台所があり、リビングとの間に、カウンターと丸椅子が幾つか。リビングには適当にそれらしき椅子とテーブル。

台所の下手に玄関の扉。

下手と上手に、家族の部屋がある。

スミレとボーイフレンド、栗夫が、やや険悪なムードで言い争っている。

スミレ　（切口上で）そうですか、わかったわ。君って、そういう人だったのね。

栗夫　そういう人って、どういう人だよ？

スミレ　屑よ。屑。男じゃないよ。女の腐ったの、じゃないや、男の腐ったんだ。ああ、今迄つきあって損したわ。ケチでエッチで、ケツの穴の狭い奴。顔も見たくないわ。

栗夫　（一見おとなしそうだが、したたかな男である）弱るなあ、ねえ、どうしてそうカッカするのかなあ……僕はさ、君がもっと……つまり、もうちいっと、大人かと思ってたんだ。君がそんな保守的な考えの持ち主とは思わなかったんだ。

スミレ　保守的？　このあたしが？　ふん、ちょっと冗談で結婚しようか、って言っただけなのに。

栗夫　……結婚したら会社を辞めるって言うからさ……。

スミレ　辞めるなんて言わないよ。辞めようかな、って、言ったのよ。そしたら、僕は配偶者を養う気はない、って、言ったじゃない。

栗夫　………。

スミレ　言ったでしょう。
栗　夫　ああ。
スミレ　そんなこと考えてるなんて、あきれたわ。
栗　夫　……僕だって、びっくりしたよ。まさか君が、結婚して男に養ってもらおうなんて、本気で思ってるとは。
スミレ　――。
栗　夫　そうだろ⁉　学生時代、君は結婚しても、職業を捨てず、一生キャリアウーマンとして頑張るって、言ってたよね。
スミレ　否定はしないわ。
栗　夫　だったら、なにも問題ないんだ。
スミレ　あたしはね、（詰まる）ああ、絶望的な気分だわ。――なんて言ったらいいんだろう。これは理屈じゃないんだ。あたしは、つまり、君って人の人間性に疑惑をもったのよ。
栗　夫　僕の人間性に疑惑って？
スミレ　……つまり、簡単に言えば、君はあたしを愛してないのよ。
栗　夫　それは違う。誤解だよ、君こそ、僕を理解してないし、愛していないんだ。
スミレ　じゃ、はっきり言うけど、本当に愛していれば、妻を養う気はない、なんて言えるか？
栗　夫　そこだよ、君は、愛と経済を混同している。愛は愛、金は金。そこをはっきりさせとかないと、離婚の悲劇につながるんだ。
スミレ　そう、わかった。それじゃ、今後君とのつきあいは止める。これだけ意見が食い違えば会うのは無駄だ。
栗　夫　ねえ、頭冷やして、冷静に考えてみてよ。
スミレ　考える余地なんか無いよ。君ってすごいケチなんだ。前から無駄遣いしないってわかってたけど、ケチなのよ。ドケチなの。今迄、なんだって割り勘で、おごってくれたことないじゃない。
栗　夫　それは、……それは君を一人前の女性と、認めてるからだよ。

スミレ　プレゼントだって、くれたことないわ。
栗　夫　君の誕生日にはちゃんとあげてるよ。
スミレ　そう、バザーで売れ残った安物のブローチとか、道端に咲いてた大根の花とか、タダのものばっかり。
栗　夫　（驚いた顔で）君って、高価なプレゼントもらうのが好きなのかい⁉
スミレ　高価なものなんて言ってないわよ。たまには、デパートの包装紙にくるんだものくれたっていいんじゃない。
栗　夫　へえ、デパートの包装紙が好きだったのか。
スミレ　馬鹿！　デパートの包装紙ってのは象徴じゃないか。玄関はあっちだよ。ああもう二度と顔見たくないわ。
栗　夫　わかったよ。……（玄関に行きかけて）明日の映画、どうするの？
スミレ　……。
栗　夫　又、電話するよ。じゃあ……。

栗夫しょんぼりと退場。

先刻から台所の隅で、冷蔵庫から食料を取出して、食べていたカンナ、旅行へ出る服装で顔を出す。

カンナ　（にやにや笑って）お姉ちゃんって、公式発表と、本音とずいぶん違うんだね。
スミレ　まだいたの⁉
カンナ　右手で男女同権。左手で、男に養ってもらいたい。
スミレ　ふん、馬鹿、分りもしないくせに。彼奴ときたら、ドケチなんだから。サンドイッチ半分づつ食べたって、ちゃんと、半分出させるんだからね。必ず一個多く食べてるのにさ。
カンナ　栗夫さんって、アパートの部屋代払って、食費だして、なにからなにまで自分でやってる。お姉ちゃんなんて、部屋代も、食費もいらない、給料全部小遣いじゃん。しょうがないよ。
スミレ　そういうことじゃないの。もっとデリケートな問題なのよ。
カンナ　まわりが結婚しだしたからって、あんまし、焦らない方がいいよ。
スミレ　うるさいね！

 もも子、外出姿でケーキの箱を手にウキウキとして入ってくる。

もも子 只今。（カンナをみて）何時の飛行機なの？
カンナ その質問はこれで四度目よ。三時半に羽田、沖縄に六時着。
サツキ （もも子の声を聞きつけ出てくる）お帰りなさーい。わあ、ケーキだ。
もも子 （スミレに）紅茶いれてよ。
サツキ あたしも手伝う。
カンナ 何かいいことあったみたいね。
もも子 （にっこりして）いい勘してるわね。
カンナ 木村屋のケーキなんて、誰かの誕生日以外買ってこないもの。
もも子 （スミレに）どうしたの？　浮かない顔して。今、バス停で、栗夫さんに会ったわよ。そういえば、あの人も浮かない顔してた。
スミレ ママもいい勘してるじゃない。
もも子 そりゃあ、シナリオライターの卵だもの。
カンナ 卵以前でしょう。
もも子 お生憎さま。実はね、今日、カルチュア教室で、先生に褒められたの。
カンナ キャー！　すごい。
スミレ 三年も通ってれば、一度くらいは褒めなきゃあ、先生見抜いたんじゃないの、ママが止めようと思ってるの。
もも子 あんたって、パパの母親とそっくりよ。そういう小意地の悪い言い方。先生はね、教室の皆さんの前で、私のドラマのシノプシスを読んでくれたのよ。着想が面白いって。
サツキ ね、ね、どんな着想？
もも子 完成したらみせてあげるわ。
スミレ ねえ、パパが単身赴任から帰ってきたら、カルチュア教室止めるんでしょう。

もも子　（ケーキを食べながら考えこむ）そこが問題なのよ。ここまできて、止められると思う？（三人の顔を見る）

カンナ・スミレ・サツキ、ケーキを食べながら、もも子の深刻な顔を見る。

もも子　……せめてあと三年、いえ二年でもいい、単身赴任しててくれるといいんだけど……。
カンナ　あと二年経ったら、ママ脚本家になれるの？
もも子　頑張るわ。
サツキ　パパこの前帰ってきた時、あと一年しないうちに、本社に戻れそうだって言ってたよ。
もも子　本当!?　まあ……あたしにはなんにも言わなかったわ。
サツキ　ママが喜ばないと思ったのよ、きっと。
もも子　どうして？　パパは、あたしがテレビドラマのお勉強にカルチュア教室に通ってること知らないのよ。
カンナ　どうして秘密にしとくの。話せば協力してくれるわよ、きっと。
もも子　とんでもない。反対するに決まってるわ。
スミレ　パパはママのことよく知ってるからね。
もも子　どういう意味、それ？
スミレ　だって、ママって短大卒業して、会社に勤めた経験もないし、専業主婦一筋でしょ。もの書いてるのみたことないし、手紙書くんだって、辞書と首っ引きで、一日がかりじゃない。そういう人が、なんでドラマを書きたいんだか、あたしさっぱりわかんないわ。
カンナ　うん、ママにはもっと他にあうものがあると思うな。
もも子　――。
カンナ　例えば、お料理とか、コーラスとか。
サツキ　鎌倉彫りとかどお。
もも子　あんた達、どうして私の才能を認めないの？　ママはね、中学の時は、作文が得意だったのよ。いつも先生に褒められたわ。（昔を想いだす風情で）教室で皆の前で朗読したこともあるわ。

スミレもカンナも母親のおしゃべりに耳を貸そうとせず、カンナはリュックサックの中をあけて点検。
スミレは週刊誌をめくる。

サツキ ねえ、今夜のおかずなあに？
もも子 （娘達の態度をみてかっとなる）なによ、親を馬鹿にして。カレーよ。
サツキ カルチュアの日はいつもカレーね。
スミレ そうよ、食費とってるんだから、もう少し美味しいものつくってよ。
もも子 なによ、たった三万円入れて、大きな顔しないでよ。
カンナ あっ、そうだ。あたしのスニーカー、洗っといてくれた？
もも子 知りませんよ。
カンナ もう！　一昨日、ママがやっといてあげるって言ったじゃん。この頃すぐ忘れるんだから。
スミレ （週刊誌を見ながら）若年性アルツハイマーってのがあるんですってね。
もも子 （かっとなり、まくしたてる）なんですか、あなた達。自分のスニーカーくらい、自分で洗いなさい。（サツキに）カレーが嫌なら、好きなもの自分で作って食べなさい。私はね今やっと二十五年間の専業主婦から脱出しようとしてるのよ。二十五年間、自分のやりたいこともやらないで、あなた達のために我慢してきたのよ。毎日毎日、朝から晩まで掃除と洗濯、料理で追いまわされて。自分のしたいことも出来ないで。
スミレ （冷静に）悪いけど、もうちょっと、気のきいたセリフ言えないのかな。専業主婦なら掃除、洗濯、料理のほかに、することないんじゃない。あたり前のことして、不平不満言うの、変じゃないかな？　それにいっとくけど、私もカンナもサツキもママに専業主婦やってくださいって、お願いした覚えありませんからね。ママは自分で選んだ道でしょう、この生活。あたし達のせいにしないで欲しいわ。
もも子 （涙ぐむ）——親を馬鹿にして——。
カンナ 馬鹿にしてないよ。ママの気持ち分かるけど……。
もも子 ……私はね、私はこのまま人生を終わりたくないのよ。平均寿命は伸びるばかり、八十三まで、まだ三十三年もあるのよ。これから三十三年間、どうやって生きていったらいいのよ。ぼけっと、孫の世話して生きろっていうの？

カンナ・スミレ・サツキ、母親に同情して、シュンとなる。

もも子 ママはね。このまま死んだら死に切れないわ。今、やっと自分の才能を開発し始めたのよ。生きがいをみつけたといってもいいわ。あなた達、少しは、協力してくれてもいいでしょう。

カンナ 協力するよ。

スミレ ごめんね、ママ。

サツキ カレーライス黙って食べます。

カンナ テレビの音小さくします。

サツキ ママが原稿書いているときは、なにがあっても、話しかけないよ。

カンナ それじゃ、でかけるか。

スミレ おみやげ頼むわよ。

サツキ あたしは食べるものがいいな。

カンナ あれ、この時計遅れてる。大変だ。

もも子 気をつけるのよ。

カンナ、玄関を飛び出していく。

なつめが入ってくる。

なつめ お邪魔していいかしら。あら、スミレさんいらしたの？

スミレ 土曜日は、会社休みですから。

サツキ こんにちわ。

スミレ、自分の部屋に退場。

もも子 どうぞ。

なつめ 直ぐ失礼するわ、母を連れてるの、今、病院の帰り。（玄関の外の小百合に）お母さん、一寸待ってね。三分ですむから。

もも子 お母様もどうぞ。（と外に向かって）（小さく）どうだったの、結果？

なつめ （小さく）やっぱりアルツハイマーですって。

もも子 まあ、やっぱり。

小百合 （玄関に、顔を出す）

もも子 あら、今日は。

小百合 （じっともも子をみつめる）失礼ですがどなた様で。

もも子 いやだ、竹松ですわ。

なつめ、小百合を外へ連れ出して。

なつめの声 お母さん、あのベンチで座ってて頂戴。直ぐいくから。わかったわね、ほら、あのベンチよ。

なつめ、入ってくる。

なつめ （溜め息）御覧の通りなの。

もも子 お教室、止めるの？

なつめ 折角三年も続けたんですもの、なんとか続けるつもりだけど……。

もも子 そりゃあそうよ、二人で励まし合ってここまで来たんですもの。今更止めるなんてないわ。

なつめ あなたが羨ましいわ。親も夫もいないなんて。

もも子 それがね、来年辺り、本社勤務になるらしいのよ。

なつめ まあ、栄転じゃないの。

もも子 栄転よりもう一、二年あっちに置いといて欲しいわ。あたしね。ＮＴＫの懸賞ドラマに応募しようと思うの。もう待てないもの。

なつめ あなたも！　あたしも考えてたの。母がこうなった以上、一日も早く、成功しないと。

もも子　まあ、二人で同じこと考えてたのね。よし、やりましょう。
なつめ　あたしはボケ老人をかかえた家族の話を書くわ。
もも子　あたしは人妻の恋愛問題。
なつめ　お互い頑張りましょう。今夜から徹夜するわ。来月の締切りまで、あと一月。
なつめ　挑戦ね。
もも子　夢に向かって……。
なつめ　ああ！　私達の夢！

サツキが出て行こうとする。

もも子　どこへいくの？
サツキ　ビデオ屋よ。
もも子　あたし、借りてきて欲しいのがあるの。ホラ、なんていった。あのエリザベス・テーラーがでてる映画。
サツキ　エリザベス・テーラーの映画は山程あるわ。
もも子　（考える）――ええと……ここまで出てるのよ……ええと……。
老婆の声　（外で）ここがバラの館ってマンションですかね。
隣の女の声　そうですよ。
老婆の声　竹松ってのがここに住んでましょうかね。
隣の女の声　ああ、お隣りですよ。
サツキ　あの声!?　ねえ、似ていない？　高知のおばあちゃんの声に。
もも子　（笑う）ホホ、おばあちゃんな訳ないでしょう。高知の山奥にいる人がこんなところにいるわけないわ。（なつめに）主人の母は、戦争中疎開して、それっきり向こうに住みついちゃって。
なつめ　まあ。
もも子　十五年前に父が亡くなって一人になっても、こっちに出てこようとしないのよ。

なつめ　立派ねえ。
もも子　そう、頑固で、気が強くて。可愛気がなくて。一人暮らしが性にあってるんですわね。
　チャイムの音。
　サツキ、玄関の扉を開ける。
　梅と隣の女が立っている。
サツキ　おばあちゃん!!　やっぱりおばあちゃんだわ。
もも子　（仰天して）まあ、お義母さん！
梅　ああ、もも子さん、やっと到着できた。東京駅のプラットホームで、だれか迎えにきてるだろうと、そりゃあ探したのよ。
もも子　探した⁉　まあ、だってこんな突然、どうしてお手紙か、お電話してくださいませんの？
梅　手紙？　手紙だしたじゃないの。
もも子　いいえ、受け取っていませんわ。
梅　え⁉　あたしの手紙、着いてないのかい。
もも子　手紙なんか、ぜんぜん。ねえサツキ。
梅　まあ、あたしの手紙、あたしの手紙、どこへいっちまったんだろう。
　この時、小百合、バラ色の人生を歌いながら入ってくる。
　溶　暗

2

その夜。

竹松家のリビング
もも子が夫に電話をかけている。
スミレ、ダンベル体操をしている。

もも子 (電話機に)手紙なんて、だあれも受け取っていないのよ。だのにお義母さん、間違いなくポストに投函したって言いはるのよ。わかってるでしょ、あなただってお母さんの性格は、言い出したら絶対後にひかない人ですからね。……それがね、なにしにでてらしたんだか言わないの。……そんなこと、私の口から聞けまして?　いつまで居るんですかなんて、聞けませんよ……。
困ったわ。どうしましょう。……変でしょう、今までいくら遊びにいらして下さいっていっても出てこなかった人が、突然出てくるなんて——荷物?　荷物はボストンバッグ一つだけど……ねえあなた、なんとかして一日でも帰って来て下さらない?　あなたから言って欲しいの。婉曲に、傷つけないように、あたし達は忙しくて、お義母さんをかまって差し上げられないから、——そうだわ、さくらさんの所へいってくだされぱいいのよねえ、実の娘ですもの、お義母さんも気楽でしょう。ええ、お願い。……ええ、それじゃ長くなると電話代が大変だから、切るわ。それじゃ……(受話器を置く。スミレに)お父さん、近日中になんとか時間をつくって帰ってきてくれるって。

スミレ 近日中って、いつ?

もも子 さあ、近日中だから、近日中でしょう。……おばあちゃん、本当に手紙だしたのかしらねえ。郵便が行方不明になるなんてあり得ないし。

スミレ 出し忘れたに決まってるわよ。八十二だもの。

もも子 いやな性格ねえ、忘れたって、素直に認めればいいのに……。

スミレ 忘れたってことも、忘れたのよ。寝たの?

もも子 うん。パパのベッドでね。ああ、困るわ、この大事なときに、よりによって。

スミレ 仕方ないじゃない。おばあちゃんは、ママがテレビドラマの懸賞に応募するなんて知らないんだから。
もも子 いつ帰るのかしらねえ……。
スミレ ことによったら、ずっといるつもりじゃないの。
もも子 まさか！
スミレ 急に一人暮らしが淋しくなって、子供達のところに出てくるっての、この間、テレビドラマであったよ。
もも子 （不安になる）本当？　……まさか、……あの人は、昔から憎らしいくらい自立心の旺盛な人だもの。……ねえ、明日、どこかへ連れてってあげてよ。日曜日だからいいでしょ。
スミレ 日曜日は駄目よ、混むから。
もも子 じゃ明後日。
スミレ 会社です。
もも子 休暇あまってるんでしょう。はとバスで東京見物か、そうだ、あの人、鎌倉が大好きっていってたから、鎌倉にでもいってらっしゃいよ。
スミレ なんで私が……。
もも子 だって、カンナはいないし、サツキじゃ頼りないし、あたしその間に原稿用紙に向かえるわ。
スミレ ママのコハクのブローチ、くれる？
もも子 駄目よあれは、あたしが大切にしてるんだから。
スミレ あれくれたら、いってあげるわよ。
もも子 ……（考える）それじゃ、なぜ高知から出てきたか、何時までいるつもりか、聞いてくれるわね。
スミレ うん、いいわ。上京の目的と、滞在日数ね。商談成立だ。

扉の開く音。
二人、聞き耳を立てる。
梅がネマキ姿で出てくる。

梅　トイレは、どこだったかしら。

もも子　（さっと立上がり）こちらですわ。足元、気を付けてくださいね、ここ滑りますから。

梅　慣れない枕で、おまけにベッドじゃ、なかなか眠れないわ。……（ブツブツと）部屋はまるで棺桶みたいに、狭くて……。

　　トイレに入る。

スミレ　あのぶんじゃ、長くいないよ。

もも子　（嬉しそうに頷いて）よかった、気に入らなくて。

　　梅出てくる。

梅　今日は平成三十年四月××日、あれ、××日だったかしら。

スミレ　四月××日よ。

梅　二千十八年、四月××日。私の名前は、竹松梅。おめでたい名前だ。年齢八十二才。生年月日は昭和十年五月五日、端午の節句。本籍地は東京都台東区浅草三ノ五一番地。

スミレ　なあに、それ。

梅　呆けてない。呆けてない。ね、毎日こうして脳味噌の検査してるのよ。あんた達、あたしが年寄りだから、きっと手紙、出し忘れたっておもってるだろうけど、全然呆けちゃいないのよ。手紙はちゃんと、郵便局に持ってって、八十円の切手を買ってポストに入れた。ちゃんと覚えてるんだから、あれは火曜日の午後二時四二分。

もも子　まあ、時間まで覚えてるんですか？

梅　ああ、丁度あの時、お金さんの葬式が三時からで、これから歩いて、十二分で着くから、向こうにいって、六分時間があまるって計算したんだから。

スミレ　すごい記憶力ね。おばあちゃん。

梅　ああ、あたしはちゃんとメモしてるの。呆けたなんて言われたくないからね。ではおやすみ。

梅退場。

スミレ　ママ、本当に手紙受け取らなかったの？

もも子　（なんとなく不安になる）受け取らないわよ。

スミレ　引き出しとか、探してみたら。このごろ物忘れひどいから。

もも子　状差しの手紙を点検する。

もも子　あるわけないわよ。あたしが呆ける筈ないじゃない、親を馬鹿にして……あの人が出し忘れたにきまってるわよ。

溶暗

3

マンションの前の小さな公園のベンチ。葱、大根のはみでた籠を脇に置き、もも子となつめが、話に熱中している。もも子は、自作のドラマのストーリーを、なつめに話している様子。時折興奮し、身ぶり手ぶりまで入る。

もも子　そうじゃないの。私の考えでは、みどりは、決して夫が嫌いじゃないのよ。勿論、離婚する気なんかないわ。彼女なりに夫や子供を愛し、家庭を大切に思ってるの。でも、パートで働いてる職場で、その青年に会ったとき、彼女は、雷に打たれたような衝撃を受けるのね。

なつめ　つまり、二人は激しい恋に落ちるのね。ロマンチックだわ。

もも子　みどりは、お見合い結婚だったから、人を恋するなんて、初めての経験なのよ。青年は、彼女より十三も年下だった。それでも彼女は、青年を愛さずにいられないの。（目を輝かせ、自分が恋愛しているように）人目を忍んで逢瀬を続ける。勿論、罪の意識にかられながらよ。彼女は、夫を愛しているんですもの。でも、恋の炎は燃え上がるばかり。

なつめ　その青年になる俳優、イメージ・キャストは誰なの？

もも子　××××よ。

なつめ　あの人、素敵だわ。

もも子　ある日、彼女はついに家庭を捨てて、その青年との恋に生きようと決心する。ところが、ところがその青年は、実は、銀行強盗の一味で、みどりがはたらいているスーパーの隣の銀行を狙ってたのよ。彼は色仕掛けでみどりを利用しようとしてた。

なつめ　ねえ、なんだか、そのストーリー見たことあるわ。昔。

もも子　（がっかりして）やっぱり、そう思う？　実はわたしもね、なんとなく昔みた映画にあったような気がしてたんだけど——どうしよう……。

なつめ　あなた、年下の男性と恋愛した経験あるの？

もも子　年下も年上も、あたし恋愛って、したことないの。主人とはお見合いでしょう。あたしの夢なのよ、一生に一度でいい、恋愛してみたいわ。あなたは、勿論、恋愛結婚でしょう？

なつめ　ええ、でも二十年も経ったら、恋愛も見合いも同じよ。頭はハゲて、おなかはでっぱる。人前で平気でオナラする。なんでこんな男に夢中になったのか、今となるとさっぱりわからない。詐欺にでもあったみたいな気がするわ。それに、会社が今にも倒産しそうなの。あたしが、早く一人前の脚本家になって稼がないと、私の未来は真暗なのよ。（ふと下手に首をむけ）あら！

下手から「バラ色の人生」を歌いながら、小百合が珍妙ないでたちで現れる。

呆気にとられて見る、なつめともも子。

その前を、幸福そうに歌いながら通り過ぎていく小百合。

なつめ　（気を取り直し）お母さん！（と後を追おうとする。小百合の姿は舞台にない）

もも子　（なつめと同じく立上がり、小百合の去った方をみる）——。

なつめの夫松吉と、娘レンゲが、急ぎ足で登場。

なつめ あなた！

松　吉 何してるんだ、こんなところで。

なつめ あなたこそ、どうしたんです。

松　吉 どうしたも、こうしたもないだろ。

レンゲ おばあちゃん、こなかった。

なつめ 来たわよ。

松　吉 ほら、やっぱりこっちだろう。（と、レンゲに）

なつめ 一体どうしたの。

レンゲ お父さんが昼寝してる時に、おばあちゃんが、大声で歌うから、お父さんが「出ていけ、くそ婆っ」って怒鳴ったの。

なつめ まあー（夫をにらむ）

松　吉 折角の休みくらい、昼寝したっていいだろう。

なつめ 年寄りを怒鳴らなくてもいいでしょう。

松　吉 歌うんなら外で歌えばいいんだ。俺の枕元であの声で、「人生はバラ色」なんてやられてみろ、やりきれないよ全く。

レンゲ 早く追いかけようよ。

なつめ そうね、あの人足が丈夫だから、何処へいっちゃうかわからないわ。

レンゲ お母さんのせいよ。足が弱るといけないって、おばあちゃんに毎日一万歩歩かせるんだもの。

松　吉 全くマラソンの選手なみだからな、あの婆あ。

なつめ あたしの親だからって、ないがしろにしないでよ。

松　吉 ふん、自分だって、結構邪剣にしてるじゃねえか。

松吉、レンゲ、退場。

なつめ　（もも子に）ごらんの通りよ。あたしのドラマが現実になってきてしまったわ。

なつめ、二人を追って退場。

もも子　ああ現実にきびしいわ。……あたしだって、姑のおかげで、自分の家で、じっくり机に向かう時間ないんだもの。ストーリーだけでも、ここで考えていこう。（ベンチに座り直し、思い悩む風情）——出てくるのは、ありきたりなストーリー。ありきたりなセリフ。まるで私の人生みたいに平凡で、ありきたりなんだわ……。ああ、一度くらい灼熱の恋ってのしてみたかった。……アンナ・カレーニナみたいな。……なんと平凡な人生……ありきたりのセリフ……。

一人言をいいながら、思いつめたような表情で、下手に退場。

ベンチにポツンと残された、野菜の入った籠。

管理人の男、紙屑を拾い集めている。

ベンチの籠をみつけ、中を調べる。

通りかかった隣の女に。

管理人　これ、あんたのかい？

隣の女　いいえ。

管理人　どこの奴だい、こんなとこに置いとくなんて。（中を調べる）財布が入ってるよ。

二人で調べる。

隣の女　（銀行のカードをみて）まあ　まあ、竹松さんの奥さんだわ。こんなところへ大事なものおいて……。

管理人　あんたんとこの隣だろ。もっていってやっとくれよ。

隣の女、籠を持って下手に退場。

上手から、歌いながら小百合が登場。下手にゆっくり退場するが、その直ぐ後から、レンゲ、松吉、なつめが続く。

松吉　絶対に病院に入れるべきだよ。
なつめ　――でもねえ。
松吉　あれが寝たきりにでもなったらどうするんだ。お前に世話ができるのか……。
レンゲ　可哀そうだよ、病院に入れちゃ。
松吉　俺のことは可哀そうじゃないのか。え、仕事に疲れ、人生に疲れているこの俺は、可哀そうじゃないのか。
（松吉の喋っている途中から、なつめとレンゲはいなくなる）
（舞台中央に佇み、溜息をつく）バブルの恩恵も受けねえのに不景気だけは平等にやってきて、人の横面はりとばしやがる。何だか知らねえが五十五年間、夢の間に過ぎていっちまった。のべつ幕なしに金がねえ、金がねえとグチるかかあと、あの仏頂面の娘が人生の道連れじゃ、この先も浮かばれねえな。ああ、俺の人生は灰色だ。

溶　暗。

4

竹松家のリビング。
梅がもも子の派手なエプロンをつけ、掃除機を傍らに置いたまま、状差しの手紙類を調べている。一通づつ差出人の名前をみる。

梅　何処へいっちまったんだろう、あたしの手紙は。もも子さんがなくしちまったとは幾らなんでも考えられないし……郵便配達が捨てたなんてことも、ないよねえ…あたしは確かにポストへ入れたんだし、……ふーん、ことによると、ポストにひっかかって……そんな事って今まで聞いたことないからね。いや、しかし何があったって不思議じゃない世の中だ。ことによると、あたしがポストへ入れたと思って、実は入れなかった。手紙を書いたと思ってるけど、実は手紙を書いてなかった。……ふーん……なんだってこの頃のわたしの忘れっぽさは並じゃないからねえ……。私の名前は竹松梅、昭和十年五月五日生まれ、本籍地、東京都台東区浅草三ノ五一番地。

もも子が入ってくる。

部屋の様子、テーブルの上に拡げられた状差しの手紙、掃除機と目を向け、思わずかっとなる。

もも子　（咎める口調で）なにしてらっしゃるんですか。

梅　あら、もも子さん、（慌てて手紙をまとめてしまう）

もも子　なにしてるんですか。

梅　なにね、ちょっと。手紙よ。もしかして、私のだした手紙が、紛れ込んでないかと思って。

もも子　あるわけないでしょう。私は見てないんですから。それとも、あたしが嘘ついてるとでも。

梅　そうじゃないの。でもさ、誰でもうっかりして……。

もも子　あたしはまだ呆けていませんわ。

梅　そりゃそうよね。あなたはまだ五十。あたしは八十二。呆けてるとしたら私なんだ。（ちょっと悲しそうに、掃除機を持つ）

もも子　止してください。掃除はわたしがいたします。

梅　（手を止めて）――。

もも子　お客様なんですから、どうぞ座ってらしてください。

梅　……お客様かい……。

玄関のブザー。

もも子、扉を開ける。

隣の女が、もも子の買物籠を差し出して、

隣の女　ベンチに置いてあったわよ。
もも子　あら！　やだ、私ときたら、……やだわ。
隣の女　お財布に銀行のカードがあったからお宅のだってわかって。
もも子　まあまあ、有難うございます。
隣の女　いいかしら、（と言いにくそうに）こないだお立替えした五百円。ほら赤十字の募金。
もも子　（かぶせて）アッー。ご免なさい、すっかり忘れてた。この頃どうかしてるわ、私。はい、五百円。
隣の女　はい、たしかに頂きました。

隣の女退場。
もも子、バツ悪そうに籠を台所へ持っていく。
梅、ソファーに座り、新聞を読むふりをしながら、嬉しそうにもも子を見ている。

もも子　今日は二千十八年四月××日、日曜日、一年は三六五日、一日は二十四時間。アルツハイマーかと心配になっちまうわ。
梅　ねえ、九九をやってみるといいよ。あれができれば大丈夫だから。
もも子　九九ですか。えーと二二が四。二三が六。二四が八。
梅　二九、十八。三一が三。

もも子と梅、二人で九九をやる。
ブザーの音、
もも子扉を開ける。
さくらともりが立っている。
その後に、もりの母、小菊がいる。

もも子　まあ、さくらさんにもりさん。どうぞお入りになって。
さくら　私達で出掛けようとしたらお義母さまが丁度いらしてね。それじゃご一緒にと。

小菊　さくらさんのお母さまには、まだ一度もお目にかかってませんので、この際、一度ご挨拶したいと思いまして。

三人　中へ入り、それぞれ適当に座る。

小菊　お邪魔致します。

梅　よくいらして下さいました。こちらから出向かねばなりませんのに……お初におめにかかります。私、竹松梅、さくらの母親でございます。

小菊　山川小菊でございます。（菓子折りを出して）この辺のものですけれど、皆様で召し上がって下さいませ。

もも子　まあ、有難うございます。

もも子。茶の支度をする。

さくら　昨日会社から帰ったら、留守電に母さんの声が入ってるんで、びっくりしちゃったわ。

梅　なんだね。お前のその格好！　少しは年をお考えよ。誕生日がくれば五十じゃないか。

さくら　だって、この位の着ないと、どっちがもりの母親だか、わかんないでしょう。

小菊　（嬉しそうに）ホホ、あたしが母親なのは、一目瞭然ですわよ。ねえ、もりちゃん。

もり　あたりまえだよ。

さくら　（嬉しくなって）もりったら、本当の事言うものじゃないって、言ってるでしょう。ところで、お母さんなにしに出てきたの？

梅　なにって、まあねえ、……。

さくら　家へも来てもらいたいけど、ワンＬＤＫで、ひと泊められないんだわ。

梅　いいよ。私はここでいいよ。林太郎の部屋があるから。

さくら　そうだわね。（もも子に）ねえ、このマンション買った時、お兄さん、お母さんの部屋あるから、一緒に住もうって言ったのよね。だのに母さん、あたしは東京は嫌いだって、断固として出てこなかった。あたし達の結婚式にも出てきてくれなかった。だのに、どうした風の吹きまわし？

梅　（とぼけて）さあねえ……。

もも子　（茶を出し）本当にお義母さんには、びっくりさせられましたわ。玄関の扉開けたらそこに立ってらして……。
梅　だから手紙だしたって言ってるだろ。
もも子　その手紙が行方不明なんですよ。
もり　へえ！　手紙が行方不明!?
さくら　出すのを忘れたのよ、お母さん、きっと。
梅　お前まで……。（傷つく）
さくら　だって年だもの、仕方ないわよ忘れるの。
小菊　ホホ、年はとりたく無いものですわねえ。それでは私、これでおいとまいたしますわ。一寸家に用事もありますし、お母さんとさくらさんは、つもる話もおありでしょうから。
もも子　あら、どうぞ、ごゆっくりなさって。
小菊　それじゃ、もりちゃん、私達は、お先に失礼しましょう。
もり　うん。（立ち上がる）
さくら　もりちゃん、待ってよ。あたし、もう少ししたら帰るから。
もり　うん。（腰を下ろす）
小菊　もり、ほら、約束したでしょう。電気コンロの具合見てくれるって。
もり　あっ、そうだった。（立ち上がる）
さくら　駄目よ、もり、帰り、一緒にマルメロの首輪を買いに行こうって言ってたじゃない。
もり　うん。（困惑の態）
小菊　マルメロの首輪なんか、明日だっていいじゃないの。ママんとこのコンロは、今夜つかうのよ。
もり　ああ。
梅　（怒って）もりさん、あんた、なんだね。さっきから、ああ、うん、ああ、うんって、はっきりしなさいよ。男らしく。

もり　はい。しかし……。

小菊　（うめに）この際いい機会だから、はっきり申し上げますわ。もりはね、本当に可哀相なんですのよ。十二も年上の女房に尻に敷かれて、下男のようにこきつかわれて。（涙ぐむ）私は、もりが、さくらさんと結婚したいと言ってきたとき、勿論反対しましたわ。だって、さくらさんは、もりとより、母親の私のほうに年が近いんですもの。でも、もりは、すっかりさくらさんに、たぶらかされて。

さくら　たぶらかしたですって。

小菊　（笑う）ホホホ、とにかく私、思い返しましたの。十二も年上なら、母親の私のようにもりを大事にしてくれるに違いないって。ところが、ところがどうでしょう。釣った魚にエサをやらないと申しますけど、あなた、もりは掃除、洗濯、お料理、お使い、までやらされて、虐待されて居るじゃありませんか。

さくら　虐待!?　私がいつ虐待したのよ。え、もり、言って、私がいつ。

もり　（ニヤニヤ笑う）

小菊　（もりに）あなた、私のところへ来ると何時も疲れた、疲れたって青い顔して、寝ころんでるじゃないの。だからママはリポビタンDだの、ユンケルだのタフマンだの買っといて、あんたに飲ませてるでしょう。なんでそんなに疲れたのって聞きますと、家事で忙しいって言うじゃありませんか。トイレからお風呂の掃除まで、全部やらされてるんですよ。

もり　（マンガを見る）

さくら　仕方ありませんわ。私はデパートで一日中働いて稼いでるんですもの。言っときますけど、晩の食事は、私が作っているんですから。もりちゃんは後片付けだけですわ。（と、もりに）

もり　うん。

小菊　食事ったって、デパートの売れ残りのお弁当ばかり食べてるそうじゃないの。

さくら　おみおつけとサラダは、作りますわ。

小菊　おみおつけはインスタントでしょう、ねえ、もり。
さくら　もりはあなたのせいで、すっかり駄目男にされちまったんです……。だから私が、もりを一人前の男にしようと鍛えているんです。
小菊　鍛える⁉　夫を妻が鍛えるんですか⁉　だから母さんは心配したのよ。もり、お願いだから母さんの言うこと聞いて。別れなさい、こんな皺くちゃ婆あとは、はっきり別れなさい。
梅　さくら、お前も、この男とは別れなさい。十二も年下で、マンガ見てる男なんて、別れちまいな。
さくら　（もりをみる）
もり　（さくらをみてニヤリと笑う）
さくら　（もりに笑う）
もり　（小菊に）ねえ、ママ、ママのとこの冷蔵庫にトロロ芋ある？
小菊　ええ、あんたの大好物だもの、いつだって置いてあるわ。
もり　僕、急にトロロ御飯が食いたくなったな。（さくらに）一緒に行こうよ。
さくら　あたしがトロロ芋嫌いなの知ってるでしょう。
もり　じゃ、飯食ったら、直ぐ帰るから、家で待っててよ。
小菊　（にこにこと）それでは失礼致しますわ。
もり　（お辞儀をしてマンガ本を抱えて）それじゃ失礼します。（と、梅に）
さくら　早く帰るのよ。
もり　ああ。

小菊ともり、出ていく。

この間、もも子は台所の片隅で、観客に見える位置で、一生懸命メモをとっている。

梅　なんだね、あの親子は。
さくら　あの母親さえ居なきゃいいんだけど。

梅　あの男は、一文も稼いでないんだろう。
さくら　気が向くと、バイトに出かけるけど。……あの母親が保険の外交やって結構稼ぐもんだから、お小遣いをもりにやるの、それがいけないのよ。
梅　とっとと別れちまいなよ。
さくら　……。
梅　あの男はね、マンガを見ながら、お前たち馬鹿女を食いものにしてるんだよ。
さくら　可哀相よ、そんなこと言っちゃ。もりはね、定職につくのが苦手なのよ。組織の中に入って、縛られたり、上司におべっか使うなんて、できないのよ。
梅　誰だってできないさ。でも我慢してやってるんだよ。生きていく為に、妻子を養う為に、みんな嫌な思いして働いてるんだ。それが男ってもんだよ。ねえ、もも子さん、林太郎はそうじゃないかい。
もも子　（慌てて）ええ、あの人は責任感のある立派な人ですわ。
さくら　あの母親がいけないの。三十七にもなる息子を、いつまでも子供だと思って甘やかして……。
梅　あの母子を一目見れば、そんなこと最初っからわかっているじゃないか。
さくら　……。
梅　一生キャリアウーマンで過ごすんだなんて偉そうに言ってたくせに、四十過ぎてあんな男にのぼせ上がって――情けないったらありゃしない。親のあたしの言う事、きかないからだよ。
さくら　（考え込む）（間）帰るわ、私。
梅　別れた方がいい、今からでも遅くないよ。
さくら　（しょんぼりと頷く）

玄関を出るさくら、見送るもも子。

入れ替わりに、小百合が、ぬうっと入ってくる。

もも子　あら、なつめさんとこのお婆ちゃん。

小百合 申し訳ありませんけど、おにぎりでも頂けませんでしょうか。朝から御飯食べていませんの。
もも子 まあ、なつめさん、お留守ですの？
小百合 おなか空いてるんです。朝からなにも食べていないので……。
梅 まあ、可哀相に。ひどい嫁さんだね。
もも子 お嫁さんじゃなくて、実の娘さんなんですよ。
梅 実の娘が、親にご飯を食べさせないのかい？
もも子 いえ、そうじゃなくて（目くばせするが、梅にはわからない）
梅 さあ、早くご飯あげなさいよ。

もも子、ご飯を茶碗によそってやる。

梅 さあ、いくらでも食べなさい。お漬物だけじゃ、なにかないの。
もも子 でも……。
梅 アジの干物があったじゃないの。
もも子 ええ、でも……。
梅 食べさせてあげなさいよ。
もも子 おなか壊すと、後の始末が大変だから。
梅 後の始末なんか！
小百合 （ガツガツと食べる）美味しいわ。
梅 可哀相に。（涙ぐむ）

なつめが飛び込んでくる。

なつめ お母さん！
小百合 （無表情で）
なつめ まあ、ご飯いただいたのね。すいません。

梅　あなた、親がおなかすかせてるのに、どこほっつき歩いてるの。朝からなにも食べさせないで……。

なつめ　食べたんですよ、朝も昼も、ちゃんと。

梅　嘘おっしゃい。食べてないっていってますよ。

もも子　お義母さん、これには事情が（小声で）ここが（脳をさし）壊れてしまったんですよ。

小百合、黙って立上がり、バラ色の人生を唄いながら踊る。

皆、あっけにとられて、小百合をみる。いつの間にか、スミレとサツキも部屋からでてきて。

梅　……呆けてるのかい。なんてことだろう。

小百合を見る梅の目に涙が光る。

嬉しそうに踊り、歌う小百合。

溶　暗

5

翌日。

竹松家のリビング。

もも子、辞書、原稿用紙、鉛筆等を抱えて、「バラ色の人生」のメロディーを口ずさみながら、部屋に入ってくる。

もも子　さあ、仕事、仕事。今日は一日中、原稿用紙に向いますよ。スミレがお義母さんを連れ出して、鎌倉見物に出かけたから、昼御飯も晩御飯も支度しないでいい。ああ、なんて幸福。一日が自分の為にある、人生は自分の為に存在する！（鉛筆を手に、考えこむ）みどり「あなた、私がいやになったのね」

正樹「そうじゃないよ、君が本当に愛しているのは、僕じゃない、ご主人なのだ。」
みどり「ちがうわ、あたし怖いの、だって、あなたは十三も年下なんだもの。」

考えながら、テーブルの上のおせんべいの袋を取り、バリバリと食べる。

もも子　そうだ、ペンネーム考えとかないと……竹松もも子なんて、アニメ作家ならいいけど……あこがれの橋田寿賀子さんみたいなのがいいな……橋田寿賀子、向田邦子、……橋向もも子なんての、どうかしら…橋向もも子、悪くないわ。（夢見る瞳で）テレビの画面に、橋向もも子作、「恋はバラ色」。（夢想するもも子）

チャイムの音。

もも子、我に返り「誰だろう」と舌打ちしながら、立ち上がる。

扉を開ける。

超ド派手な、さくらが立っている。

もも子　（心と裏腹に、愛想良く）まあ、さくらさん。
さくら　お母さんは？
もも子　今朝早くからスミレがお供して、鎌倉見物に出かけましたの。晩御飯も食べてくるって言ってましたから、遅くなると思いますわ。
さくら　（入ってきて）かえって良かったわ。お義姉さんに相談にのってもらうわ。
もも子　（内心の迷惑を隠して）まあ、なんでしょう。私などで宜しいんですか。
さくら　同年代のほうが、きっと理解してもらえるわ。あら、お仕事中？　なにしてるの？
もも子　（慌てて）いえいえ、スミレにちょっと頼まれて。（しまう）お紅茶いれますわね。もりさん、今日は？
さくら　猫のエサ買いにいってるの。

もも子、紅茶の支度をする。

もも子　なんでしょう、相談って……。
さくら　ねえ、もりのことなんだけど……母がもりと別れろって言ったでしょう。あたし、今真剣に考えてるの。お

もも子　義姉さん、どう思う?
さくら　どうって……。
もも子　今はいいのよ。あたし四十九っていったって、十は若く見えるでしょう。誰も私が四十九だなんて信じないわ。
さくら　モチロン、信じませんわ。
もも子　（ハンドバッグから鏡を取り出して、自分の顔を眺めて）もりと歩いたって、同い年か、ことによると私のほうが年下に見られるくらいよ。
さくら　はあ……そうですねえ……。
もも子　（パフで顔をたたく）でもねえ、今はいいの、けどあと十年経って、あたしが五十九、彼が四十七。
さくら　四十七の男って、男盛りですわねえ。
もも子　あと十年たったら……。
さくら　さくらさんは六十九、もりさんは五十七。
もも子　あたしに人並みの自惚れがあれば。せめてもりの母親くらいの自惚れがあればねえ……。（鏡を見て口紅をひく）
さくら　（こそこそとメモ帳を出してメモをする）そうですわねえ、自惚れって、大事なエネルギー源ですわねえ。
もも子　なんたって、あのウルトラ派手な母親が、もりに吹き込むでしょ。陰でね、あたしを鬼婆あって言ってるのよ、あなた。お前はあの鬼婆のマスラオ派出夫にされてるんだよって。
さくら　まぁ、さくらさんを鬼婆あ!
もも子　あたしが真っ赤のワンピースを着てたら、赤鬼だって。
さくら　まあ、赤鬼、じゃ、青い服着てたら、青鬼ですわね。
もも子　冗談じゃないわよ。あの婆さんには、むかついてたまらないの。六十にもなって、あのド派手な化粧。いくらもりの母親でも、我慢ができないわ。もりにね、あなた息子なんだから、たまには忠告しなさいよ、っていったら、もりは、ママがあれで幸せならいいじゃない、っていうの。

もも子　（紅茶を入れるふりして、メモする）成程。そういう考え方もあるんですねえ。
さくら　優しいのよ、もりは、誰にでも優しいの。あの人、あたしにも、そりゃあ、優しいの、仕事から疲れて帰ると、肩もんでくれたりして。
もも子　まあ、肩をもんでくれる⁉
さくら　母は別れろって言うけど、あたしが別れるなんて言ったら、もりは自殺しかねないわ。あの子、そりゃああたしを愛してるんですもの。……年が近い夫婦ってつまらないわねえ。年下っていいわよ。惜しげなくこき使えるもの。
もも子　成程ねえ（メモする）惜しげなくこき使える……。
さくら　それでも、あたし若くなりたいわ。せめて五年でもいい、若くなりたいわ。ああ、わたしの時間だけ、止まってくれればいい。時よ、止まれ！　って叫びたい気持ちよ。
もも子　（メモする）時よ、止まれ！　素晴らしいセリフだわ。
さくら　時よ、時よ、止まっとくれ。でも、もりの時間だけは、あたしの倍のスピードで過ぎておくれ。欲しいのは若さ⁉
もも子　欲しいのは若さ！　ええ、そうですわ。私だって、そしたらもう一度人生をやり直せるのに……めくるめく太陽のもとで……灼熱の恋に身をこがし……胸ときめかす情熱のひととき。

窓から、バラ色の人生のメロディーが流れてくる。

さくら　（窓からのぞき呟く）私の人生は灰色だわ。

メモするもも子。

もも子　私の人生は、なに色かしら……。

溶　暗

6

公園のベンチ　同じ日。

上手より外出着の梅とスミレが登場。

梅は、鎌倉土産のおまんじゅうを下げている。

スミレ　（時計を見る）まだ三時だ……早すぎるな！

梅　疲れたね。

スミレ　一寸ベンチに座ろうか。

二人ベンチに座る。

スミレ　おばあちゃんときたら、折角、鎌倉まで行って、ろくすっぽ見物もしないで帰ろうなんて言い出すんだから。

梅　あんなとこ鎌倉じゃないよ。

スミレ　鎌倉じゃなきゃ、どこなの？

梅　どこにでもある町さ。あたしの知ってる鎌倉はね、古い歴史を背負った気品が、街中にただよっていた。駅から外に出ると、空気が澄んでいて、しっとりとした上品な香気が、何処からともなく匂ってきたものよ。それがどうだね。駅の前は、下品な銀行ばかり。一寸歩けば人にぶつかる。安っぽい今風の店だらけで、どこ歩いてるのか、わかりゃしない。

スミレ　（うんざりして）恥ずかしかったよ、あたし。おばあちゃんときたら大きな声で、やだねえ、いい年をした女共がリュックしょってなんていうんだもの、睨みつけてたよ、あのオバさん達。

梅　本当(ほんと)じゃないか、え、いい大人が、歩きながらオセンベ食べてる、みっともないと思わないのかねえ。

スミレ　おばあちゃんって、文句屋なんだね。

梅　お前は、腹が立たないのかい。

スミレ　別に……しょうがないもの、怒ったって。
梅　若いくせして、どうして、しょうがないなんて言うんだろう。
スミレ　無駄なことにエネルギーを使わないの。疲れるもの。ねえ、どうする、これから？　時間まだあるけど……。
梅　家へ帰ろう。
スミレ　晩御飯も食べてくるって、言ってきたのよ。
梅　無理して外でまずいもの食べること無いよ。家でお茶漬けでも食べたほうがいいよ。
スミレ　それはそうなんだけど。……困ったなあ……。
梅　早く帰ると、具合の悪いことでもあるのかい。
スミレ　そんな事はないけれど……。
梅　そんな事はないけれど、か。
スミレ　あの人もね、これからの高齢化社会をどうやって生きていくか、悩んでるのよね。
梅　あの人って、お前の母親のことかい？
スミレ　うん。
梅　長生きの悩みか……高齢化社会ってのも厄介なものなんだね。五十から先に長い長い老後が待ってるんだからねえ……。
スミレ　そうなの、五十からなにかを始めようとしてるのよ、彼女。
梅　へえ、五十からの人生に挑戦するのか、そりゃあ大変だ。
スミレ　うん、そう、現実はきびしいからね、夢と現実の落差に、時折気付いて、ヒスおこすのよ。
梅　ところで、お前はいくつになったの？
スミレ　二十五よ。
梅　二十五か、昔なら赤ん坊の世話で、てんやわんやな年頃だ。
スミレ　うん、あたしの周り、目下結婚ラッシュよ。お祝い金ばっか取られてるわ。

梅　あたしゃ香典ばっかとられてるよ。……お前貰う側になったらどうなの。

スミレ　うんそうだけど……悩んでるのよ、結婚して仕事続けるとなると、女は不利だからね。といって、うちの母親みたいに、夫の稼ぎで、手抜き家事やってるほうが、楽チンそうだけど、五十を目前にして、欲求不満が爆発するってのもあんましみっとも良くないしね。まわり見回すと、ああはなりたくないっておばさんばかりだからね。未来に夢、持てないんだな……。

梅　だったら、自分で考えて、自分が手本になるような人生を生きればいいんだよ。

スミレ　そりゃあそうだけれどね……いいわよ、おばあちゃんは。もう人生あと少しだもの。

梅　その少しが、大変なんだよ。あと少しがね。

スミレ　でもいいよ。田舎でのんびり畑しながら暮らせば……ねえ、おばあちゃん、何時までこっちにいられるのかしら。あたしのスケジュールそれによって決めるわ。会社休む都合あるから。いつまで？

梅　いつまでって……まだ決めてないのよ。

スミレ　なにか目的があって、出てきたんじゃないの？

梅　（つい口をすべらして）それは手紙に書いたんだけど、さあねえ……。

スミレ　あっそうか。なくなっちまった手紙に書いたのね。何て書いたの？

梅　忘れちまった。

スミレ　忘れた？　思い出さない？

梅　ああ、忘れた。もう思い出せないよ。（淋しそうな横顔）

スミレ　例えば、久し振りに東京を見たくなったとか、孫に会いたくなったとか……。

梅　……。

スミレ　田舎が厭になったの？

梅　……。

スミレ　なにか、あったんでしょう。

梅　いいや。
スミレ　変ね。おばあちゃんらしくないよ。
梅　そうだね、あたしらしくないよ、全く。
スミレ　なんでも言ってよ。あたしからママに話すから。
梅　なんにもないよ。なんにも……。
スミレ　じゃ仕方無いな……ねえ、これからどうするの？　まだ時間あるから映画でもいく？
梅　まだ時間あるか……そいじゃ、お前行っといでよ。あたしは勝手にするから。
スミレ　（思わず）え、いいの？　本当にいいの？
梅　ああ。
スミレ　晩御飯は？
梅　大丈夫、なにか食べるから。
スミレ　あの駅前通りに、うなぎ屋もおそば屋もあるから。
梅　わかってるよ。
スミレ　（財布から金を出し）ママから預かったの、晩御飯のお金。
梅　いいよ。あたしだって持ってるから。
スミレ　（引っ込めて）それじゃ。（携帯電話をハンドバックから出し、ボタンをおす）モシモシ、栗夫。あたしよ。やっぱしもう一度徹底的に話し合うべきだと思うんだ。——え、いま、時間できたから、こられる、うんそう。オッケー。（切る）
梅　こんなとこで電話かけられるのかい。
スミレ　うん。じゃ、あたし行くからね。迷子にならないでね。七時か八時には、帰って大丈夫だから。気をつけてね、転ばないように、あたし責任あるから。
梅　いいよ。責任感じてくれなくて。

スミレ　そういう訳にはいかないのよ。だから、気をつけてね。コハクのブローチが、かかってるんだから……。

と、呟きながらスミレ、退場。

後方のベンチで寝ていたもりが起き上がって、梅の背後に立つ。

もり　やっぱりお義母さんか。何処かで聞いた声だと思ったんですよ。

梅　(振り向いて) なんだ、あんたか。何してるの、こんな所で。

もり　そこのベンチで、本読んでたら、つい寝こんじゃって。よく眠ったな……。

梅　さくらは？

もり　会社です。

梅　女房が働いてる間に、昼寝かい!?

もり　すいません。僕、実はお義母さんに相談しようと思って、ここまで来たんです。でもやっぱり止めようかなって……ベンチに座って考えてたら……。

梅　まったく煮え切らない男だね。相談ってなんなの？

もり　(梅の横に座って) 実は僕、さくらと別れようかな、……と思って……。

梅　そりゃあいいよ。そうしなさいよ。

もり　でも、そんな残酷なこと、彼女に言えるかな……言えないな……でも言わなきゃなあ。

梅　(呆れて、もりを見る) ——。

もり　やっぱり、言えないよなあ……。

梅　(じれったい) 別れたいなら、別れたいって、言ったらどうなの。

もり　お義母さん、本当に僕達別れたほうがいいと思うんですか。

梅　ああ、思う。

もり　そうか、やっぱり、うちのママと同じ意見か……じゃ、さくらが自殺してもいいんですね。

梅　さくらが自殺!?　馬鹿だね、殺したって死にゃしないよ、アノ娘は。

もり　やっぱりママと同じ意見なんだ……お義母さんも、ママも、さくらのこと良くわかってないんじゃないかな。さくらは本当に正直で、子供っぽくて、可愛い女なんですよ。
梅　本気で惚れてるのかい、あんた。
もり　惚れてるって言うんじゃないけど……僕達、気が合うんです。
梅　本当のとこ、あんた、あの娘を利用してるんだろ、食わせてくれるから。
もり　彼女は、僕が働こうとすると、働かなくていいって止めるんです。家で猫と遊んでろって。
梅　一日中、猫と遊んでるの？
もり　時々発憤して、宅配便のバイトやったりしてますよ。
梅　（もりを見る）毎日きちんと働いてごらん。見たところ、丈夫そうだし、自分で食うくらいの金は稼ぎなよ。そしたら、きっと世の中変わって見えるから。
もり　いろいろやってみるんだけど、長続きしなくて。僕って、駄目な男なんです。
梅　自分に向いてるもの探してたって、いつまでたったって見つかる筈ないよ。世の中、甘くないんだよ。
もり　僕、土いじりなんか好きなんです。けど、マンションは庭がないから、時々ママのとこいって、庭に花植えたりしてるけど、さくらが、ママのとこへ行くと嫌がるから。
梅　あれは、やきもちやきだからね。
もり　愛情が深いんです。
梅　馬鹿だね。やきもちは、愛情じゃないよ。ケチなんだよ。（もりの手に持った雑誌を見て）それ、マンガかい。そういうの、そとで読むの止めなさいよ。
もり　どうしてですか？
梅　みっともないよ。マンガって、子供が読むものだよ。
もり　大人のマンガですよ。
梅　大人はマンガなんて読むものじゃないよ。いい年して、みっともないよ。

もり　どうして、そんな見栄はらなきゃならないんですか。
梅　人間、時には見栄をはるのも、大事なことなのよ。昔は、武士は食わねど高楊枝って言ったものだ。
もり　古いんだな、お義母さんは。
梅　ああ、わたしゃ古いよ。カビがはえて腐りかけてるよ。あたしはね、マンガ読んでる男みると、ぶっ倒してやりたくなるの。捨てちまいな、そんな紙屑。
もり　まだ全部読んで無いんだけどなあ。
もり、近くの屑箱にマンガを捨てる。
もり　これでいいですか？
梅　（にっこりして）ああ。
もり　お義母さんは、田舎で畑やってるそうですね。いいなあ。
梅　この年になると、畑仕事も、骨が折れるのよ。
もり　手伝ってくれる若い奴、いないんですか？
梅　若い者は、みんな都会に出ていって、村に残ってるのは、年寄りばかりよ。村中が老人ホーム。ヘルパーも医者もいない老人ホームよ。
もり　いっそ、こっちに越してきたら。
梅　（びっくりして、もりの顔をみる）――。
もり　むつかしいかな。
梅　（皮肉な笑い）年寄りは、嫌われるからね。年寄りが好かれないのは、なぜだろうね。
もり　みんな、自分の未来の姿をみたくないんですよ。
梅　そりゃそうだ……あたしだって、呆けた年寄り見たくないからねえ……。
もり　（突然、立ち上がる）あっ、ヤバイ。
梅　なんだい。

もり、梅の手を引っ張って樹の裏側に隠れる。

下手から、さくらが現れる。

上手から、小菊が出てくる。

二人は舞台中央で「あら」といって立ち止まり、お互いに相手の服装を点検。

冷ややかな笑顔。小菊はツバの広い帽子をかぶっている。

さくら　やっぱりお義母さまでしたのね。あんまり素敵なお帽子なんで、つい見とれてましたの。

小　菊　まあ、有難う。あなたのお洋服も素晴らしいわ。

さくら　お高かったんでしょう。そのお帽子。

小　菊　ホホ、ダイエーのバーゲンセールなのよ。

さくら　（傍白）そうだと思った。（小菊に）かぶり手がいいと、高級品に見えますわ。

小　菊　あなたのは、勿論、シャネルでしょう。

さくら　まさか、お義母さま。うちの店のバーゲンですわ。

小　菊　ねえ、さくらさん、お願いだから、そのお義母さまはよしてよ。あなたとは、十しか違わないのよ。

さくら　あら、厳密には十一ですわ。でも、小菊さんってお呼びするんじゃ、なんだか、申し訳なくて……。

小　菊　どうせ、孫はできないんですから、いいわよ、小菊さんで。ねえ、もりは、どこかへ行ったの？

さくら　今日は家におりますわ。

小　菊　いないのよ、今マンションに行ったの。あの子が植えたシクラメンが蕾をもったから、知らせにいったら。

さくら　まあ、何処にいったのかしら。あ、そうだ、猫のエサ買いにいくっていってたんだわ。

小　菊　駅前のペットショップなら、今行ってみたの。今日はお見えになりませんって。

さくら　——どこにいったのかしら……。

小　菊　どこにいったのかしら……。

さくら　パチンコ屋だわッ。あのパチンコ屋、今日が新装開店で、開店初日。

小菊　八百屋の隣ね。

さくら　いえ、タバコ屋の隣。斜め前が八百屋さんですわ。

小菊　行ってみるわ。

さくら　私も行きますわ。

二人、仲良く退場。

もりと梅、出てくる。

もり　(手を叩いて笑う)ウッヒヒ、いっちまった。パチンコ屋だって、僕はここに居るのに。どう、あのド派手な格好。まるでチンドン屋ね。

梅　(怒る)バカ！　なにが面白いの、え、それで、女共を手玉にとってるつもりで居るのかい。バカだね、駄目にされてるのは、あんただよ。

もり　(梅の剣幕にビックリして)——。

梅　ペットじゃないか、あんたは、あの女共の。なんだね、生白いたるんだ顔して。こんな生活してたら、一生浮かばれないよ。

もり　——。

梅　一生なんて、あっという間に過ぎちまうんだ。勿体ないよ。無駄遣いしちゃ。いくら頭下げて頼んだって、どんなに大金積んだって、時だけは、止まってくれないんだよ。そうだろ、時よ、止まれって、だれが、時に命令できる？　誰にもできやしないんだよ。生きてる間は、イキイキと生きなきゃいけない……。

もり　——。

梅　(次第に自分に言いきかせる言葉になっていく)みんな精一杯生きているんだよ。甘ったれちゃいけないよ。いくら年をとったって、甘ったれちゃいけないよ。馬鹿ったれが……こんなところで、何してるんだ。

もり、梅の独り言のようなお喋りを、黙って聞きながら、そっと去っていく。

梅、虚ろな目を遠い空に向け悲しそうな表情。

ここには、自分の居場所はないのだという思いが、胸をしめつけるのだ。
マンションの住人、桔梗が登場。
リュックサックを背負い、妊娠しているらしい腹が突き出ている。
だが、白髪と顔の皺からみて、誰も妊娠とは信じないだろう。

桔梗　（梅に気付き、やや離れたところから）お婆ちゃん、お婆ちゃん。
梅　（考えにふけっている）――。
桔梗　どうもしませんよ。
梅　（近寄って）どうかしたのかい、お婆ちゃん。
桔梗　一人で悩んでちゃ駄目よ。あたしが聞いてあげるから言ってごらん。え、なにがあったの。さあ、あたしが聞いたげるから。
梅　なにもありゃしませんよ。
桔梗　だったら、どうしてそんな悲しそうな顔してるの？
梅　どんな顔しようと大きなお世話よ。
桔梗　うちの亭主はここのマンションの管理人なのよ。だからあたしはここの人達の、悩みごと一一〇番をやってるのよ。ボランティアよ。ね、遠慮しないで、言いなさい。明治生まれってのは、我慢強いからね。
梅　お生憎さま。あたしは明治じゃない、大正の生まれだわよ。
桔梗　あら、そう。まあ、明治も大正も大差ないじゃない。それで、お婆ちゃんの悩みはどういうこと？
梅　お節介な人だね。
桔梗　よくそう言われるのよ。でもね、今の世の中、人のことなんか知らないよ、って顔してる人多いでしょう。世の中よくする為には、人の悩み聞いてあげなきゃね。
梅　（桔梗をじろじろ見て）あんた、そのお腹、なにか入ってるのかい？
桔梗　あら、わかる？（嬉しそうに）ことによると今月生まれるらしいのよ。

梅　（びっくりして）あんたが子供生むの？　いくつなのあんた。

桔梗　丁度よ。

梅　丁度って？

桔梗　一〇〇の半分。五十才。

梅　五十!?　五十で妊娠。五十で子供を産む……。（驚嘆して）

桔梗　（ケロッと）高齢化社会だもの。そのくらい当たりまえよ。

梅　ふーん。この世の中、何があっても不思議はないんだ……。

桔梗　あたし達夫婦、子供がいないのよ。諦めてたんだけどね。（小さく）実はね、人工授精なの。

梅　人工授精!?

桔梗　秘密よ、誰にも言わないでね。素晴らしいでしょう。科学の進歩。人類の進歩。

梅　そうかね。

桔梗　あたし達が老人になった時、年金が貰えるかどうかわかんないって、みんな心配してるでしょ。そうなったら、頼りになるのは、やっぱり子供だって、うちの亭主が言うの。それじゃ、あたし頑張って産むわ、ってね。

梅　子供なんて、当てになるものかね。

桔梗　そこはさあ、子供の時から、マインドコントロールして、親孝行しろ、親孝行しろって、テープで流すのよ。

梅　ふーん、なるほど。

桔梗　子供どしどし作っとかないと、年寄りは寝たっきりになっても、看護してくれる人がいなくなるんだってよ。

梅　それまで生きていたくないわ。

桔梗　今いくつ、お婆ちゃん？

梅　八十二よ。

桔梗　まだまだ大丈夫。希望をもって生きなさいよ。

梅　希望をもってねえ……。

桔梗　さてと（万歩計をみて）今日はまだ一万二千三百歩か。頑張らなきゃ。お婆ちゃんも、座り込んでないで歩きなさいよ。

桔梗、元気よく手をふって退場。

梅　歩け、歩け、産めよ、増やせよってなんだか、五十年前に逆戻りしていくようだ。

梅、鎌倉みやげのまんじゅうを取り出して、食べる。

下手から、小百合が登場。

赤いバラの花を手に、カルメンのハバネラの曲を口ずさみながら登場。

梅の前にきて、丁寧にお辞儀をする。

梅も立上がり、自分を覚えていてくれたと思い、お辞儀をする。

梅　今日は。ここにおかけなさいよ。どう、おまんじゅう。鎌倉のおみやげ。案外おいしいわよ。

小百合　（受け取って、一口食べ）あの失礼でございますが、どなた様でございますか？

梅　あら、やだ、覚えてるのかと思ったら、ホラ、昨日会ったでしょ、竹松ってこのマンションに住んでる、もも子の姑ですよ。

小百合　まあ、さようで。私は、宝塚スター、柳小百合。

梅　宝塚のスター……だったの？

小百合　立ち上がって「スミレの花咲く頃」を歌い出す。

途中で、気が変り、梅の隣に座る。

小百合　あの、おまんじゅう一つ頂けますかしら。

梅　どうぞ、おあがり。

小百合　（食べる）風邪気味で、喉の調子がよくないの。練習しなきゃね。一に練習、二に練習。厳しいの、先生が。

梅　そうか、昔宝塚の女優だったのね、道理で歌うまいと思ったわ。

小百合　（梅をしげしげと見る）あの、失礼でございますが、どなた様でいらっしゃいますか？

梅　なんだね、もう。竹松梅。このマンションに住んでる者の祖母ですよ。

小百合　まあ、さようで。私は、宝塚スター柳小百合。

小百合、又「スミレの花咲く頃」を歌い出すが、壊れたレコードの様に、前と同じ箇所にくると、やめてしまい、ベンチに座る。梅の所在を忘れたように、信玄袋から化粧道具を取り出して、顔を塗りたくる。大きな鏡をだして、顔をためつすがめつ眺める。

小百合　（心から）綺麗だわ、なんて美人なんでしょう。（梅に気付いたように、慌てて化粧道具をしまう）あの、失礼でございますが、どなた様でいらっしゃいますか。

梅　なんてことだろう。完璧に壊れちまってるんだねえ……。私は竹松梅という者でござんすよ。高知の田舎から出てきた、馬鹿な年寄りでございますよ。今年に入って、仲良くしてた友達が、バタバタ死んじまって、気がついたら、過疎の村で独りぼっち。物忘れはひどくなる。足腰は弱くなる、ああ呆けちまったらどうしよう。寝ついちまったらどうしよう。どうしよう、どうしようと思ったら、矢も盾もたまらなくなって、手紙を書いて——あの手紙、読まれなくて良かったよ。泣き言書いちまったんだもの。息子達と一緒に暮らしたいなんて書いちまったんだもの。なくなって良かった……。どこに居たって、独りぼっち。向こうで一人でいた方がいい。子供のお荷物になるなんて、竹松梅のプライドが許さないよ。（小百合に）あんた幸せそうな顔してるねえ。（小百合ににこに笑う。梅の目に生気がもどってくる）あたしの頭はまだ呆けちゃいない。でも、呆けるのも、悪くないねえ……。

小百合　あの……失礼でございますが、どなた様でいらっしゃいますか。

梅　（にっこり笑って）なんどでもお聞きなさいよ。私は竹松梅。漢字で書けばチクショウバイ。ショウチクバイをひっくりかえして、チクショウバイよ。

小百合　チクショウバイ、はい、チクショウバイさんですね。あの、おまんじゅうを一ついただけます？

栗夫くる。人待ち顔で二人と離れたベンチに座る。

梅　はいよ。ねえ、おまんじゅうより、これからお蕎麦でも食べに行こうよ。おごるから。

小百合　ええ。
梅　おなか空いてきたわ。
小百合　おなか空いてきたわ。
梅　さあ、いきましょう。
小百合　さあ、いきましょう。

二人、歌いながら退場。
入れ替わりに、スミレが登場。
栗夫が、デパートの包装紙に、リボンを掛けた箱をスミレに差し出す。

スミレ　（ビックリして）どうしたの。
栗夫　贈物だよ。
スミレ　なによ！（と受け取りながら、感動している）驚ろかさないでよ。開けてもいい？
栗夫　ああ。

スミレ、包みを開けると中からフライパンが出てくる。

スミレ　（複雑な表情でフライパンを眺める）――――。
栗夫　実用的なものの方がいいでしょう。僕等の将来の為に役立つ。
スミレ　でも、こういうのデパートで買わなくても、スーパーで買えば安いのに。
栗夫　ああ、実はこれ、ダイエーの安売りで買ったんだけど、包装紙、友達にもらって包みかえたんだ。
スミレ　まあ、苦労したのね。（と感動）

この時サツキが学校帰りの姿で通りかかる。

サツキ　あれぇお姉ちゃん、おばあちゃんと鎌倉に行ったんじゃなかったの？
スミレ　サツキ……、おばあちゃんとは話がついてるんだからいいの。だけどお母さんには内緒だよ。
サツキ　了解……。（と言って、黙ってスミレに手を突き出す）

スミレ まったく……（財布から五百円玉を出して妹に渡す）ハイッ、アイスでもチョコでも買いな。

サツキ サンキュー、（栗夫とフライパンをじろじろ見て）おやおや仲直りしたと思ったら、もう台所の用意か、スピード時代ですねえ。

スミレ うるさいねえ。（とフライパンを振り上げる）

サツキ （逃出しながら）ゴチソーサマー！（かけ去る）

スミレ （栗夫に向って、何事も無かったように）私だって、愛情とお金は、切り離して考えなくちゃいけないって、わかってる。老後のために年金もかけとく必要もあるよ。

栗　夫 ああ、そうなんだ。僕達の世代は、長期にわたる生活設計を、考えなければいけないんだ。百年時代の到来だ。

スミレ 私だって愛が、現実の中でいかに儚なくもろいものか知ってる。お金がなければ、愛もなくなるって、経験する前に、わかってしまう、情報過多の時代に生きてるんだもの。君が私に会社を辞めないで、お金を稼げという理由、わからなくないよ。

栗　夫 いや、僕が言いたいのは、僕達が結婚して、例えば、僕が不治の病に冒されたり、或いは、死んじまったりしたら、君はどうなるか、それが心配なんだよ。

スミレ いやだ、不吉な事言わないでよ。

栗　夫 しかし、あり得ないことじゃないんだよ。

スミレ そしたら働くよ。

栗　夫 そうだろ。しかし、君が四十になって働こうとしても、ろくな仕事はないよ。せいぜいスーパーのおばさんだ。会社を今のまま続けていれば、課長くらいにはなれるかもしれない。

スミレ ……へえ、君って、そんな先の、ことによるとあり得るかもしれない、未来のことまで心配してるの？

栗　夫 君を愛してるからね。

スミレ あたしだって、君のこと心配してるから、結婚したら会社辞めようって言ったのよ。共働きしてたら、君の健康を守ってあげる自信ないもの。会社から疲れ果てて帰ってきて、お料理なんか出来ないわ。きっと、毎

栗　夫　日コンビニのお弁当ですませちゃうよ。掃除も、洗濯もいい加減。家の中は乱雑で、不潔。疲れてる時、相手に優しくするって、とっても難しいよ。二人だけならまだいい。子供が出来たらどうなる⁉

スミレ　大丈夫。僕がやるよ。僕がなにもかもやってやるから。

栗　夫　本当に？

スミレ　ああ、僕は料理習ってるし、掃除洗濯くらいお手のものさ。

栗　夫　愛してるわ。

スミレ　僕だって、愛してる。

二人向き合って見つめ、手をとる。

軽快な音楽。

7

竹松家、リビングルーム。

夜、十時頃。

もも子、電話をかけている。

台所の方で、スミレとサツキ心配そうな顔。

もも子　あッ、さくらさん、そちらに、お義母さんお邪魔していません？……そうですか、何処へいらしたんでしょう。いえ、スミレと、三時半頃、マンションの前の公園のベンチで、別れたそうなの。スミレが今し方戻ってきましてね。私、てっきりおばあちゃんと一緒だと思ってたものですから、びっくりして、ええ、心当たりは全部探しましたのよ。……それにしても、一体どこにいらしたんでしょう。

玄関のチャイムの音

もも子　（電話に）あら、誰か来ましたわ。それじゃ、又、連絡しますわ。（電話を切る）

サツキが一足早く玄関に出て、扉を開ける。

林太郎が、小さなボストンバッグを下げて入ってくる。

サツキ　まあ、パパ！

もも子　まあ、あなた！

林太郎　急にこっちへ来る仕事ができてね、飛行機のチケットもうまくとれたんだよ。

林太郎、部屋に入りくつろぐ。

もも子　よかったわ。いい所へ帰ってきてくださって。大変なの、お義母さんがいなくなっちまったの。

林太郎　お袋が？　何処へ行ったんだ。

もも子　だから、探し回ってるんですわ。

サツキ　パパ、おなかすいてるんじゃない。

林太郎　いや、大丈夫だ。茶をくれないか。

サツキ　はい。

林太郎　田舎へ帰ったんじゃないのか？

もも子　まさか。

スミレ　（茶の用意をしながら）実はね、パパ、今日、二人で鎌倉見物にいったのよ。おばあちゃん、自分が抱いていたイメージと違うって怒っちゃって、お昼食べたら帰ろうって言い出したの。おばあちゃんの鎌倉は、三十年前の鎌倉なんだもの、変わったの当然でしょ。でも変わり方が気に食わないんだって。

林太郎　誰だって腹は立ってるが、口に出して言わないだけさ。

スミレ　それで、仕方なく帰ってきたんだけど、ここに着いたのが四時前だったかな。今、家に帰るのは、一寸まずいから…。

林太郎　なにがまずいんだ。
もも子　（あわてて）別に、まずくないのよ。ただ、折角だから、晩御飯も食べて、ゆっくりしてくるようにって、お金渡したから。
スミレ　そう、そういうこと。で、ベンチに座って、これから映画でもみるか、ショッピングにでも行くかして、晩御飯食べて帰ろうっていったわけ。すると、お祖母ちゃん、二度も外食するのは、勿体ないから、家に帰って、お茶漬けでも食べようっていうんで、あたしも困っちゃって……。
林太郎　なんで困るんだ。困ることないだろう。
もも子　えー、そうよ。全然困ることないわ。こんな事になるなら、さっさと帰ってくればいいのよ。
スミレ　（ふくれて）あら、そうですか。
林太郎　で、どうしたんだ。
スミレ　お祖母ちゃん、この辺を散歩して、何か食べて帰るから、お前は好きにしなさいっていうから、あたしは、栗夫君とデートして、ついさっき帰ってきたら、お祖母ちゃんが、まだ帰っていないっていうんで大騒ぎになって。
もも子　あなたが悪いのよ、おばあちゃんを一人にする事ないでしょう。コハクのブローチ、あげませんからね。
スミレ　なによ、鎌倉までちゃんと行ったのよ。
もも子　鎌倉までじゃありませんよ。ここの家の中までは、あなた責任あるのよ。
スミレ　ブローチくれないつもり？
もも子　あげられませんよ。
林太郎　何の話だ。
もも子　いえ、こっちのこと。
林太郎　（スミレに）この近所を散歩するって言ったんだね。
スミレ　うん。

林太郎　この近所なら十五分もあれば、まわれるからな……。
もも子　（不安にかられて）もしかして、何処かで倒れてるとか、この辺、バイクすっ飛ばすのがいるから……。
林太郎　事故なら、警察から連絡があるよ。
もも子　そうですわね。
スミレ　おばあちゃん、ここの住所書いたもの持ってないよ、きっと。
林太郎　そうか、住所だって、高知だとすると、高知の家は空っぽだし……ここには連絡くるわけ無いな。

玄関のチャイムが鳴って、さくらともりがはいってくる。

さくら　あら、お兄さん、お母さんは？
もも子　それがまだ……。
さくら　警察にいったの？
林太郎　いや。やっぱり聞いてみるか……。
さくら　（もりを指さして）この人、あそこのベンチで、お母さんと喋っていたんですって。四時頃だったのね。
も　り　ああ。
スミレ　それなら、わたしと別れて直ぐだわ。
さくら　お母さん、なんだかとても淋しそうだったって。ねえ、そう言ったわね。
も　り　ああ。
林太郎　淋しそうって、何か君に言ったのかい？
も　り　別に……。そうそう、年寄りは、どうして嫌われるんだろうって……。
もも子　で、何ておっしゃったの？

皆、一斉にもりをみる。

も　り　自分の見たくない未来の姿をみるのが、嫌なんじゃない、って。
さくら　馬鹿ねえ、そんなこと言ったら、お母さんが、醜いって事になるじゃない。

もり　さくらが、そう言ったからだよ。二十年もたったら、あたしもお母さんみたいに皺くちゃ婆さんになるかと思うと、ぞっとするって。
さくら　そんなこと、正直に言うなんて馬鹿よ。
もり　じゃ、何て言えばいいの。
もも子　だあれも、だあれも、お母さんを嫌っていませんよ、っておっしゃれば良かったのよ。
サツキ　（隅でクスッと小さく笑って小声で）ウソツキ！
さくら　（もりに）だからあんたは、どこへ行っても勤まらないのよ。
　もも子、台所へそっと立ち、スミレを呼ぶ。
もも子　（小さく）あなた、本当におばあちゃんに余計なこと言わなかったでしょうね。
スミレ　別に……ただ、いま帰るのはまずいって言っただけよ。でもおばあちゃん、なんかピンときたみたいな顔したけど……。
もも子　あの人、ああ見えても勘がいいんだから。そうよ、きっとそれでだわ。自分が邪魔者だと思い込んで……ああ、どうしよう、なんにもなければいいけど……あんたときたら、思いやりがないんだから。
スミレ　思いやりがないのは、ママでしょう。自分のドラマに熱中して、まわりのこと目に入らないんだから。
もも子　シィッ、大きな声出さないでよ。
林太郎　（二人の方を向いて）何をそこでやり合ってるんだ。
もも子　いいえ、何でもないんですよ。
さくら　お兄さん、早く警察に電話してみて。行き倒れか、迷子がいないか聞いてみなさいよ。
もも子　そうですわ。
林太郎　そうだな（立ち上がる）
　受話器を取り、「ええと、番号は……」と言いつつ、ボタンを押す。
　その時、チャイムの音。

皆の顔に、緊張が走る。林太郎、受話器を戻す。

扉、開いてなつめの一家三人が入ってくる。なつめ、松吉、レンゲ。

なつめ あら、皆さんお集まりで。申し訳ございません、こんな時間に。うちの母、お邪魔していませんわねえ（と部屋の中を見回す）やっぱり、いないわ。

もも子 お宅のお母様も？　実はうちの母もまだ帰ってこないものですから、いま、皆で心配してるところですの。

林太郎 どうぞ、どうぞ、お入りください。

三人、それぞれ適当な位置にすわる。

なつめ この辺を隈なく探したんですけど、見つかりませんの。

松　吉 警察にいく前に、竹松さんに行ってみようと、これが言うもので。

レンゲ 竹松さんのおばあちゃんと一緒に居たって言う、目撃者がいたんです。

林太郎 何時頃ですか。

レンゲ 五時頃です。駅前のおそば屋に入るのを、こちらの隣の人が見たっていってたんで、そのおそば屋に行って聞いたら、お婆さん二人、たぬきときつね食って出ていったって店の人が。

林太郎 たぬきときつねか。うちのお袋がたぬきだな。（ともも子に）

松　吉 うちのお袋はキツネにきまってますよ。なあ（となつめに）

もも子 じゃ五時までは、この辺に居たんだわ。

スミレ でも変ね。なんであの二人が一緒にいたのかしら。うちのおばあちゃん、呆けた年寄り見ると、ぞっとするって言ってたのに。

松　吉 呆けといったって、うちのお袋の呆けは、可愛いものですよ。

なつめ ええ、可愛いわ。だのにあなたは、二言目には、病院に入れちまえって言うじゃないの。

松　吉 あんたが大変だ、大変だって溜息ついてるからさ。それに年がら年中、大きな声で「バラ色の人生」なんか歌われてみろ。え、こっちの人生は、バラ色なんかじゃない、灰色だからな、やりきれないよ。

なつめ　およしなさい。よそ様で、そんなこと。
レンゲ　（冷たく）いいじゃない。二人とも、おばあちゃんは有り難くない存在だと、心ん中で思ってるんだから。
なつめ　なんですか、本気で心配してるのに。
松　吉　子供は黙ってろ。
林太郎　いや、全く、年寄りにはお互い苦労させられますな。
なつめ　母があんな風になるなんて、夢にも思いませんでしたわ。
林太郎　自分の母親が、老いて、呆けていくのを見るのは、息子として実に辛いものですよ。
サツキ　パパ、うちのおばあちゃんは、まだ呆けてないよ。ママよりしっかりしてる位だもの。
もも子　あたしは、出しもしない手紙を、出したなんて言い張りませんよ。
サツキ　そうだ、あの手紙。うちのおばあちゃんも、やっぱ少しおかしいのかな……。
もも子　年は争えませんよ。
レンゲ　呆けるのは、年よりばかりじゃないんだよ。四十代、五十代でもアルツハイマーになるんだって証明されてるんだから。

皆、一瞬、不安の表情。

松　吉　私もこの頃、とんと記憶が悪くなりましてね。人の名前が、さっぱり出てこない。
なつめ　あなたの記憶力は、昔から少し壊れてますのよ。
もも子　止めましょうよ。呆けの話は。私もあなた方も、皆、呆けるチャンスはあるんですわ。だからって、びくびく生きること無いじゃありません。
も　り　それは地震と同じように、今のところ防ぎようがないんですね。
もも子　まあ、素敵なセリフ。
も　り　生きてる間はイキイキと生きよう。
もも子　まあ、いいセリフ。

もり　これは、さっきおばあちゃんが言ったんです。
スミレ　ママ、メモしときなさいよ。
もも子　大丈夫、頭の中にメモしとくわ。
さくら　なによ、あなた達。お母さんのこと心配じゃないの。今頃どこかの病院に担ぎ込まれているかも知れないのに……。

沈黙

林太郎、立ち上がる。

林太郎　（モノモノしく）仕方がない。警察に電話しよう。
松　吉　そうですよ。それがいいです。

チャイムの音。

リュックを背負った、カンナが入ってくる。

皆、がっかりして腰を下ろす。

カンナ　（すこぶる明るく）只今。あらパパ、どうしたの？　何かあるの。
スミレ　タイミング悪い人ね、こんな時に帰ってくるなんて。
カンナ　なによ。はい、これ、沖縄のおみやげ。
もも子　高知のおばあちゃんが、あなたと入れ違いにいらしたんだけど、今日、いなくなって、大騒ぎしてるのよ。
カンナ　あッ！　おばあちゃんの手紙。忘れてた、ママに渡すの。
もも子　え!?　あなたが受け取ったのね。まあ……。
カンナ　ご免、後でママに渡そうと思って、机の引き出しに入れたんだ。
スミレ　あんたのお陰で、おばあちゃんとママはアルツハイマーになったんじゃないかって、心配しちゃったんだぞ。
カンナ　ご免。旅行に行くんで気もそぞろだったのよ。（自分の部屋に行く）
隣の女の声　竹松さんのお家はこちらですよ。

梅の声 まあまあ有難うございます。同じ建物。同じ玄関の扉。人通りがないから聞きたくても聞けないし、これじゃもう、途方にくれちまいますよ。

サツキ、玄関の扉を開ける。

梅と小百合、隣の女が入ってくる。

皆、それぞれに、「おばあちゃん」「お義母さん」「お母さん」と呼び合って。

林太郎 どこへ行ってたんです。皆心配してるのに。

梅 おや、林太郎、帰ってたのかい？

なつめ おかあさん、どこへいってたの。

小百合 （にこにこして）……。

梅 早く帰っちゃ悪いから、食事して、パチンコ屋へ入って、時間つぶしてたのよ。（もりに）今日新装開店の店さ、面白いようにでるんでね。見て頂戴。これ。田舎に御土産ができたわ。私は明日帰るからね。

もも子 まあ、お義母さん、突然そんな事おっしゃって、ゆっくりなさって下さい。折角出てらしたんですから。

梅 よしてよ。年寄りは、優しい言葉に弱いんだから。

さくら 本当に明日帰るの？

梅 引き止めて欲しくて言ってるんじゃないよ。

さくら 引き止めないけど、明日じゃ、御土産が間に合わないわ。

梅 いらないよ。御土産なんか。これで充分。（と、パチンコの景品をみせる）

カンナが手紙を持って入ってくる。

カンナ （梅に頭を下げて）おばあちゃん、ご免なさい。あたしが、この手紙受け取って、ママに渡すの忘れて、旅行にいっちまったの。

梅 まあ、呆けは一番若いお前だったのかい。よかった。あたしゃ、ここまで耄碌したのかと、本気で心配しちまったよ。

もも子　（カンナから手紙を受取り）お手紙只今、確かに受け取りましたわ。それじゃ、（封を切ろうとする）

梅　（さっと、もも子の手から手紙を奪う）オットットト。いいの、いいの。これはもうご用済み。

スミレ　どうして？

梅　（手紙を破く）年をとると、時々気が弱くなってね。書かないでもいいことを書いちまう。

林太郎　お母さんも、そろそろこっちへ出て来て、我々と一緒に暮らしたらどうです。一人暮らしは、心細いでしょう。

もも子　そうですわ。娘たちももう直ぐ出て行くでしょうから、お義母さんが来てくだされば、にぎやかで楽しいわ。

梅　有り難う。あんた達の気持ちは、口先だけでも嬉しいと思うわよ。

もも子　まあ、口先だけだなんて……。（傷つく）

林太郎　口先だけじゃないですよ。あんな田舎に一人でいられたら心配なんだよ。

梅　大丈夫よ。あたしはね、このコンクリの箱ん中は、性に合わないのよ。あたしは田舎で、畑仕事やることに決めたよ。大丈夫だよ、まだまだ働ける、まだまだ呆けちゃいないから。

小百合　（頷いて）まだまだ呆けちゃいないから。

梅　呆けるのも、それ程、悪くないけどね。

小百合　呆けるのも、悪くないけどね。

もり　僕、お義母さんとこへ行って、百姓しようかな。

さくら　なに馬鹿なことというのよ。

松吉　田舎でのんびり畑仕事。いいなあ、羨ましいなあ……。

林太郎　そうですね、悪くないですね。私もそろそろ定年後のことを考えているんですがね。

もも子　そうよ、あなた。今から準備だけはしとかないと。

林太郎　ああ、僕だっていろいろ考えてるんだよ。

スミレ　まあ、パパが……。

林太郎　パパだって、高齢化社会をいかに生きぬくか作戦を練ってるよ。

なつめ　（松吉に）あなたも頑張ってよ。
松　吉　余計な心配するなって……。
も　り　僕、いきますよ。お義母さんのとこへ。
梅　（驚いて）本気かい？
も　り　誰がなんといっても、決めました。
さくら　もりちゃん！
小百合　（バラ色の人生を歌いだす）
　　スミレ、もも子、カンナ、サッキ、なつめ、レンゲ等も、一緒に唄う。
梅　高齢化社会、高齢化社会って、年寄りのことなんか何にもわかっちゃいないのに……。

エピローグ

　　前場より半年後。

　　日曜日の春の公園。

　　ベンチが幾つか寄せられ、色とりどりのテープが渡されている。

　　バラ、スミレ、タンポポ等々の花を飾っているカンナとサツキとレンゲ。

　　テーブルにビール、ジュース、紙コップ等々。

カンナ　（レンゲに）バラは、こっちの方がいいよ。

レンゲ　そうだね。ねえ、テープ、もう一本渡そうよ。

カンナ　うん、（皿にカワキモノなど盛り付けているサツキに）つまみ食いなんかしてないでサツキ、そっち側もっててよ。

サツキ　役得、役得。（手を出す）

カンナ　（テープを渡しながら）レンゲのとこの母親も、懸賞ドラマに応募したんじゃない？
レンゲ　うん。落ちたよ。落ちるにきまってるじゃん。
カンナ　うちの母親なんか、怒り狂ってた。審査員にいいものみる目がないんだって。
レンゲ　うちの母親も、自惚れてるよね。
カンナ　来年も応募するんだって、性こりもなく。
レンゲ　中年女って、しぶといからね。
サツキ　かわいそうだよ、そんなこといっちゃ。本気なんだから。母親が夢もってるっていいじゃん。
カンナ　（会場を見渡して）うん、なかなかいいね。
レンゲ　こんなに費用のかかんない披露宴なら、何度でもいいね。
カンナ　変なこと言うなよ。

管理人がやってくる。

管理人　あんたたち、ここでなにやってんだね。
カンナ　結婚式の披露宴の会場つくってるんです。
管理人　ここで結婚式の披露宴？　誰の？
サツキ　あたしの姉のです。
管理人　あんたの姉ちゃん、ちゃんと許可とったんかい？
レンゲ　許可って、金払うの？
管理人　金はまあ、とらんけど、ここはね、ここの住民のものだからね、勝手に個人がつかっちゃ困るのよ。
三　人　（顔を見合わせて）困るよねえ、そんなこといわれても。
管理人　なんだって又、こんなとこで結婚式の披露宴やんのよ？　ちゃんとホテルでやったらよかべえに……。
レンゲ　ホテルは、金がかかるからよ。
管理人　姉ちゃん、金ないのか？

カンナ そうみたい。

管理人 金ないのか、……そうか、金ないんじゃ仕方ねえなあ、今時、こんなとこで結婚式の披露宴だなんて、きいたことねえよ、じゃ、大目にみてやっから、今度やる時は、許可とらねば駄目だからな。

ウエディング・マーチがきこえてくる。

カンナ 来たよ。きた、きた。（と下手をみる）

レンゲ さあ、早く、小父さんどいてよ。

四人は、舞台の端に皆を迎える感じで立つ。

もも子、林太郎、なつめ、松吉、スミレ、栗夫、小百合、藤桂子などが、列をつくり、音楽に合わせて入ってくる。

スミレは、スーツに白いヴェールをかぶり、その下に、赤いバラのカチューシャを髪飾りとし、胸にもバラの花。

栗夫も花婿らしく、胸にバラの花をつけている。

もも子と林太郎、なつめと松吉等は、会場を横断し、舞台上手に、危く退場しかける。

スミレ ママ、ストップ、ストップして下さい。

もも子、林太郎等、立止まり怪訝な顔。

もも子 どうかしたの？

スミレ ここが披露宴の会場なの。

もも子、林太郎 ここが⁉　まさか⁉

栗　夫 ここなんです。

林太郎 （あたりを見回して）なんだね、これは一体。

もも子 どういうことですか。

栗　夫 すいません。

スミレ 素敵なアイディアでしょう。（カンナとレンゲとサツキに）ご苦労様。

もも子 それならそうと、前もってどうして言わないの？

スミレ　言えば反対するでしょう。

もも子　あたり前よ。

スミレ　この期に及んで、ギャアギャアギャア言わないでよ。

もも子　なんですか、ギャアギャアとは。あたしはもう驚いて、心臓がおかしくなりそうよ。結婚式だというのに、あなたはウエディングドレスも着ないし、栗夫さんはご自分の親族も呼ばない。

栗　夫　すいません。しかし親は二人とも天国にいっちまったし、友達は友達だけでパーティやりますから。ふだん交際もない遠い親戚呼んでも意味ないし……。

松　吉　そりゃあそうよ。遠い親戚より近くの他人がいいんですよ。いいじゃないですか。実に独創的な披露宴だ。天気もいいし。（レンゲに）お前も結婚する時は、こういう金のかからん披露宴を考えなよ。

もも子　お金は、かかってますのよ、ホテルの披露宴なみのお金を、渡したんですから。

スミレ　ママったら！

カンナ　ここの会場つくるのにかかった経費は、全部で一万五千八百円でした。

松　吉　じゃ、しめて二万五千円位だな。安上がりだねえ。

もも子　（小さく）ママを騙したのね。

スミレ　人ぎき悪いな。

林太郎　君達、その金、新婚旅行にでもつかうのかい。

スミレ　老後のために貯金するのよ、ねえ。（と栗夫に）

栗　夫　ええ、個人年金に加入しました。

もも子　まあ！

なつめ　偉いわねえ、今から老後のために、貯金だなんて。

松　吉　そいつは感心しねえな。二十五だろう。二十五で七十年も先を考えるなんて、ハッ、阿呆らしいや。

なつめ　だから、うちは貯金ができないんですよ。明日は明日の風が吹く、って、お金が少したまると、競馬にいってつかっちまうんだから。

松　吉　うるせえな。おめでたい席で、ケチなことというな。

林太郎　いや、いいですよ、どうせケチな披露宴ですから。しかし（スミレに）なんだって、君達、そんな若いうちから老後を考えるんだね。

スミレ　ママみたいに五十にして、あたふたしたくないと思ったの。勿論お金だけの問題じゃないけど。

もも子　ママみたいにあたふたとはなんですか。人間って死ぬまであたふたするものよ。何よ、まだ二十五年しか生きていないくせに生意気な。人生はね、いくつになっても、挑戦するべきなのよ。ねえ、なつめさん。

なつめ　ええ、そう。手遅れなんて考えるのは、若い人だけに許された贅沢ってものよ。

林太郎　そうだよ。スミレ、パパたちの年になると、残りの人生をいかに有意義に生きねばならないか、そりゃあ、真剣に考えなきゃならないんだよ。もう手遅れだなんていう言葉は、パパの辞書からも消すことにしたよ。

もも子　（林太郎に、嬉しそうに）ええ、本当にそうですわ。なにしろ、私たちは今まで人類が経験したことのない、未曾有の高齢化社会に入っていくんですもの。

なつめ　もっと若い時に、こういう時代がくるって、わかっていたら、準備もできたんだけど……。

もも子　でもそれだから失敗も許されるのよ。

スミレ　私たちには、二十二世紀のヴィジョンが、すでに示されているんですもの。だから今から老後に向けて貯金してるのよ。

栗　夫　備えあれば、憂いなしです。

松　吉　なにいってんだよ。明日生きてるか、死んでるかわかんねえ人間共が。

なつめ　あなた！　それは怠け者の口実ですよ。そういって、あなたは自分の一生を台なしにしてきたんです。

もも子　（松吉に）男性の平均寿命は八十一歳、女性は、八十七歳なんですよ。私たち、手をこまねいて、老いて朽ち果てていくのを待っているわけにはいきませんわ。たとえ無駄な抵抗であっても……。

林太郎　僕はね、いい機会だから話すが、定年まで会社にいる気はないんだよ。あと二年くらいで退職して、福祉の介護士の勉強をするつもりなんだ。

スミレ・カンナ・サツキ　パパ、素敵だわ。

もも子　あなた、本気なの。もったいないわ、定年前に辞めるなんて。

林太郎　ぼくはねえ、まだ体力も気力もあり、頭脳も明晰なうちに辞めて、新たな仕事に挑戦したいんだよ。それに早く辞めれば退職金も増額されるからね。

松　吉　いいね、退職金の出るところは。

もも子　頂いてみなくちゃあてになりませんわ。

小　菊　あら、まあ、こんなところで……。

もも子　遅いから、心配してましたのよ。でもよくきて下さいましたわね。

さくら　美容院で待たされてしまったもので、ごめんなさい。

小　菊　場所がわからなくて、探しまわりましたのよ。

スミレ　すいません。でも今日はわざわざおでかけいただき、ありがとうございました。

小　菊　（ハンドバッグから金一封を取りだして）あの、これお祝い、気持ちばかりでございますのよ。まあ、ここで披露宴とは……（啞然となる。自分に）お祝い半分にすればよかった。（反対の方を向いて）ここで披露宴！　素晴らしいですわね。（心中と反対のことを言う）

スミレ　ありがとうございます。

もも子　お祝いいただくなんて申訳ございません。

栗　夫　（お辞儀をし、林太郎に）お義父さん、それでは、一言ご挨拶をお願いします。

林太郎　（頷き、中央に出る）いや、（咳払い）本日は、柏木栗夫と、竹松スミレの結婚式のため、ご多忙のところ、わざわざご臨席たまわり、まことに有難く、心より御礼申上げる次第でございます。ご媒酌人を引受けて下さいました柳さんご夫妻に改めて御礼申上げげます。皆さんもこの披露宴の会場にはアッと驚かれたと思いますが、私共もここへきてびっくり仰天いたしました。しかし、一切の虚飾を廃した彼等のこの選択は、彼等のこれからの人生に対する考えの一端を示すものと思い、父親として、心強く思っている次第であります。皆様もなにとぞ、この若い二人を暖かく、寛大なお気持で見守ってくださいますよう、心よりお願いする次第です。

本日は誠に有難うございました。

皆の拍手。

桔梗が赤ん坊を背負って登場。

桔梗　（端で、結婚式をぽかんとみている管理人の夫に）あんた、なにしてんのよ、こんなとこで油売って。

管理人　シィッ、油なんか売ってねえよ。おめでたい席なんだ、大人しくしてろよ。

管理人、あわてて桔梗を、舞台の端にひっぱっていく。

梅ともり、登場。

もりは日焼けして、別人のようにイキイキした表情である。

皆の目が一斉にそそがれる。

梅　式に出られなくて申訳なかったけど、バスが故障しちまってね。なにしろ、一日に三本きゃでないもんだから。

スミレ　まあ、おばあちゃん！　本当にきてくれたのね。

もも子　お義母さん！

さくら・小菊　もりちゃん！（動転して）

二人、もりの側に寄りしげしげと眺める。

小菊　心配してたのよ。手紙もよこさないから。

さくら　すっかり変っちまって……。

もり　そんなに変りましたか？

梅　マンガ読まないせいだよ。

もり　ママもさくらもくるといいよ。空の色が違う。水が違う。食べるものが違う。世の中が違って見える。

さくら・小菊　嫌よ、わたし、田舎は。

もり　残念だな……。

梅　いいじゃないか。ひとそれぞれ、自分の生きる場所があるんだから。

松吉　それでは全員そろったところで、乾杯をいたしましょう。若い二人の前途を祝し、はたまた、高齢化社会を生きる我々の人生が、バラ色で……（口ごもる）バラ色であるかどうか、まあ一寸先のことは分りませんがね、とりあえずバラ色であるようガンバリましょうや。乾杯！

一同　乾杯！　乾杯……！

小百合が「バラ色の人生」を歌い出す。皆も一斉に歌う。

幕。

初演

喜劇　ファッションショー

二〇一一年一月　劇団民藝　紀伊國屋サザンシアター

選択　一ヶ瀬典子の場合

二〇〇八年一月　劇団民藝　紀伊國屋サザンシアター

わがよたれぞつねならむ

一九八八年四月　劇団民藝　砂防会館

パートナー

一九九九年九月　劇団文化座　紀伊國屋ホール

人生はばら色　？

一九八八年　鎌倉市民劇団　鎌倉中央公民館

あとがき

拙作『さよならパーティ』のあとがきに、「芝居を書き始めて十年足らず、知らぬ間に一冊の本の量になっていました」とある。今回は知らぬ間に三冊目を出すことになっていたと、いえるかもしれない。

なぜ小説でなく戯曲ばかり書くのかと訊かれたことがある。あらためて考えてみると、子供の頃、両親にしばしば芝居を観につれていかれたことも一因かもしれない。劇はきまって、新派や関西の曾我廼家五郎劇団の人情劇であった。今思えば古風でセンチメンタルな舞台を、小学生も低学年の自分がどのような気持で観ていたのか、全く思い出せないが、先代の水谷八重子や花柳章太郎の美しい姿は、今でも脳裏に浮かぶことがある。

戦後、大学に入ってからは、フランス演劇、殊に不条理劇に熱中した。こうした戯曲への興味は、私の戯曲になんらかの影響を、よくも悪くも及ぼしているに違いないと思う。

人生も黄昏どきとなって、私は自分の人生を転換させたい欲求にかられていた。オーバーにいえば、惰性のように虚しさを抱えながら続けてきた主婦業からの転換。その時、選択したのが、ドラマを書こうとシナリオ教室へ通うことであった。今思えば、生意気な言い方だが、ドラマを書く材料は充分に蓄えてあると思えたのである。シナリオ教室に通い始めて三年後、放送作家組合新人賞を受賞、民放で放映されたのだが、その時点で、テレビは性に合わないと止めた。その頃、神奈川県の演劇コンクールに応募するという友人を真似て、私も急いで書き、応募した。その時締切り日に間に合わせようと慌てゝ書いた戯曲が「ともだち」であった。

この一幕ものが、神奈川県芸術祭演劇コンクールで一位となり、私の戯曲作家としての出発となった。

当時、同じ鎌倉に在住していた劇団民藝の演出家、渾大防一枝氏が、新春公演で上演する戯曲を探しておられた宇野重吉氏に「ともだち」の台本を郵送してくださったのである。

既に集められていた数作の中から、宇野氏が選ばれたのが「ともだち」であり、新春の舞台にかけられた、といったいきさつは、後で知ったことである。

宇野氏には、一度しかおめにかかったことはない。それもごく短い時間であったが、その時、発せられた「あなたは、人間を書ける人だ」の一言は、私が戯曲を書いていくうえで、なににもかえがたい言葉であった。今思えば、宇野氏としては、気軽に発した言葉であったかもしれないのだが。直ちに二作目を依頼されたのは、私としては、自信につながるものであった。しかし、宇野氏は、二作目「わが世たれそつねならん」上演の舞台を観られることなく、他界されてしまった。この時の私の落胆は言葉にならない。

「ともだち」が賞をとったことを、心から喜んでくれたのは、病床にあった夫だけだった。夫は、砂防会館で上演される舞台を、どうしても観にいくといい張った。その頃、殆どベッドにあって、歩行も困難であった夫を連れていくのは、とても無理であると止めたが、夫は、まるで子供のように「死んでも行く」といいはってきかない。やむを得ず、娘の協力を得て、二人で夫を抱きかゝえるようにして、鎌倉から砂防会館まで、タクシーで往復した。

その後は、ベッドに横たわったまゝの夫に、舞台稽古の様子や、演出家とのやりととりなどを話してきかせるだけであったが、夫はいつも嬉しそうにアドバイスをしてくれた。

戯曲作家としてかけ出しの頃に、貴重な人を二人失った。

「人は何のために生きているのかというような問いは、自動販売機から品が出てくるようには答えられないのである。」これは哲学者、田中美知太郎氏の著書の中の言葉である。

なんの為に生きているのか、といった青くさい答えを求めて、主婦業からの転換をはかったのであったが、なにか有効な答えを得たのであろうかと、今は自問自答してしまう。

しかし、戯曲を書くことによって、多くの人々と知り合い、私の視界を拡げ得たことは、私の貧しい人生が、ある面で豊かにされたのは事実である。

今はたゞ拙作を舞台化するために尽力してくださった方々に、心からお礼を申上げたいと思う。

今回この戯曲集は、かまくら春秋社で出版していたゞくことになった。鎌倉は私の第二の故郷であり、鎌倉在住中は、代表の伊藤玄二郎さんには大変お世話になった。懐かしい鎌倉で、私の最後の戯曲集が出版されることは欣快の至りである。

二〇一九年八月

木庭久美子

木庭久美子（こば・くみこ）

東京生まれ。1979年春、一念発起してシナリオの勉強を始め、1983年テレビドラマ「旅立ち」で放送作家組合新人賞を受賞。1984年戯曲「ともだち」が神奈川芸術祭演劇脚本コンクール一位入賞、劇団民藝にて上演（1987年)。1985年「父親の肖像」が文化庁舞台芸術創作奨励特別賞受賞。1991年「カサブランカ」で第一回菊池寛ドラマ賞奨励賞受賞。1992年3月「さよならパーティ」が文化庁のプロデュースにより上演される。他に「父が帰る家」「ピアフの妹」「夢二の妻」など。戯曲集に『さよならパーティ』『夢二の妻 ピアフの妹』。

木庭久美子戯曲集

著　者　木庭久美子
発行者　伊藤玄二郎
発行所　かまくら春秋社
鎌倉市小町二―一四―七
電話〇四六七（二五）二八六四
印　刷　ケイアール
令和元年十一月四日　発行

ISBN978-4-7740-0795-3　C0074